Tabea Bach
DIE SEIDENVILLA

Weitere Titel der Autorin:

Die Kamelien-Insel
Die Frauen der Kamelien-Insel
Winterliebe auf der Kamelien-Insel
Heimkehr auf die Kamelien-Insel

Alle Titel sind in der Regel auch als Hörbuch erhältlich.

**Über die Autorin:**

**Tabea Bach** war Operndramaturgin, bevor sie sich ganz dem Schreiben widmete. Sie wurde in der Hölderlin-Stadt Tübingen geboren und wuchs in Süddeutschland sowie in Frankreich auf. Ihr Studium führte sie nach München und Florenz. Heute lebt sie mit ihrem Mann in einem idyllischen Dorf im Schwarzwald, Ausgangspunkt zahlreicher Reisen in die ganze Welt. Die herrlichen Landschaften, die sie dabei kennenlernt, finden sich als atmosphärische Kulisse in ihren Romanen wieder. Mit ihrer *Kamelien-Insel*-Saga gelangte sie sofort auf die Bestsellerliste. Zurzeit arbeitet sie an ihrem nächsten Roman.

Tabea Bach

# DIE SEIDEN VILLA

Roman

lübbe

Dieser Titel ist auch als Hörbuch und E-Book erschienen

Originalausgabe

Copyright © 2020 by Bastei Lübbe AG, Köln
Lektorat: Melanie Blank-Schröder
Titelillustration: © Slow Images/getty-images;
© Nikaa/Trevillion Images; © Atlantide Phototravel/getty-images
Umschlaggestaltung: www.buerosued.de
Satz: hanseatenSatz-bremen, Bemen
Gesetzt aus der Stempel Garamond
Druck und Verarbeitung: GGP Media GmbH, Pößneck
Printed in Germany
ISBN 978-3-404- 17962-6

2 4 5 3 1

Sie finden uns im Internet unter
www.luebbe.de
Bitte beachten Sie auch: www.lesejury.de

# 1

## Die Einladung

Die Blüten leuchteten. Sie blendeten Angela trotz der Sonnenbrille, die sie trug, und doch konnte sie die Augen kaum von ihnen abwenden. Während sie Hand um Hand schüttelte und sich in Arme schließen ließ, die Anteilnahme all der Menschen hinnahm wie das Wetter, das unverschämt frühlingshaft war an diesem Tag Anfang April, sah sie immer wieder hinüber zu dem Hügel voller Blumengebinde – weiße Rosen, gelbe Narzissen, Tulpen und Pfingstrosen in ihrer rosa-, pink- und lilafarbenen Pracht. Ihr Duft hatte Bienen und Hummeln von wer weiß woher angelockt, sie umsummten das Grab ihres Mannes, als gäbe es kein Sterben auf dieser Welt.

Angela hatte keine Tränen mehr, sie waren bereits vor Wochen versiegt. Zwei Jahre hatte sie dem langsamen Verlöschen jenes Menschen beigewohnt, den sie mehr geliebt hatte als ihr Leben. Am Ende war der Tod eine Erlösung für sie beide gewesen, auch wenn niemand das verstand, der nicht die ganze Zeit dabei gewesen war. Und außer ihrer Tochter Nathalie, die mit ihren neunzehn Jahren aufrecht wie eine Kerze neben ihr stand und ihr Kraft und Halt gab, wusste keiner, was hinter ihr lag.

Endlich löste sich die Menschenschlange auf, und mit dem Gefühl, als hätte irgendjemand eine Fernbedienung, die ihre Bewegungen steuerte, begleitete Angela die Trauergäste zu Kaffee und Kuchen in Peters Lieblingsrestaurant am Ammersee, beobachtete sich selbst, wie sie Fragen beantwortete und mit jedem, der das Bedürfnis hatte, ihr sein Beileid auszusprechen, ein paar freundliche Worte wechselte. Sie war jedem Einzelnen dankbar. Und doch strengte sie das alles ungeheuer an.

Unglaublich viele Menschen waren gekommen, um von Peter Abschied zu nehmen. »Die Besten gehen zuerst«, sagte einer seiner wichtigsten Auftraggeber immer wieder, und alle, die es hörten, stimmten ihm zu. Peters Freund und Kompagnon Markus nahm sich seiner an, und Angela war ihm dankbar dafür. Es war anstrengend genug für sie, immer wieder aufs Neue tröstlich gemeinte Worte von ihren nächsten Freunden und Verwandten zu hören, wo doch in Wahrheit kein Trost zu finden war. Und erst als auch dies überstanden war, als sich die letzten Gäste verabschiedet hatten, merkte Angela, wie müde sie war.

Das Haus war leer und still – eine Wohltat nach diesem qualvollen Tag. Angela war sich klar darüber, dass der eigentliche Abschied von ihrem Mann schon viel früher stattgefunden hatte. Der ausgelaugte, entkräftete Körper, dessen Herz schließlich zu schlagen aufgehört hatte, war schon längst nicht mehr Peter gewesen, nur noch ein Schatten der Erinnerung an vergangenes Leben. »Ich will, dass du weiterlebst«, hatte ihr Mann ihr so oft gesagt. »Es ist mein Wunsch, dass du wieder fröhlich wirst und das Dasein auch ohne mich genießt!« Angela hatte es sich nicht vorstellen können. Auch jetzt war es kaum denkbar.

Sie nahm eine Tablette gegen die aufsteigenden Kopfschmerzen, zog das schwarze Kleid aus und hängte es zum Lüften an den Schrank, widerstand der Versuchung, die Schiebetür direkt daneben aufzudrücken, hinter der sich Peters Kleidung verbarg. Maßanzüge, italienische Modelle, jedes Stück elegant und doch so schlicht.

Angela schlüpfte in ihren Schlafanzug, obwohl es noch

hell draußen war, machte sich einen Kräutertee und ging ins Wohnzimmer. Alles war so vertraut. Die Bilder befreundeter Künstler an den Wänden. Die beigen Polstermöbel. Der Designertisch aus Glas und Edelstahl. All das hatten sie gemeinsam ausgesucht, doch heute kam es Angela so vor, als betrachtete sie ein fremdes Glück, das nicht mehr existierte.

War es nicht so? Aber warum fremd?

Sie ließ sich in einen Sessel fallen und sah in den Garten hinaus. Überall sprießte und blühte es. Schneeglöckchen, Krokusse, Märzenbecher und die blauen Traubenhyazinthen, die sie so liebte.

Sie hob den Blick über die noch kahle Buchenhecke und sah in der Ferne den See, dahinter die schneebedeckten Alpen, dessen Anblick sie immer so beglückt hatte. »Welch ein Paradies«, hatte Peter oft gesagt, und Angela hatte ihm zugestimmt. Doch heute brachte dieses herrliche Panorama nichts mehr in ihr zum Klingen ...

»Mami«, hörte sie Nathalies Stimme, »bist du da?« Im nächsten Augenblick stürmte ihre Tochter herein. »Puh«, machte Nathalie und warf sich in den Sessel ihrer Mutter gegenüber. »Tante Simone wollte unbedingt ein paar Tage bei uns bleiben. Sie hat behauptet, man könne dich doch jetzt nicht allein lassen. Ich hab gesagt, dass du deine Ruhe brauchst. Das stimmt doch, oder?«

Angela lächelte amüsiert. Sie kannte ihre Schwägerin. Und natürlich meinte sie es gut. »Das ist lieb von dir«, sagte sie. »Hoffentlich warst du nicht unfreundlich zu ihr.«

»Aber nein«, beruhigte Nathalie sie liebevoll. »Ich hab ihr gesagt, dass du keineswegs allein bist, schließlich hast du mich. Darauf konnte sie nichts mehr sagen.«

»Danke ...«

Angela betrachtete zärtlich ihre einzige Tochter. Auch sie

hatte tiefe Schatten unter den Augen. Angela wusste, dass für Nathalie die vergangenen Monate ebenfalls schwer gewesen waren. Sie hatte ihren Vater sehr geliebt. Aus einem sorglosen Teenager war eine junge Frau geworden, sich ihrer selbst bewusst und schmerzerfahren. Eine äußerst attraktive Frau mit ihren dunkelgrünen Augen und dem kastanienbraunen Haar, das ihr fast bis zur Taille reichte. An diesem Tag hatte sie es zu einer Hochsteckfrisur aufgetürmt. So wie sie selbst war auch Nathalie in den letzten Monaten dünner geworden, was sie zerbrechlich aussehen ließ, und doch besaß ihre Tochter eine schier unerschöpfliche Energie. Angela fragte sich, ob sie früher auch so gewesen war. So voller pulsierendem Leben, voller Pläne. Und trotz der harten Zeit, die hinter ihnen beiden lag, voller Optimismus. Das hat sie von Peter, sagte Angela sich und schloss erschöpft die Augen. Alles in diesem Haus zeugte von Peters Wesen. Und von seiner endgültigen Abwesenheit.

»Hast du gesehen?«, fragte Nathalie. »Tess hat geschrieben.«

Angela wandte überrascht den Kopf. »Wirklich? Das ist aber nett.«

»Ich hab den Brief geöffnet, weil ich dachte, es wäre eine der vielen Kondolenzkarten, und du wolltest ja, dass ich dir das abnehme. Es ist allerdings ein persönlicher Brief an dich, Mami. Willst du ihn lesen?«

»Morgen vielleicht«, antwortete Angela. »Für heute habe ich genug Beileidsbekundungen gehört.«

»Ja, schon«, entgegnete Nathalie aufgeregt. »Nur, der Brief ist ganz anders! Tess lädt dich zu sich ins Veneto ein. Sie findet, du brauchst Urlaub. Abstand von … von allem eben. Und weißt du was? Ich finde, sie hat recht!«

Angelas erste Reaktion war Abwehr. Doch dann sah sie den besorgten Ausdruck in den Augen ihrer Tochter und fühlte die Liebe, die von ihr ausging. Nathalie machte sich Sorgen, und das berührte sie.

»Ich denke darüber nach«, sagte sie sanft. »Morgen.«

»Versprochen?«, setzte Nathalie nach. Angela musste lachen. Das war ein altes Ritual zwischen ihnen, seit Nathalie sprechen konnte. Denn mindestens seit diesem Zeitpunkt war es ihre Art gewesen, alle möglichen Dinge auszuprobieren, die Angela eigentlich noch viel zu gefährlich für sie fand. Statt ihr etwas zu verbieten, hatte sie Nathalie immer erst das Versprechen abgenommen, vorsichtig zu sein. Jetzt hatte sie offenbar die Rollen getauscht.

»Versprochen«, sagte sie. Und schon beim Einschlafen fand sie den Gedanken, eine Weile wegzufahren, gar nicht mehr so abwegig.

Am nächsten Morgen wachte Angela mit einem Lächeln auf den Lippen auf. Es dauerte eine gefühlte Ewigkeit, ehe ihr alles wieder einfiel. Sie hatte von Blumen geträumt, um die Bienen summten. Im Traum hatte sie ihr Gesicht in die Sonne gehalten, und jemand hatte ihre Hand genommen und sie in ein Haus geführt, in ein großes Haus, dessen Wände mit Blumen bemalt waren und an dessen Decken Sonne, Mond und Sterne leuchteten. Dann war die Hand auf einmal nicht mehr da gewesen, und sie hatte einen unwiederbringlichen Verlust gefühlt. Aber nur kurz, denn eine neue Tür zu einem neuen Raum war geöffnet worden. Etwas Schönes war geschehen, doch bereits während des Aufwachens konnte sie sich nicht mehr daran erinnern, was …

Der Traum zerrann, Angela öffnete die Augen. Und ehe Trauer und Verzweiflung sie überfallen und lähmen konnten, schlug sie entschlossen die Decke zurück und stand auf. Während Peters Krankheit hatte sie sich an eine eiserne Routine gehalten, die ihr geholfen hatte, nicht zusammenzubrechen. Und obwohl sie niemals weiter in die Zukunft gedacht hatte als bis zur Beerdigung, oder vielleicht gerade deswegen, zog sie auch heute ihre Joggingsachen an, schnürte ihre Laufschuhe und verließ das Haus.

Das Laufen tat ihr gut. Ihre rastlosen Gedanken gaben Ruhe. Ihre Beine fanden von ganz allein den Weg hinaus aus der Ortschaft und den Feldweg entlang bis zum nächsten Dorf, hinunter zum See und am Ufer zurück. Auf der Promenade kamen ihr zwei Männer entgegen, der eine war ein Segelfreund von Peter, der seinen Hund spazieren führte. Angela nahm seinen mitleidvollen Blick wahr, als sie ihn grüßte.

»Die Allerärmste«, hörte sie ihn zu seinem Begleiter sagen. »Gerade mal fünfundvierzig Jahre alt und hat gestern ihren Mann begraben.«

Es war, als hätte ihr jemand in die Kniekehlen geschlagen. Angela geriet ins Taumeln, beinahe wäre sie gestürzt. Und dann wurde sie wütend, so sehr wie schon eine Ewigkeit nicht mehr. Würde das von jetzt an immer so sein? War und blieb sie nun die bedauernswerte Witwe, eine »Allerärmste«, die das Unglück heimgesucht hatte?

Unwillig schüttelte sie den Kopf und verfiel wieder in ihre übliche Laufgeschwindigkeit. Sie durfte nicht so empfindlich sein. Die Leute meinten es nicht böse. Doch als sie am Kiosk kurz vor dem Aufstieg zu ihrem Haus wie immer eine Zeitung kaufte, traf sie von der Besitzerin, einer älteren Frau, die sie schon lange kannte, ein ganz ähnlicher Blick. Sie las Mitgefühl darin, auch die Erleichterung, selbst nicht so hart vom Schicksal getroffen worden zu sein. Und schlecht verhohlene Neugier, wie sie, Angela, damit wohl fertig werden würde.

Das letzte steile Stück ihrer Joggingroute verlangte ihre gesamte Konzentration. Sie hatte gelernt, störende Gedanken auszublenden und sich ganz auf ihren Körper zu fokussieren. Und doch hatte sie, als sie die Haustür aufschloss, eine Entscheidung getroffen. Sie würde Tess' Einladung annehmen und sie besuchen. Als sie kurz darauf unter der Dusche stand und das Wasser nur so auf sich herunterprasseln ließ, wurde ihr auch klar, warum. Was sie brauchte, war die Gesellschaft von Menschen, die sie so nahmen, wie sie jetzt war. Um selbst herausfinden zu können, was von ihr nach allem, was geschehen war, übrig geblieben war.

Nathalie war bereits nach München aufgebrochen, wo sie im vergangenen Herbst begonnen hatte, Kunstgeschichte zu studieren, und hatte Angela einen Zettel voller Herzen und mit der Nachricht hinterlassen, dass sie am späten Nachmittag zurück sei. Die Vorlesungen begannen zwar erst in zwei Wochen, doch Nathalie arbeitete bereits an einer Seminararbeit und recherchierte dafür in der Institutsbibliothek. Angela nickte zufrieden, ihre Tochter war ebenso diszipliniert wie sie und behielt ihre Routine bei.

Der Morgen verging mit der Erledigung jener unerfreulichen bürokratischen Angelegenheiten, die auf einen Todesfall unweigerlich folgten. Angela telefonierte mit Versicherungen, mit dem Beerdigungsinstitut, mit dem Friedhofsamt und der Gärtnerei. Sie machte Kopien von Peters Sterbeurkunde und setzte förmliche Briefe auf. Sie tat das alles mit derselben Routine, wie sie in der Vergangenheit Anträge an die Krankenkasse, die Pflegeversicherung und Schreiben an ihre Geldinstitute oder Spezialkliniken verfasst hatte. Sie wusste, dass sie außerdem noch einige weitreichende Entscheidungen treffen musste.

Peter hatte mit seinem Freund Markus eine Baufirma aufgebaut, die über die letzten zwanzig Jahre gewachsen war und sich zu einem großen, erfolgreichen Unternehmen entwickelt hatte. Seine Anteile hatte er rechtzeitig auf sie und Nathalie übertragen. Und doch gab es viele Dinge zu klären. Angela vermutete, dass Markus ihr Zeit lassen würde. Doch sie selbst wünschte sich in ihrem eigenen Interesse eine baldige Klärung der Verhältnisse. Noch war sie zu keinem Entschluss gekommen.

Am Nachmittag, als sie sich sicher war, dass eine ältere Dame ihren Mittagschlaf beendet haben würde, wählte sie Tess' Nummer im italienischen Veneto. Es war viele Jahre her, seit sie die Jugendfreundin ihrer Mutter zuletzt gesehen hatte, die für sie immer wie eine Tante gewesen war, die sie nie gehabt hatte. Eigentlich hieß sie Teresa, doch nachdem sie sich in John verliebt hatte, der als amerikanischer Soldat in Mannheim stationiert gewesen war, war sie ihm in die USA gefolgt, und seither nannte sie jeder nur noch Tess. Angela und Peter hatten die beiden in Florida besucht, doch das war lange her. Vor zehn Jahren war Tess zurück nach Europa gezogen, jedoch nicht nach Deutschland, sondern in eine Kleinstadt eine Autostunde nördlich von Venedig.

Angela hatte keine Ahnung, wieso die alte Dame ausgerechnet dort ihren Lebensabend verbringen wollte. Bevor Peter krank geworden war, hatte Nathalie einmal die Sommerferien bei Tess verbracht. Sie war restlos begeistert gewesen und mit dem unumstößlichen Entschluss zurückgekommen, Kunstgeschichte zu studieren, denn Tess hatte unermüdlich jedes Kulturdenkmal mit ihr abgegrast, das in der Umgebung zu finden war.

»Wann kommst du?«, fragte Tess ohne große Umschweife. »Es ist so schön, deine Stimme zu hören!«

»Ich würde dich tatsächlich gern besuchen«, sagte Angela, »wenn es dir wirklich recht ist und keine Umstände macht.«

»Mein Haus ist deines!«, entgegnete die alte Dame. »Du

weißt ja, ich lebe allein. Platz ist genug. Du kannst kommen und bleiben, solange du willst.«

Angela überlegte. »Ich muss erst mit Nathalie sprechen«, wandte sie ein und wurde auf einmal unsicher. »Ich weiß nicht, ob ich schon so bald fahren kann, Tess ... Immerhin hat sie gerade erst ihren Vater verloren.«

»Nathalie ist ein großes Mädchen«, hörte sie Tess sagen. »Ich bin mir sicher, sie kann für sich selbst sorgen. Und wenn nicht, bring sie einfach mit.« Einen Moment lang war es still in der Leitung. »Angela«, brach Tess das Schweigen, »das mit Peter tut mir unendlich leid. Aber ich werde dir nicht mit meinem Mitgefühl auf die Nerven gehen. Ich weiß, wie das ist. Nachdem John gestorben war, hielt ich es nicht mehr aus zu Hause. Es gibt nichts Schlimmeres, als wenn es alle schrecklich gut mit dir meinen. Hab ich recht?«

Angela musste lachen, es war jedoch ein trauriges Lachen, und auf einmal fühlte sie nach langer Zeit wieder Tränen hinter ihren Augen aufsteigen.

»Danke«, sagte sie. »Genau so ist es, Tess.« Eine Weile sagte keine von beiden etwas, dann fragte Angela: »Wie geht es dir denn? Wir haben uns schon so lange nicht mehr gesehen!«

»Noch ein Grund, mich endlich zu besuchen«, meinte Tess. »Danke der Nachfrage, mir geht es gut. Mein rechtes Knie will manchmal nicht mehr ganz so wie ich, das ist in meinem Alter wohl nichts Besonderes.« Und als Angela nichts erwiderte, fuhr sie fort: »Also, ich werde Emilia jetzt das Turmzimmer für dich herrichten lassen. Und du kommst einfach, wann immer du willst. Ja?«

»Gern, Tess«, brachte Angela mühsam heraus, obwohl sie einen Kloß im Hals stecken hatte. »Ich melde mich. Und nochmals danke!«

»Ist schon gut«, wehrte Tess lachend ab. »Vergiss nicht, ich bin eine egoistische alte Frau und wünsche mir nichts weiter als deine wunderbare Gesellschaft. Reiner Eigennutz, meine Liebe!«

Sie lachten miteinander, und als sie sich verabschiedeten, spürte Angela, wie sich etwas in ihrer Brust zu lösen begann. Ja. Genau diese Art von Humor und diese Offenheit waren das, was sie jetzt brauchte.

»Natürlich komme ich zurecht«, erklärte Nathalie entrüstet. »Du brauchst ganz dringend Tapetenwechsel, Mami. Und Asenza ist einfach ein Traum. Du sprichst doch so gut Italienisch! Ich kann nicht fassen, dass wir nicht schon viel früher mal alle zusammen dahingefahren sind. Das ist die Gegend, in der Palladio seine berühmtesten Villen gebaut hat. Die Landschaft ist wunderschön, und Tess' Haus ist unglaublich.«

»Es gibt doch noch so viel zu regeln …«

»Das kann ich machen. Ich hüte das Haus und kümmere mich um alles. Wie ich dich kenne, hast du das meiste doch eh schon erledigt. Tess hat Internet im Haus. Du kannst also auf dem Laufenden sein, wenn du das unbedingt möchtest. Fahr nach Italien, Mami! Du wirst sehen, das tut dir gut.« Angela nagte unschlüssig an ihrer Unterlippe. »Ist es die lange Autofahrt?«, fragte Nathalie besorgt. »Soll ich dich begleiten? Ich könnte mit dem Zug zurück …«

»Aber nein.« Angela lächelte. »Das schaff ich schon. So weit ist es nun auch wieder nicht.«

»Im Grunde ist es nur auf der anderen Seite«, meinte Nathalie und wies aus dem Fenster in Richtung des prächtigen Alpenpanoramas. »Für den Fall, dass es notwendig wird, kannst du in ein paar Stunden wieder hier sein.« Und als Angela immer noch schwieg, fügte sie verschmitzt hinzu: »An deiner Stelle würde ich vor dem Wochenende verschwinden.

Mein Gefühl sagt mir nämlich, dass am Sonntag die Verwandtschaft vor der Tür steht, damit du nicht so allein bist. Tante Simone hat so etwas angedeutet.« Nathalie grinste, als Angela erschrocken die Augen aufriss. Dann lachte sie.

»Na gut. Du hast mich überzeugt. Was ist heute für ein Tag? Mittwoch? Also sollte ich wohl besser anfangen zu packen.«

Angela war fast fertig, als ihre Tochter kam und sich zu ihr aufs Bett setzte. »Ich hab im Internet nachgesehen«, erzählte Nathalie und inspizierte neugierig den Inhalt des Koffers. »Das Wetter soll die ganze nächste Woche gut sein in Asenza.« Sie entdeckte bequeme Jeans, Blusen, T-Shirts und natürlich Sportsachen und zog die Stirn kraus. »Nimm auch ein paar von deinen schicken Sachen mit«, riet sie ihrer Mutter. »Tess kennt ein paar schrecklich vornehme Leute. Soll ich dir helfen? Wenn du willst, packe ich dir zusätzlich einen kleinen Koffer, ja? Für besondere Anlässe sozusagen.«

Angela konnte sich zwar nicht vorstellen, welche besonderen Anlässe bei Tess wohl auf sie warten würden, ließ ihre Tochter aber gewähren. Im Handumdrehen hatte Nathalie ihrer Mutter lauter Dinge eingepackt, die sie schon ewig nicht mehr getragen hatte. Wann hätte sie in den vergangenen zwei Jahren auch Gelegenheit gehabt, sich zum Ausgehen schick zurechtzumachen?

Noch beim Frühstück am Freitagmorgen erschien es Angela nahezu absurd, sich in den Wagen zu setzen und einfach davonzufahren. War sie denn abkömmlich? Das war so ungewohnt nach all der Zeit, in der sie nur für Peter da gewesen war. In Gedanken ging sie noch mal durch, was sie am Vortag alles in die Wege geleitet hatte. Mit dem Gärtner hatte sie nicht nur die Grabbepflanzung besprochen, sondern ihn auch gebeten, während ihrer Abwesenheit nach dem Garten zu sehen. Ihre Zugehfrau würde regelmäßig ins Haus kommen, sodass Nathalie zum Semesterbeginn beruhigt in ihre Wohngemeinschaft im Glockenbachviertel zurückkehren konnte. Trotzdem wurde sie das Gefühl nicht los, irgendetwas Wichtiges vergessen zu haben. Doch nachdem sie am Friedhof haltgemacht, lange an Peters Grab gestanden und vergeblich auf die Empfindung gewartet hatte, dass hier irgendwo noch etwas von ihm geblieben war, wurde ihr klar, dass nichts sie mehr zurückhielt. Als sie die Autobahn nach Garmisch erreichte, überfiel sie ein Gefühl von Freiheit. Sie war unterwegs.

Angela holte tief Luft. Und konnte sich nicht erinnern, wann sie das letzte Mal so erleichtert gewesen war.

# 2

## Das Wiedersehen

So rein und klar war die Luft, so blau der Himmel und gleißend die schneebedeckten Gipfel, dass Angela die Fahrt über die Alpen wie ein Übergang aus einem düsteren Winter voller Trauer und Schmerz in ein schwereloses Reich aus Licht und Sommer erschien. Die Südtiroler Bergwelt mit ihren schroffen Tälern und steil aufragenden Flanken aus Granit und Eis, die bizarren Formationen, die ihre Gestalt auf ihrer Fahrt ständig zu verändern und zu verschieben schienen, erinnerten sie daran, wie klein und unbedeutend das einzelne Menschenschicksal doch war im Vergleich zu den Jahrmillionen, in denen sich die Erde geformt und gefaltet hatte, bis dieses mächtige Gebirge hatte entstehen können.

Sie passierte den Brenner, und ihr Wagen rollte in weiten Serpentinen hinunter nach Brixen und weiter nach Bozen und in das Tal der Etsch. Die steinernen Riesen blieben hinter Angela zurück, und sie tauchte mehr und mehr ein in fruchtbares Land, wo Obstbäume in voller Blüte standen und die nach Süden geneigten Hänge mit dem frischen Grün der in regelmäßigen Reihen gepflanzten Weinreben bedeckt waren. Die Sonne schien hier viel intensiver als zu Hause, und im Auto wurde es warm.

Angela machte an einer Raststätte halt, zog ihre Wolljacke aus, aß ein mit luftgetrocknetem Speck und eingelegten Tomaten belegtes *panino*, trank einen Kaffee und kaufte sich eine Flasche Mineralwasser, ehe sie weiterfuhr. Zwei Stunden und fünf Minuten gab ihr Navigationsgerät für die restliche Strecke an.

Die schien sie durch einen einzigen großzügigen Garten zu führen. »Monte Grappa« las Angela auf einem Schild, und sie erinnerte sich, dass der berühmte Tresterschnaps gleichen Namens aus dieser Gegend stammte. Rosarot getupfte Hänge mit Plantagen voller blühender Aprikosenbäume säumten ihren Weg, und immer wieder sah sie Gruppen von schlanken, hoch aufgeschossenen Zypressen, die wie dunkelgrüne Finger mahnend gen Himmel zu weisen schienen. Als sie schließlich hier und dort Zitronenbäume entdeckte, an denen aus dem dunkelgrünen Laub nicht nur Blüten, sondern auch noch einige Früchte leuchteten, atmete sie auf. Fast hatte sie es geschafft. Nur noch wenige Kilometer trennten sie von ihrem Ziel.

Bald entdeckte Angela in der Ferne auf einem kegelförmigen Hügel eine stattliche Ansammlung wehrhafter Häuser, Türme und Zinnen aus Travertingestein, das in der späten Nachmittagssonne schimmerte wie reines Gold.

Tess hat sich da ein ganz besonderes Fleckchen Erde ausgesucht, dachte sie, als sie die Serpentinen der steilen Zufahrtsstraße nach Asenza hinauffuhr. Jede Biegung bescherte ihr einen noch herrlicheren Blick nach Süden, wo sie unter einem Schleier aus Dunst Venedig vermutete. Dann passierte sie ein trutziges Tor und fand sich innerhalb einer mittelalterlichen Stadtanlage wieder. Die Straße verengte sich, und obwohl sie langsam fuhr, dröhnten die Reifen auf dem Pflaster.

Vorsichtig überquerte Angela einen trapezförmigen, leicht ansteigenden Platz, folgte der Anweisung ihres Navigationsgeräts und bog links in eine Gasse ein. Einige Hundert Meter führte sie diese in einer Schleife sanft bergan, bis sie schließlich vor einem schmiedeeisernen Tor endete. Angela schaltete den Motor ab und stieg aus.

Zwischen den uralten Mauern staute sich die frühlingshafte Wärme, der Duft von Rosen mischte sich mit dem herben

Aroma von Zedern. Das Gezwitscher unzähliger Vögel drang aus dem dichten Laub der Bäume jenseits des Tores. Eine Hecke stand in hellgelber Blüte. Angela wollte eben nach einer Klingel beim Tor suchen, als sie Schritte hörte, die sich rasch näherten. Eine pummlige Frau um die fünfzig mit freundlichen Lachfältchen um die Augen kam den Kiesweg herunter zum Tor.

»Signora Angela?«, fragte sie und öffnete den Riegel. »*Benvenuta!* Ich bin Emilia. Die Signora erwartet Sie schon.«

Quietschend öffneten sich die beiden Flügel des alten Tores. Emilia winkte sie herein, und Angela fuhr langsam die Einfahrt hoch, die von prächtigen Strauchrosen gesäumt wurde. Angela war überrascht, mitten in dieser Altstadt, die ihr so eng und gedrängt erschienen war, einen so großzügigen Garten vorzufinden. Entlang der Mauer stand eine Reihe von Bäumen mit dunklen Laubkronen, eine mächtige, uralte Zeder reckte ihre fedrigen Äste über einen Teil des herrschaftlichen Hauses. Wie die ganze Stadt war auch Tess' Anwesen aus dem gelblichen Travertin erbaut. Es wirkte trutzig und verwinkelt. Im hinteren Teil erhob sich ein wehrhafter Turm, der mit Zinnen gekrönt war.

»Hier können Sie Ihr Auto abstellen«, rief Emilia ihr auf Italienisch durchs offene Autofenster zu und wies auf einen mit Glyzinien überrankten Parkplatz.

Noch ehe Angela ihr Gepäck aus dem Kofferraum holen konnte, war ein junger Mann zur Stelle, den Emilia als ihren Sohn Gianni vorstellte und der Angela versicherte, dass sie sich von nun an um nichts mehr zu kümmern brauche.

»*Lei deve essere stanchissima*«, erklärte die Haushälterin mit warmer Stimme. »Sie müssen müde sein nach so einer langen Fahrt! Bitte kommen Sie.«

Sie führte Angela ins Haus und durch einen dunklen Korridor eine Treppe hinauf in den ersten Stock und öffnete die

Tür zu einem lichtdurchfluteten Zimmer. Angela schloss geblendet die Augen.

»Da bist du ja! Herzlich willkommen in der Villa Serena«, hörte sie eine altvertraute Stimme. Vor einer beeindruckenden Glasfront, die die gesamte Breite des Raumes einnahm und die nur von gotischen Fensterbögen unterbrochen wurde, erhob sich mühsam eine Gestalt. Angela beeilte sich, Tess entgegenzugehen. Die alte Dame schloss sie in die Arme. Sie hielten sich lange fest. »Gut, dass du da bist«, sagte Tess. »Lass dich ansehen! Mager bist du geworden! Und blass. Du lieber Himmel! Das werden wir ändern. Emilia kocht fantastisch, und der Frühling hier im Veneto wird dir guttun! Setz dich doch! Wie war die Fahrt?«

»Danke, gut. Ich habe mir Zeit gelassen.«

Erst jetzt begriff Angela, dass sie sich im ersten Obergeschoss des Turms befanden, den sie beim Hereinfahren entdeckt hatte. Sie nahm Tess gegenüber Platz und sah aus dem Fenster. Der Ausblick nahm ihr fast den Atem.

»Schön, nicht?«, fragte Tess mit einem breiten Lächeln.

»Schön ist gar kein Ausdruck«, brachte Angela heraus.

»An manchen Tagen kann man sogar Venedig sehen«, erklärte Tess. »Aber meistens ist die Serenissima unter einem Schleier verborgen wie eine kokette Frau.« Ein unwirklicher zartvioletter Schein lag über der sanft in Richtung Süden abfallenden Landschaft. Weinberge, Obsthänge, Wiesen und Felder gingen allmählich über zu einer schier endlos scheinenden Ebene und verschwammen in der Weite, die sich in einem golden schimmernden Horizont verlor. Im Westen näherte sich gerade die Sonne ihrem täglichen Untergang, sie brachte den Himmel zum Verglühen. »Was ist?«, unterbrach Tess Angelas sprachloses Staunen. »Trinkst du einen Prosecco mit mir zur Feier des Tages?«

»Gern!«, antwortete Angela und betrachtete liebevoll ihre Gastgeberin.

Tess war älter geworden, aber unter dem silbergrauen Pagenschnitt blitzten sie dieselben hellwachen kobaltblauen Augen an, die sie früher an ihrer Nenntante so bewundert hatte. Tess war Mitte siebzig und immer noch sehr schlank.

»Willkommen in Asenza«, sagte Tess. »Bitte fühl dich hier wie zu Hause!«

Emilia brachte einen Teller mit gesalzenen Mandeln und selbst gebackenen knusprigen Grissini und einen Prosecco aus dem benachbarten Val Dobbiadene.

»*La cena è quasi pronta*«, kündigte Emilia das baldige Abendessen an. »Gibt es irgendetwas«, fragte sie vorsichtig, »das Signora Angela nicht mag?«

»Angela mag alles«, sagte Tess, »nicht wahr?« Angela nickte lächelnd. Das war schon immer so gewesen, und es hatte sich nicht geändert. Emilia atmete erleichtert auf. Nur allzu große Portionen, dachte Angela, die schaffe ich momentan nicht. Doch vorsichtshalber sprach sie das nicht laut aus. »Wie lange haben wir uns nicht mehr gesehen?«, fragte Tess, während Emilia den Prosecco einschenkte. »Fünf Jahre?«

»Mama ist vor fünf Jahren gestorben«, antwortete Angela. »Es war sehr lieb von dir, dass du zur Beerdigung gekommen bist.«

»Das war selbstverständlich«, unterbrach Tess sie. »Sie war wie eine Schwester für mich. Ich wäre auch jetzt gekommen, Angela, doch mit meinem Knie …«

»Das versteh ich doch, Tess«, beruhigte Angela sie. »Mir tut es leid, dass ich dich noch nie hier besucht habe.«

»Jetzt bist du ja da«, sagte Tess und stieß mit ihr an. »Das ist die Hauptsache.«

Angela nahm einen Schluck. Der Prosecco erfrischte sie und prickelte auf ihrer Zunge.

»Nathalie hat oft von Asenza geschwärmt«, bemerkte sie.

»Deine Nathalie ist ein fabelhaftes Mädchen. Du kannst stolz auf sie sein«, erklärte Tess und knabberte an einem Gebäckstück. »Ich werde den Sommer mit ihr nie vergessen. Damals war ich noch besser auf den Beinen«, fügte sie wehmütig hinzu. »Was haben wir nicht alles miteinander unternommen!«

»Danach hat sie beschlossen, Kunstgeschichte zu studieren«, bestätigte Angela. »Und nichts hat sie mehr davon abbringen können. Sie hat sogar freiwillig Italienisch gelernt. Im Augenblick schreibt sie eine Seminararbeit über irgendeinen Aspekt die Architektur Palladios betreffend, ich habe vergessen, worum genau es geht …«

»Über die Abweichungen der römischen Villenstruktur in Palladios Werk, untersucht anhand der Villa Barbaro in Maser«, verkündete Tess mit einiger Befriedigung in der Stimme.

Angela riss verblüfft die Augen auf. »Woher …«

»Wir haben regen E-Mail-Kontakt, deine Tochter und ich«, erklärte Tess mit einem verschmitzten Lächeln. »Hin und wieder schickt sie mir auch eine Nachricht per WhatsApp. Weißt du was?«, rief sie aus. »Wir machen jetzt ein Selfie und schicken es ihr. Damit sie weiß, dass du gut angekommen bist!«

Die alte Dame zückte ihr Smartphone, das in einer mit glitzernden Steinen besetzten Hülle steckte, und winkte sie heran. Angela kam aus dem Staunen nicht mehr heraus. Tess tat so, als bemerkte sie es nicht, und schoss ein paar schöne Bilder von ihnen beiden. Dann setzte sie ihre Lesebrille auf und tippte auf dem Display herum. »So«, rief sie zufrieden aus, »erledigt! Möchtest du jetzt deine Zimmer sehen? Du kannst dich bis zum Abendessen noch eine Weile hinlegen.«

Emilia ging voran. Die rundliche Italienerin erklomm erstaunlich behände zwei weitere Stockwerke, bis es nicht mehr höher ging, und öffnete eine schwere Tür aus dunklem Holz.

»*Eccoci!*«, rief sie aus und schaltete das Licht an. Angela trat über die Schwelle und fand sich in einem geschmackvoll mit alten Möbeln eingerichteten Salon wieder. Zwei bequem wirkende Sessel und ein dazu passender Zweisitzer gruppierten sich vor einem offenen Kamin. An einem ganz ähnlichen Fenster wie in Tess' Salon stand ein quadratischer Tisch mit gedrechselten Beinen und ebensolchen Stühlen. »Das Schlafzimmer ist dort drüben«, erklärte Emilia, durchquerte den Salon und öffnete gegenüber eine weitere Tür zu einem Raum, in dem Angela ihr Gepäck entdeckte. »Und das Badezimmer befindet sich nebenan. Handtücher liegen bereit, das Bett ist bezogen. Im Schrank hängt ein Frotteemantel. Außerdem finden Sie darin eine warme Decke, denn die Nächte sind manchmal noch frisch hier oben. Und wenn etwas fehlt, *per favore*, Signora, sagen Sie es mir. Und jetzt lass ich Sie erst einmal ein bisschen in Ruhe. Gianni wird Sie zum Abendessen holen. *Va bene?*«

»Ja, vielen Dank!«

Emilia verschwand, und Angela ließ sich erschöpft auf das Bett fallen. Auf einmal hatte sie das Gefühl, als ob sich der Raum um sie drehte. Sie schloss die Augen. Das Gefühl blieb. Das macht die Fahrt, sagte sie sich, zog die Beine an und rollte sich auf die Seite. Im nächsten Augenblick war sie eingeschlafen.

Ein zaghaftes Klopfen weckte sie auf. Sie fuhr hoch. Es war dunkel. Einen Moment lang wusste sie nicht, wo sie war. Sie tastete nach einem Lichtschalter und riss die Nachttischlampe herunter. Desorientiert stand sie auf und tapste vorsichtig durch den Raum zur noch immer offen stehenden Tür, die zum Salon führte und durch die ein fahler Lichtschein fiel. Endlich fand sie einen Lichtschalter, schloss geblendet die Augen und öffnete die Tür. Gianni stand davor und sah sie erschrocken an.

»*La cena è pronta*«, sagte er verlegen. »Ich soll Sie zum Essen holen.«

Angela wäre am liebsten wieder zurück ins Bett gekrochen, sie fühlte sich wie erschlagen und aus tiefen Träumen gerissen. Doch das konnte sie Tess an ihrem ersten Abend nicht antun.

»Gleich«, sagte sie und rieb sich die Augen. »Ich brauche nur ein paar Sekunden.«

Sie ging ins Badezimmer. Dort spritzte sie sich eiskaltes Wasser ins Gesicht, starrte ihr zerknittertes Spiegelbild an, kramte ihren Kosmetikbeutel aus dem Koffer und kämmte sich wenigstens das Haar. Sie wischte sich die zerlaufene Wimperntusche ab und zog ihre Lippen nach. Hoffentlich erschienen an diesem Abend noch keine vornehmen Gäste. Und wenn doch, so war es ihr in ihrem erschöpften Zustand auch egal.

Tess saß bereits bei Tisch, als Angela das geräumige Esszimmer im Erdgeschoss des Turms betrat. Als Vorspeise gab es eine cremige Erbsensuppe, und mit ihr kam auch Angelas Appetit.

»Ich dachte, nach der Fahrt magst du sicher etwas Leichtes«, meinte Tess, als Emilia eine Platte mit gedünstetem Fisch auftrug. Dazu reichte sie eine leckere Zitronensoße.

»Danke«, antwortete Angela erleichtert, »das ist genau das Richtige.«

Sie sprachen nicht viel an diesem Abend. Tess war feinfühlig genug, um Angelas Erschöpfung wahrzunehmen. Nach dem Essen brachte Emilia duftenden Lindenblütentee, den sie schweigend tranken, dann entschuldigte sich Tess und ging zu Bett.

Als Angela ihr Reich wieder betrat, summte es nur so in ihrem Kopf vor Müdigkeit. Sie nahm eine heiße Dusche und schlüpfte in ihren Pyjama, holte die Decke aus dem Schrank, für alle Fälle. Als sie die Laken zurückschlug, musste sie lächeln: Emilia hatte ihr eine Wärmflasche ins Bett gelegt und daneben ein Paar weiche weiße Baumwollsocken mit gehäkeltem Spitzenrand.

Angela kam sich nur einen Augenblick lang albern vor, dann zog sie die Bettsöckchen über ihre Füße und kuschelte sich in das noch ungewohnte Bett. Sie überlegte, ob sie die hölzernen Fensterläden schließen sollte, doch sie hatte keine Lust, noch einmal aufzustehen. Also löschte sie das Licht und lauschte einige Atemzüge lang den Geräuschen der fremden Umgebung. Vor einem der Fenster sang ein Vogel eine letzte getragene Weise. Wie schön das klingt, dachte Angela. Und mit diesem Gedanken glitt sie hinüber in einen tiefen, traumlosen Schlaf.

## 3

## Die rosenfarbene Stola

Sie wachte auf, weil ihr ein Sonnenstrahl mitten ins Gesicht schien, und stellte fest, dass sie noch genauso dalag, wie sie eingeschlafen war. Die Zeiger ihrer Armbanduhr standen auf kurz vor sieben. Fast zehn Stunden hatte sie geschlafen wie ein Stein.

Angela fühlte sich erfrischt und sprang aus dem Bett, lief barfuß zum Fenster und spähte hinaus. Es ging nach Osten, wo die Sonne gerade eine Handbreit über dem Horizont stand. Als sie einen Flügel öffnete und sich hinauslehnte, wurde ihr kurz schwindlig. Wie Rapunzel im Märchen bewohnte sie das höchste Zimmer im Turm, direkt unter ihr lag der Garten. Sie sah in die Krone der alten Zeder, in der Vögel ihren Morgengesang angestimmt hatten.

Die glasierten Tonziegel unter ihren Füßen waren so alt, dass ihre Oberfläche an vielen Stellen abgetreten war und sich samtig unter ihren nackten Füßen anfühlte. Von ihrem Badezimmer aus hatte sie einen Blick auf die Ausläufer des Monte Grappa. Angela ging hinüber in das andere Zimmer, das nach Süden zeigte. Die Aussicht zog sie erneut in ihren Bann. Wie so oft hatte sie den Impuls, nach Peter zu rufen, damit er sich das auch ansah. Wann würde sie jemals lernen, dass er sich nie wieder an ihre Seite stellen konnte? Der Schmerz knäulte sich hinter ihrem Brustbein zusammen und wollte sich ausdehnen, doch Angela ließ es nicht zu, wandte sich ab und beschloss, wie jedes Mal, wenn dies der Fall war, aktiv zu werden. Etwas in ihr ahnte, dass sie es nicht ertragen würde, sollte sich die innere Tür zu ihrem Schmerz, die sie fest verschlossen hielt, eines Tages öffnen.

Am Morgen vor ihrer Abreise war sie nicht joggen gegangen, und nach der stundenlangen Fahrt fühlten sich ihre Glieder verspannt an. Am besten, sie lief jetzt gleich eine Runde.

Angela öffnete ihren Koffer und suchte die Sportkleidung heraus. Fünf Minuten später ging sie die vielen Treppenstufen hinunter und sah sich im Erdgeschoss um. Sie fand das Esszimmer, wo sie mit Tess zu Abend gegessen hatte, und gleich daneben eine geräumige, gut eingerichtete Küche mit einem Ausgang zum Garten. Die Tür war jedoch verschlossen.

Angela zögerte, ging zurück in den Flur. Sie erkannte, dass Küche und Esszimmer zum Turmbau gehörten und dass die Ebenen des Turms und der Villa nicht ganz miteinander übereinstimmten – deshalb musste man ein paar Stufen zur Eingangshalle hinuntergehen. Im Vestibül stand eine schwere Kommode, darauf lag ein Zettel mit einer Nachricht. *Deine Hausschlüssel, Angela*, las sie in der charakteristischen Handschrift ihrer Gastgeberin, *viel Spaß beim Frühsport.*

Zunächst erkundete Angela im Gehen die Umgebung. Von dem Platz, über den sie am Tag zuvor gekommen war, führte die Hauptstraße steil empor zu einer Kirche. Rasch stieg Angela hinauf. Hinter dem Gotteshaus entdeckte sie einen kleinen Friedhof mit den für Italien so typischen Grabsteinen – außer dem Namen der Verstorbenen waren Porträtfotos aus deren besten Jahren in den Stein eingelassen. Angela ließ den Friedhof rechts liegen und ging noch ein kleines Stück weiter hinauf zur höchsten Stelle der Altstadt, die ein besonders trutziger Palazzo mit gleich zwei Wehrtürmen einnahm. Eine hohe Mauer umgab das Anwesen, auf der in Beton eingearbeitete Glasscherben jedem Eindringling signalisierten, wie wenig willkommen er war.

Angela blieb stehen und sah sich um. Auf Kopfsteinpflaster lief es sich nicht besonders gut, doch schließlich entdeckte sie einen Feldweg, der hinter dem Palazzo den Hang entlangzuführen schien. Auf gut Glück schlug sie ihn ein, und tatsächlich verlief er in einem Bogen um die alte Stadtbefestigung herum, die an vielen Stellen noch deutlich zu erkennen war. Nach einem guten Kilometer bog er ab und folgte einem Ausläufer des Hügels durch Obstgärten und Weinberge und dann einem Bachlauf bergab. So gelangte Angela am Fuße des Hügels unvermittelt in ein Neubaugebiet, das von der Altstadt aus überhaupt nicht zu sehen gewesen war. Sie lief an riesigen Anwesen mit Pools in den weitläufigen Gärten vorüber und an einem Tennisplatz, wo zu dieser frühen Stunde bereits zwei Spieler einander gekonnt den Ball parierten. Die Bewegungen der beiden Männer wirkten routiniert, als spielten sie schon eine halbe Ewigkeit miteinander. Angela musste daran denken, dass sie während ihrer Jugend jahrelang selbst eine ziemlich gute Spielerin gewesen war und so manchen Pokal gewonnen hatte. Peter und sie waren gemeinsam für eine Saison Mitglied in einem Tennisclub gewesen. Weshalb hatten sie damals eigentlich wieder aufgehört? Die Arbeit, dachte Angela. Das Unternehmen hat einfach immer im Vordergrund gestanden.

An einer besonders schönen Stelle, kurz bevor ihr Weg den Hügel hinauf in Richtung *città vecchia* führte, fiel Angela eine Villa auf, die eine Hälfte weiß und glatt verputzt, die andere aus unbehauenem Travertin, dazwischen Glas. Ein Architektenhaus, dachte Angela. Während der vergangenen zwanzig Jahre hatte sie in Peters und Markus' Baufirma dem Büro vorgestanden und dabei ausreichend Erfahrung gesammelt, um zu erkennen, dass sich hier jemand einen eigenwilligen Traum verwirklicht hatte. Eigentlich hatte Angela vor langer Zeit an der Stuttgarter Akademie Angewandte Kunst mit dem Schwerpunkt Textildesign studiert, doch nach ihrer Heirat war sie in Peters Unternehmen eingestiegen. Das hatte einfach mehr Sinn ergeben, solange Nathalie klein gewesen war. Irgendwann hatte sie es nicht mehr infrage gestellt.

Der Aufstieg erinnerte Angela an die letzten beiden steilen Kilometer ihrer heimatlichen Joggingstrecke, jedoch nur die Steigung, ansonsten fühlte man sich hier in Asenza wie in einer anderen Welt. Nathalie hat recht, dachte Angela, als sie das Tor zu Tess' Garten aufschloss. Es ist ein Ort wie in einem Märchen.

Dieser Eindruck bestätigte sich im Laufe des Tages.

Zum Frühstück überraschte Emilia sie mit einem spritzigen Salat aus Orangen, Mangos, Papaya und den ersten Erdbeeren, mit hauchfeinen Pfannkuchen aus Mais und Frischkäse aus Ziegenmilch. Außerdem hatte sie winzige pistaziengefüllte Brioches gebacken, die mit einer Spur Staubzucker überpudert waren.

»Das ist alles viel zu viel«, protestierte Angela, die in den vergangenen zwei Jahren morgens nur einen Esslöffel Müsli mit Milch heruntergebracht hatte.

»Probier wenigstens von allem ein bisschen«, bat Tess. »Du bist viel zu dünn. Hast du dich in letzter Zeit mal im Spiegel angeschaut?«

Angela gab zu, dass sie das schon seit einer Weile vermied. Weil sie ihr unglückliches Gesicht nicht mehr hatte sehen können, ihre geröteten Augen, die in dunklen Höhlen steckten, ihre hohlen Wangen und ihr stumpfes, schulterlanges Haar, das seit Peters Erkrankung seltsamerweise nicht mehr richtig wachsen wollte. Sie wusste, dass ihre Hüftknochen hervorstachen und man an ihrem Rücken jede Rippe sah. Sie war immer ein schlanker Typ gewesen, noch nie hatte sie die Sorgen anderer Frauen gehabt, die über zu viel Gewicht klagten. Aber mit einer Körpergröße von eins fünfundsiebzig nur zweiundfünfzig Kilo auf die Waage zu bringen, war entschieden zu wenig.

»Das wird schon«, beruhigte Tess sie, als sie Angelas unglückliche Miene sah und bemerkte, wie sie sich mit der zweiten Hälfte ihres Maispfannkuchens abmühte. »Du musst dich zu nichts zwingen. *Una ciliegia tira l'altra*, sagt man hier. Der Appetit kommt beim Essen. Du wärst die Erste, die Emilias Kochkünsten widerstehen könnte.«

Dann wechselte sie das Thema, indem sie vorschlug, nach dem Frühstück eine kleine Runde durch das Städtchen zu drehen. »Ich war schon lange nicht mehr draußen vor dem Tor«, erklärte sie. »Wenn du Geduld mit der alten Tess hast und wir bei Fausto einen Cappuccino trinken können, schaffe ich es sicher bis hoch zur Kirche.«

Und so geschah es. Tess benutzte einen Stock, um ihr schmerzendes Knie zu schonen, und hakte sich auf der anderen Seite bei Angela ein. Fast zu jedem Haus, an dem sie vorüberkamen, wusste die alte Dame unterhaltsame Geschichten zu erzählen, vor allem an der Piazza della Libertà, wie der trapezförmige Platz hieß, gab es davon reichlich. Inzwischen war das Städtchen belebt, alle paar Schritte trafen sie auf Bekannte von Tess. Sie stellte Angela unermüdlich als Tochter ihrer verstorbenen besten Freundin vor, die endlich den Weg zu ihr ins schöne Asenza gefunden hatte und gedächte, ein paar Wochen zu bleiben. Zuerst wollte Angela protestieren, doch dann fiel ihr auf, dass sie sich noch gar nicht überlegt hatte, wie lange ihr Aufenthalt in Italien dauern sollte, und so beschloss sie, es bei »ein paar Wochen« zu belassen. Sie war ja gerade erst angekommen. Alles Weitere würde sich fügen.

Sie nahmen den Aufstieg zur Kirche in Angriff. Auf halber Strecke kehrten sie in die Bar des Hotel Duse ein, wo Fausto hinter seiner Theke Tess freudig begrüßte und sofort eine Wörterkaskade auf sie niederprasseln ließ, die Angelas Italienischkenntnisse bei Weitem überforderte. Gleichzeitig betätigte er die Hebel einer urtümlichen Kaffeemaschine, die ratterte und dampfte und schließlich zischend eine winzige Menge pechschwarzen Kaffees in eine Tasse spuckte, den der *barista* mit aufgeschäumter Milch so kunstvoll aufgoss, dass am Ende ein T mit einem Herz darum im Schaum zu erkennen war.

»Er liebt mich einfach«, erklärte Tess gerührt und bestellte für Angela genau dasselbe. »Ich war lange nicht mehr hier, offenbar hat man sich schon Sorgen gemacht.« Tess lächelte. Im Licht der Morgensonne erkannte Angela, dass sie sich sorgfältig, wenn auch dezent geschminkt hatte und dass sie immer noch die attraktive Frau war, die sie immer gewesen war.

Nach ein paar weiteren *chiacchiere*, wie hier Dorftratsch lautmalerisch genannt wurde, tranken sie ihren Cappuccino aus, stillten ihren Durst mit einem Schluck Wasser, der in Italien selbstverständlich mitserviert wurde, und setzten ihren Weg fort. Das verbleibende Stück bis zur Kirche war steil, Tess legte es schweigend und konzentriert zurück.

Endlich waren sie oben. Doch zu Angelas Verwunderung schien die Kirche Tess kein bisschen zu interessieren.

»Siehst du das Haus dort drüben?«, fragte sie und wies mit ihrem Stock in Richtung des trutzigen Palazzos mit der scherbenbewehrten Mauer. »Die legendäre Schauspielerin Eleonora Duse hat es im Jahr 1920 gekauft«, erklärte Tess. »Sie war bis zum Wahnsinn in den Dichter Gabriele d'Annunzio verliebt, diesen alten Faschisten. Er war ihre große Liebe, obwohl er sie überhaupt nicht verdient hatte, denn damals hatte er sie bereits zum Teufel gejagt. Sie kam hierher, verliebte sich in diesen Ort so wie ich, kaufte dieses Haus und ließ es aufwendig umbauen, während sie zu ihrer allerletzten Tournee aufbrach, die sie in die USA führte. Unterwegs wurde sie plötzlich krank und starb. Sie hat nie hier gewohnt.« Tess schwieg und ließ ihren Blick über das riesige Anwesen gleiten – mit einer Miene, als ränge sie um eine Entscheidung. Ihre Brauen waren konzentriert zusammengezogen, die Augen verengt. »Sie hat Tausende von Menschen zum Träumen gebracht«, fuhr sie schließlich fort. »Doch ihre eigenen Träume hat sie nicht verwirklichen können: die Frau des Mannes zu werden, den sie so liebte, in das Haus einzuziehen, von dem sie sagte, dass es nur auf sie gewartet habe, endlich Ruhe zu finden ... Nach ihrem letzten Willen liegt sie übrigens hier begraben, auf diesem Friedhof. Sie erhielt ein richtiges Staatsbegräbnis.«

»Und was wurde aus dem Haus? Wer wohnt heute darin?«

»Ein alter Kauz namens Lorenzo Rivalecca. Er ist schon über achtzig und noch schlechter auf den Beinen als ich.«

»Du kennst ihn?«

»Natürlich!« Tess lachte. »Hier kennt jeder jeden. Aber den alten Lorenzo kenne ich noch viel länger als alle anderen.«

Ehe Angela nachfragen konnte, wie das sein konnte, drehte sich die alte Dame um und begann langsam den steilen Abstieg. Angela wusste, dass dieser für ein geschädigtes Knie noch schmerzhafter war als der Aufstieg, und beeilte sich, Tess ihren Arm anzubieten. Dankbar hakte die sich unter, und Angela fühlte die Zerbrechlichkeit, den warmen Körper ihrer mütterlichen Freundin. Sie dachte an ihre eigene Mutter, die ganz plötzlich an einem Schlaganfall gestorben war, ein aufgeschlagenes Fotoalbum mit uralten Urlaubsbildern aus Italien auf dem Schoß. So hatte Angela sie damals angetroffen.

Einmal mehr wurde sie sich der Vergänglichkeit allen Lebens bewusst. Sie dachte an Peter. Der bohrende Schmerz hinter ihrem Brustbein begann wieder aufzuleben. Angela atmete tief durch. Und fragte sich, wo er jetzt wohl war. Ob etwas von ihm übrig geblieben war, wie die Kirche es lehrte. Bei aller Skepsis dem Glauben gegenüber, vor allem nach Peters langem, sinnlosem Leiden, konnte sie sich beim besten Willen nicht vorstellen, dass während des langsamen körperlichen und geistigen Verlöschens, dem sie monatelang beigewohnt hatte, alles von ihm verloren gegangen war.

Auf der Piazza angekommen bog Tess zu Angelas Überraschung nicht in die Gasse ein, die zu ihrem Haus führte, sondern zog sie sanft in die entgegengesetzte Richtung.

»Komm«, sagte sie. »Ich möchte dir etwas zeigen!«

Die Straße führte parallel zum Hang an einem Friseurgeschäft und einem Laden für Damenunterwäsche vorüber. Angela blickte an den honigfarbenen Häuserfassaden empor und entdeckte viele kleine Balkone mit schmiedeeisernen Geländern, über und über mit Blumentöpfen behängt, aus denen knospende Geranien und Petunien hervorquollen und grün wuchernde Pflanzen ihre Blätter und Triebe der Sonne entgegenreckten.

Vor einem Laden, dessen Schaufenster Angela sofort in den Bann zog, blieb Tess stehen. Dort waren Stoffe in kunstvollen Faltenwürfen drapiert, und Angelas professionelles Auge erkannte sofort, dass es sich um ganz besondere Textilien handelte. Tess warf ihr einen Blick zu wie jemand, der eine Überraschung plante, und öffnete die Ladentür. Ein tiefer Glockendreiklang ertönte, als sie das Geschäft betraten.

Angela sah sich um. Das Licht war gedämpft, und doch leuchteten ihr aus den zahlreichen Regalen Stoffe in allen Regenbogenfarben entgegen. Großformatige Tücher hingen über Ständern und lagerten sorgfältig zusammengelegt auf niedrigen Tischen.

»Seide?«, fragte sie und ihre Augen wurden größer.

»Handgewoben«, ergänzte Tess.

Angela griff nach einem karmesinroten Schal und befühlte ihn vorsichtig. Er war unglaublich weich und glatt und von einer Zartheit, die etwas in ihr berührte. Sie nahm ihn, ging näher ans Fenster, wo das kräftige Rot im Tageslicht erst richtig zur Geltung kam, und nickte anerkennend. Dann legte sie den Schal zurück und betastete ein quadratisches Tuch. Ein Teil erschien ihr schöner als das andere, jedes Gewebe fühlte sich unterschiedlich an.

Angelas Blick fiel auf eine Stola. Sie hatte die Farbe von ganz hellen Rosenblüten, einem zarten Rosé, fast weiß und doch nicht weiß. Sie fühlte sich kühl und warm zugleich an, und als Tess sie ihr probehalber um ihre Schultern legte, war ihr, als legte sich ein Schutz um sie, eine Wohltat, eine zweite Haut.

»Die steht dir ausgezeichnet«, bemerkte Tess und drehte Angela ein wenig, sodass sie sich in einem Spiegel sehen konnte. »Passt wunderbar zu deinem blonden Haar und deinem Teint.«

»È vero«, hörte Angela überrascht eine angenehme Frauenstimme sagen und blickte sich um. Eine junge Frau, die sie auf Mitte zwanzig schätzte, mit lebhaften bernsteinfarbenen Augen und braun gelocktem Bubikopf war durch die Tür hinter der Theke getreten und strahlte sie an. »Wie für Sie geschaffen, Signora!«

»Darf ich vorstellen?«, warf Tess ein. »Meine Nichte Angela. Ich darf dich doch so nennen? Sie ist die Tochter meiner besten Freundin. Und dies ist Fioretta!«

»Wie schön!«, rief die junge Italienerin. »Herzlich willkommen! Sind Sie zum ersten Mal in Asenza?«

»Ja«, antwortete Angela, während ihre Finger nicht anders konnten, als über die Textur der Stola zu streichen. »Es ist so schön hier! Ich kann verstehen, dass Tess hier nicht mehr wegmöchte! Aber bitte, erzählen Sie mir, woher sind diese Webarbeiten?«

»Aus unserer *tessitura* natürlich«, antwortete Fioretta. »Unserer Seidenweberei. Die besteht bereits seit fast zweihundert Jahren. All diese Stücke sind ausnahmslos auf historischen Webstühlen in Handarbeit hergestellt. Auch diese schöne *stola*. Maddalena hat sie angefertigt. Sehen Sie, hier steht es …« Fioretta war zu Angela getreten und wies auf ein kleines Etikett, das unauffällig an die Webkante genäht worden war. Angela erkannte ein stilisiertes Weberschiffchen, darunter den Schriftzug *Tessitura di Asenza. Fatto a mano da Maddalena.* »Jede Weberin hat ihr eigenes Zeichen«, erklärte Fioretta weiter. »Denn jedes Webstück trägt das Wesen von dem, der es gemacht hat. Und Maddalena ist bekannt für ihre besonders anschmiegsamen Arbeiten.«

»Und wo genau befindet sich die Weberei?«

»Hier in der Seidenvilla«, antwortete Fioretta und wies in Richtung der Tür, durch die sie gekommen war. »Wenn Sie möchten, kann ich gern eine Besichtigung arrangieren. Ich glaube, du hast die Werkstatt auch noch nie gesehen, Tessa, oder? Ich spreche das vorher immer mit den Weberinnen ab. Überraschungsbesuche schätzen sie nämlich nicht so sehr.«

Wie hübsch das klingt, Tessa, dachte Angela. Sie kannte die Vorliebe der Italiener, an deutsche Namen, die auf einen Konsonanten endeten, ein a oder ein o anzuhängen, je nachdem, ob es sich um eine Frau oder einen Mann handelte.

»Das wäre schön«, antwortete sie rasch. »Wann immer es passt. Tess' Haus ist ja gleich um die Ecke. Es hat keine Eile.«

Und doch fühlte sie eine Ungeduld in sich, diese traditionelle Weberei, in der solche Prachtstücke entstanden wie das, was sie gerade über ihren Schultern trug, mit eigenen Augen zu sehen.

Ihr Herz schlug höher, je länger sie sich im Laden umsah. Da gab es weiche Seidenstoffe, aber auch sehr fest gewobene. Manche schienen glatter und glänzender als andere. Sie sah unifarbene und solche, in denen ungewöhnliche Töne miteinander kombiniert worden waren. Ein Tuch, das wirkte wie eingefangene Wellen eines Meeres, zog ihren Blick auf sich, es war aus verschiedenfarbigen Garnen in Petrol, Türkis, Himmelblau und Flaschengrün gefertigt und glänzte stärker als die anderen Tücher.

»Hier hat Anna Seide mit einer seltenen Baumfaser vermischt, die aus Indonesien stammt«, erläuterte Fioretta. »Sehen Sie? Das hellblaue Garn hat einen anderen Glanz. Anna liebt es, zu experimentieren. Schauen Sie dieses hier.« Sie zog aus einem Regalfach ein dunkelgrünes Tuch heraus. »Wirkt es nicht wie ein Stück aus einer Blumenwiese? Dafür hat Anna Rohseide und gesponnenen Hanf verarbeitet. Übrigens werden die Fasern in unserer Weberei alle mit natürlichen Pigmenten eingefärbt. Jedes einzelne Stück ist ein Unikat.«

»Wunderschön!«, sagte Angela anerkennend.

»Sie müssen wissen, Fioretta«, ergänzte Tess, »Angela ist Textilkünstlerin. Wenn jemand eine gute Arbeit von Massenware unterscheiden kann, dann sie.«

Angela wurde es heiß. Sie hatte schon so lange nicht mehr als Textilkünstlerin gearbeitet. In einem hatte Tess allerdings recht: Sie liebte diese Art von Handwerkskunst, die man immer seltener antraf. Umso gespannter war sie darauf, die Frauen kennenzulernen, die so herausragende Arbeiten fertigten.

»Wer macht bei Ihnen die Entwürfe?«, fragte sie Fioretta. Die wirkte verwirrt. »Niemand«, erklärte sie. »Es gibt keine Entwürfe. Jede Weberin macht, was ihr gefällt. Manchmal kommt auch so etwas dabei heraus.« Fioretta zog eine kunterbunte Arbeit aus einem Fach unter der Verkaufstheke hervor, der die Unlust beim Herstellen schon von Weitem anzusehen war. Ein jämmerlicher Flickenteppich aus feinstem Material. »Hier hatte jemand einen denkbar schlechten Tag.« Sie versuchte vergeblich, das Gewebe irgendwie zurechtzuzupfen. »Das kommt eben auch mal vor«, sagte sie und schob schulterzuckend das unverkäufliche Stück wieder ins unterste Fach zurück.

Doch Angela sah den Wert des kostbaren Rohmaterials, die vergeudete Arbeitszeit. Sie hatte nicht umsonst zwanzig Jahre lang die Geschicke eines erfolgreichen Unternehmens begleitet. So etwas durfte nicht allzu häufig passieren, sollte die Existenz einer Werkstatt nicht in Gefahr gebracht werden.

»Wie lange arbeitet eine Weberin denn an einer solchen Stola?«, fragte sie und wies auf die rosenfarbene, die sie noch immer nicht abgelegt hatte.

»Gut und gern zwei Tage«, antwortete Fioretta. »Allein das Aufbäumen des Webstuhls für mehrere Tücher nimmt einen ganzen Monat in Anspruch. Von der Zeit, die es braucht, vorher die Seide einzufärben, ganz zu schweigen.«

Angela schwieg beeindruckt. Im Geist überschlug sie die Lohnkosten und versuchte, den Wert des Rohmaterials einzuschätzen. Diese Stola musste ein Vermögen kosten, sie würde sie sich nicht leisten können. Behutsam nahm sie sie von ihrer Schulter, und als sie sie wieder sorgfältig zusammenlegte, stellte sie erstaunt fest, dass sie fröstelte.

»Was machst du da?«, erkundigte sich Tess. »Die *stola* ist wie für dich gemacht, Angela. Wir werden sie mitnehmen.«

Angela wehrte ab. »Ich kann mich noch nicht entscheiden«, vertröstete sie Tess. »Wir kommen zurück und lassen uns die Weberei zeigen. Und dann überleg ich noch mal.«

Sie wandte sich zum Gehen um und sah, wie Tess und Fioretta einen Blick wechselten. Sie würde es später Tess erklären. Schade, dachte sie mit einem ihr völlig fremden Bedauern, als sie sich von Fioretta verabschiedete. Sie liebte schöne Dinge. Und doch war es nicht ihre Art, alles gleich haben zu wollen, was ihr gefiel.

Ihre eigenen Arbeiten, die sie vor ihrer Heirat und in den ersten Jahren ihrer Ehe, bevor Nathalie geboren war, angefertigt hatte – hauptsächlich Wandbilder aus ungewöhnlichen Materialien –, hingen in so manch privater und öffentlicher Sammlung. Im Rahmen ihres Studiums hatte auch sie das Weben erlernt und damals die halbe Verwandtschaft mit ihren ersten Versuchen beschenkt, bis sie mit ihrer Fertigkeit in dieser Technik so zufrieden gewesen war, dass sie sie beruflich einsetzen konnte. Das war allerdings lange her. Die rosenfarbene Stola hatte sie nun an ihre alte Leidenschaft für besondere Fasern erinnert. Sie hatte ihr das Gefühl gegeben, sie zu umhüllen wie eine liebevolle Umarmung.

Den Nachmittag verbrachte Angela in ihrem Turmgeschoss, wo sie endlich ihr Gepäck ausräumte und ihre Sachen im Schrank und in der geräumigen Kommode ihres Schlafzimmers verstaute. Der große Koffer war bald geleert, und Angela stellte ihn auf den Treppenabsatz vor ihrer Tür, so wie Emilia sie gebeten hatte. Dann öffnete sie den kleineren, den ihre Tochter ihr gepackt hatte. Ganz oben lagen sorgfältig gefaltet zwei zarte Baumwolltücher. Darunter fand sie ihre cremefarbene Clutch, die zu all ihren Kleidern passte.

Angela fühlte, dass etwas darin steckte, und öffnete die kleine Ausgehtasche. Heraus quollen jene Schmuckstücke, die ihrer Tochter am besten an ihr gefielen: ihre lange Perlenkette, ein schlichtes Goldkollier, das ihren schlanken Hals betonte, eine zarte Kette mit einem türkisfarbenen Opalanhänger, den Peter ihr zum fünfzehnten Hochzeitstag geschenkt hatte, und das breite Gliederarmband aus Rotgold ihrer Mutter. Gerührt legte Angela den Schmuck in die Schublade der Kommode, neugierig, welche Kleider Nathalie ihr ausgesucht hatte. Sie fand ihr bequemes steingraues Etuikleid aus Seidenjersey mit dem schmalen anthrazitfarbenen Wildledergürtel, das Ensemble aus Rock und Mantel aus feinem Kaschmir in Rosenholz, das sie zu Nathalies Abiturfeier getragen hatte. Einen rauchblauen Leinenrock in zeitlosem Bleistiftschnitt, dessen Existenz sie völlig vergessen hatte, und einen weiteren aus leichter auberginefarbener Mako-Baumwolle, dazu passende Blusen und Tops. Ganz zuletzt förderte Angela noch zwei hauchdünne ärmellose Cocktailkleider zutage, ein cremefarbenes aus fließendem Chiffon mit einem blickdichten Unterkleid und ein klassisches »kleines Schwarzes« von Chanel. Nathalie hatte sogar daran gedacht, die passenden Strumpfhosen und Schuhe einzupacken.

Angela schüttelte vor Verwunderung den Kopf. Sie konnte sich beim besten Willen nicht vorstellen, dass sie Gelegenheit bekommen würde, diese eleganten Sachen ausgerechnet hier zu tragen. Im Gegenteil wünschte sie sich im Augenblick viel eher, eine zweite Garnitur bequemer Jerseyhosen samt Sweatshirt eingepackt zu haben. Und doch ertappte sie sich bei dem Gedanken, dass die rosenfarbene Stola von der Seidenweberei hervorragend zu jedem einzelnen ihrer Kleidungsstücke passen würde.

Sie lachte über sich selbst, stellte auch den zweiten Koffer auf den Treppenabsatz, zog ihren Hausanzug an und machte es sich auf ihrem Sofa bequem. Doch nach einer Weile schon überfiel sie eine seltsame Unruhe. Die elegante Garderobe, die Nathalie ihr mitgegeben hatte, weckte Erinnerungen. Sie sah sich in dem cremefarbenen Chiffonkleid in der Münchener Oper, Peter an ihrer Seite. »Weißt du«, hörte sie seine leise Stimme und fühlte seinen Atem an ihrem Ohr, als die Ouvertüre zur *Hochzeit des Figaro* erklang, »dass du hier die Allerschönste bist?«

Ehe der Schmerz in ihrer Brust sich ausweiten und sie in einen Abgrund aus Trauer und Trostlosigkeit reißen konnte, sprang Angela auf und beschloss, das Haus zu erkunden. Tess hatte gesagt, dass es im vorderen Teil der Villa eine Bibliothek gab und dass sie sich ruhig überall umsehen sollte. Vielleicht fand sie ein paar Bücher über die Region. Oder einen netten Roman. Etwas, womit sie ihre Italienischkenntnisse ein wenig auffrischen konnte.

Angela stieg die vielen Treppen hinunter und fragte sich besorgt, ob ein Haus mit einem Turmtrakt ohne Aufzug wohl praktisch war für eine Frau von Mitte siebzig mit Knieproblemen.

Von der Diele aus führte eine Tür in ein großzügiges Wohnzimmer mit offenem Kamin und einer gemütlichen Couchgarnitur, die Angela von ihrem Besuch in Florida wiedererkannte. Auf einem zierlichen Sekretär in einer Ecke standen unzählige gerahmte Fotografien unterschiedlicher Größe, sie alle zeigten John allein oder John zusammen mit Tess. Würde auch sie irgendwann eine solche Ecke der Erinnerung einrichten? Bilder aufstellen als stumme Zeugen ihres vergangenen Glücks? Angela atmete tief durch und rief sich ins Bewusstsein, dass Tess alles andere als eine vor Gram gebeugte Witwe war, obwohl sie ihren Mann sehr geliebt hatte. Sie hatte ihr Leben nach seinem Tod fest in beide Hände genommen und in einem fremden Land einen Neuanfang gewagt. Dabei war sie damals zwanzig Jahre älter gewesen, als Angela es heute war.

Angela riss sich los und sah sich weiter um. Erst jetzt entdeckte sie an der Wand über dem Kamin eines ihrer frühen Werke, das sie Tess viele Jahre zuvor geschenkt hatte. Freude stieg in ihr auf. Sie trat näher und betrachtete es mit kritischem Blick. Für diese Arbeit hatte sie verschiedene getrocknete Gräser verwebt. Sie erinnerte sich, dass sie das Material einem speziellen Trocknungsverfahren unterzogen hatte, damit es nicht brüchig wurde, sich gut verarbeiten ließ und auch in Zukunft seine Farbe und Beschaffenheit behielt. Jetzt sah Angela mit Befriedigung, dass es gelungen war. Noch immer leuchteten die Halme in ihren ursprünglichen Farbtönen: Gelb in vielen Abstufungen, Grün und dunkles Rotviolett.

Sie hatte sich damals von den traditionellen Ornamenten nordafrikanischer Stämme inspirieren lassen und das ungewöhnliche Naturmaterial in geometrischen, abstrakten Mustern verarbeitet. Je nach Stärke der Halme traten diese plastisch hervor oder schienen zurückzuweichen, sodass das Ganze zu leben schien und eine räumliche Wirkung entstand, je nachdem, wie das Licht auf die Oberfläche fiel. Tess hatte die Arbeit hinter Glas rahmen lassen, sicherlich eine gute Idee, denn Textilarbeiten waren empfindlich gegenüber Umwelteinflüssen und Staub. Auf diese Weise war Angelas Werk ausgezeichnet erhalten geblieben, und sie fühlte ein längst vergessenes Gefühl in sich aufsteigen – das Gefühl der Befriedigung, wenn ihr nach langem Ringen und Ausprobieren etwas wirklich gut gelungen war. Schon lange hatte sie das nicht mehr empfunden. Sicherlich, auch ihr Beitrag zum Erfolg der Firma ihres Mannes hatte sie all die Jahre mit Stolz erfüllt. Aber was war Büroorganisation im Vergleich zu der Freude, ein eigenes Kunstwerk erschaffen zu haben?

Angela riss sich vom Kamin los und sah sich weiter um. Dem Wohnzimmer schloss sich ein geräumiger Wintergarten an, und Angela staunte über die verschiedenartigen Palmen, Farne und andere exotischen Pflanzen, die ihre Fächer und Triebe zum Glasdach reckten. Eine doppelflügelige Tür trennte das Wohnzimmer von einem sogenannten Herrenzimmer, in dem ein wertvoller Humidor aus Walnussholz samt Rauchertisch mit gehämmerter Messingplatte stand. Darum herum waren drei schlanke Clubsessel aus altem Rindsleder angeordnet. Dieser Raum schien aus einer anderen Zeit übrig geblieben zu sein. Angela fragte sich, ob Tess ihn wohl jemals benutzte. Sie entdeckte einen Schachtisch, dessen Spielfeld aus quadratischen Ebenholz- und Perlmuttintarsien gearbeitet war, die kunstvollen Spielfiguren aus weißem und schwarzem Marmor. Kostbare Teppiche lagen auf dem Parkett und dämpften Angelas Schritte. Auf einmal fühlte sie sich wie ein Eindringling. Alles wirkte, als hätte ein vorheriger Besitzer den Raum eben erst verlassen, wäre zu einer Reise aufgebrochen und könnte jeden Augenblick wieder ins Zimmer treten.

Sie ging zurück in das Wohnzimmer mit dem Wintergarten und fand hier eine weitere Tür, und diese führte endlich zu der Bibliothek, von der Tess gesprochen hatte. Vom Boden bis hinauf zur Decke standen Bücherregale an den Wänden. Angela erkannte viele ledergebundene Buchrücken mit goldenen Prägungen. In der Mitte des Raumes befand sich ein Tisch mit Lesepult und Stühlen, darüber fiel durch ein quadratisches Oberlicht, dessen Segmente aus Milchglas in der Form geschliffener Edelsteine mit Bleifugen aneinandergefügt worden waren, ausreichend Helligkeit. Vor einer der Regalwände stand eine bequem wirkende Lederliege im Stil des italienischen Liberty, der hiesigen Variante des Jugendstils. Eine seitlich angefügte, wegklappbare Halterung machte es möglich zu lesen, ohne das Buch in der Hand halten zu müssen. Angela hätte sich nicht gewundert, wenn dieses Möbelstück aus der Werkstatt des Künstlers Eugenio Quarti stammte.

Der Raum lud förmlich dazu ein, sich ein Buch auszusuchen und Platz zu nehmen, die Leselampe anzuknipsen, falls das Oberlicht nicht ausreichte, und die Beine hochzulegen. Oder es mit hinaus in den Wintergarten zu nehmen. Wann hatte Angela zuletzt mehr gelesen als die Tageszeitung und hin und wieder ein Magazin, wenn sie im Krankenhaus stundenlang auf einen Arzt gewartet oder an Peters Bett gesessen hatte? Zeit wäre genügend gewesen, um eine halbe Bibliothek auszulesen, doch sie hatte keinen Kopf gehabt, um sich auf eine anspruchsvolle Lektüre einzulassen. Kurze Artikel waren das Äußerste gewesen, worauf sie sich hatte konzentrieren können. Und auch diese hatte sie meistens mehrmals lesen müssen, um ihren Inhalt wirklich aufzunehmen.

Angela fühlte auf einmal eine unglaubliche Müdigkeit. Ihr war klar, dass diese nicht von mangelndem Schlaf herrührte. Es war die Müdigkeit vieler Monate. Sie ging die Regalreihen entlang und versuchte, die Titel auf den Buchrücken zu entziffern, erkannte wohlbekannte Schriftstellernamen, lauter Werke, die sie schon lange einmal lesen wollte, und doch verlockte sie keines. Kurz schloss sie die Augen und blickte sich dann weiter in der Bibliothek um. Nahe der Eingangstür zog ein Regalbrett mit bunten Bücherrücken ihren Blick an. Rasch ging sie darauf zu. Es war Regionalliteratur, und Angela zog wahllos einen Band heraus. *Die Geschichte der Seidenweberei in Asenza* las sie und wusste augenblicklich, dass sie die richtige Lektüre gefunden hatte.

## 4

## Schatten der Vergangenheit

Angela hatte die Zeit vergessen, und erst als es im Wintergarten merklich kühler und das Licht schwächer wurde, fiel ihr auf, wie spät es schon war. Bedauernd schlug sie das Buch zu und nahm es mit in ihr Turmzimmer. Draußen färbte sich der Himmel golden, und sie erinnerte sich daran, dass Tess sie zum Aperitif erwartete. Auf einmal war ihr danach, ihren Hausanzug gegen einen Rock einzutauschen. Sie wählte den auberginefarbenen und zog eine passende Bluse über. Der Rockbund rutschte ihr bis zur Hüfte hinunter, und auch in der Bluse kam sie sich irgendwie verloren vor. Sie würde Tess fragen, ob es in Asenza eine Änderungsschneiderei gab. Die Sachen waren ihr gut und gern zwei Konfektionsgrößen zu groß.

Seufzend zog sie Rock und Bluse wieder aus und schlüpfte in eine Jeans. Dazu wählte sie ein weißes Shirt aus Viskose, das ihre viel zu schlanke Figur gnädig umschmeichelte, riss sich von ihrem Spiegelbild los und lief die beiden Stockwerke hinunter zu Tess' Turmzimmer.

Wie am Tag ihrer Ankunft saß Tess auf ihrem Lieblingsplatz am Panoramafenster. Vor ihr auf dem Tisch schimmerten verschiedene Flüssigkeiten in geschliffenen Kristallkaraffen.

»Möchtest du auch einen Sherry?«, fragte Tess und sah Angela liebevoll an. »Es gibt trockenen und extra trockenen. Oder lieber ein Glas von Emilias hausgemachtem *limoncello?*«

Angela nahm den Zitronenlikör. Genussvoll atmete sie das spritzige Aroma ein, das ihrem Glas entstieg. Er schmeckte, als wäre ein gesamter italienischer Sommer in eine Flasche gefüllt worden.

»Hattest du einen schönen Nachmittag?«

»O ja! Ich habe in der Bibliothek ein Buch über die Seidenwebereien gefunden. Unglaublich spannend! Ich hätte nie gedacht, dass das Veneto früher eine Hochburg der Seidenproduktion war! Und dass tatsächlich eine dieser Manufakturen bis heute überlebt hat …«

»Das grenzt an ein Wunder, nicht wahr?« Tess lächelte Angela über ihr Glas hinweg zufrieden an und nippte an ihrem Sherry. »Ich hab mir gleich gedacht«, fuhr sie fort, »dass dich das interessiert. Vorhin hat übrigens Fioretta angerufen. Wenn du möchtest, können wir morgen um die Mittagszeit die Seidenvilla besichtigen. Würde dir das passen?«

»Das ist großartig!«, rief Angela begeistert. »Sag mal, stimmt es, dass hier früher fast jede Familie ihre eigene Seidenraupenzucht hatte?«

»So hat man es mir erzählt«, bestätigte ihr Tess. »Dieses Haus hier gehörte der Familie Serena, einer der wohlhabenderen des Ortes. Ihren Reichtum verdankte sie der Seide. Siehst du die Bäume, die entlang meines Grundstücks wachsen?«

»Du meinst die mit der rundlichen Krone und den dunkelgrünen Blättern?«

»Genau die. Es sind Maulbeerbäume. Ihr Laub diente den Seidenraupen als Nahrung. Sie sind uralt, obwohl man ihnen Jahr für Jahr fast die Hälfte ihres Laubes raubte. Emilia kocht jeden Sommer Marmelade aus den Beeren, auch der Likör daraus ist sehr schmackhaft. Den solltest du mal probieren!«

»Maulbeerbäume …«, sagte Angela versonnen. »Die hätte ich eher im Orient vermutet. Klingt für mich wie aus einem Märchen aus Tausendundeiner Nacht.«

»Hier findest du sie überall«, entgegnete Tess. »Soviel ich

weiß, haben zwei persische Mönche die ersten Seidenraupenlarven im 6. Jahrhundert aus China herausgeschmuggelt, worauf damals die Todesstrafe stand. Und mit ihnen kamen die Maulbeerbäume, damit die Raupen gedeihen konnten. Irgendwann hatte fast jeder Haushalt ein paar Raupenkästen.«

»Wie groß war denn die Seidenproduktion hier im Haus?«, fragte Angela interessiert. »Und wo war sie untergebracht?«

»Im hinteren Garten gibt es immer noch ein lang gestrecktes Gebäude, gleich unter dem Hang. Es ist ziemlich zugewachsen. Gianni bewahrt darin den Rasenmäher auf und andere Gartengeräte. Als ich das Anwesen erwarb, waren dort noch die alten Raupenkästen und anderes Zubehör, das man für die Zucht und die Verarbeitung des Seidenfadens brauchte. Man hatte sie all die Jahre einfach dort liegen lassen. Ich habe die Utensilien dem örtlichen Heimatmuseum überlassen. Dottore Spagulo war überglücklich, und ich war heilfroh, als er und seine Leute das Gebäude ausräumten.« Tess schüttelte sich. »Der Staub von über hundert Jahren lag auf allem, ich will gar nicht wissen, wie viele Katzengenerationen zwischen dem Gerümpel geboren wurden. Unter dem Dach nisten noch heute Fledermäuse. Aber die können ruhig bleiben. Ich mag es, wenn sie bei Anbruch der Dunkelheit um den Turm herum segeln. Und sie fressen die Mücken.«

»Das Museum würde ich mir gern ansehen«, bemerkte Angela.

»Ja, das lohnt sich«, stimmte Tess ihr zu. »Vorausgesetzt, man interessiert sich dafür, wie die kleinen Leute hier früher gelebt haben. Die meisten Touristen wollen nur die Fürstenhäuser besichtigen. Wir können auch irgendwann einmal nach Valdobbiadene fahren, dort kannst du alles über die Geschichte des regionalen Weinanbaus erfahren. Und wie der Grappa erfunden wurde und der Prosecco.« Tess' Augen leuchteten. »Dies ist ein wunderbares Fleckchen Erde. So reich an Kultur, und wenn ich das sage, meine ich nicht nur Gemäldegalerien, Theater und Oper. Ich meine damit, wie die Menschen es schafften, aus allem, was der Boden hier hergibt, etwas Erlesenes zu machen. Und nicht einfach nur ihren Hunger zu stillen.«

Angela betrachtete liebevoll ihr Gegenüber. Sie mochte es, wenn Tess so leidenschaftlich wurde.

»Bist du deswegen hergezogen?«, fragte sie.

Tess warf ihr einen Blick zu, den Angela nicht recht deuten konnte. »Auch«, gab sie schließlich zur Antwort.

Angela wartete darauf, ob sie ihr die eigentlichen Gründe verraten würde, die sie bewogen hatten, nach Asenza zu kommen. Doch da rief Emilia zum Abendessen, und Tess stand auf.

Während sie Tess ihren Arm reichte, um ihr die Treppe ins Erdgeschoss hinunterzuhelfen, verspürte sie zu ihrer Überraschung so etwas wie Hunger, ein Gefühl, das sie schon lange nicht mehr wahrgenommen hatte. Im Treppenhaus roch es verlockend nach gekochten Tomaten, Knoblauch und Rosmarin. Angela lief das Wasser im Mund zusammen.

»Hast du schon einmal daran gedacht«, fragte sie Tess, als sie merkte, wie die alte Dame bei jeder Stufe ihr Gesicht verzog, »einen Aufzug einbauen zu lassen?«

Angela war sich darüber im Klaren, dass Tess auf keinen Fall auf den traumhaften Ausblick aus den Turmfenstern verzichten wollte, jedenfalls nicht, solange es möglich war, in ihre Räume im ersten Stock zu gelangen. Und sie fand, dass das auch nicht notwendig war. Nur noch zwei Stufen, und sie waren unten. Tess atmete auf und ließ erleichtert Angelas Arm los.

»Ja, das habe ich«, antwortete sie und sah zu Angela auf. »Es gibt hier einen sehr fähigen Architekten. Ich wollte Dario demnächst mal zum Abendessen einladen, um ihn um seine Meinung zu fragen.«

»Was ist eigentlich mit deinem Knie?«, erkundigte sich Angela.

»Abnutzung«, war Tess' knappe Antwort. »Das Knorpelmaterial ist quasi nicht mehr vorhanden. Früher oder später muss ein Ersatzteil her. Ein künstliches Kniegelenk«, fügte sie traurig lächelnd hinzu, als sie Angelas erschrockenen Blick sah. »Bald habe ich wieder einen Arzttermin. Danach wissen wir mehr.«

Emilia servierte *vitello tonnato* zur Vorspeise, hauchfein geschnittene Kalbsbratenscheiben, bedeckt mit einer leckeren Soße aus Thunfisch, Sahne und Kapern. Das Fleisch war so zart, dass es fast auf der Zunge zerfiel. Angelas Gedanken waren noch bei Tess' Knie, und ehe sie es sich versah, hatte sie ihre Portion aufgegessen. Sie tunkte mit einem Stück frischem Weißbrot die Soße auf, sehr zu Tess' heimlicher Freude, wie sie aus den Augenwinkeln sah. Dann gab es hausgemachte Pasta mit frischen Zucchiniblüten, geriebenem *pecorino* und Knoblauch, und auch davon aß Angela eine annehmbare Portion. Als sie Tess fragte, ob es in Asenza eine Änderungsschneiderin gäbe, lächelte diese, als wüsste sie etwas, das Angela noch nicht ahnen konnte, und nickte.

»Es gibt zwei«, antwortete sie, lenkte das Gespräch danach jedoch in eine ganz andere Richtung.

Emilia brachte Lindenblütentee, und bald danach zogen sie sich beide in ihre Zimmer zurück.

Es war noch früh am Abend. Angela duschte und zog ihr Schlafshirt an, und doch verspürte sie noch keine Müdigkeit. Auf einmal sehnte sie sich nach ihrer Tochter und wählte spontan Nathalies Nummer.

»Mami! Endlich rufst du an! Wie geht es dir?«

»Mir geht es gut«, antwortete Angela.

Ihr wurde bewusst, dass es wirklich so war. Und sie fühlte sich augenblicklich schuldig. Müsste sie nicht trauern?

»Wie schön«, hörte sie Nathalie erleichtert sagen. »Genieß es«, fuhr sie fort. »Du hast es dir verdient.« Wodurch?, wollte Angela fragen. Stattdessen erkundigte sie sich nach dem Fortschritt der Seminararbeit und lauschte der Stimme ihrer Tochter, die von einem Computerabsturz erzählte und von Dateien, die sie schon verloren geglaubt hatte, die sich wie durch ein Wunder doch auf der Festplatte wiedergefunden hatten. »Ohne Nico wäre ich aufgeschmissen«, sagte Nathalie seufzend. »Es gibt niemanden, der sich besser mit Computern auskennt als er. Da hab ich gerade noch einmal Glück gehabt.«

»Sicherst du deine Dateien etwa nicht?«, fragte Angela.

Nathalie lachte. »Mami, du redest genau wie Nico«, antwortete sie. »Ab heute sichere ich alle zehn Sekunden. Das darfst du mir glauben!«

Ein Moment der Stille trat ein, und augenblicklich wusste Angela, dass Nathalie noch etwas auf dem Herzen hatte. Sie kannte ihre Tochter viel zu gut, um nicht das leichte Unbehagen auf der anderen Seite der Leitung zu spüren.

»Was ist, Liebes?«, fragte sie.

Hatte sie recht daran getan, ihre Tochter so kurz nach dem Verlust ihres Vaters ganz allein zu lassen?

»Mami«, begann Nathalie, »ich ... ich würde dich gern noch etwas fragen.«

Sie schwieg, und Angela konnte sie fast vor sich sehen, wie sie auf ihrer Unterlippe herumkaute.

»Was denn?«, erkundigte sie sich besorgt.

»Aber du darfst mir nicht böse sein. Versprochen?«

»Natürlich bin ich dir nicht böse, Nathalie. Was ist denn?«

»Es ist … wegen Papas Anzügen«, rückte Nathalie endlich heraus. »Ich meine … die brauchen wir doch nicht mehr. Oder?«

Angela hielt kurz den Atem an. Da war es wieder, das bohrende Gefühl in ihrer Brust. »Nein«, sagte sie. »Natürlich nicht. Warum fragst du?«

»Ich …«, begann Nathalie zögernd. »Na ja, ich hätte da einen Vorschlag. Natürlich nur, wenn du einverstanden bist. Und … wenn es dir nicht zu früh ist …«

»Nun sag schon«, ermutigte sie ihre Tochter. »Was hast du dir überlegt?«

Sie hörte, wie Nathalie tief Luft holte. »Erinnerst du dich an Farid?«, begann sie.

Angela überlegte. »Den syrischen Studenten, den du mal mit nach Hause gebracht hast?«

»Ja«, antwortete Nathalie. »Er kam vor zwei Jahren als Flüchtling nach München. Nico, Benny und ich haben uns mit ihm angefreundet und mit ein paar anderen auch. Farid hat gerade seinen Abschluss gemacht und zwar ziemlich gut. Jetzt braucht er eine Stelle. Es ist nur so, die Jungs haben einfach nichts Vernünftiges anzuziehen für die Bewerbungsgespräche. Da dachte ich …«

Nathalie stockte. Und Angela verstand.

»Du meinst, dass Papas Anzüge … ihnen helfen könnten.«

»Ja, Mami. Ich hab mir überlegt, dass wir einen Fundus mit richtig guter Kleidung anlegen könnten«, erzählte Nathalie eifrig. »Und wer ein Vorstellungsgespräch hat oder sonst einen wichtigen Termin, der wird von uns eingekleidet. Was hältst du davon?«

Angela sah im Geiste Peters Schrank vor sich, seine vertrauten Anzüge, Jacken und Hosen, die vielen teuren Hemden, elegant und zeitlos. Sie hatte auf einmal wieder seinen

Geruch in der Nase, sein Aftershave, das sie so liebte. Sie schluckte. Das Gefühl der Enge in ihrer Brust nahm zu. Eines Tages würde sie Peters Sachen weggeben müssen, und ihr graute bei dem Gedanken. Sollte sie nicht dankbar sein, dass ihre Tochter eine so ausgezeichnete Idee hatte und ihr damit half? Warum tat es dann so weh? Sie holte tief Luft.

»Das ist ein wunderbarer Plan«, sagte sie leise. Ihre Stimme klang brüchig, sie musste sich räuspern. »Und dein Vater würde genauso denken. Nimm, was gebraucht wird. Von mir aus kannst du alles mitnehmen.«

Angela konnte hören, wie Nathalie erleichtert aufatmete.

»Ich hab dich jetzt nicht verletzt, oder, Mami?«, fragte sie ängstlich.

»Aber nein, mein Schatz!«, versicherte Angela ihr. »Ich bin stolz auf dich! Und ich wünsche Farid und allen anderen ganz viel Erfolg bei den Vorstellungsgesprächen!«

Auf einmal fiel der Schmerz von ihr ab und machte einer großen Erleichterung Platz. Dass die Kleidung ihres verstorbenen Mannes eine so sinnvolle Verwendung finden würde, war mehr, als sie sich hätte wünschen können.

»Danke, Mami«, rief Nathalie. »Du bist die Beste. Weißt du das?«

»*Du* bist die Beste, mein Schatz!«

Und dann versicherten sie sich gegenseitig, wie lieb sie sich hatten, und versprachen einander, gut auf sich aufzupassen.

Angela starrte noch lange hinauf zur Decke. Dunkle, parallel verlaufende Balken stützten sie ab, doch sie nahm sie kaum wahr. Sie wusste, dass die Frage, was mit Peters Kleidung geschehen sollte, erst der Anfang war. Sie dachte an die vielen anderen Dinge, die zu Hause nur darauf warteten, bei ihrer Rückkehr an ihn zu erinnern. Und war es nicht am meisten das Haus selbst, von ihnen gemeinsam geplant und gebaut, eingerichtet und mit ihrem Leben erfüllt, das Peters Abwesenheit jeden Tag aufs Neue demonstrierte? Was bedeutete das in letzter Konsequenz?

Angela konnte den Gedanken nicht zu Ende denken. Schlussendlich griff sie nach dem Buch über die Tradition der Seidenweberei in Asenza, las verbissen Wort um Wort, jedoch ohne zu verstehen, was da stand, bis ihr schließlich die Augen zufielen.

Als sie am nächsten Morgen auf ihrer Joggingrunde an dem Tennisplatz in der Villensiedlung vorüberkam, bemerkte sie aus den Augenwinkeln, dass einer der Spieler ihr lange nachblickte, ehe er seinen Aufschlag machte und das gleichmäßige Geräusch der Schläger, wenn sie den Ball trafen, wieder die morgendliche Stille zerriss. Es war ihr unangenehm, und unwillkürlich beschleunigte sie ihr Tempo. Während sie die Steigung zur Altstadt in Angriff nahm, überlegte sie, nach einer alternativen Route Ausschau zu halten. Sicher gab es schönere Strecken als die durch das Neubaugebiet.

Sie hatte schlecht geschlafen, war immer wieder aus merkwürdigen Träumen aufgeschreckt, die ihr sofort wieder entglitten. Irgendetwas mit Räumen und Türen, die sich öffneten und schlossen, während sie keine Ahnung gehabt hatte, wo sie war. An mehr erinnerte sie sich nicht. Sie träumte nicht von Peter, noch nie hatte sie von ihm geträumt, und manchmal bedauerte sie das. Obwohl sie noch immer unglaublich erleichtert darüber war, dass er sein langes Leiden endlich überstanden hatte, kam es ihr doch wie Verrat vor. Verrat an ihrer Liebe, an ihrer gemeinsamen Zeit.

Sie wusste, dass das Unsinn war. Während der langen Gespräche mit der Psychologin, die in der Palliativstation, in der Peter seine letzten Wochen verbracht hatte, die Angehörigen der Sterbenden betreute, hatte sie verstanden, dass sie nicht den geringsten Grund hatte, sich irgendwelche Vorwürfe zu machen. Sie hatte alles getan, was in ihrer Macht gestanden hatte. Zuerst, um Peter beim Gesundwerden zu unterstützen, und als sich herausstellte, dass der Krebs nicht zu besiegen war, um ihm beizustehen und ihn bis zum unvermeidlichen Ende zu begleiten. Sie sollte stolz auf sich sein, hatte die Psychologin gesagt. Selten hätte sie eine so starke und treue Sterbebegleiterin erlebt wie Angela. Doch Angela wollte kein Lob. Sie wollte Peter und ihr altes Leben zurück. Dass das nicht möglich war, wusste sie selbst.

Schritt um Schritt kämpfte sie sich die steile Gasse hinauf. War es richtig, dass sie hergekommen war? Glich diese Reise nicht einer Flucht? Lief sie ihren Problemen davon, statt sich ihnen zu stellen?

Der Anblick des Gartens hinter dem schmiedeeisernen Gitter von Tess' Haus war wie eine Wohltat. Angela bewunderte die gerade erblühten Rosen und machte ein paar Dehnübungen auf dem Rasenstück zwischen den Sträuchern. Eine Schar aufgeregt zwitschernder Vögel stieg aus einem der Maulbeerbäume auf, setzte sich auf den Giebel des Nachbarhauses und schimpfte auf Angela herab. Sie atmete tief durch, sog den würzigen Duft nach Erde, Rosen und Zeder in sich ein.

»Ich will, dass du lebst«, glaubte sie Peters Stimme zu hören. Tränen traten ihr in die Augen, ließen sich nicht mehr aufhalten und rollten über ihre Wangen. »Du musst mir versprechen, nicht zu lange zu trauern. Ich muss sterben. Doch ich möchte, dass du irgendwann wieder glücklich bist ...«

Sie wandte sich ab und lief zum Haus. Einer Eingebung folgend ging sie jedoch nicht hinein, sondern um die Villa herum. Sie würde nach den alten Gebäuden sehen, in denen früher einmal die Seidenraupen gezüchtet worden waren. Nein, im Grunde wollte sie nur weder Tess noch Emilia mit verweinten Augen begegnen. Sie wollte sich vorher beruhigen, ihre Selbstbeherrschung wiedererlangen. Keine Ursache für Sorge sein. Und vor allem nicht getröstet werden. Denn was dann passierte, das wollte sie lieber nicht wissen.

Hinter dem Haus befand sich ein mit alten Steinplatten ausgelegter Hof, halb von der Zeder überdacht. Zur Hangseite hin begrenzte eine hohe Natursteinmauer das Grundstück, über der das Gelände steil anstieg. Entlang dieser Mauer entdeckte Angela eine Reihe von niedrigen, aus rohen Steinen gemauerten Schuppen mit einer regelmäßigen Abfolge von Fenstern und verwitterten Türen. Sie näherte sich einem der Fenster und spähte hinein, erkannte einen kleinen Rasenmähertraktor, Schaufeln, Rechen und andere Gartengeräte. Es roch nach feuchter Erde, Moos und Sporen, und dort, wo die Zeder das Grundstück zu sehr beschattete, standen in einem Hexenkreis kleine blassgelbe Pilze.

Angela hatte gelesen, dass die Menschheit nur durch das Opfer der Seidenraupen, die den Zauberfaden spannen, in den Genuss prächtiger Seide kam. Ihre naturgegebene Bestimmung war es, in einem selbst gesponnenen Kokon, der aus einem bis zu neunhundert Meter langen Faden bestand, zum Falter heranzuwachsen. Ehe dieser allerdings eine gute Woche nach dem Einspinnen mithilfe eines körpereigenen Enzyms ein Loch in den Kokon ätzen und ihn dadurch zerstören konnte, griff der Mensch ein. Vor fünftausend Jahren hatte man in China damit begonnen, die Raupen kurz vor ihrer Verwandlung in den Falter zu töten, die Kokons auszukochen, zu reinigen und aufzuweichen, bis es gelang, die hauchfeinen Fäden fein säuberlich abzurollen und zu entwirren, zu färben und zu verspinnen. Aus diesen wurden seither prachtvoll schillernde Stoffe gewoben, leicht wie Papier, kühl wie eine Meeresbrise und wärmend wie Wolle. Darin kleideten sich die Vornehmen und Mächtigen – aus Freude an dem herrlichen Material und auch, damit sie sich von den einfachen Leuten unterscheiden konnten.

Angela hatte das zunächst ernüchtert. Nur wenigen Exemplaren der Seidenraupen war es vergönnt, ihren Zyklus ungestört zu vollziehen, um für die nächste Generation zu sorgen. Rund vierhundert Eier legte ein Weibchen nach einem sechs bis acht Stunden währenden Paarungsakt, danach hatte es seine Bestimmung erfüllt und starb.

Ja, über allem schwebte der Tod. Millionenfaches Aufkeimen und Leben, Wachsen, Gedeihen und Verwandeln, jäh unterbrochen, damit der Mensch etwas bekam, das ihm gefiel. Doch Angela machte sich keine Illusionen. Aß sie nicht Fleisch? Trug sie nicht das Leder von Tieren an ihren Füßen? Und lebten Pflanzen nicht minder? Was war mit den winzigen Kapern, deren Aroma sie am Abend zuvor in der Soße zu ihrem Kalbfleisch so genossen hatte? Sie waren nichts anderes als Knospen, die den Zweck gehabt hatten, zu erblühen und irgendwelche Früchte zu tragen, die Angela nicht einmal kannte.

Sie wandte sich von den Gebäuden ab und ging zurück zum Haus. An der Rückseite stand eine Tür einen Spalt weit offen. Angela ging hinein und fand sich in der Küche wieder, wo Emilia gerade dabei war, Obst kleinzuschneiden. Sie begrüßte Angela freudig, schenkte ihr eine Tasse frischen Kaffee ein und wollte wissen, ob sie an diesem Morgen zum Frühstück vielleicht ein Omelette wünsche. Angela dachte wieder an Peter und dass er gewollt hatte, dass sie sich dem Leben zuwandte, deshalb sagte sie Ja. Auch als Emilia ihr zu ihrem Kaffee ein noch warmes Hörnchen von dem Kuchenblech, das sie gerade erst aus dem Ofen geholt hatte, anbot, griff sie zu.

Sie biss hinein, versuchte, ihrem Gedankenkarussell, das heute um Tod und Vergänglichkeit kreiselte wie schon Tage nicht mehr, Einhalt zu gebieten, konzentrierte sich auf den Geschmack von süßen Mandeln, Butter, Vanille und einem Hauch Zitronenschale.

»Vielleicht kann man das Leben erst wertschätzen, wenn man sich bewusst macht, dass es endlich ist«, hatte Peter einmal zwischen zwei Schmerzattacken gesagt. »Ich will, dass du es genießt, Angela. Und zwar in vollen Zügen.«

## 5

# Die Seidenvilla

Kurz nach zwölf standen Tess und Angela im Geschäft der Seidenweberei.

»Heute habe ich gut verkauft«, erzählte Fioretta fröhlich, während sie die Ladentür abschloss. »Ein ganzer Bus voller Touristen ist gekommen. Die Engländerinnen waren restlos begeistert.«

Unwillkürlich sah sich Angela nach der Stola um, die ihr so gut gefallen hatte. Sie konnte sie nirgendwo entdecken. Wahrscheinlich entfernt sie sich gerade im Gepäck einer Touristin in Richtung England, dachte sie, und Bedauern stieg in ihr auf. Sie hatte sich so unglaublich gut angefühlt auf ihren Schultern. Nun ja, sicher war es besser so.

Angela folgte Tess und Fioretta durch die rückwärtige Tür einen dämmrigen Flur entlang und hinaus in einen rechteckigen Innenhof. In seiner Mitte stand ein alter Maulbeerbaum, dessen Krone wohl erst vor Kurzem drastisch beschnitten worden war. Und doch sprossen aus den abgesägten Ästen schon wieder Zweige mit frischem Grün. Auf einer Bank unter dem Baum schlief eine silbergraue Katze. Als sie näher kamen, hob sie wachsam den Kopf und blickte Angela mit ihren leuchtend grünen Augen an.

»Die Frauen sind in der Mittagspause«, erklärte Fioretta. »Ich fand es besser, sie nicht während der Arbeit aufzusuchen. Du weißt ja, wie sie sind, Tessa. Eine unerwünschte Störung, und schon ist das Webbild verdorben.«

Angela horchte auf. So sensibel war dieser Arbeitsprozess? Die Katze war aufgestanden und streckte sich behaglich, während Fioretta ihre Gäste über den Hof führte.

»War dies früher ein Kloster?«, fragte Angela, während sie hinauf zu der umlaufenden Galerie mit den zierlichen Säulen blickte, die die steinernen Rundbögen stützten. »Ich finde, der Innenhof hat Ähnlichkeit mit einem Kreuzgang.«

»Nein«, antwortete Fioretta. »Soviel ich weiß, wurde das Gebäude als Seidenweberei erbaut. Aber es ist sehr prachtvoll gestaltet. Deswegen haben die Leute irgendwann begonnen, die Weberei Seidenvilla zu nennen.« Sie öffnete eine Tür auf der gegenüberliegenden Seite des Hofes. »Hier werden übrigens die Garne eingefärbt.«

Der Raum wirkte wie eine Hexenküche mit seinen großen, in die Wand eingemauerten Kesseln, in denen undefinierbare Flüssigkeiten vor sich hin simmerten. An ihren Seiten hingen hölzerne Schöpfkellen, schwarz von der Zeit und von unzähligen Färbegängen.

»Dieses Garn wird gerade dunkelrot gefärbt«, erklärte Fioretta und wies auf eines der Gefäße. Angela trat näher und erkannte, dass die Behältnisse innen mit Kupfer ausgeschlagen waren. Unter ihnen befanden sich gemauerte Öfen, die durch eine kleine Metallklappe nahe am Boden befeuert wurden.

»Und hier entsteht ein Gelbton«, fuhr Fioretta fort und rührte mit einer Holzkelle sachte in der schlammfarbenen Flüssigkeit eines anderen Kessels.

»Woraus bestehen die Farben?«, fragte Angela.

Sie erinnerte sich aus ihrem Studium, dass die Zusammenstellung eine Wissenschaft für sich war. Und dass kräftige Töne kaum ohne synthetische Stoffe herzustellen waren.

»Aus natürlichen Pigmenten. Die meisten sind auf pflanzlicher Basis. Auch mit Mineralien wird gefärbt«, antwortete

Fioretta. »Die genauen Rezepte kennt allerdings nur Orsolina. Sie hat sie von ihrer Großmutter und hält sie streng geheim.«

An der gekalkten und von den jahrelangen Ausdünstungen aus den Kesseln verfärbten Wand entdeckte Angela ein Brett. Unzählige Farbproben waren hier mit Nadeln befestigt. Die zu winzigen Garnknäueln zusammengebundenen feinen Seidenfäden in allen möglichen Schattierungen wirkten wie Miniaturtroddeln für eine Puppenstube. Unter jeder Probe gab es handschriftliche Bezeichnungen, Notizen und Nummern. Angela las *Rosso Veneziano*, *Verde Veronese*, *Giallo di Napoli* und vieles andere mehr.

»Wie interessant«, sagte sie.

»Je länger eine Charge Seide in dem Färbemittel verbleibt, desto intensiver wird der Ton. Oft werden verschiedene Färbegänge hintereinander vorgenommen, daraus entstehen Farbmischungen. Das ist wie in der Malerei: Blau und Gelb ergibt Grün, aus Rot und Blau wird Violett, das weiß jedes Kind. Aber Orsolina kennt alle Geheimnisse der feinen Abstufungen. Sie ist darin eine wahre Meisterin. Bei ihr gibt es beispielsweise nicht einfach nur ein Türkis, sondern mindestens zwanzig Nuancen.«

»Ist das hier das legendäre Buch ihrer Großmutter?«, fragte Tess und beugte sich über einen Folianten, der aufgeschlagen auf einem Arbeitstisch lag.

Angela erkannte dieselbe verblichene Handschrift wie auf den Farbproben. Obwohl sie die eigenwillige Schrift auf dem vergilbten Papier nicht entziffern konnte, entdeckte sie Listen wie die Zutaten von Kochrezepten, und auch hier waren feine Seidenproben eingeklebt. An den Rändern wellte sich das Papier unter alten Farbspritzern.

»Ja, das ist es«, bestätigte Fioretta Tess' Frage. »Normalerweise schließt Orsolina es weg. Die Mixturen sind ihr größter

Schatz!« So gern hätte Angela ein wenig in dem Buch geblättert, doch sie wagte es nicht. Ohnehin hatte Fioretta die Färberei bereits verlassen, gemeinsam mit Tess folgte sie ihr in den nächsten Raum. Hier waren frisch eingefärbte Seidenstränge in einheitlichem Blau auf langen Stangen unterhalb der Decke zum Trocknen aufgehängt. »Wenn ein unifarbenes Webstück entstehen soll«, erklärte Fioretta, »dann muss die Ware dafür aus ein und demselben Färbevorgang stammen. Denn obwohl Orsolina äußerst sorgfältig arbeitet, wird der Farbton in einem neuen Färbegang nie ganz so sein wie der des ersten.«

»Das ist eben der Unterschied zu einer Maschine«, bemerkte Tess, und Fioretta nickte.

»Außerdem ist Seide lebendig. Sie wird von Lebewesen produziert und nicht im Chemielabor. Und deswegen haftet ihr etwas Lebendiges an. Auch Umwelteinflüsse spielen eine Rolle. Orsolina färbt einige Farben nur während bestimmter Wetterlagen.«

Tess lachte. Das schien ihr zu gefallen. »Achtet sie auch auf den Stand des Mondes?«, fragte sie amüsiert. »Gelingen bei Vollmond andere Farben als bei Neumond?«

»Orsolina würde gewiss nicht lachen«, meinte Fioretta fröhlich. »Du solltest sie bei Gelegenheit mal danach fragen. Würde mich nicht wundern, wenn es so wäre.«

»Woher bezieht ihr denn die Seide?«, fragte Angela. »Stammt sie immer noch aus lokaler Produktion?«

Fioretta schüttelte ihre Locken. »Das ist leider Geschichte«, sagte sie. »Meine Mutter erzählt mir hin und wieder von den guten alten Zeiten, aber wenn ihr mich fragt, so gut waren die auch wieder nicht. Die Seide kommt heute aus Indien«, fuhr sie an Angela gewandt fort. »Nach langem Suchen haben wir einen Importeur in Venedig gefunden, der eine Qualität vertreibt, die den Webstühlen standhält.« Als sie Angelas fragenden Blick bemerkte, fügte sie hinzu: »Seide minderer Qualität reißt auf den traditionellen Webstühlen. Das darf sie nicht. An einem guten Seidenfaden kann man einen erwachsenen Menschen abseilen, und er wird halten.«

Weiter ging es ins Warenlager, wo fertig gefärbte und ineinander verschlungene Garnstränge partienweise in hölzernen Wandfächern auf ihre Weiterverarbeitung warteten. Angela fragte, ob sie die Seide berühren dürfe, worauf ihr Fioretta bereitwillig einen amethystfarbenen Strang in die Hand legte. Er fühlte sich gleichzeitig kühl und weich an, fest und doch unendlich zart. Angelas Herz schlug höher angesichts dieser prachtvollen Fülle. Die Farbe war außerordentlich intensiv und leuchtend. Sie lauschte Fiorettas Ausführungen und bewunderte im Stillen Orsolina wegen ihrer Kenntnisse in der traditionellen Färberei sowie ihres Gespürs für außergewöhnliche Farbtöne. Da war beispielsweise ein Gelb nicht einfach ein Gelb, sondern immer haftete einer Farbe noch ein zusätzlicher Schimmer an, was, wie Angela vermutete, von geschickter, kürzerer oder längerer Nachfärbung in anderen Pigmentlaugen herrührte. Ein ungeübtes Auge würde das zwar nicht wahrnehmen, jedoch konnte man sehen, dass das Garn kostbar wirkte und je nach Licht einen anderen Charakter annahm.

Sie selbst hatte während ihres Studiums auch einen Kurs in Malerei belegt und war auf einen ausgezeichneten Dozenten gestoßen, der ihr erklärt hatte, dass ein Rot besonders intensiv leuchtete, mischte man ihm eine winzige Menge reinen Grüns bei. Dasselbe galt natürlich auch umgekehrt. Das Hinzufügen einer Spur der Komplementärfarbe schenkte einer Farbe Tiefe, und Angela war sich sicher, dass Orsolina dies aus Erfahrung wusste und wahrscheinlich noch weit mehr Geheimnisse kannte.

Angela legte den Seidenstrang zurück und folgte den anderen. Im nächsten Raum befanden sich mehrere archaisch anmutende Geräte, unter anderem eine große, sechseckige Spule.

»Hier wird noch von Hand gehaspelt, gespult und geschärt«, erläuterte Fioretta.

»Ja, aber … was heißt denn das?«, fragte Tess nach.

Fioretta wies auf eine der Mechaniken. »Das Garn wird von den lockeren Strängen auf viele kleinere und größere Spulen gewickelt. Um den Kettbaum zu bestücken, spult man das Garn auf Haspeln, das sind diese achteckigen Rahmen hier. Für eine Kette braucht man Hunderte von exakt gleich langen Fäden, die hier vorbereitet werden.« Angela betrachtete nachdenklich das Spulrad, die Haspel und den Schärrahmen.

»Das Aufbäumen des Webstuhls ist eine mühevolle Arbeit«, fuhr Fioretta fort. »Man muss exakt arbeiten, damit hinterher alles stimmt, außerdem dürfen sich die Fäden natürlich nicht verheddern. Um nicht nach jedem Tuch von vorne beginnen zu müssen, haben sich die Frauen angewöhnt, die mehrfache Länge eines Schals auf einen Webstuhl aufzuzäumen. Ist eine Arbeit fertig, wird sie sorgfältig abgeschnitten, und man kann sofort mit der nächsten beginnen. Oder man webt sie alle hintereinander weg, lässt jeweils ein Stück Kettfäden für die Fransen frei und trennt sie ganz zum Schluss.«

Nun erklärte Fioretta, wie der Kettfaden in komplizierten Arbeitsgängen für den Kettbaum des Webstuhls vorbereitet wurde, und führte ihre Besucherinnen in einen weiteren Raum, in dem sich ein riesiges hölzernes Gestänge befand, auf dem in gleichmäßigen Abständen Fäden in zweierlei Höhe gespannt waren, wie für ein gigantisches Instrument.

»Das sieht ja aus wie eine Harfe«, sagte Angela.

»Und es ist der Grund«, gestand Fioretta und sah ihre Besucherinnen verlegen lächelnd an, »warum ich euch die Weberei lieber während der Pause zeigen wollte. Meine Mutter muss Maddalenas Webstuhl neu aufbäumen. Das ist kompliziert, und sie ist dann in der Regel ... na ja, nicht so gut ansprechbar. Ich meine, noch schlechter als sonst.« Fioretta zog eine kleine Grimasse und grinste Tess zu, die wissend nickte.

»Ja, das ist besser so«, meinte diese. »Dazu braucht man eine enorme Konzentration. Ehrlich gesagt habe ich keine Ahnung, wie man so etwas Schwieriges wie das Aufbäumen dieser uralten Webstühle mit diesem hauchfeinen Material überhaupt hinbekommt. Nola hat dafür meine ganze Bewunderung. Ohne eine gute Kette gibt es keine Webarbeiten. Machen wir also, dass wir weiterkommen, ehe die Arbeit hier wieder beginnt und deine Mutter einen Tobsuchtsanfall bekommt, wenn sie uns hier in ihrem Allerheiligsten sieht.«

Sie gingen ins obere Stockwerk und betraten einen Saal, der eine gesamte Seite des Gebäudeflügels einnahm. Hier standen hintereinander vier große, alte Webstühle aus dunklem Holz. Ihr grobschlächtiges Aussehen stand in krassem Gegensatz zu dem kostbaren Stoff, der im Herzen ihres Geschehens entstand. Aus dem vorderen Webstuhl schimmerte es wie pures Gold, und Tess seufzte bewundernd auf, als sie die herrliche Arbeit sah.

»Ja«, meinte Fioretta stolz, »das ist eben Lidia. Keine bekommt das so hin wie sie. Was Maddalena gerade webt, gefällt mir aber auch sehr gut.«

Sie gingen weiter zum zweiten Webstuhl.

»Verarbeitet Maddalena ein anderes Material als Lidia?«, fragte Angela.

Das goldfarbene Tuch wirkte kühl und glatt, während man Maddalenas Arbeit schon jetzt die anschmiegsame Weichheit ansah, die der in zarten Erdtönen gestreifte Schal einmal haben würde.

»Nein«, erwiderte Fioretta. »Alle verarbeiten hier dasselbe Material, nur Anna kombiniert zur Seide noch andere Fasern. Es ist die Hand der Weberin, die die Stoffe so unterschiedlich werden lässt.«

Fioretta prüfte den Warenbaum, auf dem der edle Stoff aufgerollt war. »Sie wird heute noch fertig damit«, meinte sie zufrieden. »Morgen können sie das Tuch abnehmen. Und dann wird Anna meiner Mutter dabei helfen, Maddalenas Webstuhl neu zu bestücken.«

Angela wusste aus ihrer eigenen Ausbildung, dass dafür Seidenfaden um Seidenfaden durch feine Ösen, Litzen genannt, im Webstuhl gefädelt werden musste, eine Geduldsprobe ohnegleichen. Wenn sie an die viele Meter langen Kettfäden dachte, die in dem anderen Raum darauf warteten, wurde ihr ganz anders. Sie hatte damals höchstens einundhalb Meter lange Stücke gewoben, außerdem längst nicht so feine Arbeiten, und schon damals hatte sie beim Aufbäumen des Webstuhls stets Hilfe gebraucht. Was für eine Geduldsarbeit!, dachte sie bewundernd.

»Hier kombiniert Anna Seide mit Mohair«, erklärte Fioretta und wies auf einen kleineren Webstuhl nahe beim Fenster. »Das ist eine bewährte Zusammenstellung und wird gern gekauft.« Angela sah ein flauschiges Tuch in leuchtendem Himbeerrot, der Kontrast zwischen der glänzenden Seide und der matten Wolle kam darin gut zur Geltung. Tess und Fioretta waren bereits zum letzten Webstuhl vorausgegangen, dessen Kettbaum mit verschiedenfarbigen Fäden aufgebäumt war. Beige wechselte mit Rot und Goldorange. »Der hier wartet nur darauf, bis meine Mutter mit der Vorbereitungsarbeit fertig ist und wieder weben kann«, erklärte Fioretta.

»Werden das wieder diese wunderschönen Karos, die so aussehen, als würden sie ineinander zerfließen?«, fragte Tess.

Fioretta nickte. »Ja, das ist eine alte Webtechnik«, bestätigte sie. »Aus diesem Grund hat sie schon die Kette mehrfarbig vorbereitet. Die englischen Touristinnen mögen dieses Muster ganz besonders.«

Die junge Frau warf einen Blick auf ihre Armbanduhr, und Tess reagierte sofort. »Danke, Fioretta«, sagte sie. »Das war wirklich nett von dir. Und so interessant, nicht wahr, Angela?«

»Das war es.« Angela nickte. »Steht dort hinten denn noch ein Webstuhl?«, fragte sie und sah durch die offene Tür in den rechtwinklig angrenzenden Raum.

»Ja«, antwortete Fioretta und öffnete diese ganz. »Schauen Sie ihn sich ruhig an. Wir nennen ihn *omaccio grande*, den großen, schlimmen Kerl, wir benutzen ihn allerdings nicht. Auf ihm kann man Stoffe bis zu einer Breite von zwei Meter achtzig weben. Er ist sehr schwer zu bedienen, man braucht enorm viel Kraft. Die Frauen mögen ihn nicht besonders. Früher haben ausschließlich Männer an ihm gearbeitet.« Fioretta zuckte mit den Achseln, als bedauerte sie, dass der »große, schlimme Kerl« nur noch herumstand. »Aber wir verkaufen eigentlich ohnehin nur Stücke in der Breite zwischen achtzig Zentimetern und einem Meter zwanzig. Und die lassen sich bequem auf den anderen Webstühlen herstellen.«

Sie verließen die Weberei und traten eine Treppe tiefer wieder in den Innenhof. Die Blätter in der gestutzten Krone des Maulbeerbaums glitzerten in der Mittagssonne. Die Katze war verschwunden. Fioretta schloss die Tür zum Laden auf und ließ sie hinaus auf die Straße. Tess wollte unbedingt Maddalenas neues Werk nach der Fertigstellung begutachten und erkundigte sich, wie lange Lidia wohl noch an dem goldfarbenen Tuch zu weben hatte.

»Wenn alles gut geht«, meinte die junge Frau, »ist es Ende der Woche fertig. Soll ich es für dich beiseitelegen?«

»Das wäre sehr nett«, antwortete Tess begeistert. »Meine Freundin Vivian in den USA hat nächsten Monat Geburtstag. Und ich glaube, sie wird vor Freude in Ohnmacht fallen, wenn sie dieses Wunderwerk sieht!«

»Das glaub ich gern.« Fioretta lachte. »Lidia wird zwar schlechte Laune bekommen, wenn das Tuch so schnell aus dem Laden verschwindet, aber so ist das nun mal. Wir stellen die Sachen her, um sie zu verkaufen. Oder?«

Sie verabschiedeten sich herzlich von der jungen Frau und versprachen, bald wiederzukommen.

»Ist die Weberei so etwas wie eine Kooperative?«, fragte Angela, als sie den Platz überquerten.

Tess sah sie erstaunt an und schüttelte dann den Kopf. »Nein, nicht direkt«, sagte sie. »So etwas Ähnliches. Die Frauen machen einfach, was sie wollen, das hast du ja schon bemerkt. Die meisten arbeiten dort, seit sie junge Mädchen waren. Doch das Unternehmen gehört ihnen nicht.«

Angela war sich sicher, dass ihre Freundin die Verhältnisse genau kannte. Sie schien so vertraut mit Fioretta und den Eigenarten jeder Weberin. Angela brannte darauf, die Geschichte dahinter zu erfahren.

»Wer ist denn der Eigentümer?«, hakte sie nach.

»Erinnerst du dich an das Haus da oben auf dem Hügel?«

»Das einmal der Duse gehörte?«, fragte Angela. »Natürlich. Du hast erzählt, dass da heute ein älterer Herr wohnt.«

Tess nickte düster. »Ein alter Sturkopf, ja. Anders kann man Lorenzo nicht bezeichnen. Seine Frau hat ihm die Weberei vererbt. Lela war die letzte Erbin der Familie Sartori, und seit Lela tot ist, kümmert sich keiner mehr um das Unternehmen. Er lässt die Frauen einfach machen.«

Angela hörte staunend zu. »Bezahlt er denn die Weberinnen weiterhin?«, erkundigte sie sich.

Tess schüttelte unwillig den Kopf. »Keine Spur«, entgegnete sie. »Die Frauen arbeiten quasi auf eigene Rechnung. Jede erhält einen Teil des Erlöses von ihren Arbeiten. Dass Fioretta seit letztem Herbst den Verkauf übernommen hat, ist ein Glücksfall. Auch wenn es mir irgendwie leidtut um die Kleine. Sie hat eine Ausbildung als Erzieherin, kann jedoch keine Anstellung finden. Jedenfalls behauptet sie das. Sie ist in der Weberei aufgewachsen, unter Nolas Webstuhl sozusagen, und sie liebt den Laden. Als ihre Mutter sie bat, ihnen beim Verkaufen zu helfen, konnte sie wohl nicht Nein sagen. Seither läuft das Geschäft viel besser. Sie ist ein Schatz, und die Leute kaufen gern bei ihr.«

Angela überlegte. »Die Kunden kommen doch sicher von auswärts, oder?«, fragte sie. »Ich schätze, dass diese Stücke sündhaft teuer sind. So etwas leistet eine Frau sich vielleicht ein, zwei Mal in ihrem Leben. Kommen denn viele Touristen nach Asenza?«

Tess lachte anerkennend. »Du stellst die richtigen Fragen. Na ja, das Grab der Duse zieht schon so manchen Engländer und Amerikaner an. Das allein wäre natürlich längst nicht genug. Ich verrate dir jetzt ein Geheimnis: Ein Schulkamerad von Fioretta, der meiner Meinung nach heimlich in sie verliebt ist, arbeitet bei einem Busunternehmen in Vicenza. Er hat dafür gesorgt, dass Asenza eine Etappe auf der Route wurde, die Reiseveranstalter aus aller Welt pauschal bei seiner Firma buchen. Zwischen der Villa Barbaro in Maser und einem Weingut mit Prosecco-Verkostung karren sie die Leute hierher und lotsen sie alle zu Fioretta. Großartig, was? Ich freue mich für die Frauen. Außerdem bekommt jeder, der nicht bei drei auf den Bäumen ist, von mir eine Stola geschenkt. Das ist mein Beitrag zur Unterstützung des traditionellen Handwerks in meiner neuen Heimatstadt.« Tess wirkte zufrieden. Und doch auch irgendwie aufgewühlt. »Lorenzo könnte sich ruhig mehr um den Laden kümmern«, knurrte sie, als sie das Haus betraten und ihnen der Duft von Emilias Mittagessen entgegenschlug.

»Du machst dir Sorgen um die Weberei, nicht wahr?«, fragte Angela.

»Ach was! Es geht mich ja eigentlich gar nichts an«, wehrte Tess ab. »Lass uns zu Tisch gehen. Wenn meine Nase mich nicht trügt, hat Emilia heute eine leckere Parmigiana gezaubert. Hab ich dir schon erzählt, dass eine ihrer Großmütter aus Sizilien stammt? Sie spricht nicht gern darüber, aber ihrer Kochkunst hat das eine weitere fantastische Note hinzugefügt. Die Norditaliener sehen ein bisschen auf die aus dem Süden herab, weißt du. Sie nennen sie *terroni*, was so viel heißt wie Bauerntölpel. Oder *red necks* in den USA. Ich wasche mir nur eben die Hände und zieh mir eine andere Wolljacke über. Dann kann es losgehen.«

Als Angela in ihrem Badezimmer in den Spiegel sah, staunte sie über das Leuchten in ihrem Blick. Sie hatte schon ein bisschen Farbe bekommen, und die Schatten unter ihren Augen waren nicht mehr ganz so tief. Ihr wurde bewusst, dass sie während der letzten beiden Stunden in der Weberei nicht ein einziges Mal an Peter gedacht hatte. Sie wartete auf ihr schlechtes Gewissen, doch es blieb aus. Rasch wusch sie sich die Hände, kämmte ihr Haar. Ihr Magen knurrte, und sie freute sich auf das Essen.

Sie war mitten auf der Treppe, als sie ein Stöhnen vernahm. Rasch lief sie weiter und fand Tess auf einer der letzten Stufen sitzend. Mit einer Hand hielt sie sich krampfhaft am Geländer fest, die andere presste sie gegen ihr Knie. Ihr Gesicht war schmerzverzerrt, die Augen hielt sie fest geschlossen.

# 6

## Der Unfall

»Was ist passiert?«, fragte Angela bestürzt und kauerte sich neben Tess.

Die presste die Lippen zusammen, außerstande zu sprechen. Emilia kam nachsehen, wo sie blieben, und rief erschrocken nach ihrem Sohn. Mit vereinten Kräften trugen sie Tess in das angrenzende Wohnzimmer und legten sie vorsichtig auf die amerikanische Couch. Die alte Dame war ganz bleich geworden.

»Mein ... mein Knie«, brachte sie schließlich mühsam heraus. »Ich glaube, ich habe eine Stufe verfehlt. Und da machte es ... Es machte so ein hässliches Geräusch. Und seither ... Verdammt, tut das weh!«

Dottore Spagulo, den Emilia anrief, ließ sofort einen Krankenwagen kommen. Keine Stunde später rollte man Tess einen mintfarben gestrichenen Flur auf der Röntgenstation der Klinik San Carlo in Treviso entlang, während Angela ihr die Hand hielt. In einem Spezialraum wurde Tess' Bein unter einem Apparat platziert, ihr Körper mit Schutzmatten gegen die Strahlen abgedeckt. Erst als die Assistentin Angela aufforderte herauszukommen, ließ Tess ihre Hand los, und sie ging hinaus auf den Flur. Dort schlang sie die Arme um ihren Oberkörper und blickte sich um. Wie vertraut ihr der Geruch und der Anblick der kahlen, unpersönlichen Wände doch war! Schalenförmige Kunststoffsitze waren an ihnen verschraubt. Angela setzte sich nicht. Sie wusste schon jetzt, wie unbequem sie waren.

Warum nur mussten sich Krankenhäuser in aller Welt so sehr gleichen? Ihre Eingeweide zogen sich zusammen. Es ist nur Tess' Knie, sagte sie sich. Daran stirbt man nicht so schnell. Und doch konnte sie es kaum erwarten, die Klinik wieder hinter sich zu lassen. Hoffentlich behielt man Tess nicht hier. Angela zwang sich, ruhig zu atmen, sah aus dem Fenster und wandte sich doch rasch wieder ab. Auch der Anblick von Menschen in Bademänteln, die sich mithilfe von Rollatoren samt Tropfhalterung mühsam durch eine klägliche Parkanlage bewegten, war ihr nur allzu vertraut ... Das Klingeln ihres Handys riss sie aus ihren Betrachtungen. Es war Nathalie.

»Mami«, plapperte sie fröhlich los, »du wirst es nicht glauben, Farid hat eine tolle Stelle gekriegt. Er steht neben mir und will dir unbedingt persönlich danken, dass er Papas Anzug ausleihen durfte. Warte mal eben kurz ...«

Angela lehnte sich seufzend gegen die Wand und hörte zu, wie der junge Syrer sich in ausgezeichnetem Deutsch höflich bedankte.

»Ich freue mich sehr für Sie, Farid«, sagte sie. »Und wünsche Ihnen alles Gute für Ihre Zukunft. Wären Sie so nett, mir meine Tochter noch mal zu geben?«

»Hallo, Mami«, hörte sie gleich darauf. »Wir müssen jetzt los, ich ruf dich ...«

»Warte, Nathalie«, unterbrach Angela sie. »Ich muss dir etwas erzählen. Tess ist gestürzt, sie hat eine Stufe verfehlt. Jetzt wird sie gerade geröntgt. Sie hatte schon vorher Probleme mit ihrem Knie, aber heute ...«

»O nein!« Nathalie klang vorwurfsvoll. »Das hab ich kommen sehen! Sie sollte wirklich altersgerechter wohnen!«

Angela musste wider Willen lächeln. »Sie hat gesagt, dass sie einen Aufzug einbauen lassen will«, versuchte Angela ihre Tochter zu besänftigen.

»Das war *mein* Vorschlag«, konterte ihre Tochter empört. »Vor drei Jahren hab ich ihr das schon gesagt. Als ich klein war, dachte ich immer, Erwachsene wissen, was sie tun. Rufst du mich an, wenn ihr die Diagnose habt?«

»Natürlich«, antwortete Angela.

Sie macht sich Sorgen, dachte Angela, als sie sich verabschiedet hatten. Seit vor wenigen Jahren Nathalies Großmutter von einem Tag auf den anderen so plötzlich gestorben war, hatte Tess die Rolle einer Ersatzoma für sie eingenommen …

»Möchten Sie hereinkommen?«, riss sie die Röntgenassistentin aus ihren Gedanken. »Die Signora Miller fragt nach Ihnen.«

Sie führte Angela in ein Behandlungszimmer. Eine Ärztin stand vor einer Leuchtwand und studierte die Röntgenbilder. Tess saß vor Schmerzen in sich zusammengesunken in einem Rollstuhl. Angela zog es das Herz zusammen, als sie ihre Freundin so sah.

»Das sieht nicht gut aus«, sagte die Ärztin endlich und rückte ihre Brille zurecht. »Die Kniescheibe hat sich verschoben. Ihre Schmerzen rühren wahrscheinlich von eingeklemmten Nerven her. Vermutlich sind die Kreuzbänder beschädigt oder gerissen, das ist auf der Aufnahme nicht zu erkennen. Anders kann ich mir die Deplatzierung der Kniescheibe kaum erklären.«

»Was genau heißt das?«, fragte Angela. »Kreuzbänder können doch wieder zusammenwachsen, oder nicht?«

Die Ärztin wandte sich zu ihr um und nahm die Brille ab. Sie hatte müde Augen, auch dies ein Anblick, der Angela mehr als vertraut war.

»Wir müssen eine Computertomografie machen«, sagte sie, »um zu sehen, was tatsächlich los ist mit dem Knie. Und natürlich können Sie eine zweite Meinung einholen, Signora Miller.«

»Kann das von allein wieder werden?«, fragte Tess leise. »Bitte sagen Sie mir ehrlich Ihre Meinung.«

Die Ärztin setzte sich an ihren Schreibtisch und bat Angela, neben Tess Platz zu nehmen. »Von den Kreuzbändern mal abgesehen …«, begann sie, »… ist die Arthrose in Ihrem Knie viel zu weit fortgeschritten, Signora Miller. Sie wissen selbst, dass das nicht mehr heilen kann. Meiner Meinung nach sollten Sie jetzt ernsthaft über ein künstliches Gelenk nachdenken.«

Tess sah angestrengt auf die Röntgenbilder an der Wand. Dann wandte sie sich der Ärztin zu. »Okay«, erklärte sie. »Wann wäre der nächstmögliche Termin für die Operation?«

Tess erhielt starke Schmerztabletten, einen festen Verband um ihr Knie, und nachdem sie versichert hatte, zu Hause bestens versorgt zu sein, entließ man sie. Gianni trug sie hoch in ihr Schlafzimmer, wo sie vor Erschöpfung und unter dem Einfluss der Medikamente zwei Stunden tief und fest schlief, während Angela mit Emilia Kriegsrat hielt. Sie waren sich einig, dass Tess bis auf Weiteres die Turmwohnung aufgeben musste, und überlegten, wie sie die bislang kaum genutzten Räume im Erdgeschoss des Wohnhauses so umgestalten konnten, dass sich die alte Dame darin wohlfühlen würde.

Nachdem Tess am frühen Abend ein paar Löffel Suppe gegessen hatte, kehrten auch ihre Lebensgeister wieder zurück. Sie hielt es für eine gute Idee, in das Wohnzimmer im Erdgeschoss umzuziehen, und gemeinsam mit Gianni unterzog Angela die Gegebenheiten dort einer kritischen Prüfung.

Das benachbarte Badezimmer war schon lange nicht mehr benutzt worden, und der junge Mann hatte alle Hände voll zu tun, um die widerspenstigen Röhrensysteme der alten Villa dazu zu bringen, das Wasser aus den Hähnen nicht auszuspucken wie ein zorniges Ungeheuer, sondern in kräftigem, gleichmäßigem Strahl fließen zu lassen. Angela fand das Bad geräumig genug, um eine barrierefreie Dusche einbauen zu lassen, ein weiteres Thema, das sie mit einem Architekten besprechen mussten. Vorsichtig brachte sie ihre Gedanken gegenüber Tess zur Sprache, und zu ihrer Erleichterung stieß sie auf offene Ohren.

»Das ist eine gute Idee«, meinte die alte Dame und richtete sich ein wenig auf. Aus einer Schublade in ihrem Nachttisch holte sie ein Adressbuch und reichte es Angela. »Unter M findest du die Nummer von Dario Monti, dem Architekten, von dem ich schon erzählt habe. Bist du so lieb und rufst ihn an? Auch wegen des Aufzugs, ich wollte ihn schon lange mal danach fragen.«

Wie sie so in ihren Kissen lag, wirkte Tess auf einmal viel älter und zerbrechlicher als bei Angelas Ankunft, und ihr tat das Herz weh, sie so zu sehen.

»Natürlich«, versicherte sie rasch. »Ich ruf ihn gleich an. Mach dir keine Sorgen, Tess. Das wird alles wieder.«

Tess schenkte ihr ein dankbares Lächeln. »Es tut mir so leid, Angela. Du solltest hier einen wunderbaren Urlaub verleben und nicht schon wieder Krankenpflegerin sein«, sagte sie leise.

Angela ergriff ihre Hand und drückte sie. »Du bist nicht krank, Tess«, sagte sie liebevoll. »Dein Kniegelenk ist abgenutzt, und bald bekommst du ein neues. Morgen besorge ich dir einen Eins-a-Rollstuhl, mit dem du hier durch die Gassen kurven wirst, dass sich die Vespafahrer in Acht nehmen müssen. Glaub mir: Kranksein geht anders.« Sie versuchte ein aufmunterndes Grinsen, und Tess lächelte tapfer zurück.

»Danke«, sagte sie und schloss die Augen. »Es ist so schön, dass du da bist!«

Dario Monti meldete sich nach dem zweiten Klingeln. Im Hintergrund hörte Angela das Stimmengewirr einer Bar. Sie stellte sich vor und erklärte, worum es ging.

»Ich bin gerade im Hotel Duse«, sagte der Architekt. »Wieso kommen Sie nicht auf einen Grappa vorbei?«

Wenig später betrat Angela das Hotel, wo Tess so gern ihren Cappuccino trank. An diesem Abend wirkte die Bar jedoch vollkommen verwandelt. Bis vor die Tür hinaus standen Menschen in Grüppchen beieinander, tranken und rauchten. Ihre Zigaretten glühten im Dämmerlicht auf, wenn sie an ihnen zogen. Drinnen lief stumm der Fernseher und zeigte ein Fußballspiel, während das fröhliche Stimmengewirr der Gäste den Raum erfüllte. Ein Mann trat auf Angela zu, ein Glas Wein in der Hand.

»Sie sind Tessas Freundin, *vero*?«, fragte er und lächelte ihr zu. »Ich bin Dario Monti. Tut mir wirklich leid, was Tessa zugestoßen ist.« Der Architekt war kleiner als Angela, seine Schläfen waren deutlich ergraut, das Haar auf dem Oberkopf lichtete sich bereits. Irgendwie kam er ihr bekannt vor, doch ihr fiel nicht ein, woher. Er mochte gut und gern fünfzehn Jahre älter sein als sie, wenn nicht mehr, auch wenn seine athletische Gestalt ihn jünger wirken ließ. »Wie geht es ihr denn?«, fragte Monti, und Angela erzählte, was geschehen war.

»Tess braucht dringend einen Aufzug«, erklärte sie. »Soweit ich das einschätzen kann, sollte das durchaus machbar sein. Im Treppenhaus des Turms ist Platz genug, größere Umbauten werden wahrscheinlich nicht notwendig sein. Sicher kann man den Aufzug auch außen anbauen, vielleicht in der Ecke, wo das Haus an den Turm grenzt, der Zugang wäre dann von der Eingangshalle aus. Was wir meiner Meinung nach aber noch dringender brauchen, ist ein barrierefreies Badezimmer im Erdgeschoss«, schloss Angela.

Monti hörte ihr aufmerksam zu und nickte anerkennend.
»Man könnte meinen«, sagte er, »Sie wären vom Fach.«

Angela wehrte verlegen ab. »Mein Mann war Bauingenieur, und ich habe viele Jahre in der Firma mitgearbeitet«, erklärte sie. »Das ist alles.«

Monti betrachtete sie nachdenklich. »Darf ich Sie zu etwas einladen?«, fragte er zuvorkommend. »Einen Wein vielleicht oder einen Grappa? Haben Sie überhaupt schon gegessen?«

Angela nickte. Emilia hatte sie nicht gehen lassen, ehe sie nicht einen Teller Auberginen-Käse-Auflauf mit Tomaten und frischem Basilikum geleert hatte.

»Wenn Sie mir einen schönen weichen Grappa empfehlen können«, antwortete sie, »würde ich gern einen probieren.«

Monti ging zur Theke, wechselte ein paar Worte mit Fausto, der statt ins Spirituosenregal hinter sich in eine seitliche Vitrine griff und daraus eine schlichte Flasche ohne Etikett zutage förderte. Gleich darauf kam der Architekt mit einem langstieligen Glas in der Hand zurück, das geformt war wie eine Tulpe. Darin schimmerte eine durchsichtige ölige Flüssigkeit.

»Der sollte Ihnen zusagen«, meinte er. »Er ist dreimal gebrannt und der sanfteste Tresterschnaps, den ich kenne. Der Brennmeister ist übrigens mit mir befreundet. Und das Weingut, von dem dieser Grappa stammt, liegt ganz in der Nähe. Auf Ihrer Joggingroute könnten Sie es sogar in der Ferne sehen, es liegt in östlicher Richtung auf dem Hügel von Pietrasanta.«

Da wusste Angela auf einmal, wo sie Monti schon einmal gesehen hatte. Er war einer der beiden Tennisspieler, an denen sie beim morgendlichen Training in dem Villenvorort schon zweimal vorbeigelaufen war.

»Morgen Vormittag habe ich einen Termin auf einer Baustelle«, fuhr Monti fort. »Wenn es Ihnen recht ist, komme ich gleich nach dem Mittagessen vorbei und schau mir das Haus an. Wäre drei Uhr in Ordnung?«

Angela nickte und probierte vorsichtig den Grappa. Vor hochprozentig Gebranntem nahm sie sich in der Regel in Acht. Die meisten Schnäpse waren ihr zu scharf. Doch was diesen Grappa betraf, hatte Monti nicht zu viel versprochen. Statt auf der Zunge zu brennen, verströmte er ein Gefühl von Wärme im Mund und das Aroma von Weinbeeren.

»Er ist vorzüglich«, sagte sie anerkennend. Montis Lächeln ließ ihn jünger wirken, als er vermutlich war.

»Spielen Sie eigentlich Tennis?«, fragte der Architekt. »Mein Freund hat nämlich Probleme mit seiner Schulter. Und wenn ich morgens nicht eine Stunde lang trainiere, bin ich nur ein halber Mensch.«

Es war eine Weile her seit Angelas letztem Tennismatch. Doch sie brauchte nur ein paar Ballwechsel, bis sie wieder das Gefühl dafür hatte. Monti hatte ihr seinen Ersatzschläger ausgeliehen und freute sich wie ein kleiner Junge, als sie wie versprochen am nächsten Morgen früh um sieben erschien.

»Mir kommt es nicht aufs Gewinnen an«, erklärte er gleich zu Beginn. »Ich will einfach spielen, Bälle parieren. Und wenn wir irgendwann Lust dazu haben, ein Match zu machen, *va bene.*«

Und so spielten sie sich die Bälle zu, Monti anfangs sehr darauf bedacht, Angela nicht zu überfordern und ihr nicht den Spaß zu nehmen. Bald war das allerdings gar nicht mehr nötig. Durch ihr tägliches Lauftraining verfügte Angela über eine ausgezeichnete Kondition. Mühelos erreichte sie jeden noch so weit gespielten Ball, und als der Architekt ihn nach einer Stunde schweißüberströmt auffing und ihr anerkennend die Hand schüttelte, war sie noch nicht einmal außer Atem.

»Bis heute Nachmittag«, rief sie Monti zu und setzte sich in Bewegung.

Sie lief ihren Joggingpfad in umgekehrte Richtung den Weinberg hinauf und hatte das Gefühl, noch eine ganze Weile Montis erstaunten Blick im Rücken zu fühlen.

»Dario gehört das ungewöhnliche Haus unten am Hügel«, erklärte Tess, als sie später miteinander im unteren Wohnzimmer frühstückten. Emilia hatte ihr ein Lager auf dem Sofa gerichtet, sodass sie bequem ihr Bein hochlegen konnte. Auf ihrem Schoß ruhte das Betttablett, das die Haushälterin mit allerlei leckeren Sachen beladen hatte. »Du weißt schon, das teils aus Stein, teils weiß verputzte mit dem Streifen Glas dazwischen.«

Angela nickte und strich Edelkastanienhonig auf das von Emilia frisch gebackene Maisbrot. »Das hab ich mir gedacht«, bemerkte sie. »Es sieht aus wie ein Haus, das ein Architekt schon immer mal bauen wollte, von dessen Entwurf er aber keinen Kunden überzeugen konnte.«

Tess drohte ihr grinsend mit dem Finger. »Das klingt nicht nett«, spottete sie. Dann wurde sie ernst. »Du hast natürlich recht. Es ist nicht sehr gemütlich drinnen. Und weißt du, was deine Nathalie sagen würde?« Tess setzte sich in ihren Kissen auf und imitierte den Tonfall einer jungen Studentin. »Schon die Architekten des alten Roms wussten, wie man Fenster und Fassade in einen harmonischen Gleichklang miteinander bringt. Palladio hat dies zur Vollendung gebracht.«

Angela lachte schallend. »Und das Beste ist«, fügte sie hinzu, »es stimmt.«

»Monti ist ein netter Kerl«, bemerkte Tess, nachdem sie wieder ernst geworden waren. »Und in Sachen Umbauten ist er richtig gut. Wenn hier einer ein altes Gemäuer kauft, ist Dario die erste Adresse. Er hat ein gutes Gespür für das, was sich erhalten lässt und wie man neue Bauelemente so einfügt, dass es harmoniert. Ich hoffe, er bekommt das mit dem Aufzug schnell hin. Das Krankenhaus hat nämlich angerufen. Ich habe Glück. In einer Woche werde ich schon operiert.«

Angela hätte beinahe ihren Kaffee verschüttet. Sie wusste nicht, ob sie sich freuen oder eher Sorgen machen sollte. Das Wort »Operation« war für sie mit unnennbaren Schrecken besetzt, und sie brauchte ein paar Atemzüge, um sich zur Vernunft zu rufen.

»Es ist alles gut, Angela«, versicherte Tess ihr. »Ich jedenfalls freue mich, dass das Warten ein Ende hat.«

»Natürlich«, beeilte sie sich zu sagen. »Weiß man denn schon, wie lange du danach im Krankenhaus bleiben musst?«

»Dottoressa Salieri meint, wenn alles gut geht, bin ich nach zwei, drei Wochen wieder zu Hause«, antwortete Tess. »Mit der Physiotherapie wird schon im Krankenhaus begonnen. Ich werde fleißig trainieren, damit ich bald wieder fit bin.«

Emilia erschien und deckte den Tisch ab. Als sie wieder allein waren, hatte Angela die Nachricht verdaut.

»Wenn du das hinter dir hast, sollte hier alles so praktisch wie möglich für dich eingerichtet sein«, sagte sie nachdenklich. »Hast du denn eventuell noch Baupläne von dem Haus? Das könnte Signor Monti bei seinen Berechnungen helfen.«

»Gute Idee!« Tess nickte. »Sieh doch mal im Sekretär nach. In den unteren Fächern bewahre ich eigentlich solche Dokumente auf. Jedenfalls ist dort ein Ordner mit dem Kaufvertrag und all dem anderen Papierkram. Vielleicht sind auch Pläne dabei, das weiß ich nicht mehr.«

Angela sah verschiedene Ordner durch, fand jedoch nur amtliche Dokumente. Als sie das unterste Fach des Sekretärs ganz ausräumte, stieß sie auf ein sorgsam mit Bindfaden verschnürtes Bündel, das in brüchiges Packpapier eingeschlagen war. Vorsichtig löste sie die Schnur, und zu ihrer Freude fand sie handgezeichnete Baupläne, die auf das Jahr 1896 datiert waren.

»Sieh nur, Tess«, rief sie, trug das Bündel zum Sofa und faltete behutsam den ersten Plan auseinander. Sie erkannte das Erdgeschoss des Wohnhauses, in dem sie sich gerade befanden. »Hier ist die Eingangshalle, dort sind Salon und Küche. Lass mal sehen, ob ich die Maßangaben entziffern kann ...« Angela hielt den Plan ins Licht. Die Tinte war an vielen Stellen verblasst, die geschwungenen Ziffern waren allzu zierlich. »Hast du eine Lupe?« Sie sah Tess strahlend an. »Das hier ist eine richtige Kostbarkeit«, erklärte sie. »Bedenk nur, wie alt diese Pläne sind!«

Tess lächelte erfreut über Angelas Eifer. In einer Schublade des Sekretärs fanden sie ein Vergrößerungsglas, und Angela notierte sich die Maßangaben auf einem Block.

»Wo ist denn eigentlich der Wintergarten?«, fragte sie und beugte sich erneut über den Plan. »Wurde der erst später angebaut?«

»Ja, in den Dreißigerjahren«, erklärte Tess. »Das haben wir festgestellt, als ich die Verglasung erneuern ließ. Ursprünglich war an seiner Stelle eine Terrasse mit einer Balustrade aus Stein. Das kann man auf der alten Fotografie gut sehen, die in meinem Schlafzimmer hängt. Von der Terrasse ist nur noch der Bodenbelag übrig geblieben.« Tess sah versonnen hinüber zu den exotischen Pflanzen. »Eigentlich ist es richtig schön hier. Als würde man in einem Garten wohnen.«

»Umso wichtiger«, bemerkte Angela, »das Badezimmer zu renovieren, findest du nicht? Es ist ziemlich unpraktisch, dass man erst hinaus in die Diele muss, um hineinzukommen. Fändest du es nicht auch viel besser, wenn wir den Zugang ins Wohnzimmer verlegen würden?« Sie stand auf und besah sich die Wand neben der Tür zur Bibliothek. »Hier ungefähr müsste man einen Durchbruch machen. Wir werden Monti fragen, aber ich glaube schon, dass das machbar ist. Wie es aussieht, handelt es sich nicht um eine tragende Wand.«

Tess konnte sich ein Lächeln nicht verkneifen. Ihr gefiel die Begeisterung, mit der sich ihr Gast auf die Aufgabe stürzte. Angela war entschlossen, endlich das umzusetzen, was Nathalie schon vor Jahren vorgeschlagen hatte: aus dem verwinkelten Märchenschloss eine altersgerechte Wohnung zu machen. Und Tess war klug genug, das zu begrüßen. Zeit ihres Lebens, das wusste Angela von ihrer Mutter, hatte sie es verabscheut, wenn alte Menschen sich gegen jede Erleichterung wehrten, nur weil sie Veränderungen mit sich brachte. Tess war sich darüber im Klaren, dass sie sich sorgsam auf das fortschreitende Alter vorbereiten musste, wollte sie nicht irgendwann aus ihrem geliebten Heim hinausgetragen und in eine Einrichtung für Senioren, wie man die Altersheime verblümt nannte, verfrachtet werden. Deshalb wusste sie den Eifer, den Angela an den Tag legte, zu schätzen.

Während sich Tess nach dem Essen ausruhte, schrieb Angela in ihrem Zimmer eine übersichtliche Liste mit den wichtigsten Punkten, die sie mit Monti besprechen mussten. So war sie bestens vorbereitet, als der Architekt Punkt drei Uhr klingelte. Gemeinsam mit Tess legte sie ihm ihre Vorstellungen dar. Er studierte die Pläne, machte sich Notizen, untersuchte die Wände und schlug schließlich vor, einen Installateur seines Vertrauens zu schicken.

»Raffaele sollte sich das alte Wasserleitungssystem einmal genauer ansehen«, sagte er. »Wenn das nämlich auch aus dem Jahr 1896 stammt, sollten wir es schleunigst erneuern.« Er drehte einen Wasserhahn auf und verzog das Gesicht, als es in der Leitung klopfte und gurgelte, ehe Wasser floss. »Was die Installationen anbelangt, sollten wir keine halben Sachen machen«, fuhr er fort und sah sich weiter um. »Man könnte im Badezimmer auch eine Wand einziehen und in den abgetrennten Teil eine Gästetoilette einbauen, die von der Diele aus erreichbar ist. Soviel ich weiß, gibt es im Erdgeschoss keine ...«

»Wird das Bad dann nicht zu klein?«, fragte Angela.

»Wir könnten es zum Wohnzimmer hin verbreitern«, überlegte der Architekt und ging hinüber. »Hier haben wir ohnehin eine schwer nutzbare Nische. Wenn wir die zum Badezimmer dazuschlagen, gewinnen wir fünf Quadratmeter. Das Wohnzimmer ist sehr groß, da fällt das nicht auf. Was meinst du, Tessa? Vielleicht erstelle ich einfach mal ein paar virtuelle Skizzen. Mithilfe einer Computersimulation kann man sich das viel besser vorstellen.«

Er machte Fotos von den Räumen aus verschiedenen Perspektiven, die er später animieren konnte.

»Kann ich die Baupläne für ein, zwei Tage ausleihen?«, fragte Monti. »Ich würde sie gern in meinem Büro einscannen lassen. Die Maße sollten wir allerdings überprüfen. Die Kollegen von damals haben sicher auch sorgfältig gearbeitet, und doch weiß man nie. Vielleicht hat sich auch hier und dort der Boden ein wenig gesenkt im Laufe der Zeit.«

Der Architekt nahm ein Lasergerät aus seiner Tasche und machte sich an die Arbeit. Angela half ihm beim Vermessen der Räume. Darüber wurde es Abend, und Monti nahm Tess' Einladung, zum Essen zu bleiben, gern an. Während sie sich Emilias leckere hausgemachte Nudeln schmecken ließen, die Angela mit Appetit aß, sprachen sie über Aufzüge, und Monti erzählte von seinen Erfahrungen mit verschiedenen Firmen und von den Lösungen, die er für andere Objekte gefunden hatte.

»Das bekommen wir hin, Tessa«, erklärte er, während er seinen kleinen schwarzen Kaffee in einem Zug austrank und sich erhob. »Mach dir keine Sorgen!«

Aufmerksam, wie er war, hatte der Architekt wohl bemerkt, dass seine Gastgeberin erschöpft wirkte, und so verabschiedete er sich höflich.

»Ich bin ja so froh«, sagte Tess, als Angela ihr eine gute Nacht wünschte, »dass du mir bei alldem hilfst.«

»Das mach ich doch gern«, erklärte Angela.

Und das stimmte. Es war gut, etwas zu tun zu haben, den Kopf mit Sinnvollem zu beschäftigen, statt die Gedanken um die Vergangenheit kreisen zu lassen.

So vergingen die wenigen Tage bis zu Tess' Operationstermin viel zu rasch für Angelas Empfinden. Raffaele erschien, um das Wasserleitungssystem zu untersuchen, ein Riese im Blaumann mit den größten Händen, die Angela je gesehen hatte. Sie begleitete den wortkargen Mann in den Keller, wo dieser im Lichtstrahl seiner Taschenlampe den mäandernden Verlauf spinnwebverhangener Rohre verfolgte und Angela bald den Überblick verlor. Der Installateur gab hin und wieder knurrende Laute von sich, wenn die Leitungen unvermittelt in einer dicken Wand verschwanden, ohne auf der anderen Seite wieder aufzutauchen. Angela hoffte nur, dass Raffaele sich in den Eingeweiden der Villa zurechtfand.

Zwei Stunden dauerte seine Bestandsaufnahme, während der er immer wieder mit einem großen Schraubenschlüssel gegen das Metall klopfte und seinem dumpfen Widerhall lauschte, an verrosteten Versatzstücken und Übergängen herumkratzte, die von einer dicken Schicht Staub und Kalk überzogen waren, und hin und wieder seine Arbeitshandschuhe auszog, um mit dem Finger Stellen abzutasten, wohl um sie auf Feuchtigkeit zu überprüfen. Irgendwann ging er hinauf in die Villa, starrte versonnen auf Wände, strich sich über das Kinn, klopfte hier und dort gegen die Mauern, brummte, schnalzte mit der Zunge, nickte und ging wieder in den Keller zurück. Schließlich verabschiedete er sich. Zwei Tage später erschien er wieder und breitete vor den beiden Frauen umständlich einen Plan auf dem Tisch aus.

»Den Grundriss hab ich von Dario«, erklärte er und legte eine seiner Pranken auf das Papier. »Ich hab darin die bestehenden Leitungen eingezeichnet. Die blauen sind für das Kaltwasser, die roten für das warme.« Angela beugte sich über den Plan und konnte ihre Bewunderung nicht unterdrücken. Wie war es möglich, dass sich der Installateur das System so präzise hatte einprägen können? Doch Raffaele war noch längst nicht fertig. Mit einem Bleistift zeichnete er dicke Kreuze auf den Plan. »Mal davon abgesehen, dass die Leitungen alt und rostzerfressen sind, gibt es hier, da und dort undichte Stellen. Überhaupt ist das ganze System viel zu verworren. Wasseranschlüsse gibt es nur in der Küche und im Badezimmer. All das hier ist überflüssig.« Raffaele zeigte auf eine komplizierte Schleife, die unter der Diele und dem Herrenzimmer verlief. Dann zog er Transparentpapier aus seiner Mappe und legte es über den Plan. »Und so werden wir verfahren.« Ein neues Liniengeflecht war auf dem Bogen eingezeichnet, das sich teilweise mit den alten Leitungen deckte, an anderen Stellen jedoch davon abwich.

»Warum ist das wohl so kompliziert geworden?«, fragte Tess verwundert.

»Vermutlich ist das ursprüngliche System nach und nach erweitert worden«, meinte der Installateur. »Man hat Rohre hinzugefügt, andere stillgelegt. Vielleicht gab es im Eingangsbereich einmal einen Brunnen, den man irgendwann nicht mehr wollte. Daran jetzt wieder herumzuflicken, ergibt keinen Sinn. Und was dort in dem Raucherzimmer einmal geplant war, das weiß der Himmel. Das muss alles raus. Sonst haben Sie irgendwann einen Rohrbruch, Signora, und keiner kann sagen, wie lange die alten Dinger noch halten.«

»Das heißt«, fragte Tess erschrocken, »wir sollten das gesamte System erneuern? Raffaele, das ist ein Großprojekt. Bedenken Sie … allein den Turm!«

»Den Turm würde ich vorerst so lassen, wie er ist«, beruhigte sie Raffaele. »Dort verlaufen die Leitungen in einem Strang nach oben und verzweigen sich in jedem der drei Stockwerke. Ein Badezimmer liegt dort über dem anderen. Sollte hier ein Schaden entstehen, können wir den jederzeit beheben. Aber was sich da unter der Villa herumschlängelt, damit werden Sie nicht glücklich.«

Tess sah Angela an.

Sie nickte. »Ich war mit unten, Tess«, erklärte sie. »Ein richtiges Labyrinth.«

»Und wie lange würde es dauern, die Wasserleitungen zu ersetzen?«

»In einer Woche sind die verlegt«, erklärte der Handwerker und legte seine Hand auf die Zeichnung. »Wenn man an den alten herumbasteln würde, bräuchte man viel länger. Und am Ende hätten Sie ein Flickwerk, das Ihnen jeden Augenblick um die Ohren fliegen könnte.«

»Vielleicht wäre es das Beste«, schlug Angela vor, »Sie machen Tess einen Kostenvoranschlag. Damit sie weiß, was auf sie zukommt.«

»*Eccolo*«, erklärte der Handwerker und legte ein Kuvert auf den Tisch. »Denken Sie in Ruhe darüber nach.«

»Bei einem so alten Gebäude muss man sich nicht wundern«, meinte Tess am Abend bei ihrer Tasse Lindenblütentee. »Fängst du einmal an zu erneuern, nimmt es kein Ende.«

»Den Preis halte ich für moderat«, wandte Angela ein und sah Raffaeles detailliertes Angebot noch einmal durch.

»Es geht mir nicht ums Geld«, entgegnete Tess.

Angela sah ihre Freundin nachdenklich an. »Was ist es dann?«, fragte sie.

»Der ganze Aufwand«, erklärte Tess niedergeschlagen. »Die vielen Entscheidungen, die ich treffen muss. Gerade jetzt kann ich mich nicht um all das kümmern. Ich kann doch nicht das Haus voller Handwerker haben und ins Krankenhaus verschwinden!«

Angela lachte. »Warum denn nicht? Wenn es dir recht ist, kümmere ich mich um alles. Nichts leichter als das. Schließlich hab ich zwanzig Jahre nichts anderes gemacht, als Angebote und Rechnungen zu prüfen und Aufträge zu erteilen. Ich bin zwar kein Bauingenieur wie Peter, aber wir planen ja auch kein neues Haus. Die Installation des Aufzugs und das Badezimmer ... Tess, das schaffe ich locker. Und Dario Monti ist ja auch noch da.«

Tess betrachtete sie unschlüssig. »Du solltest dich hier doch ausruhen«, wandte sie ein. »Urlaub machen. Und nicht schon wieder arbeiten müssen!«

Angela griff nach der Hand ihrer Freundin. »Ich mache das gern«, sagte sie. »Wirklich, Tess, es lenkt mich ab. Dann denke ich nicht mehr so viel an ... Na ja ... du weißt doch selbst, wie das ist.«

Angela senkte den Blick, zu groß war ihre Befürchtung, ihr könnten die Tränen kommen. Da fühlte sie den warmen Druck von Tess' Hand.

»Ja, das kann ich verstehen«, sagte sie. »Nachdem John tot

war, hab ich meine Sachen gepackt, das Haus hier gekauft und mich in die Einrichtung gestürzt. Damals hab ich den Wintergarten renovieren lassen. Und die Turmzimmer ...«

»Siehst du«, meinte Angela. »Und deshalb darfst du mir gern die Bauleitung überlassen.«

»Also gut«, erklärte Tess erleichtert. »Du hast Carte blanche. Mach, was immer du für richtig hältst. Ich bin sicher, es wird mir gefallen.«

Am Abend bevor Tess ins Krankenhaus musste, lag ein in hübsches Papier eingeschlagenes Päckchen neben Angelas Gedeck.

»Was ist das?«, fragte sie.

»Ein Geschenk«, antwortete Tess. »Für meine Bauleiterin!«

Gerührt nahm Angela es an sich. Es fühlte sich weich an, und als Angela die seidene Kordel entdeckte, mit der das Päckchen verschnürt war, hatte sie bereits eine Ahnung.

»Tess!«, rief sie aus.

»Öffne es!«, forderte die Freundin sie auf.

Als Angela das Papier aufschlug, glitt die rosenfarbene Stola auf ihren Schoß, als wäre es ein Lebewesen, das zu ihr wollte.

»O mein Gott!«, rief sie leise aus, nahm die Webarbeit in beide Hände und schmiegte ihre Wange daran. »Das kann einfach nicht wahr sein!«

Die alte Dame lächelte zufrieden, als sie Angelas Freude sah. »Maddalenas Werk ist jetzt dein Talisman«, erklärte sie. »Damit du dir nicht allzu viele Sorgen um mich machst. Und wenn du unbedingt willst: Du wirst es dir hart verdienen während meiner Abwesenheit!«

Angela faltete die Stola auf, und die Seide knisterte leise.

Sie legte sie sich um die Schultern, und sofort hatte sie wieder das Gefühl, das sie im Laden der *tessitura* schon einmal gehabt hatte. Als würde die Seide sie schützen und behüten, ganz egal, was kommen würde.

»Danke!«, sagte sie bewegt. »Und ich dachte schon, eine der Engländerinnen hätte sie davongetragen!«

Tess lachte schallend. »Fioretta hat es sofort für dich beiseitegelegt. Und jetzt lass uns essen. Was gibt es denn heute Gutes? Wer weiß, wann ich wieder etwas so Feines bekomme!«

Emilia war mit einer irdenen Auflaufform ins Zimmer gekommen und hatte die letzten Sätze gehört.

»*Lasagne*«, verkündete sie. »Wenn Sie wollen, Signora Tessa, bringt Ihnen Gianni jeden Tag mein Essen in die Klinik ...«

»Aber nein, Emilia«, wehrte Tess amüsiert ab. »So weit kommt es noch. Nein, nein, ich werde das schon überleben, keine Sorge.«

Am folgenden Morgen war Tess überraschenderweise guter Dinge. Angela bewunderte sie im Stillen für ihren Optimismus, ja, ihre Freundin schien sich direkt zu freuen, dass es endlich so weit war. Angela hatte sie zu dem Vorbereitungsgespräch mit dem Chirurgen begleitet und wusste in etwa, was auf sie zukommen würde. Sie musste sich eingestehen, dass sie viel nervöser war als Tess.

Als Privatpatientin durfte Tess ein hübsches Zimmer mit Blick auf die umliegenden Berge beziehen. »Schau nur«, sagte sie zu Angela. »Wir können uns zuwinken. Ach, bring mir doch bitte mein Fernglas mit, wenn du das nächste Mal kommst. Emilia weiß, wo es ist. Dann kann ich von hier aus die Renovierung überwachen.«

Tess lachte bei dem Gedanken und begrüßte die Stationsärztin, die kurz hereinschaute, während Angela Tess' Bademantel und Nachthemden in den Schrank hängte und ihre Wäsche verstaute. Die Bücher, die sie für die Freundin aus der Bibliothek ausgesucht hatte, räumte sie in ihr Nachttischschränkchen. Dorthinein legte sie auch Tess' Lieblingsschal aus fliederfarbener Seide. Angela hatte ihn heimlich mit eingepackt samt einer Dose mit von Emilia selbst gebackenen *biscotti*.

Eine Krankenschwester kam mit einem Rollstuhl und bat Tess, zu den Voruntersuchungen für die Operation, die am kommenden Tag stattfinden sollte, mitzukommen.

Angela schloss ihre Freundin fest in ihre Arme. »*In bocca al lupo*«, flüsterte sie ihr ins Ohr. »Viel Glück!« Sie wandte sich ab, als sie spürte, wie ihr Tränen in die Augen traten.

»Das wird schon gut gehen!«, beruhigte Tess sie, und Angela musste lachen, dass ausgerechnet sie Trost erhielt statt umgekehrt. »Mach dir keine Sorgen! Unkraut vergeht nicht!«

Doch das war leichter gesagt als getan. Auf der Fahrt zurück kam sich Angela ganz verloren vor. Auf einmal sah sie ein Schild mit der Aufschrift MASER und darunter eines, auf dem VILLA BARBARO DI PALLADIO stand. Spontan folgte sie ihm. Nathalie schrieb eine Seminararbeit über dieses Kulturdenkmal, sie würde sich freuen, wenn sie hörte, dass Angela es besucht hatte.

Die Landstraße führte an Wiesen und Feldern entlang, durchquerte Dörfer und kleinere Städtchen. Dann säumten Pappeln die Straße, und in der Ferne wurde der Blick auf ein prächtiges, lang gestrecktes Bauwerk auf einer kleinen Anhöhe gelenkt, dessen Mittelteil mit seinen vier Säulen in ionischer Ordnung an einen griechischen Tempel erinnerte. Flankiert wurde dieser Zentralbau von zwei wohlproportionierten symmetrischen Seitenflügeln. Angela wusste von ihrer Tochter, dass jedes einzelne Maß dieses Bauwerks auf den Gesetzen der Fibonacci-Folge beruhte und auf dem Goldenen Schnitt.

»Das fühlt man einfach, Mami«, hatte Nathalie begeistert behauptet. »Es sind die Maßeinheiten, die auf den Gesetzen des Kosmos beruhen und auch in uns Menschen enthalten sind, von unserem Körperaufbau bis hinein in die kleinste Zelle. Dass die Menschen im Altertum das schon wussten, das haut mich einfach um. Umso schlimmer, dass wir es heute wieder vergessen haben. Schau dich doch um, wie überall gebaut wird! Das kann auf die Dauer nicht gut gehen, Mami. Denn wenn die Philosophen recht haben, macht das was mit uns. Wie innen, so außen. Wie im Großen, so im Kleinen ...«

Angela lächelte. Wenn Nathalie erst einmal in Fahrt kam, konnte sie stundenlang über solche Dinge sprechen. Wie oft hatte sie mit Peter diskutiert. »Werd Architektin!«, hatte er ihr immer wieder liebevoll geraten. »Und befrei uns von all dem Übel!« Doch davon hatte Nathalie nichts wissen wollen.

Angela fuhr auf den Besucherparkplatz und stieg aus. Auch der Platz vor der Villa war genau geplant und gehörte zur Anlage. Als sie näher trat, bemerkte sie, dass das Portal noch verschlossen war. Sie war zu früh, die Villa öffnete erst um zehn Uhr für Besucher ihre Pforten. Enttäuscht ging sie zurück und blickte sich um. Nicht weit von der Villa entfernt entdeckte sie eine Ansammlung von Häusern. Vielleicht bekam sie irgendwo einen Kaffee.

Sie stieg ins Auto und fand eine geöffnete Bar, vor der sie ihren Wagen parkte. Zwei Männer standen an der Marmortheke und unterhielten sich. Angela bestellte einen Cappuccino, und unwillkürlich musste sie wieder an Tess denken. Sie griff nach ihrem Handy, um nachzusehen, ob sie inzwischen womöglich eine Nachricht geschickt hatte. Niemand hatte sich gemeldet.

Angela steckte das Smartphone wieder weg. Sie schaute auf, in dem seltsamen Gefühl, dass jemand sie ansah, und tatsächlich, einer der beiden Männer blickte zu ihr herüber. Es war nur ein kurzer, intensiver Moment des Augenkontakts, dann wandte sich der Mann wieder seinem Gegenüber zu, der etwas zu ihm sagte, und doch war es Angela, als hätte ein leichter Stromschlag sie getroffen. Verwirrt nahm sie einen Schluck von ihrem Cappuccino. Und spürte nun den Blick des Fremden in ihrem Rücken. Als sie aufsah, entdeckte sie, dass die Rückseite der Bar verspiegelt war. Sie hatte sich nicht getäuscht. Der Mann, der ihr immer wieder kurze, interessierte Blicke zuwarf, war groß und schlank und hatte dichtes dunkles Haar, das an den Schläfen silbern durchsetzt war. Sein Anzug war maßgeschneidert, da war sie sich sicher. Und er sah unglaublich gut aus ...

Angela bemerkte, dass ihr Herz schneller klopfte. Bin ich jetzt verrückt geworden?, fragte sie sich entgeistert. Schließlich war sie kein Teenager mehr, dem die Bewunderung eines unbekannten Mannes irgendetwas bedeutete. Rasch trank sie ihren Kaffee aus, bezahlte und verließ die Bar. Noch immer war es viel zu früh für einen Besuch in der Villa. Egal, dachte sie. Ein anderes Mal. Sie würde Tess noch oft im Krankenhaus besuchen.

Als sie ins Auto stieg, konnte sie nicht anders. Wie zufällig wandte sie sich noch einmal um. In der Tat. Dieser unverschämt gut aussehende Mann reckte den Hals, um ihr nachzusehen. Na ja, sagte sie sich. Das ist eben Italien. Während ihrer Semester in Florenz hatten ihr die Männer tagtäglich auf der Straße nachgesehen, blond und hellhäutig, wie sie war. Und es fühlte sich gut an, dass es offenbar noch immer ein bisschen so war. Erst als sie die Serpentinen nach Asenza hinauffuhr, wurde Angela bewusst, dass sie schon die ganze Zeit leise vor sich hin sang. Erstaunt hielt sie inne. Was war nur mit ihr los?

Vor dem Tor stand der Kastenwagen des Installateurs und blockierte die Einfahrt. Angela parkte ihren Wagen auf der Piazza, und als sie zur Villa hinaufging, hörte sie schon den ohrenbetäubenden Lärm. Es ging also los. In der Diele kam ihr Emilia aufgeregt entgegen. Im Badezimmer hatte man begonnen, die Fliesen von den Wänden zu schlagen und die Leitungen freizulegen, dafür musste das Wasser abgestellt werden. Wie um alles in der Welt sollte Emilia nun kochen? Angela beruhigte sie und versprach, sich darum zu kümmern.

Als sie in den Keller gehen wollte, um Raffaele zu fragen, wie lange sie ohne Wasser sein würden, kam ihr ein junger Kerl entgegen, auf der Schulter meterlange Stücke der alten Rohrleitung. Bei Tageslicht sahen sie noch viel urtümlicher und verrotteter aus, als Angela sie in Erinnerung hatte. Sie ließ den Lehrling vorbei und lief nach unten, wo sie Raffaele mit einer Flex und einer Schutzbrille vor den Augen dabei antraf, wie er mit sicheren und routinierten Handgriffen arbeitete. Funken sprühten, wo er die Metallsäge ansetzte. Angela wich zurück. Als er sie entdeckte, schaltete er die Maschine aus und nahm die Schutzbrille ab.

»*Non c'è problema, Signora*«, erklärte er auf ihre Frage hin. »Bis zum Mittag ist das alles draußen. Dann dreh ich den Hahn von der Hauptleitung wieder auf. *Va bene?*«

Angela nickte. Emilia würde zufrieden sein. Sie machte, dass sie dem Handwerker und seinem Lehrling aus dem Weg kam, und warf einen Blick ins Badezimmer, wo zwei Männer mit Presslufthämmern bewaffnet den Fliesen zu Leibe rückten. Schnell zog sie sich wieder zurück, der Lärm war ohrenbetäubend.

Sie ging zu Emilia in die Küche und schickte sie nach Hause. »Ich bin ohnehin zum Mittagessen verabredet«, log sie. »Und bei diesem Lärm müssen Sie nicht sauber machen oder Betten frisch beziehen.«

»Aber ich habe Signora Tessa versprochen, gut aufzupassen, dass Sie auch ja richtig essen!«, wandte Emilia unglücklich ein.

»Kommen Sie doch nach vier Uhr noch mal vorbei, da machen die Handwerker Feierabend«, schlug Angela vor. »Sie könnten eine Kleinigkeit für den Abend kochen und etwas für morgen vorbereiten.«

Darauf ließ sich Emilia ein. Sie bestand jedoch darauf, Angela ein paar Leckereien aufs Zimmer zu bringen, damit sie nicht Hunger leiden musste, bis sie wiederkam. Angela konnte nicht verhindern, dass die Haushälterin ein schweres Tablett mit Obst, Joghurt und einer Thermoskanne Kaffee samt Gebäck die vielen Treppen hinauftrug, erst danach war sie bereit, ihre Schürze abzulegen und nach Hause zu gehen.

Sie war kaum fort, als Dario Monti mit dem Fliesenleger kam, der einige Muster dabeihatte, und als sie die Keramik ausgesucht und entschieden hatte, wie weit die Wand zwischen dem Badezimmer und dem Wohnzimmer versetzt werden sollte, lud der Architekt sie zum Mittagessen in die Bar des Hotel Duse ein.

»Gern«, antwortete Angela. Sie war erleichtert, dem Lärm für eine Weile entkommen zu können.

In der Bar trafen sie Darios Tennispartner Davide, der wegen seiner Schulterprobleme notgedrungen pausieren musste. Er war Stadtkämmerer und hatte eine Menge Neuigkeiten aus dem Rathaus zu erzählen. Auch Dottore Spagulo, Tess' Hausarzt, war hier offenbar Stammgast. Alle wollten wissen, wie es der alten Dame ging, und obwohl sich Spagulo optimistisch zeigte und Angela versicherte, dass die Klinik genau die richtige für diese Art von Eingriffen sei, Tess außerdem von einer wahren Koryphäe operiert werden würde, mit der er persönlich gut bekannt war, machte sich Angela doch Sorgen. Sie hatte zu viele schlechte Erinnerungen an Krankenhäuser, als dass sie bei dem Gedanken an die bevorstehende Operation ruhig bleiben konnte.

Ihre Unruhe blieb den ganzen Nachmittag über. Und obgleich sie, nachdem endlich wieder Stille im Haus eingekehrt war, Tess telefonisch erreichte und diese ihr versicherte, dass alles in Ordnung sei, wurde Angela ihr unangenehmes Gefühl nicht los.

Beim Abendessen, mit dem sich Emilia besondere Mühe gegeben hatte, brachte sie kaum etwas hinunter. Um sich zu beruhigen und Emilias vorwurfsvollen Blicken zu entgehen, brach sie schließlich zu einem Spaziergang auf. Sie ging durch die abendlichen Gassen, lauschte ihren eigenen Schritten, die auf dem Kopfsteinpflaster hallten, sah zu, wie die Lichter hinter den Fenstern angingen, atmete die laue Frühlingsluft ein, in die sich die Aromen von in Olivenöl gedünsteten Knoblauchzehen mischten, von gegrilltem Gemüse und frischem Rosmarin. Sie stieg hoch bis zur Kirche und betrat in dieser blauen Stunde der Dämmerung zum ersten Mal den Friedhof. Die Grabsteine aus hellem Marmor bündelten das letzte Licht und schienen von innen her zu leuchten. Hier und dort blitzte eine Blüte aus glasiertem Porzellan im Abendlicht auf. Sie versuchte, das Denkmal der berühmten Eleonora Duse zu finden, und fuhr zusammen, als sich aus dem Schatten einer Zypresse eine leicht gebeugte Gestalt löste.

»*Buonasera*«, sagte sie, als sie sich einen Moment später wieder gefangen hatte.

Doch der alte Mann wandte nicht einmal den Kopf, als er an ihr vorbeischlurfte, so als wäre sie gar nicht da. Angela erkannte ein markantes Profil mit einem abweisenden Zug um den Mund, buschige Augenbrauen, die dem Alten etwas Eigensinniges verliehen. Dann war er fort.

Angela fröstelte, obwohl der Abend lau war. Es war zu spät für einen Friedhofsbesuch. Sie zog ihre Jacke fester um die Schultern und wandte sich zum Ausgang. Als sie vor die Kirche trat, sah sie gerade noch, wie sich das Metalltor zwischen den scherbenbewehrten Mauern des Palazzos oben auf dem Hügel schloss. Lorenzo Rivalecca, dachte Angela. Der geheimnisvolle Mann, dem die Weberei gehört.

Sie kehrte in die Villa Serena zurück, bat Emilia, die gerade die Küche aufräumte, ihr einen Lindenblütentee zu machen, und nahm ihn mit hinauf in ihr Zimmer, wo sie einen der Sessel vor das große Fenster zog, es sich darin gemütlich machte und hinunter auf die Ebene sah. Nach und nach glühte dort ein wahres Lichtermeer auf. Erneut überlief sie ein Frösteln, und sie legte sich die Stola um, nicht ohne Tess liebevolle Gedanken zu schicken. Sie zog ihre Füße unter sich und schmiegte ihr Gesicht in das weiche Seidentuch.

Auf einmal nahm sie einen eigenartigen feinen Duft wahr, wie von reifen Haselnüssen oder wie vom Fell der Katze, die sie als Kind einmal gehabt hatte. Wie die Haut eines geliebten Menschen, wie die Verheißung einer neuen Begegnung. Sie geriet ins Träumen, sah sich wieder in der Weberei, den amethystfarbenen Seidenstrang in der Hand. War dies der Duft von Seide? So vertraut schien er ihr, so verlockend, an der Grenze des Wahrnehmbaren. Und auf einmal überfiel sie eine große Sehnsucht, von diesem Duft jeden Tag umgeben zu sein, ein Teil dieses Universums zu werden, wieder so, wie sie es vor langer Zeit getan hatte, mit ihren Händen zu gestalten, ja, genau dieses Material zu verarbeiten und herrliche Dinge damit zu erschaffen. Was wäre, fragte eine kleine, feine Stimme in ihr, wenn diese Seidenmanufaktur dir gehören würde?

Angela schreckte hoch. Was für ein Unsinn! Mit Bedauern dachte sie an den abweisenden Mann, der in der Villa oben auf dem Hügel lebte und sich offenbar kein bisschen für die Weberei interessierte. Sie beschloss, eine heiße Dusche zu nehmen, stand auf und legte das Tuch sorgfältig über die Sessellehne. Unter dem Wasserstrahl zwang sie sich, daran zu denken, was in den folgenden Tagen alles auf sie zukommen würde, um die Weberei aus ihren Gedanken zu verdrängen. Und doch nahm sie später das Seidentuch mit, als sie zu Bett ging. Sie legte es neben ihr Kopfkissen, und mit diesem eigenartigen Duft, den es verströmte, schlief sie ein.

# 7

## Der Duft von Seide

Am nächsten Morgen war Angela so nervös, dass sie fast keinen Ball traf, auch wenn Dario Monti ihn ihr direkt zuspielte.

»Tut mir leid«, sagte sie nach einer Weile. »Heute kann ich mich überhaupt nicht konzentrieren.«

»Das ist doch verständlich«, tröstete der Architekt sie und nahm ihr den Schläger aus der Hand. »Darf ich dich zu einem Kaffee einladen?«

Sie waren längst zum Du übergegangen, und sie mochte Monti. Doch an diesem Morgen wollte sie lieber allein sein.

»Das ist nett von dir«, erwiderte sie. »Aber heute nicht. Ich muss dauernd an Tess denken. Ob sie wohl schon mit der OP begonnen haben? Sie hat gesagt, dass sie als Erste drankommen wird. Ach, am besten ich laufe noch ein bisschen, das beruhigt mich immer am schnellsten.«

Angela dehnte ihre Runde sogar aus, und doch war sie kein bisschen beruhigt, als sie nach Hause kam. Erst als am Nachmittag das Telefon klingelte und die Ärztin ihr berichtete, die Operation sei gut verlaufen, atmete sie auf.

»Wann kann ich sie besuchen?«, fragte sie erleichtert.

»Lassen Sie ihr heute noch Zeit, richtig zu sich zu kommen«, riet die Ärztin. »Morgen früh schaut die Physiotherapeutin bei ihr vorbei. So gegen elf wäre ein guter Zeitpunkt für einen Besuch.«

Als Angela am Tag darauf mit einem Strauß Rosen in Tess' Zimmer trat, fand sie ihre Freundin bleich und erschöpft vor.

Eine junge Frau in weißer Hose und T-Shirt half ihr, das verbundene Bein richtig zu lagern.

»Wir haben eben schon Walzer miteinander getanzt, was, Susanna?«, sagte Tess betont heiter, doch Angela entdeckte feine Schweißperlen auf der Stirn der alten Dame, und ihr war klar, dass sie unter starken Schmerzen litt.

»Das war schon ziemlich gut für den Anfang«, bestätigte die Physiotherapeutin in routinierter Fröhlichkeit. »Morgen machen wir weiter. Schritt für Schritt. Bis dann also. Und nicht weglaufen, ja?«

Angela verzog das Gesicht. Diese Art von Krankenhausspäßen hatte sie ziemlich satt. Sah die junge Frau denn nicht, dass es Tess nicht gut ging?

»Sie meint es nicht so«, erklärte Tess, als sie allein waren, so als hätte sie ihre Gedanken gelesen. »Bist du so lieb und rückst mir das Kissen ein bisschen zurecht?«

»Wie fühlst du dich?«, fragte Angela, während sie Tess half, eine angenehmere Position zu finden.

»Es ging mir schon besser«, gab die alte Dame zu. »Nun, was will man erwarten? Schließlich hat man mir mein Knie herausgesägt und ein Metallscharnier eingesetzt, das mit Kunststoff unterlegt ist. Das muss mein alter Körper erst mal begreifen. Oder? Jedenfalls hab ich schon vier Schritte damit gemacht. Also bitte, lob mich!«

»Das ist großartig«, beeilte Angela sich zu sagen. »Wirklich. Ich hätte nicht gedacht, dass man so früh mit der Reha beginnt!«

»Sie sagen, das sei wichtig ...«

Wieder wurde Tess' Gesicht fahl. Sie stöhnte leise.

»Bekommst du denn nicht genügend Schmerzmittel?«, erkundigte Angela sich besorgt.

Tess verzog das Gesicht. »Sieht man mir das etwa an?«

»Du musst hier nicht die Tapfere spielen«, riet Angela. »Du sollst dich von der OP erholen. Wenn du dauernd die Zähne zusammenbeißen musst, kannst du nicht entspannen. Es fördert den Heilungsprozess, wenn man keine Schmerzen hat.«

»Ist ja schon gut. Das Zeug liegt in der Schublade.«

Angela machte große Augen. Dann zog sie die Lade auf und entdeckte zwei Tabletten in einem winzigen Plastikbecher.

»Du hast sie hier versteckt, statt sie zu nehmen?«

»Jetzt schau mich nicht so empört an«, entgegnete Tess. »Reich mir lieber den Tee.« Angela sah zu, wie Tess mühsam die Tabletten hinunterwürgte. Sie ahnte, dass ihr das Schlucken schwerfiel. Der gesamte Rachenraum war sicherlich noch wund und ausgetrocknet nach der langen OP. Eine Welle der Zuneigung zu ihrer Freundin stieg in ihr auf ... »Es tut mir leid, Angela«, sagte Tess leise, lehnte ihren Kopf zurück und schloss ihre Augen. »Das alles muss schlimme Erinnerungen in dir wecken ...«

»Unsinn«, widersprach Angela sanft und strich Tess eine Strähne aus dem Gesicht. »Natürlich erinnert es mich an Peter«, fuhr sie nach einer Weile nachdenklich fort. »Jedes Krankenhaus wird mich mein Leben lang an ihn erinnern. Das ist nun einmal so. Das ändert allerdings nichts daran, dass ...«

Angela stockte. Tess war eingeschlafen. Und so blieb sie ganz still sitzen und betrachtete die zierliche Gestalt unter dem weißen Laken, bis irgendwann eine Krankenschwester hereinkam, um nach der Patientin zu sehen.

»Ein gutes Zeichen«, sagte die Frau erleichtert, als sie sah, dass Tess schlief. »Die Schmerzmittel haben wohl endlich gewirkt.«

Angela sah täglich nach ihrer Freundin, und schon nach einer Woche ging es Tess viel besser. Diszipliniert übte sie mithilfe der Physiotherapeutin das Gehen mit der Prothese, auch wenn es sie enorm anstrengte.

»Was gibt es Neues von zu Hause?«, fragte sie auch an diesem Tag wieder, und Angela berichtete von den Fortschritten in der Villa Serena. Raffaele hatte nicht zu viel versprochen. Die neuen Wasserleitungen wurden Stück für Stück montiert.

»Emilia ist mit ihren Nerven am Ende«, gestand sie und erzählte von den Presslufthämmern, mit deren Hilfe das Badezimmer bis auf die Grundmauern freigelegt wurde. »Was hältst du davon, im Badezimmer eine Fußbodenheizung einzubauen?«

»Eine ausgezeichnete Idee«, fand Tess. »Jetzt, da wir ohnehin schon dabei sind, so vieles zu erneuern.«

»Ich hatte eigentlich gehofft«, sagte Angela bedauernd, »dass wir den schönen alten Marmorboden erhalten können. Aber wenn ich ihn mir jetzt so ansehe ... Er ist an vielen Stellen beschädigt.«

»Raus damit!«, entschied die alte Dame kurzerhand und stellte die Rückenlehne ihres Bettes etwas höher, damit sie Angela besser sehen konnte. »Ist die Wand zum Wohnzimmer schon durchbrochen worden?«

»Da sind sie im Moment dran«, antwortete Angela. »Ich hab Emilia vorsichtshalber den Morgen freigegeben. Ich hoffe, sie sind damit fertig, bis ich nach Hause komme.«

Tess lachte. »Die arme Emilia! Und der ganze Staub! Na wenigstens hat sie ordentlich was zu tun, wenn ich schon nicht da bin. Verwöhnt sie dich auch?«

»O ja, und wie!« Angela stöhnte. »Ich glaube, ich hab schon an Gewicht zugelegt.«

»Na hoffentlich.« Tess seufzte erleichtert und verlagerte ihr Bein. »Ich vermisse ihr gutes Essen.«

»Das brauch ich Emilia nur einmal zu sagen«, gab Angela zurück. »Sie ist imstande und schickt Gianni mit einem Henkelmann zu dir.«

»Bloß nicht«, warnte Tess und lachte. »Man gibt sich hier die größte Mühe, und ich will nicht als reiche Zicke verschrien sein, die ihr eigenes Essen kommen lässt!«

Angela schmunzelte und betrachtete Tess erneut mit großer Zuneigung. Das war eine von vielen Charaktereigenschaften, derentwegen sie diese Frau so sehr in ihr Herz geschlossen hatte. Ihr Mann hatte ihr ein Vermögen hinterlassen, sodass Tess sorgenfrei leben konnte, doch der Reichtum hatte ihren Charakter nicht im Geringsten verändert. Angela hatte sehr wohl bemerkt, dass Tess beim Krankenhauspersonal überaus beliebt war. Immer wieder schaute eine Schwester herein, um nach der alten Dame zu sehen, einige Worte mit ihr zu wechseln und ein paar Späße zu machen. Ebenso verhielt es sich mit den Ärzten, was Angela beruhigte. Sie schienen sich gut um sie zu kümmern. Tess sprach schon davon, bald nach Hause entlassen zu werden, und Angela hoffte, das schlimmste Chaos in der Villa bis dahin im Griff zu haben.

Als Angela ihren Wagen unter der Pergola parkte, vernahm sie keinen Lärm. Alles war still, offenbar waren die Durchbrucharbeiten tatsächlich schon beendet. Sie atmete auf. Doch als sie die Villa betrat, fand sie Dario gemeinsam mit den Bauarbeitern ratlos im Wohnzimmer vor. Das Wandstück, das entfernt werden sollte, stand noch zur Hälfte.

»Es hat einen Kurzschluss gegeben«, erklärte Dario. »Sie sind auf eine Elektroleitung gestoßen. Dabei sollten hier überhaupt keine verlaufen. Sieh dir das mal an.«

Er wies auf eine Stelle im Gemäuer, und Angela hielt die Luft an. Selbst als Laie konnte sie erkennen, dass das, was sie da sah, einem annähernd zeitgemäßen Standard keineswegs entsprach. Die blanken Drähte waren lediglich mit irgendwelchen Fasern umwickelt.

Sie fühlte, wie sich Gänsehaut in ihrem Nacken bildete. Wenn die elektrischen Leitungen überall so aussahen, dann ... O Gott, sie mochte das gar nicht zu Ende denken. Die Arbeiten in der Villa Serena würden sich doch nicht etwa zum berüchtigten Fass ohne Boden entwickeln?

»Der Elektriker kommt gleich«, versuchte Dario Angela zu beruhigen. »Weißt du, ob es vielleicht noch weitere Pläne gibt? Solche, in denen die Leitungen eingezeichnet sind?«

Angela zuckte ratlos mit den Schultern. Bei den Unterlagen, die Tess in ihrem Sekretär aufbewahrte, hatte sie nichts dergleichen gefunden. Wo könnte sie noch fündig werden? Vielleicht in der Bibliothek? Angela beschloss, sich dort genauer umzusehen.

Der Elektriker kam, warf einen Blick auf die freigelegten Leitungen und schüttelte nur den Kopf. Er erkundigte sich nach dem Sicherungskasten, und gemeinsam fanden sie ihn in der Diele. Als der Handwerker die altertümlichen Porzellansicherungen sah, schnalzte er missbilligend mit der Zunge.

»Vielleicht möchte Dottore Spagulo die für sein Heimatmuseum«, sagte er. »Die Serenas waren sehr fortschrittlich. Offenbar wurde dieses Haus als eines der ersten an die Elektrizität angeschlossen.« Er wandte sich an Angela. »Tut mir leid, Signora«, fuhr er fort, »ich fürchte, hier muss alles von Grund auf erneuert werden. Ein Wunder, dass es noch nicht zu einem Schwelbrand kam.«

Den Nachmittag verbrachte Angela in der Bibliothek. Alles wäre nur halb so schlimm, hatte Dario ihr erklärt, wenn man wüsste, wo die elektrischen Leitungen verliefen, aber sosehr sie auch suchte, sie fand nur Bücher in den deckenhohen Regalen. Emilia kam und bestätigte ihr, dass sie einmal pro Jahr jedes einzelne Buch in die Hand nehme, um abzustauben, und dass ihr dabei noch nie ein Ordner oder Ähnliches untergekommen sei.

»Sehen Sie doch mal in dem Zimmer des alten Serena nach«, schlug sie vor. »Die Schränke haben wir noch nie geöffnet, seit ich hier im Haus bin. Signora Tessa hat immer gesagt, dass ich mir die Mühe nicht zu machen brauche. Irgendwann, hat sie gesagt, räumt sie ohnehin alles aus. Vielleicht finden Sie dort, was Sie suchen?«

Das Herrenzimmer! Wieso hatte sie nicht gleich daran gedacht?

Angela betrat den geheimnisvollen Raum, und wieder hatte sie das Gefühl, in eine andere Zeit einzutauchen. Sie nahm sich vor, Tess zu fragen, warum sie diesen Teil der Villa bisher unberührt gelassen hatte, und doch ahnte sie den Grund. Zum einen fiel kaum Licht herein, denn die Fenster gingen zur Hangseite hinaus, zum anderen brauchte Tess den Platz wirklich nicht. Außerdem strahlte die Einrichtung eine ganz besondere Würde aus, so als hätte sie die Gegenwart des alten Herrn, der den Raum bewohnt hatte, in sich aufgesogen. Die Wände waren dunkel getäfelt, die erlesenen Möbel aus Nussbaumholz. Neben der Vitrine mit den vertrockneten Zigarren hinter den Glasscheiben befand sich in dem Raum ein großer Wandschrank mit kostbaren Einlegearbeiten aus Perlmutt und Ebenholz, passend zum Schachtisch. Der obere und untere Teil bestand aus abschließbaren Fächern mit kleineren Türen, in der Mitte waren Schubladen eingearbeitet.

Angela zog auf gut Glück eine auf und fand Spielkarten, Bleistifte und Blöcke, auf denen man die Ergebnisse notieren konnte. In einer anderen lagen cremefarbene Leuchterkerzen. Angela konnte nicht anders, als eine herauszunehmen und an ihr zu schnuppern. Sie rochen nach Paraffin, Bienenwachs und dem Holz des Schrankes. Dann öffnete sie eine der Türen und fand Fotoalben, verblichen und vergilbt. Sie zog vorsichtig eines heraus, legte es auf den Schachtisch und schlug es auf. Das Gesicht einer jungen Frau strahlte ihr von einer Schwarz-Weiß-Fotografie entgegen. Sie hatte große, ausdrucksstarke Augen unter langen Wimpern und einen kleinen, herzförmigen Mund. Auf dem sorgsam hochgesteckten Haar trug sie ein winziges Hütchen aus Tüll, das Kinn mit der weichen Rundung war graziös auf eine Hand gestützt, die in einem Spitzenhandschuh steckte.

Angela blätterte weiter und sah Momentaufnahmen einer vergangenen Zeit, unbekannte Gesichter, die aus tiefem Schlaf zu erwachen schienen, sah die Villa, den Garten und Aufnahmen von Asenza. Dazwischen immer wieder andächtig in die Kamera blickende Menschen – einen älteren Herrn vor einem altertümlichen Automobil, Gruppen von Kindern in Matrosenanzügen und Rüschenkleidern mit und ohne ihre Eltern in den klassischen Arrangements eines Fotostudios, halbwüchsige junge Mädchen mit Schleifen im offenen Haar und wehenden Sommerkleidern vor der Kathedrale von San Marco in Venedig, verwegen blickende junge Männer in Uniformen auf der Terrasse, wo sich jetzt der Wintergarten befand.

Behutsam schlug sie das Album wieder zu und stellte es zurück. Jetzt erst sah sie, dass jedes Album mit Jahreszahlen versehen war. Kurz war sie versucht, sich auch die anderen anzuschauen, doch dann überlegte sie es sich anders und schloss das Fach wieder. Das alles ging sie nichts an. Fremde Menschen, fremde Schicksale. Und dennoch hatten sie die alten Fotografien seltsam berührt. Ich kann sie mir ja später noch mal in aller Ruhe ansehen, sagte sie sich. Am besten gemeinsam mit Tess.

Sie öffnete noch weitere Schranktüren, fand jedoch nichts, was nach technischen Unterlagen des Hauses aussah. Inzwischen war es Abend geworden, und Angela beschloss, es für diesen Tag gut sein zu lassen. Sie war schon auf dem Weg zur Tür, als sie einen Eckschrank bemerkte, der ihr gar nicht gleich aufgefallen war. Sie öffnete eine Lade und glaubte, gefunden zu haben, wonach sie suchte. Abgegriffene, mit marmoriertem Papier bezogene Mappen mit Leinenrücken lagen darin, sie waren mit schwarzen Baumwollbändern zusammengebunden. Angela nahm eine davon heraus. Auf der Vorderseite klebte ein Etikett wie auf einem altertümlichen Schulheft. *TESSITURA SARTORI-SERENA* stand in geschwungener Schrift darauf, darunter eine Jahreszahl und weitere Ziffern, die Angela nichts sagten. Vorsichtig legte sie ihren Fund auf dem Spieltisch ab und löste die Baumwollbänder, während sie sich fragte, was die Familie Serena wohl mit der Seidenweberei verbunden hatte. Hatte Tess nicht den Namen Sartori in Zusammenhang mit der verstorbenen Besitzerin der *tessitura* genannt, der Frau von Lorenzo Rivalecca?

In der Mappe fand sie Blätter mit maschinengeschriebenen Zahlenreihen, dicht an dicht in endlosen Tabellen, vermutlich Bilanzen. Das Papier war gelblich verfärbt, die Farbe der Buchstaben und Zahlen verblasst. Angela schob ihren Zeigefinger zwischen die Seiten und schloss die Mappe wieder, legte den Kopf schräg und versuchte, die Etiketten der anderen Ordner zu entziffern. Sie wusste nicht, was sie suchte. Pläne der Anfang des 20. Jahrhunderts nachträglich eingebauten Elektrik waren hier wohl kaum zu vermuten. Aber etwas hatte ihr Interesse geweckt. Die Weberei. Die Seidenzucht. Hatten die beiden Familien einmal zusammengearbeitet? Flüchtig dachte sie daran, dass hier womöglich ein wahrer Schatz an Informationen verborgen war für jemanden, der die Historie der Unternehmen aufarbeiten wollte. Nur wer sollte das tun? Sie ganz bestimmt nicht.

Angela schloss die Lade und verließ das Herrenzimmer. Sie würde am kommenden Morgen weitersuchen.

»Warum klemmt ihr die alten Leitungen nicht einfach ab und verlegt die neuen auf Putz?«, fragte Markus. »Sicher findest du für die Inneneinrichtung passende Schmuckleisten, mit denen du sie kaschieren kannst. Das ist allemal besser, als die alten Wände aufzustemmen. Vor allem, wenn ihr nicht wisst, wo sie verlaufen.«

Angela stöhnte erleichtert auf. »Natürlich«, rief sie. »Vielen Dank, Markus. Ich frage mich, warum Dario nicht darauf gekommen ist!«

»Dario?«, fragte Markus hörbar neugierig.

Angela war ein klein wenig verstimmt. »Der Architekt meiner Freundin«, erklärte sie und ärgerte sich jetzt erst recht. Musste sie sich rechtfertigen? »Du rufst mich aber sicher nicht hier in Italien an«, wechselte sie das Thema, »um mich beim Umbau der Villa meiner Freundin zu beraten. Wie kann ich dir helfen, Markus?«

Sie kannte den Partner ihres verstorbenen Mannes schon ihr halbes Leben lang. Peter und Markus waren nicht nur allerbeste Freunde gewesen, sie hatten sich auch perfekt ergänzt. Peter hatte die Aufträge an Land gezogen und die Verhandlungen geführt, während Markus' Stärke in der Bauleitung lag. Er war der Praktiker, der immer eine Lösung wusste, während Peter die größeren Visionen besessen und sich im Lauf der

Jahre ein riesiges Netzwerk aufgebaut hatte. Als klar wurde, dass Peter nicht mehr zurückkommen würde, hatte er gemeinsam mit Markus einen Nachfolger für sich ausgesucht, nicht als Teilhaber, sondern als angestellten Bauingenieur. Gleichzeitig hatte er Angela und Nathalie seine Anteile überschrieben. Ein detaillierter Vertrag sicherte Angela außerdem ein Mitspracherecht an allen wichtigen Entscheidungen, die die Firma betrafen.

»Ich habe diese Woche in Vicenza zu tun«, erklärte Markus. »Und bei der Gelegenheit würde ich dich gern treffen. Es geht um die Firma.«

Angela wurde hellhörig. Markus musste etwas auf dem Herzen haben.

»Worum geht es?«, fragte sie. »Gibt es Schwierigkeiten?«

»Schwierigkeiten ... Nein, Angela«, antwortete Markus. »Ich möchte lieber persönlich mit dir darüber sprechen. Hast du übermorgen Zeit? Ich weiß, das ist recht kurzfristig. Wenn du möchtest, komme ich auch nach Asenza.«

»Das wäre nett«, gab Angela zurück. »Ich freue mich, dich zu sehen, Markus. Kommt Sandra auch mit? Wollt ihr nicht ein paar Tage Urlaub in Venedig anhängen?«

»Nein«, antwortete Markus. »Es gibt zu viel zu tun. Ein anderes Mal. Es wäre allerdings schön, wenn du mir ein Hotel empfehlen könntest.«

»Ich buch dir ein Zimmer im Hotel Duse«, sagte Angela spontan.

Tess hätte sicherlich angeboten, den Freund ihres Mannes in ihrem Haus zu beherbergen. Doch ihre Intuition sagte ihr, dass es hier nicht um ein privates Treffen ging, sondern um etwas Geschäftliches. Außerdem herrschte in der Villa ohnehin der Ausnahmezustand wegen der Sanierung. Sie fragte noch mal nach Markus' genauen Reisedaten und notierte sich ihr Treffen.

Nach dem Telefonat blieb Angela für einen Moment reglos sitzen. Was Markus wohl mit ihr besprechen wollte? Sie hatte schon immer das Gefühl gehabt, dass Peter nicht zu ersetzen war, weder in ihrem Leben noch in der Firma. Er selbst hatte das stets verneint. »Jeder ist ersetzbar«, hatte er behauptet. »Nur Größenwahnsinnige denken anders.« Seinen Nachfolger hatte er sorgfältig eingearbeitet, ihn allen seinen Kontakten ans Herz gelegt. Und doch. Manche Dinge konnte man beim besten Willen nicht weitergeben.

Angela versuchte, ihre Besorgnis abzuschütteln, erhob sich und ging hinunter in die Küche, um nach Emilia zu sehen. Bald würde sie mehr wissen. Eine Entscheidung stand für sie ohnehin an. Vielleicht wäre das Treffen eine gute Gelegenheit, mit Markus über die Zukunft zu sprechen. Ob sie nämlich weiterhin an den Geschicken des Unternehmens teilhaben wollte, und wenn ja, auf welche Weise. Oder ob sie ihre Anteile nicht lieber an Markus verkaufen sollte. Denn im Grunde war es ja gar nicht ihre Firma, auch wenn sie ihr auf dem Papier zur Hälfte gehörte. Sie war Peters Lebensprojekt gewesen. Und nur ihm zuliebe hatte sie mitgearbeitet.

»*Che casino!*«, klagte Emilia, als sie Angela sah. »Die arme Signora. Erst ist ihr Knie kaputt und jetzt die ganze Villa.«

»Aber nein, Emilia«, versuchte Angela sie zu beruhigen. »Sie werden sehen, in zwei Wochen schon wird alles ganz wunderbar sein.«

»Und was ist mit den elektrischen Leitungen?«, wollte die Haushälterin wissen. »Gianni sagt, dass alle Wände aufgerissen werden!«

»Das ist nicht notwendig«, erklärte Angela und dankte Markus im Stillen für seinen pragmatischen Tipp. »Die Wände lassen wir schön in Ruhe. Morgen bespreche ich alles mit Signor Monti. Ich habe eine viel bessere Lösung!«

Emilia schien nicht vollständig überzeugt, doch sie schwieg und servierte Angela ein Zitronenrisotto mit frischen Meeresfrüchten, dessen Schmelz jegliche Besorgnis aus Angelas Herz verdrängte.

In dieser Nacht träumte sie wieder von den vielen Türen, die sich um sie öffneten und schlossen, während sie in einer riesigen Halle stand und nicht wusste, wo sie war. Die Wände schrumpften und wuchsen auf sie zu, die Halle verwandelte sich in das Herrenzimmer, und statt der Türen öffneten sich nun Schränke, Schubladen und Fächer, in der dunklen Holztäfelung gähnten höhlenartige Vertiefungen, Nischen und Gänge.

Während Angela sich noch unschlüssig umsah, fiel ihr auf, dass die Tür zum Salon verschwunden war, stattdessen stand dort ein riesiger Webstuhl, der mit ungeheurem Lärm ganz von selbst zu arbeiten begann. Das Weberschiffchen schoss wie von Geisterhand hin und her, und als Angela näher herantrat, verwandelte sich der Webstuhl in eine gigantische Schreibmaschine, die dicht an dicht in langen Reihen Zahlen schrieb. »Bilanzen«, hörte Angela eine Stimme sagen, und dann war es auf einmal ganz still. Sie stand an Peters Grab, auf dem die Blumen unwirklich leuchteten. Sie bückte sich nach einer besonders intensiv purpurroten Blüte, um an ihr zu riechen. Doch was sie in ihrer Hand hielt, war keine Blume, sondern ein kunstvoll ineinander verschlungener Strang glänzender Seide.

Noch im Aufwachen glaubte sie, die Weichheit zu spüren und diesen eigentümlichen, beruhigenden Duft von Seide wahrzunehmen.

Als Angela am Vormittag im Hotel Duse ein Zimmer für Markus reservierte und danach noch einen Cappuccino bei Fausto trank, fiel ihr ein schwarzer Cadillac auf, der vorsichtig die schmale Gasse hinauf in Richtung Kirche fuhr. Auch Fausto, den so schnell nichts erschüttern konnte, sah dem Wagen mit schmalen Augen aufmerksam nach.

»Wer fährt hier denn einen so schicken Wagen?«, fragte Angela den *barista* amüsiert.

»Niemand«, erklärte Fausto. »Der ist nicht von hier. Aber ich hab den hier schon mal gesehen.«

»Der ist aus Mailand«, erklärte ein älterer Mann, der ein Stück von Angela entfernt an der Bar saß und mit lautem Rascheln seine Zeitung umblätterte. Angela kannte ihn vom Sehen. Er schien hier oft Gast zu sein. »Und das letzte Mal hat er drei Stunden lang vor der *tessitura* geparkt, sodass keiner mehr durchkam. War dem völlig egal. *Eeeh ... i milanesi ...* Die meinen eben, dass für sie die Regeln anderer Leute nicht gelten!«

Der Mann machte eine vielsagende Geste mit zusammengelegtem Daumen, Zeige- und Mittelfinger.

Angela wurde hellhörig. Was wollte ein Cadillac aus Mailand vor der Weberei? Etwa Seidenschals kaufen? Sie bezahlte, ließ eine Münze als Trinkgeld neben ihrer Tasse liegen und verließ das Hotel. Ihre Füße trugen sie von ganz allein hinauf zur Kirche. Richtig. Dort vor dem Tor zu Lorenzo Rivaleccas Villa stand der Cadillac und machte auch hier ein Durchkommen unmöglich.

Angelas Herz schlug schneller, und sie fragte sich, was mit ihr los war. Ihr Traum kam ihr wieder in den Sinn, der Webstuhl, die riesige Schreibmaschine, die Zahlenkolonnen, der Duft des Seidengarns. Rasch bog sie in die Gasse ein, die zur Weberei führte. Sie drückte gegen die Ladentür und fand sie verschlossen. Erst jetzt entdeckte sie das Schild, das innen an der Glastür hing. *CHIUSO* stand da.

Angela überlegte kurz, ob sie auf anderem Wege in das

Gebäude gelangen könnte. Sie fand seitlich einen schmalen Durchgang, der zu einer hölzernen Hoftür führte. Bevor sie sich fragen konnte, was sie überhaupt hier wollte, drückte sie sanft dagegen. Die Tür gab nach und ließ sie in den Innenhof ein. Die Katze mit dem silbernen Fell sprang von der Bank unter dem Maulbeerbaum und lief mit hoch aufgerichtetem Schwanz auf sie zu.

Angela sah sich um. Wo war Fioretta? Die Katze streifte an ihren Beinen entlang, rieb sich den Kopf an ihrem Schienbein und miaute. Dann rannte sie in Richtung der Tür davon, aus der Angela mit Tess vor nicht allzu langer Zeit nach der Führung herausgetreten waren. Sie erinnerte sich, dass dahinter eine Treppe hoch zum Saal mit den Webstühlen führte.

Die Tür stand offen, und die Katze verschwand im Dämmerlicht des Treppenaufgangs. Was tu ich hier?, fragte Angela sich, ich sollte wieder gehen. Und doch tat sie das Gegenteil und folgte der Katze.

Im Treppenhaus hörte sie gedämpfte Stimmen von oben. Jetzt kommt es auch nicht mehr darauf an, dachte sie und ging hinauf.

Die Katze stand vor der Tür und sah sich ungeduldig nach ihr um. Angela klopfte. Die Unterhaltung drinnen verstummte. Sie vernahm ein erstauntes »*avanti*« und öffnete die Tür. Die Katze flitzte hinein wie ein silberner Pfeil und sprang auf Fiorettas Schoß.

»Angela«, rief die junge Frau überrascht. Sie hatte geweint.

Eine große, schlanke Frau mit rotem Haar und schmalen Lippen stand mit verschränkten Armen da und wirkte, als wollte sie gleich jemanden erschlagen. Ihre grüngrauen Augen unter den zu schmal gezupften Brauen blickten Angela abweisend an.

»Die Weberei hat geschlossen«, erklärte sie unfreundlich.

»Lidia«, sagte Fioretta leise. »Das ist Angela. Tessas Nichte.«

»Ist mir egal«, erwiderte sie und sah Angela zornig an. »Das ist ein denkbar schlechter Moment.«

»Natürlich«, beeilte Angela sich zu sagen. »*Scusi*. Ich wollte wirklich nicht stören. Ich war nur ... in Sorge. Ich komme ein anderes Mal wieder.« Und damit zog sie sich beschämt zurück.

Sie war kaum im Innenhof, als sie Fiorettas leichte Schritte hinter sich hörte.

»Tut mir leid, Angela«, rief sie. »Bitte warten Sie doch.«

»Ist es ... wegen des Mailänders in dem schwarzen Cadillac?«

Fiorettas bernsteinfarbene Augen füllten sich mit Tränen. Sie nickte und schluckte tapfer.

»Es heißt, dass Lorenzo die Weberei verkaufen will. Das gesamte Gebäude. Uns hat er zwar noch nichts gesagt, aber neulich war dieser Mann aus Mailand hier und hat sich alles angesehen, als würde ihm das Haus schon gehören. Wir sind so ... verzweifelt.« Tränen rollten Fioretta die Wangen hinunter.

Die Katze, die Angela gefolgt war, rieb sich an ihren Beinen und miaute leise. »Kommen Sie«, sagte sie sanft und führte die junge Frau zu der Bank unter dem Maulbeerbaum. »Vielleicht ist es auch ganz anders. Vielleicht ist er ein Geschäftsmann und Lorenzo holt ihn mit an Bord, um in die Weberei zu investieren?«

Fioretta lachte traurig auf und schüttelte den Kopf. »Der und investieren!«, meinte sie und zog ein Taschentuch aus ihrer Jeanstasche. »Der Alte ist ein Geizkragen. Und für die Weberei hat er sich noch nie interessiert. Seit Lela tot ist, hat er noch nicht ein einziges Mal seinen Fuß hier hereingesetzt. Wenn Sie mich fragen: Er hasst die Weberei richtiggehend.«

»Warum sollte er sie denn hassen?«, fragte Angela verblüfft.
»Alte Geschichten«, erwiderte Fioretta leise. »Uralte Geschichten. Wenn es wahr ist und die Weberei geschlossen wird, was soll dann aus den Frauen werden? Sie brauchen das Einkommen! Jede einzelne von ihnen.«

Angela legte ihren Arm um Fiorettas bebende Schulter. »Vielleicht wird die Weberei ja gar nicht geschlossen«, überlegte sie. »Vielleicht will der neue Besitzer sie erhalten. Vielleicht wird sogar alles besser, Fioretta, das weiß man doch noch gar nicht.«

Aber Fioretta schüttelte den Kopf. »Sie haben es doch gesehen«, erklärte sie und sah Angela an. »Die Produktion ist so aufwendig, so teuer, damit lassen sich keine nennenswerten Gewinne mehr machen. Die Tücher kosten achthundert, neunhundert Euro. Und eigentlich müssten sie sogar viel teurer sein. Wer außer Tess und ein paar verrückten Engländerinnen gibt heute noch so viel Geld aus für eine Stola? Kein Investor mit auch nur ein bisschen Verstand wird sich den Kauf der Weberei antun. Schon gar keiner aus Mailand!«

Während sich Fioretta die Tränen trocknete, sah Angela traurig hinauf zur Galerie. Die Sonne stieg über den ziegelroten Dachfirst und schickte goldene Strahlen zu ihnen herein. Die Tage wurden wärmer und länger, in den Zweigen des Maulbeerbaumes summten Bienen. Wie wohl dessen Blüten aussahen?

Die Katze sprang neben sie auf die Bank und setzte eine ihrer Pfoten auf Angelas Schoß. Dabei sah sie sie mit ihren leuchtend grünen Augen an, als wollte sie ihr etwas mitteilen.

»Fioretta«, fragte Angela träumerisch. »Finden Sie nicht auch, dass Seide duftet?«

Die junge Frau sah sie verwirrt an. Ein trauriges Lächeln lief über ihr Gesicht. »Natürlich duftet Seide«, sagte sie und holte tief Luft. »Das kommt von den Raupen. Die Frauen sagen, dass es der Duft der Schmetterlinge ist, die in den Stoffen weiterleben.« Die Katze hatte sich offenbar entschieden, Angela zu vertrauen, jedenfalls kletterte sie auf ihren Schoß und machte es sich dort bequem. »Ja, Seide lebt«, erklärte Fioretta. »Wenn es lange regnet und die Luft feucht ist, dehnt sie sich aus. Die Stoffe werden länger und breiter. Und wenn Trockenheit herrscht, schrumpfen sie. Wenn es zu trocken ist, stirbt Seide. Sie wird spröde und bricht. Wenn man sie jedoch pflegt und für genügend Feuchtigkeit sorgt, hält und duftet Seide viele Leben lang.« Die Katze schnurrte. »Es gibt nicht viele Menschen, die den Duft von Seide wahrnehmen«, fuhr Fioretta fort. »Er ist so fein. Wie schön, dass dir das aufgefallen ist ...« Erschrocken legte sie sich die Hand vor den Mund. »Entschuldigen Sie, jetzt habe ich einfach Du gesagt!«

»Lass uns dabei bleiben«, sagte Angela herzlich und drückte Fioretta die Hand. »Und was den Duft anbelangt, er kommt mir irgendwie vertraut vor«, bekannte sie. »So als hätte ich ihn früher immer um mich gehabt.«

Fioretta sah sie an. Ein kleines Lächeln umspielte ihre Lippen.

»Dann bist du eine von uns, Angela.« Sie wurde wieder ernst. »Schade«, sagte sie.

»Was ist schade?«

Fioretta zuckte mit den Schultern. »Alles ... eben. Dass es jetzt zu Ende geht, nach so langer Zeit.«

*8*

## Das Angebot

Aufgewühlt ging Angela zurück zur Villa. Ihr Verstand sagte ihr, dass sie das alles überhaupt nichts anging, doch ihre Gefühle sprachen eine andere Sprache. Irgendwie kam es ihr so vor, als wäre jemand dabei, ihr etwas vor der Nase wegzuschnappen, das sie sich schon lange gewünscht hatte. Wenn sie sich allerdings die Frage stellte, ob sie allen Ernstes die Weberei besitzen wollte, hatte sie keine klare Antwort darauf. Selbstverständlich nicht, sagte die eine Stimme. Oh, das wäre wunderschön, schwärmte die andere.

Angela riss sich zusammen. Sie rief Dario Monti an und besprach mit ihm die Möglichkeit, die neuen elektrischen Leitungen auf Putz zu verlegen. Dann überlegte sie, wo in welchem Raum wie viele Steckdosen und Schalter anzubringen waren. Sie traf jede Menge Detailentscheidungen, die die barrierefreie Dusche betrafen, und wählte die neuen Bodenfliesen aus. Marmor aus der Region selbstverständlich, schließlich sollte der Charakter des Hauses erhalten bleiben. Sie lud Dario zum Mittagessen ein, um mit ihm zu besprechen, ob sie statt der vier Stufen, die die unterschiedlichen Ebenen der Villa und des Turms überbrückten, eine Rampe bauen lassen sollten, und wie man diese optisch am besten integrieren konnte.

»Ich will nicht«, erklärte sie, »dass sich Tess wie in einem Altersheim vorkommt. Das Ganze muss aussehen, als wäre es ein Gestaltungselement, elegant und stilvoll.« Sie dachte an die Auffahrt zur Villa in Maser, daran, wie es mit ganz einfachen Mitteln so gewirkt hatte, als würde alles auf den Eingang hinführen. »Vielleicht sollte man schon vor der Haustür eine Rampe anlegen«, überlegte sie laut, »und die Krümmung der Auffahrt aufgreifen. Sie kann in einem kleinen Bogen zur Tür hinaufführen und innen fortgesetzt werden. Und vielleicht sollten wir dafür die Steinplatten wählen, mit denen der Boden im Turm ausgelegt ist. Wenn man sie denn noch bekommt. Das würde die beiden Wohnbereiche doch schön miteinander verbinden. Was meinst du?«

Dario sah sie mit einem bewundernden Lächeln an. »Weißt du«, sagte er, »was mir so gut an dir gefällt? Du hast eine enorme Vorstellungskraft! An dir ist eine Innenarchitektin verloren gegangen. Willst du nicht bei mir einsteigen? Wir beide wären ein prima Team.«

Angela winkte lachend ab. Da fiel ihr etwas ein. »Weißt du zufällig«, fragte sie, »ob es stimmt, dass die Seidenweberei verkauft werden soll?«

Dario nickte. »Es gibt einen Interessenten aus Mailand«, sagte er. »Davide hat davon erzählt. Ich werde Kontakt zu ihm aufnehmen, denn er will den Komplex in Ferienwohnungen umgestalten. Das wäre eine schöne Aufgabe. Willst du mitmachen?«

Angela starrte Dario erschrocken an. Ferienwohnungen? Und was sollte aus den Weberinnen werden?

»Aber das ist doch so schade«, entgegnete sie aufgebracht. »Die Seidenweberei ist … sie ist einzigartig. So etwas gibt es nirgendwo mehr auf der Welt.«

»Dottore Spagulo findest es auch schade«, antwortete Dario verständnisvoll. »Er hat davon gesprochen, dass die Webstühle ins Museum kommen sollen. Dafür sucht man schon neue Räumlichkeiten. Die Dinger sind riesig, im jetzigen Museum ist überhaupt kein Platz für sie …«

»Was für ein Wahnsinn«, brach es aus Angela zornig heraus. »Da hat eine Stadt eine voll funktionierende Seidenweberei samt Färberei in einem historischen Gebäude, und dann überlegt man, wo man die Webstühle unterbringen soll? Warum lässt man sie nicht dort, wo sie hingehören? Warum lässt man die Frauen nicht weiterweben?«

Dario sah Angela irritiert an. »Dafür kann *ich* doch nichts«, wehrte er sich empört. »Die Weberei gehört dem alten Rivalecca. Er kann damit machen, was er will.«

Angela schnaubte. Ihr wurde klar, wie unsinnig es war, ausgerechnet Dario Monti anzufahren, nur weil er sich einen lukrativen Auftrag von der Sache versprach.

»Es tut mir leid«, sagte sie und zwang sich, ruhig zu atmen. »Bitte entschuldige, Dario.« Sie faltete ihre Serviette zusammen und erhob sich. »Ich möchte noch zu Tess«, erklärte sie. »Für heute haben wir alle Fragen besprochen, nicht?«

Auf dem Weg zum Krankenhaus überlegte Angela, ob sie Tess von den Ereignissen um die Weberei erzählten sollte. Sie wusste ja, wie sehr ihrer Freundin das Geschick der Weberinnen am Herzen lag. Doch als sie ins Zimmer kam, fand sie ihre Freundin mit Fieber im Bett liegend. Die Wunde hatte sich infiziert, von einer baldigen Entlassung aus dem Krankenhaus war nicht mehr die Rede. Unter diesen Umständen hielt es Angela für keine gute Idee, Tess auch noch eine schlechte Nachricht zu überbringen.

»Ich hab mir das leichter vorgestellt«, gestand Tess niedergeschlagen. Angela schenkte ihrer Freundin Früchtetee ein, den Tess mit zitternden Händen entgegennahm. »Und obwohl ich so viel mit Susanna übe, fürchte ich, das wird nie wieder so wie früher.«

»O doch«, ermutigte Angela sie. »Du hast schon so große Fortschritte gemacht. Es braucht nur seine Zeit. Übertreib es nicht. Es sind gerade mal zehn Tage seit deiner Operation vergangen. Mit den Antibiotika bekommen die Ärzte die Infektion ganz bestimmt bald in den Griff. Viel zu früh, um die Geduld zu verlieren!«

Tess lachte müde. »Geduld!«, erwiderte sie missmutig. »Damit bin ich nicht gesegnet. Ich wollte immer alles, und das sofort.«

»Ich habe Neuigkeiten für dich«, erklärte Dario am nächsten Morgen nach ihrem Tennismatch. »Darf ich dich heute Abend zum Essen einladen? Ich möchte dir das in Ruhe erzählen.« Angela hätte zu gern gewusst, worum es ging, doch Dario plauderte von dieser phänomenalen Trattoria ein paar Hügel weiter, wo man den besten Kapaun und die raffiniertesten Risottos der Welt serviert bekäme, von den vorzüglichen Weinen ganz zu schweigen. »Mach mir die Freude«, bat er sie mit leuchtenden Augen, »das ist wirklich ein Erlebnis!«

Angela stimmte gern zu.

In der Villa war die Fußbodenheizung am Tag zuvor verlegt worden, der Maurer trug gerade den Estrich auf, als sie zurückkam. Der Elektriker wirkte zwar, als ginge Markus' Vorschlag, die Leitungen auf Putz zu verlegen, gegen seine Berufsehre, aber er sah ein, dass dies die beste Lösung war, wenn man nicht die gesamte Villa entkernen und grundsanieren wollte. Bei einem schnellen Mittagsimbiss zeigte Dario ihr ein paar Zeichnungen, die er von der neuen Rampe als Übergang zum Turmniveau angefertigt hatte, und Angela war begeistert davon, wie er ihre Idee umgesetzt hatte. Nach dem Essen begannen sie gleich damit, den Verlauf der Rampe auf den Boden zu übertragen, damit der Steinmetz, den Dario schon bestellt hatte, die Maße für die Bodenplatten nehmen konnte.

Gegen acht Uhr holte Dario Angela ab. Sie hatte sich nach

kurzem Zögern für ihr Etuikleid entschieden und die Seidenstola umgelegt, denn an den Abenden war es immer noch frisch.

Der Architekt fuhr eine elegante Limousine, Angela genoss es, sich nach dem langen Tag in dem Ledersitz zurückzulehnen. Fast lautlos glitt der Wagen aus dem Stadttor und hinein in die hügelige Landschaft, der Himmel hatte fast die Farbe ihrer Stola angenommen. Dario erzählte von verschiedenen Projekten, die er hier und dort in der Region betreute, wehrbefestigte Landsitze, die heute Weingüter beherbergten, mittelalterliche Pilgerherbergen und Klöster, auch eine säkularisierte Kirche war darunter, die man in der Ferne auf einer Anhöhe inmitten von Pinien sehen konnte. Schließlich bog Dario Monti von der Straße ab und lenkte den Wagen eine Zypressenallee entlang, die sie auf einen in kunstvollen Mustern gepflasterten Hof führte. In riesigen Kübeln blühte Oleander, an der Fassade des Gehöftes waren Eisenhalterungen angebracht, in denen Fackeln steckten. Sie brannten, obwohl es noch gar nicht dunkel war. Alle Fenster waren hell erleuchtet.

»Das ist Rocco«, erklärte Dario und wies auf einen Mann von vielleicht Mitte vierzig, der gerade aus der Eingangstür trat und auf sie zukam. »Du wirst ihn mögen. Er und seine Frau Lorena haben das Weingut vor zwanzig Jahren übernommen und bekannt gemacht. Das Restaurant hat übrigens einen Michelin-Stern.«

Der Hausherr hieß sie herzlich willkommen und bat sie herein. »Ich habe den Tisch am Kamin reserviert«, sagte er an Dario gewandt, »es ist frisch heute Abend, und dort ist es gemütlich. *Va bene?*«

Erst drei der mit champagnerfarbenem Damast eingedeckten Tische waren besetzt. An den Natursteinwänden hingen Vergrößerungen von alten Fotografien, die das Weingut vor seiner Renovierung zeigten. Ansonsten war das Interieur schlicht gehalten, was Angela zu schätzen wusste. Sie mochte überladen ausgestattete Restaurants, in denen oftmals kein freier Fleck an den Wänden zu finden war, nicht. Als Tischdekoration war die Blüte einer einzelnen Schwertlilie wie ein Kunstwerk in einer runden Glasvase arrangiert.

Dario Monti half ihr mit vorbildlichen, ein wenig altmodischen Manieren, sich zu setzen, und erzählte ihr allerhand Anekdoten aus der Zeit des Umbaus, denn selbstverständlich hatte er damals Rocco und Lorena geholfen, aus dem halb verfallenen Anwesen ein ansprechendes Restaurant mit Weinverkostung zu machen. Angela hörte nur mit einem halben Ohr zu, allzu weitschweifig waren die Ausführungen des Architekten. Unauffällig und immer wieder freundlich in Richtung Dario Monti nickend, studierte sie die Speisekarte. Was sich als unnötig herausstellte, denn ihr Begleiter hatte bereits bei der Reservierung gebeten, ein Überraschungsmenü nach Art des Hauses vorzubereiten. Damit, so erklärte er, fahre man in diesem Restaurant am besten.

Angela war es recht. Sie genoss den obligatorischen hauseigenen Prosecco und den Gruß aus der Küche – ein winziges Tässchen Consommé vom Kapaun – ebenso wie die hauchfein geschnittene Auswahl an luftgetrockneten *salumi*, war von dem zarten Risotto mit Weinbergkräutern genauso hingerissen wie von der rosa gebratenen Entenbrust mit frittiertem Radicchio. Es folgte ein Neunauge, ein schlangenartiger Süßwasserfisch aus dem benachbarten Fluss, der in einem Soave aus eigener Herstellung gedünstet worden war.

Als zum Nachtisch hausgemachte *panna cotta* mit den ersten Erdbeeren serviert wurde, fragte Angela: »Was hat es denn nun mit den Neuigkeiten auf sich, von denen du mir erzählen wolltest?«

Dario sah sie an wie jemand, der eine großartige Weihnachtsüberraschung vorbereitet hatte und nun nicht wusste, wie er sie am besten präsentieren sollte.

»Möchtest du nicht zuerst dein *dolce* genießen?«, fragte er ein wenig linkisch. »Dann kann Lorena abräumen, und wir haben Platz für die Dokumente.«

»Die Dokumente?«

Langsam wurde Angela neugierig. Dario beobachtete sie gespannt, während er sein Dessert genoss. Kurz darauf zog er umständlich einen Schnellhefter aus seiner Tasche und überreichte ihn Angela, als handelte es sich um ein kostbares Geschenk.

»Was ist das?«, fragte sie erstaunt und nahm den Ordner entgegen.

»Alle Informationen über die Verhandlungen um die Seidenvilla«, erklärte Dario mit sichtlichem Stolz. »Grundbuchauszug und Schätzung eines Sachverständigen, die wichtigsten Daten des Kaufinteressenten, seine Planungen und vor allem der Kaufpreis, den er Rivalecca geboten hat.«

Angela sah überrascht von Dario auf den Hefter. »Danke ... Aber ... was soll ich damit?«

»Was du damit sollst?«, fragte der Architekt überrascht. »Ich dachte, du interessierst dich selbst für das Objekt. So wütend, wie du gestern warst ...«

Jetzt war Angela ehrlich verblüfft. Dachte Monti tatsächlich, sie wollte die Weberei kaufen? Konnte er womöglich Gedanken lesen?

»Dario«, sagte sie und legte den Schnellhefter zur Seite. »Meinst du nicht auch, dass das der reine Wahnsinn wäre?«

Der Architekt sah enttäuscht aus. Er blickte auf Angelas fast unberührtes Dessert, dann faltete er seine Serviette sorgfältig zusammen.

»Nun denn ... Möchtest du noch einen Kaffee, oder kann

ich dir einen guten Grappa empfehlen? Rocco hat einen schönen milden ...«

»Ja, gern«, antwortete Angela. Auf einmal fühlte sie sich seltsam schuldig. Dario sah aus, als hätte sie ihm ein Fest verdorben. »Einen Grappa kann ich jetzt gut vertragen.«

»Tut mir leid«, sagte ihr Gegenüber steif. »Ich wollte dich alles andere als erschrecken. Ich dachte, ich tu dir einen Gefallen.« Dario lehnte sich zurück. Anscheinend hatte er sich wieder gefangen. »Aber wir lassen uns davon nicht den Abend verderben, Angela. Oder?«

Er legte wie zufällig seine Hand auf ihre, die auf den Unterlagen ruhte. Angela sah ihn erstaunt an. Doch schon ließ Dario sie wieder los und winkte Rocco, um den Grappa zu bestellen.

Der Wirt brachte den Tresterschnaps selbst.

»Möchte die Signora ihren Nachtisch noch essen?«, fragte er höflich. »Oder soll ich Ihnen ein paar von den Erdbeeren einpacken? Sie stammen aus der Gärtnerei eines Freundes und sind überaus köstlich.«

»Oh, das wäre nett«, erklärte Angela. »Leider bin ich zu satt. Das Menü war fantastisch!«

Sie unterhielten sich noch ein wenig über die letzte Weinernte, die einen guten Jahrgang ergeben würde, über die Rebsorten, die auf dem Gut angebaut wurden, und Angela versprach, zu einer Weinverkostung wiederzukommen.

Als sie aufbrachen, schien Dario wieder völlig in seinem Element zu sein. Das Erdbeerkörbchen in der einen und den Schnellhefter mit den Informationen über die Seidenvilla in der andern verließ Angela schließlich an seiner Seite das Restaurant, und sie fuhren zurück nach Asenza.

»Danke«, sagte sie, als Monti vor der Villa Serena hielt. »Es war ein wunderschöner Abend!«

»*Non c'è di che*«, erwiderte Dario sichtlich glücklich. »Es war mir ein großes Vergnügen, Angela. Und ich hoffe, ich darf dich bald einmal wieder ...«

»Gern«, unterbrach ihn Angela. »Aber das nächste Mal ist es an mir, dich einzuladen.«

»Auf gar keinen Fall«, wehrte Monti ab.

»Warum denn nicht?«

»Weil man das in Italien einfach nicht macht, sich von einer Dame einladen zu lassen.«

Angela lachte. »Wie auch immer«, erwiderte sie, »ich gehe jetzt besser schlafen. Morgen ist ein langer Tag. Nochmals vielen Dank, Dario. Wir sehen uns!«

»*Buonanotte*«, hörte sie den Architekten noch sagen, ehe sie die Autotür zuschlug.

Erst als Angela die Haustür aufschloss, Monti den Motor startete und langsam rückwärts die steile Gasse hinunterfuhr, wurde ihr bewusst, dass dies das allererste Mal seit vielen Jahren war, dass sie mit einem anderen Mann als Peter ausgegangen war.

»Ich hab dir ein paar Fotos von Papas Grab geschickt, hast du schon gesehen?«, sprudelte Nathalie los, als sie, wie fast jeden Abend, miteinander telefonierten. Angela hatte es sich im Bett gemütlich gemacht.

»Nein«, antwortete sie. »Noch nicht.«

»Es ist total schön geworden«, erklärte Nathalie. »nicht so spießig wie die anderen Gräber. Weißt du, ich war zu Hause, meine Frühjahrsklamotten holen. Frau Bachhuber muss da gewesen sein, die Fenster sind alle geputzt. Und was machst du so?«

Angela berichtete vom Umbau, dann unterhielten sie sich lange über Tess' Gesundheitszustand.

»Die Infektion klingt schon ab«, beruhigte sie ihre Tochter. »Die Antibiotika schlagen gut an.«

Was würdest du davon halten, wenn ich das Haus verkaufen und nach Italien ziehen würde, lag ihr schon auf der Zunge. Fast erschrak sie vor sich selbst. Und natürlich war es noch viel zu früh, an so etwas überhaupt zu denken, geschweige denn, ihre Tochter damit zu beunruhigen.

Am kommenden Morgen brachte der Steinmetz bereits die ersten behauenen Platten für die extravagante Rampe, die Angela sich ausgedacht hatte, und der Vormittag verging damit, sie vor Ort anzupassen und Korrekturen anzubringen.

So kam Angela erst nach dem Mittagessen dazu, die Unterlagen durchzusehen, die Dario ihr überlassen hatte. Ihr war natürlich klar, dass es sich dabei um vertrauliche Informationen handelte, die im Grunde niemanden außer Rivalecca und den Kaufinteressenten etwas angingen, und sie wollte gar nicht wissen, wie Dario in ihren Besitz gekommen war. Doch ihre Neugier siegte über ihre Skrupel.

Zuerst sah sie sich den Grundbuchauszug und die Pläne an. Sie waren neueren Datums, und Angela begann zu ahnen, wie Dario an sie herangekommen sein könnte. Kollegen und Tennispartner unter sich, dachte sie lächelnd und studierte die Grundrisse. Sie erkannte, wo im Erdgeschoss der Verkaufsladen eingerichtet worden war, machte den Hof und die Werkstätten aus, die sie besichtigt hatte. Die Weberei selbst nahm zwei der vier Flügel im ersten Stock ein, während sich über und neben dem Laden offenbar ungenutzte Räume befanden. Hier wäre Platz genug für eine schöne Wohnung. Angelas Herz schlug höher.

Sie legte die Pläne beiseite und blätterte die amtlichen Papiere durch. Das Anwesen war offenbar seit seiner Erbauung im Jahr 1654 im Besitz der Familie Sartori gewesen. Bis Lela im Jahr 1976 Lorenzo Rivalecca geheiratet hatte.

Angela wandte sich den Unterlagen zu, die die Verhandlungen zwischen Lorenzo Rivalecca und einem Signor Alberto Mazzini aus Mailand betrafen. Als sie den Preis sah, den Rivalecca forderte, hielt sie den Atem an. Der Mailänder bot ein Drittel weniger. Die Summen bewegten sich in Millionenhöhe. Angela ließ die Unterlagen auf den Tisch fallen, als hätte sie sich an ihnen die Finger verbrannt. Sie schluckte. Ihr war klar, dass sie überhaupt keinen Gedanken mehr daran zu verschwenden brauchte, ob sie die Seidenvilla vielleicht kaufen wollte oder lieber doch nicht. Sie würde sie sich schlichtweg nicht leisten können.

Beinahe erleichtert legte sie alle Unterlagen wieder ordentlich zusammen und schloss den Ordner. Es wäre ohnehin völlig absurd gewesen. Was sollte sie mit einer historischen Seidenmanufaktur in Italien? Ihr Lebensmittelpunkt war Deutschland, dort lebte ihre Tochter.

Nur, wie lange noch?, bohrte eine kleine, eigensinnige Stimme in ihrem Kopf. Wer wusste schon, wohin Nathalie es nach dem Abschluss ihres Studiums verschlagen würde? Bestimmt nicht an den Ammersee. Seit sie damals Tess besucht hatte, sprach sie immer wieder davon, unbedingt ein paar Semester in Italien studieren zu wollen, und so, wie sie ihre Tochter kannte, würde diese das auch in die Tat umsetzen.

In diesem Moment begann ihr Handy zu vibrieren. Es war Markus, der anrief. »Ich bin vor zehn Minuten angekommen«, hörte sie ihn sagen. »Ein hübsches Hotel. Wann können wir uns sehen?«

Markus wirkte in der Bar des Hotel Duse wie ein Fremdkörper. Er trug wie immer eine Jeans und die obligatorische Lederjacke über dem karierten Hemd, die Angela nun schon seit Jahren an ihm kannte. Er wirkte angespannt, sie sah auf den ersten Blick, dass ihn Sorgen plagten. Angela umarmte ihn herzlich und fragte Fausto, ob sie irgendwo ungestört miteinander reden könnten, worauf der *barista* die Tür zu einem kleinen, glasüberdachten Innenhof aufschloss. Gemütliche Korbsessel waren um vier Tische gruppiert, zwischen denen Orangen- und Zitronenbäume in Kübeln blühten.

»Was hast du auf dem Herzen?«, fragte Angela unumwunden, nachdem Kaffee für sie und ein Bier für Markus vor ihnen standen. Er sah sie an und lachte.

»Das mag ich an dir«, sagte er. »Mit dir muss man nicht ewig um den heißen Brei herumreden.« Er nahm einen Schluck und lehnte sich zurück. Angela fand, dass er erschöpft aussah.

»Wir sollten die Firma verkaufen«, sagte er und warf Angela einen unsicheren Blick zu.

»Warum?«, fragte sie überrascht.

»Die Auftragslage ist nicht besonders gut, seit ...« Markus schluckte. »Peter fehlt an allen Ecken und Enden. Seit seinem Ausscheiden ist es nicht mehr so, wie es war. Thorsten macht, was er kann. Vielleicht haben wir in ihm auch nicht den Richtigen gefunden. Peter ist nun mal ... Ich meine ... er ist nicht zu ersetzen.«

»Warum hast du mir das nicht schon früher gesagt?«, wollte Angela wissen, doch im selben Moment kannte sie die Antwort.

»Du hattest genug Sorgen, Angela. Da konnte ich dich doch nicht auch noch damit belasten. Die letzten Großaufträge haben uns ja auch über die vergangenen beiden Jahre getragen, und noch läuft das Projekt in Ingolstadt. Vielleicht liegt es auch an der gegenwärtigen wirtschaftlichen Lage, ich habe keine Ahnung. Die Sache ist die: Wir haben zu wenig neue Aufträge. Du weißt, dass ich kein Verkäufer bin, das war ich noch nie. Das war Peters Sache. Und das, was Thorsten an Land zieht, reicht einfach nicht. Entweder müssen wir drastisch verkleinern, oder wir nutzen die Gunst der Stunde und verkaufen.«

Markus leerte sein Glas. Das Gespräch nahm ihn sichtlich mit. Angela wusste, dass er niemals leichtfertig handeln würde, dafür war er viel zu gewissenhaft.

»Gibt es denn einen Interessenten?«

»Ja«, antwortete Markus rasch und lebte sichtlich auf. Offenbar war er erleichtert, dass Angela nicht in Tränen ausgebrochen war oder ihm gar Vorwürfe machte. »Und auch schon ein Angebot. Der Augenblick ist günstig, scheint mir. Noch sind wir vollbeschäftigt, und die letzten Projekte können sich sehen lassen. Das kann in einem halben Jahr schon ganz anders aussehen.« Angela betrachtete versonnen den Zitrusbaum, der hinter Markus stand. Er trug neben den Blüten schon viele winzige orangefarbene Früchte, die einen bittersüßen Duft verströmten. War es nicht seltsam, dass sie schon wieder einer Entscheidung enthoben wurde? Sie würden die Firma verkaufen, und jeder erhielt seinen Anteil. Auf einmal fühlte sie sich frei. Hatte sie wirklich ernsthaft erwogen, an dem Bauunternehmen festzuhalten? Und doch empfand sie auf einmal eine abgrundtiefe Müdigkeit. So schloss sich also ein weiteres Kapitel ihres Lebens unwiederbringlich ... »Angela«, riss Markus sie aus ihren Gedanken, »ich habe Peter versprochen, dass ich immer dein Wohl und das seiner Tochter im Auge behalten würde, egal was passiert. Ich hab ihm mein Wort gegeben, dass ihr euch finanziell keine Sorgen machen müsst. Glaub mir, das alles fällt mir nicht leicht. Auch für mich selbst. Unsere Firma ist mein Leben. Mit Peter zusammenzuarbeiten war das Beste, was mir hat passieren können. Aber jetzt steh ich allein da, und deshalb glaube ich …«

»Ich weiß, Markus«, unterbrach ihn Angela leise. »Du hast ganz sicher recht. Ich hatte ohnehin schon darüber nachgedacht, mich zu verändern.«

Markus riss die Augen auf, öffnete den Mund, um etwas zu sagen, schloss ihn wieder. Er atmete tief durch, und Angela spürte, wie eine große Last von ihm abfiel.

»Du bist … Bist du dir ganz sicher?«, fragte Markus dennoch vorsichtig.

»Das bin ich«, antwortete Angela.

»Am Ende«, sagte er unendlich erleichtert, »löse ich mein Versprechen wohl doch ein. Mit deinem Anteil kannst du, klug wie du bist, den Rest deines Lebens sorgenfrei verbringen. Möchtest du Einzelheiten wissen?«

Angela nickte. Natürlich wollte sie das. Markus erhob sich, um die Unterlagen aus seinem Zimmer zu holen.

»Das Angebot ist gut, da kann man nichts sagen«, erklärte er, als er mit einer Dokumentenmappe zurückkam und sie vor Angela auf den Tisch legte. »Ich finde, das Beste daran ist, dass sich der Käufer verpflichtet, unser Personal zu übernehmen und mindestens zwei Jahre zu behalten. Und hier sind die finanziellen Konditionen.«

Angela sah alles genau durch. Der Kaufpreis war eine stattliche Summe. Sie würde nie wieder arbeiten müssen.

Oder sie könnte sich einen Traum erfüllen …

»Das sieht alles sehr gut aus, Markus«, sagte sie und schob die Unterlagen von sich. »Ich möchte allerdings nichts entscheiden, bevor ich mit Nathalie gesprochen habe«, fügte sie hinzu. »Sie ist volljährig und hat ein Mitspracherecht.«

»Du hältst mehr Anteile als sie, du könntest auch ohne sie entscheiden«, wandte Markus beunruhigt ein.

Offenbar war ihm der Gedanke, in dieser wichtigen Sache vom Urteil einer Neunzehnjährigen abhängig zu sein, nicht geheuer. Angela musste ein Lächeln unterdrücken.

»Das stimmt«, pflichtete sie ihm bei. »Trotzdem ist es mir wichtig. Solche Dinge müssen mit großer Umsicht geregelt werden, Markus. Ich möchte mich nicht wegen des Erbes mit meiner Tochter streiten. Allerdings brauchst du dir keine Sorgen zu machen. Nathalie ist verständig und wird sich nicht gegen eine vernünftige Lösung sperren. Ich finde nur, wir sollten sie nicht ausschließen.«

Markus nickte zustimmend, wenn auch wenig überzeugt.

»Wir dürfen nicht zu viel Zeit verlieren«, wandte er vorsichtig ein.

»Natürlich nicht. Ich werde sofort nach Hause fahren«, fügte Angela entschlossen hinzu und zog die Seidenstola enger um ihre Schultern.

Sie dachte an Tess, an den Umbau, all das würde sie zurücklassen müssen. Aber nur für kurze Zeit, sagte sie sich. Dann sah sie plötzlich Fioretta mit verweinten Augen vor sich, den Innenhof der Weberei, das Glitzern der Sonne auf den Blättern des Maulbeerbaums. Sie dachte an Rivalecca und den schwarzen Cadillac, daran, dass auch hier die Uhr tickte. Vielleicht sollte sie einfach mal in der Villa oben auf dem Hügel vorsprechen …

Angela schüttelte den Kopf, als müsste sie etwas, leicht wie Spinnweben, abschütteln. Kluge Gedanken waren das mit Sicherheit nicht. Oder doch? Und während sie Markus zum Abendessen in die Villa Serena einlud, ihm von Emilias Kochkünsten vorschwärmte und ihm vorschlug, vor dem Essen noch einen Spaziergang durch das Städtchen zu machen, konnte sie nicht anders, als heimlich den Seidenstoff ihrer Stola zwischen ihren Fingern zu spüren und immer wieder den Duft zu erschnuppern, der ihren Fasern entströmte.

## 9

## Ein verrückter Plan

»Was hast du morgen Abend vor?«

Angela konnte hören, wie Nathalie erstaunt die Luft anhielt. Es war nicht ihre Art, ihre Tochter zu kontrollieren, und sie musste schmunzeln bei dem Gedanken, Nathalie könnte so etwas denken.

»Warum willst du *das* denn wissen?«

»Weil ich morgen nach Hause komme.«

»O nein!«, rief Nathalie zu Angelas Bestürzung. »Wieso?«

»Kann es sein, dass ich dir nicht willkommen bin?«

Angela hatte es scherzhaft gemeint, doch als sie den Klang ihrer Stimme hörte, wurde ihr klar, dass das ziemlich danebengegangen war.

»Mami, wie kannst du so etwas sagen! Nein, die Sache ist die ... Ich ... ach, wir wollten dich überraschen und nach Italien kommen. Weißt du, ich habe heute die Arbeit abgegeben. Jetzt habe ich wegen der Feiertage ein bisschen frei. Und da dachten wir ...« Angela atmete auf. »Aber sag mal, Mami«, fragte Nathalie nun erschrocken, »ist etwas passiert? Wieso willst du denn kommen?«

»Nichts ist passiert«, antwortete Angela rasch. »Wir müssen nur ... Wir sollten über etwas Wichtiges miteinander reden. Und wenn du herkommen kannst – umso besser!«

Angela fühlte eine riesige Erleichterung, nicht nach Deutschland fahren zu müssen. Doch da fiel ihr etwas ein.

»Wen meinst du denn mit *wir*?«

»Nico, Benny und mich«, antwortete Nathalie fröhlich.

»Es macht dir doch nichts aus, wenn ich die beiden mitbringe?«

»Mir nicht«, entgegnete Angela, »aber was ist mit Tess? Solltest du sie nicht vorher fragen?«

»Das hab ich schon«, war Nathalies Antwort. »Die sieht das ganz locker. Im zweiten Stock vom Turm sind ja noch zwei Zimmer. Emilia bezieht schon die Betten.« Nathalie lachte fröhlich. »Wie gesagt, wir wollten dich eigentlich überraschen.«

»Wann kommt ihr denn?«

»Morgen gegen Mittag. Ist das … Ich meine, ist das okay für dich?«

»Natürlich«, beeilte Angela sich zu sagen. »Eines wüsste ich nur noch gern: Mit welchem von beiden bist du zusammen? Mit Benny oder Nico?«

Nathalie kicherte amüsiert. »Das ist ja das Problem«, erklärte sie unbeschwert. »Ich kann mich einfach nicht entscheiden, Mami. Sie sind beide so süß. Vielleicht kannst du mir ja helfen. Oder Tess.« Nathalie lachte. »Bis morgen, Mami! Ich freu mich schon so!«

»Euch ist klar, dass die Villa eine Baustelle ist?«, rief Angela noch, doch da hatte Nathalie die Verbindung schon unterbrochen.

Emilia schien der Baulärm auf einmal nichts mehr auszumachen. Freudestrahlend empfing sie Angela, und als sie hörte, dass diese über den Überraschungsbesuch nun ebenso im Bilde war, zählte sie auf, was sie schon alles vorbereitet hatte für »*la Signorina*«. Aus dem Backofen duftete es verführerisch nach Hefekuchen, und auf dem Herd brodelte ein Topf mit einer Art Brei.

»Ich kenne ihre Lieblingsgerichte noch alle«, erklärte sie

stolz. »Das hier werden *gnocchi di polenta*. Davon hat sie einmal eine ganze Schüssel gegessen! Und morgen früh fährt mich Gianni nach Bassano di Grappa.«

»Wozu das denn?«

»Na, weil es dort den besten Spargel von ganz Italien gibt! Nathalie liebt weißen Spargel, wissen Sie das etwa nicht?«

Angela lachte und gestand, dass sie einen Gast zum Abendessen erwartete. »Ist das in Ordnung?«, fragte sie.

»*Ma certo!*«, rief Emilia aus, und ihre Wangen begannen zu glühen. »Wer kommt denn?« Angela hegte keinen Zweifel mehr, dass die Haushälterin es liebte, Menschen zu bekochen.

»Der beste Freund meines Mannes«, erklärte Angela und nickte zu allen Vorschlägen, die Emilia für das Abendessen machte.

Dann ging sie, um nach den Fortschritten der Sanierung zu sehen. Der Estrich war fertig, nun musste er einige Tage trocknen, ehe die Fliesen im Bad und in der Gästetoilette verlegt werden konnten. Die Bauarbeiter packten ihre schweren Geräte zusammen, offenbar hatten sie das Schlimmste hinter sich. Angela atmete auf. Emilia erschien mit einem Putzeimer, um die Eingangshalle »ein bisschen präsentabel« zu machen, wie sie sich ausdrückte.

»So kann man doch keinen Besuch empfangen«, murmelte sie und führte den Wischmopp mit schwungvollen Bewegungen über den Steinboden, obwohl Angela wusste, dass Markus das vollkommen egal sein würde. Er interessierte sich mit Sicherheit viel mehr für Umbauarbeiten als für saubere Fußböden.

So war es auch. Zu Emilias Entsetzen führte Angela ihn auf seinen Wunsch hin als Erstes in den Keller, wo er fachmännisch die neuen Installationen begutachtete. Er nickte anerkennend, auch über den Stand der Dinge im Erdgeschoss, wo sie im Stehen ihren Aperitif einnahmen.

»Ein schönes Haus«, sagte er. »Und mit den Handwerkern scheinst du auch Glück zu haben. Vor allem, dass alles so schnell vorangeht! Schließlich kam das für alle ziemlich überraschend, oder?«

Angela nickte. »Ich weiß, was du sagen willst.« Sie lachte. »Und das in Italien! Ich denke, wir haben großes Glück mit dem Architekten. Außerdem ist Tess hier sehr beliebt, sie hat gute Beziehungen.«

Sie saßen schon bei Tisch, als es klingelte. Dario Monti kam unangemeldet vorbei, um den Kostenvoranschlag für den Aufzug vorbeizubringen. Angela stellte ihn Markus vor, und Emilia legte stillschweigend ein drittes Gedeck auf. Da Dario kein Deutsch sprach und Markus nicht Italienisch, übersetzte Angela, und nach einer Weile kam ihr der Verdacht, dass die beiden in Sachen Ideen für Tess' Villa geradezu miteinander wetteiferten.

Nachdem Dario sich wie immer nach dem Kaffee verabschiedet hatte, bemerkte Markus: »Sieht so aus, als hättest du hier einen Verehrer.«

»Aber nein«, entgegnete Angela peinlich berührt. Wie kam Markus, der sonst immer die Diskretion in Person war, auf so einen abwegigen Gedanken! »Das wäre wohl das Letzte, was ich jetzt bräuchte.«

Sie wechselte das Thema und erzählte von Nathalies bevorstehendem Besuch.

»Mach dir also keine Sorgen«, schloss sie. »Ich gehe davon aus, dass wir dir grünes Licht für den Verkauf geben, noch ehe du wieder zu Hause bist.«

»Ich habe Neuigkeiten für dich.«

Dario Monti wirkte sehr mit sich zufrieden, als er Angela am nächsten Morgen begrüßte.

»Gute Neuigkeiten?«, fragte Angela, holte den Schläger aus der Tasche und prüfte die Spannung der Besaitung. Sie hätte Nathalie bitten sollen, ihren eigenen Schläger mitzubringen. Doch dann fiel ihr ein, dass sie gar nicht wusste, wo der nach all den Jahren steckte und ob er nicht erst mal neu besaitet werden musste.

»Das kannst nur du wissen«, antwortete Dario. »Der Mailänder ist abgesprungen. Offenbar ist er sich mit Rivalecca über den Preis nicht einig geworden.« Angela entging nicht, dass der Architekt sie neugierig musterte. »Bist du denn an der Weberei interessiert«, fragte er, als sie nicht reagierte, »oder habe ich das falsch interpretiert?«

Angela zögerte. Wenn ich nur wüsste, was ich will, dachte sie. Andererseits könnte es nicht schaden, mit dem Besitzer ins Gespräch zu kommen. Natürlich müsste sie auch darüber erst mit Nathalie reden. Als ernsthafte Kaufinteressentin konnte sie sich nur präsentieren, wenn die Baufirma tatsächlich verkauft wurde.

»Ich überlege noch«, sagte sie nach einer Weile. »Aber trotzdem vielen Dank, Dario. Die Unterlagen sind sehr hilfreich bei der Entscheidungsfindung, und auch die Information über den Kaufinteressenten. Die Frauen werden erleichtert sein, dass der Mailänder abgesprungen ist.«

»Warte nicht zu lange«, riet Dario und ließ den Ball ein paarmal auf dem Boden aufspringen. »Sicherlich meldet sich bald ein neuer Interessent. Das Objekt ist einzigartig, die Bausubstanz ausgezeichnet. Und hier in der Gegend wimmelt es inzwischen von reichen Engländern und Amerikanern, die unsere historischen Gebäude aufkaufen. Es ist nur eine Stunde bis Venedig. In einer halben bist du in den Bergen. Die Immobilienpreise ziehen an. Wer will sein Geld heute noch auf die Bank tragen? Die Seidenweberei ist den Spekulanten egal. Denen geht es um das Gebäude und das Grundstück. Es ist gut in Schuss für sein Alter. Du hast das Gutachten gelesen.«

»Warum will Rivalecca eigentlich verkaufen?«, wollte Angela wissen. »Und warum verhandelt er so hart? Braucht er Geld?«

Dario Monti zuckte mit den Schultern. »Keine Ahnung«, erwiderte er. »Ich kenne ihn kaum. Man sagt, er misstraue Architekten. Alles, was er jemals baulich an seiner Villa verändern ließ, hat er mit einem Konstrukteur aus Perignano gemacht, so als hätten die hiesigen Handwerker die Pest. Er ist nicht sonderlich beliebt hier. Außer seiner Haushälterin kennt nur eine ihn ein wenig besser.«

»Und wer ist das?«

»Tessa!«

Angela sah Dario überrascht an. Doch der hatte sich bereits abgewandt, um auf seine Seite des Spielfelds zu gehen und das Spiel zu beginnen.

Gleich nach dem Frühstück machte sich Angela auf den Weg zur Seidenvilla. Mitten auf der Piazza stand ein Reisebus mit laufendem Motor, und aus der Gasse, in der sich das Geschäft befand, strömten in kleinen Grüppchen ältere Damen mit sonderbaren Sonnenhüten und typisch englischer Freizeitkleidung zu ihm zurück. Einige von ihnen schlenkerten stolz Papiertragetüten mit der Aufschrift *TESSITURA D'ASENZA* hin und her und wirkten sehr zufrieden.

Vor dem Laden wartete Angela, bis Fioretta die letzte Besucherin verabschiedet hatte. Dann erst betrat sie das Geschäft. Die junge Frau strahlte, als sie sie sah.

»Glückwunsch«, sagte Angela, während sie sich rechts und links auf die Wangen küssten. »Ich habe mindestens sieben Taschen gezählt. Das ist ein guter Schnitt, nicht?«

»Es waren sogar acht«, erklärte Fioretta. »Wir haben die Preise heruntergesetzt.«

»Warum denn das?«, fragte Angela erstaunt.

»Wir wollen die Sachen verkauft haben, bevor der Mailänder kommt.«

Angela sah sich um. Der Bestand an Tüchern und Stolas hatte sich merklich reduziert.

»Haben die Frauen aufgehört zu weben?«, fragte sie.

Fioretta nickte. »Die Stimmung ist schlecht. Und wie du weißt, hat es dann ohnehin keinen Sinn, Seide zu verweben. Da kommt nichts Schönes bei raus.«

Die junge Frau schloss ab, hängte das *CHIUSO*-Schild an die Tür und wandte sich zu Angela um.

»Ich werde mir wohl auch eine andere Arbeit suchen müssen«, erklärte sie bedrückt.

»Vielleicht auch nicht. Ich habe gehört, dass der Mailänder die Verhandlungen abgebrochen hat«, sagte sie und hoffte von ganzem Herzen, dass die Information stimmte. »Dario Monti hat mir gesagt, man hätte sich nicht über den Kaufpreis einigen können«, fügte sie hinzu, als sie sah, wie Fioretta das Blut aus den Wangen wich.

»Wirklich?«, hauchte sie und musste sich setzen. »*Dio mio!* Wenn das stimmt, das wäre ja …«

»Er hat aber auch gesagt«, fügte Angela hinzu, »dass mit anderen Interessenten zu rechnen ist.«

Fioretta nickte und zupfte sorgenvoll an einem taubenblauen Tuch, das noch auf dem Verkaufstisch lag, so wie es eine der Touristinnen hatte liegen lassen. Offenbar nahmen die Neuigkeiten sie wahnsinnig mit.

»Fioretta«, begann Angela, »darf ich dich um einen Gefallen bitten? Ich würde mir so gern mal das gesamte Gebäude ansehen. Würdest du es mir zeigen?«

Die junge Frau sah Angela überrascht an. »Das mach ich gern«, erklärte sie und warf Angela einen Blick zu, als hätte sie auf einmal eine großartige Idee. Angela fühlte sich durchschaut. Ihr schien, als wollte Fioretta etwas fragen, doch sie überlegte es sich wohl anders.

»Jetzt gleich?«, fragte die junge Frau und stand auf. Sie nahm einen Schlüsselbund von einem Haken und sah Angela erwartungsvoll an.

»Jetzt gleich!«

»Und du möchtest alles sehen?«

»Alles!«

Fioretta schenkte ihr ein komplizenhaftes Lächeln, so als ahnte sie, was in Angela vorging.

Das zweistöckige Ensemble war um den Innenhof herum erbaut. Angela kannte bereits die Färberei im Erdgeschoss und den Raum, in dem die Kettfäden vorbereitet wurden. Die benachbarten Flügel dienten offenbar seit undenklichen Zeiten als Abstellräume. Angela fragte sich, ob hinter all den Brettern, in den Kisten, Truhen und Schränken womöglich der eine oder andere Schatz ruhte, der im Stadtmuseum besser aufgehoben sein würde. Da war zum Beispiel ein uralter Aktenschrank. Angela widerstand der Versuchung, ihn auf der Stelle zu öffnen und zu durchstöbern. Im Obergeschoss nahm die *tessitura* mit ihren Webstühlen zwei Flügel ein, die beiden anderen, zwei lang gestreckte, lichtdurchflutete Räume, standen leer.

»Hier könnte man eine Wohnung einrichten«, überlegte Fioretta laut. »Vielleicht müsste man eine Trennwand einziehen ...«

Angela schritt die Länge der Räume ab. Jeder maß gut und gern fünfzehn Meter.

»Oder man bezieht die ungenutzten Räume unten noch mit ein und verbindet sie mit einer Wendeltreppe«, führte Angela die Überlegung fort.

»Dann könnte man die Küche unten unterbringen«, spann Fioretta den Faden weiter, »und im Sommer draußen im Hof essen. Wäre das nicht schön?«

»Oder auf beiden Ebenen Küchen einbauen«, meinte Angela. »Es wäre sicher nicht praktisch, immer hoch- und runterlaufen zu müssen …«

Angela entging nicht, dass Fioretta ihr die Wohnung anpries, als wollte sie ihr diese schmackhaft machen. Nachdenklich schritt sie über den uralten Terrakottaboden, der sich zur Mitte der Räume hin ein wenig gesenkt hatte. Sie blickte zu der hohen Decke auf, an der sie verblichene Reste einer Bemalung entdeckte samt Stuckverzierungen. Die Wände waren einmal in einem hellen Sienaton gestrichen worden, die Farbe war an vielen Stellen abgeblättert. Sie untersuchte die Fenster, die nur einfach verglast waren und erneuert werden mussten, was aufwendig und teuer sein würde, denn natürlich müsste man die alten Rahmen aufarbeiten und mit einer zweiten Isolierscheibe versehen.

Trotzdem, Dario hatte recht. Die Substanz war tadellos, und nachdem sie sich von Fioretta sogar durch den Keller mit seinem historischen Tonnengewölbe hatte führen lassen, war sich Angela auch sicher, dass keinerlei Feuchtigkeit dem Gebäude zusetzte. Mit wenigen baulichen Veränderungen konnte man hier Wohnen und Arbeiten wunderbar verbinden. Sogar ein Gästezimmer mit Dusche und Toilette könnte sie im Erdgeschoss einrichten.

Falls Fioretta etwas von ihren Überlegungen ahnte, so

sagte sie es nicht, und Angela war ihr dankbar. Sie wollte auf keinen Fall Anlass für Klatsch und Tratsch bieten, der in dem kleinen Städtchen zweifellos in Windeseile die Runde machen würde.

»Übrigens kommt meine Tochter zu Besuch«, erzählte Angela, als sie und Fioretta wieder im Laden waren. »Ich komme sicherlich bald mit ihr vorbei. Sie ist neunzehn und heißt Nathalie …«

»Oh«, rief Fioretta erfreut aus, »Nathalie? Wie schön! Wir haben uns kennengelernt, als sie Tessa besucht hat vor einigen Jahren. Damals sind wir ein paarmal miteinander ausgegangen. Hier«, fügte sie hinzu und kritzelte etwas auf einen Zettel, »bist du so nett und gibst ihr meine Nummer? Sie soll sich unbedingt melden!«

Nathalie fiel mit den beiden jungen Männern im Schlepptau in die Villa Serena ein wie ein kleiner Komet samt seinem Schweif. Sie wollte sofort die Umbauarbeiten inspizieren und war begeistert von dem neuen Badezimmer mit seinen Marmorfliesen in Creme und Schwarz, dem bodenebenen, geräumigen Duschbereich und den gläsernen Trennwänden. Mit den zeitgemäßen Armaturen bildete das Ganze eine gelungene Kombination aus traditionellen Materialien und modernem Design.

»Das sieht toll aus«, meinte Nathalie. »Tess wird ihren Augen nicht trauen. Wie geht es ihr inzwischen?«

»Viel besser«, antwortete Angela. »Ihre Entzündungswerte sind wieder in Ordnung. Ich denke, wir können sie bald abholen.«

Währenddessen holten Benny und Nico das Gepäck aus dem VW Polo und schleppten es in den Turm hinauf. Angela kannte die beiden flüchtig. Während der dunkelhaarige und meist ernst dreinblickende Nico laut Nathalie ein wahrer Held der Bits und Bytes war und es angeblich kein Computerproblem auf dieser Welt gab, das er nicht lösen könnte, verströmte Benny mit seinen blonden Locken, die er meistens zu einem kleinen Dutt am Hinterkopf zusammengefasst trug, und seinen himmelblauen Augen hinter der Nickelbrille den Charme eines Erzengels. Benny war angehender Restaurator und plante einen längeren Aufenthalt in Italien. Er hoffte, irgendwo in der Gegend ein Praktikum oder ein Volontariat machen zu können, denn natürlich teilte er Nathalies Begeisterung für italienische Architektur. Nico half ihm, eine Datenbank seiner bisherigen Restaurierungsprojekte anzulegen. Glücklicherweise waren Benny und Nico dicke Freunde, und Angela war noch nicht dahintergekommen, wie ernsthaft ihre Rivalität um Nathalie tatsächlich war. Es schien fast, als gäbe es keine Probleme, solange Nathalie sich noch nicht für einen der beiden entschieden hatte.

Dieser Eindruck vertiefte sich beim gemeinsamen späten Mittagessen. Emilia bekam rote Wangen vor Freude, als sie sah, wie kräftig die jungen Gäste zulangten. Im Nu waren die riesigen Spargelberge vertilgt, und auch von den unglaublich sättigenden *gnocchi* blieb nichts übrig. Das gefiel Emilia zweifellos gut. Vollends glücklich war sie, als sie sah, wie Benny die letzten Reste des Tiramisu aus der Glasschale kratzte.

Nach dem Essen bat Angela ihre Tochter, mit in ihre Suite ganz oben im Turm zu kommen, damit sie in Ruhe sprechen konnten.

»Was ist denn passiert?«, fragte Nathalie besorgt.

»Komm«, bat Angela, »setz dich zu mir ans Fenster.«

Auf dem Tisch lagen zwei Dokumentenordner. Der eine enthielt die Unterlagen der Seidenvilla, Angela schob ihn beiseite. Der andere betraf den Verkauf der Baufirma.

»Markus hat mich besucht«, begann sie. »Die Firma läuft nicht mehr so gut, seit ...«

»Ich weiß«, unterbrach ihre Tochter sie. »Papa war der Dreh- und Angelpunkt. Mir war klar, dass man das früher oder später spüren würde.«

Angela sah ihre Tochter irritiert an. »Wieso ... Ich meine ... woher weißt du das denn?«

»Ich hab doch immer wieder dort gejobbt«, erklärte Nathalie. »Vor allem im letzten Jahr, erinnerst du dich nicht mehr?«

Angela fuhr sich mit der Hand durchs Haar. »Stimmt«, sagte sie verwirrt. »Ich hatte das ganz vergessen. Es war so viel ...«

»Du hast dich um Papa gekümmert«, erklärte Nathalie mit Nachdruck. »Das war wichtiger. Ich hab gern in der Firma geholfen. Natürlich hab ich nur die Ablage gemacht und Mails geschrieben, dennoch hab ich mitbekommen, dass etliche Kunden zur Konkurrenz abgewandert sind. Das wäre Papa nicht passiert.« Angela starrte zum Fenster hinaus, doch die Landschaft, die sich unter ihnen ausbreitete, sah sie nicht. Sie fragte sich, warum sie das gar nicht mitbekommen hatte. Wenn sie an das vergangene Jahr zurückdachte, schien es ihr, als blickte sie in einen schwarzen Tunnel voller Schmerz ... Sie fühlte die Hand ihrer Tochter auf ihrem Unterarm. »Mami«, sagte Nathalie sanft, »lass die Vergangenheit. Sag mir lieber, was jetzt los ist. Wieso war Markus hier?«

Angela riss sich zusammen und schob ihrer Tochter die Dokumentenmappe entgegen. »Markus schlägt vor, die Firma zu verkaufen«, sagte sie. »Hier findest du die Details. Er hat ein Angebot, und es klingt gut. Die Arbeitsplätze bleiben erhalten, wenigstens sind sie für die nächsten zwei Jahre gesichert.«

»Dann wirst du zustimmen?« Nathalies Stimme klang nicht, als wäre sie sonderlich überrascht.

»Ich hab Markus gesagt, dass wir das vorher miteinander besprechen. Du besitzt schließlich auch Anteile. Ich möchte vorher deine Meinung wissen.«

Nathalie nickte. »Ich finde«, sagte sie, »wir sollten verkaufen. Für Markus tut es mir leid. Ich weiß, dass er mit Herzblut an dem Bauunternehmen hängt. Aber du und ich, wir haben damit doch nichts mehr am Hut.«

Angela erschrak über die Worte ihrer Tochter. »Es war Peters Firma«, sagte sie leise.

»Ja«, bestätigte Nathalie und nahm ihre Hand. »Genau. Es war Papas Firma. Nur: Papa ist nicht mehr da. Und du hast doch ohnehin nur mitgearbeitet, weil ... weil ich da war und ... weil es einfach bequemer war. Sorry, Mami, ich will dich nicht kränken, aber findest du nicht, dass du endlich mal etwas tun solltest, das mit dir selbst zu tun hat? Denk an deine Träume.«

Angela schwieg betroffen. Es stimmte, was ihre Tochter da sagte. Und doch, so wie sie es sagte, hörte es sich vorwurfsvoll an. Und abschätzig. So als hätte sie immer den einfachen Weg gewählt, und zwar aus Bequemlichkeit. »Mami«, flehte ihre Tochter, »nicht böse sein, bitte. Du bist eine fantastische Mutter! Allein, dass du nicht ohne mich entscheiden willst, obwohl ich nur über fünfzehn Prozent der Anteile verfüge und eigentlich überhaupt nichts zu sagen habe, beweist das. Du warst Papa die beste Frau, die man sich vorstellen kann. Alles, was ich mir jetzt für dich wünsche, ist, dass du die Chancen ergreifst, die sich dir bieten. Lass uns die Firma verkaufen, und am besten das Haus auch ...«

»Das Haus?«, wiederholte Angela überrascht. »Das ist doch dein Zuhause!«

Nathalie wirkte auf einmal sehr traurig. »Ja, das war es all die Jahre. Nur jetzt ...« Sie seufzte unmerklich und sah zum Fenster hinaus. »Unter der Woche bin ich sowieso in München. Und seit du hier bist«, gestand sie, »war ich nur noch daheim, um Papas Sachen zu holen und nach dem Grab zu sehen. Ich bin sogar am Wochenende in unserer WG geblieben. Das ist ja auch praktischer, Selina und ich lernen doch immer zusammen ...«

Angela fühlte sich augenblicklich schuldig. »Ich hätte dich nicht allein lassen sollen ...«

»Aber nein, Mami«, widersprach Nathalie, »damit hat das nichts zu tun. Es ist nur ... Alles zu Hause erinnert an Papa. Ich meine, sag doch ganz ehrlich: Hat dir das Haus gefehlt, seit du hier bist? Hast du Heimweh? Und wenn ich mir so die Nachbarschaft anschaue ... Sieh dich doch an. Du passt gar nicht in diese ländliche Pseudoidylle, diesen erweiterten Speckgürtel der Münchner Society, zu diesen Leuten, die nichts weiter zu tun haben, als sich das Maul übereinander zu zerreißen und sich gegenseitig zu beweisen, wie cool und reich sie sind. Mami, du gehörst da nicht hin und ich auch nicht.«

Nathalie hatte recht. Und doch schockierten ihre Worte Angela. Sie fühlte sich hilflos, angegriffen und zurechtgewiesen. Doch sie war viel zu klug, als dass sie die Wahrheit nicht erkannt hätte. Auch wenn das alles sehr harsch klang, entsprach es nicht ihren eigenen Empfindungen? Die sie niemals so deutlich aussprechen würde, weil sie immer befürchtete, anderen wehzutun und Peters Andenken zu verletzen?

Doch Peter war nicht mehr da.

Angela wurde klar, wie unsinnig ihre Befürchtungen waren. »Ich werde also Markus mitteilen, dass wir einverstanden sind. Was wirst du tun mit deinem Anteil?«, fragte sie, um das Thema zu wechseln.

Nathalie zuckte gleichmütig mit den Schultern. »Keine Ahnung«, sagte sie. »Anlegen vermutlich ...«

»Du könntest dir eine kleine Wohnung in der Nähe der Uni kaufen«, schlug Angela vor.

Doch Nathalie schien an etwas ganz anderes zu denken. »Weißt du was, Mami?«, begann sie. »Ich könnte das Geld doch für ein Auslandsjahr verwenden. Ich würde so gern in Padua studieren. Da ist Italiens renommierteste Universität! Und für Kunstgeschichte gibt es dort tolle Professoren.«

»Das ist eine wundervolle Idee!«, fand auch Angela. Wehmütig dachte sie einen Moment lang daran, wie begeistert Peter darüber gewesen wäre. Doch dann löste sie sich von diesem Gedanken und stand auf, um ihre Tochter fest an sich zu drücken. Sie musste lernen, so wie Nathalie an die Zukunft zu denken.

Tess kam ihnen mit Gehstöcken entgegen, als Angela und Nathalie am Nachmittag ins Krankenhaus kamen. Sie war vollständig angezogen und hatte ihren fliederfarbenen Seidenschal umgelegt.

»Der Arzt hat gesagt, ich darf nach Hause«, frohlockte sie und ließ sich von Nathalie stürmisch umarmen. »Ich soll zwar eigentlich jeden Tag zur Physiotherapie antanzen, aber ich habe Susanna überredet, zu uns nach Asenza zu kommen. Das Foltergerät, an dem ich demnächst trainieren muss, habe ich gerade bestellt, es wird nächste Woche geliefert. Wie sieht es aus, ihr zwei Hübschen? Nehmt ihr mich gleich mit? Schaut nur, wie gut ich schon wieder laufen kann!«

Stolz ging sie den Flur entlang, und Nathalie klatschte Beifall.

»Fantastisch!«, rief Angela. Rasch rief sie Emilia an, damit sie das Notwendigste für Tess' Heimkehr vorbereiten konnte.

Zwar war der Umbau noch nicht ganz fertig, doch irgendwie würden sie das schon schaffen. Hauptsache, Tess war wieder zu Hause.

»Ich kann es kaum erwarten, bei Fausto meinen ersten Cappuccino zu trinken«, erklärte Tess, als sie die Serpentinen nach Asenza hinauffuhren.

»Oh, ja, lass uns gleich anhalten, wenn wir oben sind«, rief Nathalie vom Rücksitz aus.

»Genau«, meinte Tess. »Am besten parkst du den Wagen so, wie man es hier in Italien macht: direkt vor der Bar! Damit auch alle gleich wissen, dass ich wieder da bin!«

Sie lachten, und Angela tat, wie ihr geheißen. Fausto entdeckte sie sofort und eilte herbei, um Tess aus dem Wagen zu helfen und zu dem sonnigsten der Außentische zu führen.

»*Benvenuta*«, rief er und strahlte über das ganze Gesicht. »Signora Tessa, wir haben Sie vermisst!«

Nathalie nahm die Krücken aus dem Kofferraum. Fausto rückte für Tess einen Stuhl in die Nachmittagssonne und verschwand im Inneren der Bar, um für alle Cappuccino zuzubereiten.

Die Neuigkeit sprach sich in Windeseile herum. Von überall her kamen Menschen angelaufen, um Tess' Rückkehr zu feiern und sich haarklein über das »Ersatzteil« in ihrem Knie berichten zu lassen.

»Sechs Wochen brauche ich die Dinger da«, erklärte sie und wies auf die Krücken. »Aber bald laufe ich euch allen wieder davon.«

Angela wusste, dass Tess in ihrer Wahlheimat beliebt war. Und die Freude all dieser ihr völlig unbekannten Menschen über ihre Heimkehr rührte sie zutiefst. Schließlich war Tess »nicht von hier«, eine Ausländerin noch dazu, und doch hatte ihre Freundin in den vergangenen zehn Jahren offenbar viele einheimische Herzen erobert. Auch Fioretta erschien und begrüßte Nathalie herzlich, eine kleine untersetzte Frau mit struppigem Haar und einem schlichten Kassengestell vor den durch die dicken Gläser übergroß wirkenden Augen folgte ihr.

»Maddalena!«, rief Tess freudig aus und streckte der Frau, die scheu hinter Fioretta stehen geblieben war, die Hände entgegen. »Hast du deinen Webstuhl verlassen, um mir *buongiorno* zu sagen? Wie schön!«

Ein schüchternes Lächeln glitt über das Gesicht der Weberin, und Angela schien es, als ginge eine kleine Sonne darin auf. Maddalena drückte Tess' Hände, dann zog sie unter ihrem Arm ein Stück Stoff hervor und legte es in den Schoß.

»*Per te*, Tessa«, sagte sie mit leiser Kinderstimme, »für dich«, und senkte den Blick. Es war der Seidenschal, den sie vor der Operation auf Maddalenas Webstuhl gesehen hatten, jenen mit den zarten Streifen in hellen Erdtönen.

»Aber Maddalena«, rief Tess aus und befühlte bewundernd die herrliche Arbeit, »das geht doch nicht. Du hast so lange daran gearbeitet. Du brauchst doch den Verdienst! Das kann ich nicht annehmen.«

»*Per favore*«, insistierte die Weberin und wurde über und über rot. Hilfe suchend sah sie Fioretta an.

»Maddalena möchte dir den Schal gern schenken«, erklärte die junge Frau. »Und sie wäre sehr unglücklich, wenn du ablehnst. Wir sind alle so froh, dass du wieder zurück bist!«

»Und ich erst«, sagte Tess gerührt. »Komm her, Maddalena, lass dich drücken. Ich danke dir von Herzen. Du weißt, wie sehr ich deine Arbeit bewundere.«

Und zu Angelas Erstaunen beugte sich die scheue Weberin rasch zu Tess hinunter, nahm sie in die Arme und drückte sie fest.

»Die Weberinnen sind davon überzeugt«, flüsterte Fioretta Angela und Nathalie zu, »dass Tessa ihnen Glück gebracht hat all die Jahre. Sie hat ein so gutes Herz. Wenn eine der Frauen in Schwierigkeiten war, kannst du sicher sein, dass ihr »rein zufällig« eine ihrer Arbeiten so gut gefallen hat, dass sie sie unbedingt kaufen musste. Sie muss einen ganzen Schrank voller Tücher haben, so viele Freundinnen hat kein Mensch. Tessa ist für uns alle wie eine Mutter.«

Nachdenklich betrachtete Angela die bescheidene Weberin, die so herrliche Stoffe zu fertigen vermochte. Sie war in dunkles Grau gekleidet, ihre Strickjacke war an den Ellbogen gestopft. An den aufgedunsenen Füßen trug sie ausgetretene Gesundheitssandalen, an der dunklen Seidenstrumpfhose waren hier und dort Fäden zusammengezogen. Angela dachte an die riesigen Webstühle, das schwere Schiffchen, die Kraft, die nötig war, um mit den Fußpedalen die Schäfte umzulegen – und das viele Stunden am Tag. Maddalenas Finger waren geschwollen und rau. Und gerade sie fertigten so weiche Stoffe. Eben legte sie Tess liebevoll die Stola um die Schultern.

»Sie kann es sich überhaupt nicht leisten, ein Tuch zu verschenken«, sagte Tess sorgenvoll, nachdem sie sich von allen verabschiedet hatten und vorsichtig die Gasse hochgingen. »Sie muss mit ihrem Verdienst sich und ihre gebrechliche Mutter ernähren, bei der sie lebt.« Tess seufzte. »Und jetzt verliert der alte Lorenzo auch noch vollkommen den Verstand.«

»Wieso?«, fragte Nathalie. »Was ist denn passiert?«

»Lorenzo will die Weberei verkaufen«, erklärte Tess, blieb einen Moment atemlos stehen und sah Angela und Nathalie an. »Dabei hat er seiner verstorbenen Frau das Versprechen gegeben, weiterhin für die Weberinnen zu sorgen!« Sie schüttelte missbilligend den Kopf. »Ich glaube, ich muss mal ein

Wörtchen mit ihm reden. Obwohl das noch nie viel gebracht hat, uneinsichtig wie er ist.«

Da ging auf einmal ein Leuchten über Tess' Gesicht, so als hätte sie die Idee ihres Lebens.

»Angela«, rief sie aus. »*Du* solltest die Weberei übernehmen! Die Manufaktur ist doch wie für dich gemacht! Du bist vom Fach. Du hast das Zeug, aus dem Laden etwas Großes zu machen. Außerdem verstehst du etwas von Geschäften. O mein Gott, wieso ist mir das nicht gleich eingefallen? Du musst dir unbedingt von Fioretta das Gebäude zeigen lassen. Monti soll die Pläne besorgen und …«

»Ich hab es mir bereits angesehen«, unterbrach Angela sie schmunzelnd. »Und die Unterlagen hat Monti mir auch schon beschafft: die Pläne, den Grundbuchauszug … Ich weiß sogar, wie viel Rivalecca haben will.«

Sie sah, wie sowohl Tess als auch Nathalie sie mit offenem Mund anstarrten, und fühlte, wie ihr heiß wurde.

»Du hast es dir schon angeschaut? Das ist ja großartig«, brach es aus Tess heraus. »Das ist … o mein Gott, ist das wunderbar! Wenn dieser alte Esel schon unbedingt verkaufen will, dann nur an dich. Andernfalls wird er mich kennenlernen, das schwöre ich dir!«

## 10

## Die Bedingung

»Der hat doch nicht mehr alle Tassen im Schrank!«

Halb verärgert, halb amüsiert schob Tess die Unterlagen mit den Details über den von Rivalecca geforderten Kaufpreis von sich und widmete sich ihrer Vorspeise. »Das ist viel zu viel. Kein Wunder, dass der Mailänder abgesprungen ist. Vielleicht war das ja auch ganz gut. Da hat Lorenzo hoffentlich begriffen, dass er zu weit gegangen ist. Wann gehst du zu ihm?«

Angela nahm einen Schluck von dem Weißwein, den Dario Monti zum Abendessen mitgebracht hatte. Er stammte vom Weingut eines seiner vielen Bekannten und war vorzüglich.

»So bald wie möglich«, sagte sie, und Tess' Augen blitzten unternehmungslustig.

»Du wirst ihr doch mit dem Umbau genauso helfen, wie du es hier getan hast, Dario?«, fragte sie den Architekten, der gerade eine Gabel von Emilias köstlichem Tintenfischsalat genommen hatte. »Es ist ja alles so wunderbar geworden! Viel schöner, als ich es mir hatte vorstellen können!«

Monti nickte eifrig. »*Senz'altro*«, beeilte er sich zu sagen. »Das versteht sich doch von selbst! Aber was, wenn er mit dem Preis nicht runtergeht?«

»Wir könnten ein Crowdfunding veranstalten!«, erklärte Nathalie im Brustton der Überzeugung und sah herausfordernd zu ihren beiden Begleitern hinüber. »Was meinst du, Nico, das kriegen wir doch locker hin, oder?«

Nico sah überrascht auf, er hatte der Unterhaltung, die auf

Italienisch geführt wurde, nicht folgen können. Im Gegensatz zu Benny beherrschte er die Sprache kaum. Doch als er Nathalies begeisterten Blick auf sich gerichtet sah, nickte er überzeugt. Er würde einfach allem zustimmen, was diese junge Frau von ihm will, dachte Angela. Hauptsache, sie sah ihn mit solchen Augen an.

»Klar«, meinte er. »Worum genau geht's bei dem Projekt?«

Und während Nathalie ihm die Sache auseinandersetzte und Emilia den Hauptgang auftrug, fühlte sich Angela ungewohnt beschwingt. Etwas Neues lag vor ihr. Es war lange her, dass sie sich so unternehmungslustig erlebt hatte.

»Und wie willst du das Geschäft anpacken, Mami?«, wollte Nathalie wissen, nachdem der Architekt sich verabschiedet hatte und sie alle noch im großen Wohnzimmer saßen.

Auch Nico und Benny interessierten sich für Angelas Pläne und sahen sie erwartungsvoll an.

»Was genau wird dort denn produziert?«, erkundigte sich Nico.

Tess bat Emilia, die Tee und Kaffee servierte, ihr einige Seidentücher aus ihrem Schlafzimmer zu holen, damit sich die Gäste ein Bild machen konnten. Nathalie erbot sich, ihr zu helfen, während Angela den jungen Männern erklärte, was das Besondere an der Seidenmanufaktur war.

»Sehr wahrscheinlich ist dies die letzte Werkstatt ihrer Art in Europa«, sagte sie gerade, als Nathalie hereingestürmt kam, den Arm voller schimmernder Stoffe und gefolgt von Emilia, die nicht minder beladen war.

»Diese Tücher sind einfach ein Traum«, schwärmte Nathalie und breitete die Webarbeiten vorsichtig auf einem Sessel aus. »Seht sie euch nur an! Jedes einzelne Teil ein Unikat.«

»Nur leider sehr teuer«, fügte Angela trocken hinzu. »Ich

müsste unbedingt neue Vertriebswege erschließen. Die Touristen allein bringen nicht genügend ein.«

»Wir könnten Ihnen einen Onlineshop einrichten«, schlug Nico vor. »Dann müssen die Kunden nicht nach Asenza kommen, sondern die Ware kommt zu ihnen.«

»Und diese Kunden können überall auf der Welt sein«, fügte Nathalie begeistert hinzu.

»Und wie finden diese Kunden im Internet unsere Seite?«, fragte Angela zweifelnd.

»Die muss natürlich beworben werden«, erklärte Nico. »Aber machen Sie sich darüber keine Gedanken, das erledige ich für Sie.«

»Vergiss nicht, dass ich eine Menge einflussreicher Leute in den Vereinigten Staaten kenne«, fügte Tess hinzu. »Und nicht nur dort. Meine Freundinnen sind jetzt schon Feuer und Flamme. Sie werden überall Werbung machen.«

»Sachte, sachte …« Angela lachte. »Noch gehört mir die Weberei ja gar nicht.«

Ganz kurz wurde es still, alle Blicke richteten sich erwartungsvoll auf sie.

»Wann gehst du zu Rivalecca, um mit ihm zu reden?«, fragte Tess.

»Gleich morgen früh«, erklärte Angela.

»Wenn du willst, komm ich mit!«, schlug Nathalie vor.

Doch Tess schüttelte entschieden den Kopf. »Nein, auf keinen Fall, Nathalie. Das regelt deine Mutter schon allein.«

Es war gegen elf, als Angela am Eisentor des Palazzos oben auf dem Hügel vergeblich nach einer Klingel suchte. Stattdessen fand sie eine kleine Schalttafel mit Nummerntasten, offenbar war die Alarmanlage mit einem Zahlencode gesichert. Zwei Videokameras richteten mit einem leisen Surren ihre Linsen auf sie. Wer auch immer im Haus war, hatte sie mit Sicherheit schon bemerkt. Doch nichts rührte sich auf dem Anwesen.

Angela ergriff den schweren, mit grüner Patina überzogenen Metallring, der sich unten zu einer Faust verdickte, und schlug ihn beherzt gegen die Messingplatte, an der er befestigt war. Ein Hund begann in der Nachbarschaft zu bellen, ein zweiter hügelabwärts antwortete ihm, doch auf eine Regung aus dem Haus wartete Angela vergeblich. Hinter ihr hörte sie das leise Quietschen eines hölzernen Fensterladens, und sie war sich auf einmal sicher, dass halb Asenza sie beobachtete. Wahrscheinlich hätte sie sich anmelden sollen, aber Tess hatte gemeint, ein Überraschungsbesuch sei genau das Richtige bei dem alten Kauz. »Sonst findet er doch tausend Ausreden«, hatte sie erklärt. »Er ist nun mal ein Eigenbrötler. Erobere ihn einfach im Sturm.«

Angela war Tess' Rat gefolgt, und jetzt stand sie da und wusste nicht mehr weiter.

Sie wandte sich um, blickte einen Moment wie benommen auf die Aussicht, die sich von hier auf die Ebene bot, dann hinüber zur Kirche, und auf einmal sah sie ihn. Vollkommen regungslos stand Lorenzo Rivalecca mit gebeugten Schultern am Rand des Friedhofs. Die hagere, hoch aufgewachsene Gestalt rührte Angela, obwohl Rivalecca etwas Schroffes an sich hatte, wie er so dastand, als wollte er sich gegen etwas Unvermeidliches stemmen, wie ein unbequemes Mahnmal, das keiner haben wollte. Trauerte der Alte noch immer um seine Gattin, obwohl sie schon vor so langer Zeit gestorben war? Ob auch sie selbst nach vielen Jahren noch so an Peters Grab stehen würde?

Da kam Bewegung in den alten Mann. Ganz plötzlich, als hätte ihm jemand etwas Beleidigendes gesagt, wandte er sich brüsk ab und stapfte mit energischen Schritten in Richtung Ausgang.

Angela sah Lorenzo Rivalecca entgegen, er bemerkte sie erst, als er schon fast vor ihr stand.

»*Buongiorno*«, sagte Angela.

Der Alte starrte sie an wie eine Erscheinung. Fassungslos wanderten seine kleinen Augen über ihr Gesicht, ihr Haar, ihre Statur.

»Wer zum Teufel sind Sie?«, stieß er unfreundlich hervor.

»Ich bin Angela Steeger, und ...«

»*Una tedesca*«, schnarrte der Alte missbilligend, »natürlich!«

Aufgebracht kramte er in seiner Jacketttasche und förderte endlich einen Schlüsselbund zutage. Angela sah, dass seine Hand zitterte, als er einen bestimmten Schlüssel heraussuchte und in das Schloss steckte, nachdem er die Alarmanlage ausgestellt hatte.

»Wenn ich ungelegen komme«, sagte sie freundlich, »kann ich gern ein anderes Mal wiederkommen. Wann würde es Ihnen denn passen?«

Rivalecca hielt in der Bewegung inne. Sein Kopf schnellte zu Angela herum.

»Was wollen Sie von mir?«, fuhr er sie an. »Gehen Sie weg!«

»Ich möchte mit Ihnen über die Seidenweberei sprechen«, antwortete Angela unbeirrt. »Sie suchen einen Käufer, und ich bin interessiert.«

Rivalecca vergaß den Schlüssel im Schloss und wandte sich zu ihr um. Mit zusammengekniffenen Augen betrachtete er sie erneut eingehend, so als wollte er sicherstellen, dass sie ihn nicht auf den Arm nahm.

»Die Seidenvilla?«, fragte er misstrauisch. »Sie sind interessiert?« Angela nickte. Sie hielt Rivaleccas Blick stand. Es war ihr unerklärlich, aus welchem Grund dieser Mann so schroff war. Wahrscheinlich ließ ihn die Tatsache, dass sie Deutsche war, so ablehnend sein. Sie wusste nicht, wie alt Rivalecca war, mit Sicherheit aber alt genug, um Erinnerungen an den Zweiten Weltkrieg zu haben. Unliebsame, wie sie annahm. »Kommen Sie herein«, sagte er jedoch auf einmal zu ihrer Überraschung.

Seine Finger, die jetzt überhaupt nicht mehr zitterten, flogen über das Tastenfeld, dann öffnete sich das Tor automatisch.

Der Alte zog den Schlüssel ab und machte sich auf den Weg zum Haus, ohne ihr den Vortritt zu lassen, ja, er beachtete sie nicht einmal mehr. Angela zögerte nur kurz, doch als sie sah, wie sich das Tor langsam wieder zu schließen begann, schlüpfte sie rasch hindurch und folgte Rivalecca durch einen verwilderten Vorgarten zum Haus. Wieder gab der Alte einen Zahlencode in ein Tastenfeld ein, und wieder trat er ein, ohne sich darum zu kümmern, ob sie ihm folgte. Angela betrat ein düsteres Vestibül. Ihre Augen, an die Helligkeit im Sonnenschein draußen gewöhnt, mussten sich erst an das Dämmerlicht anpassen, das hier herrschte. Angela erkannte eine prächtige, sich nach oben verjüngende Treppe mit hellen und dunkleren Einlegearbeiten, vermutlich aus Marmor. Die Fenster, Angela erinnerte sich an gotische Fensterbögen, die sie auf dem Weg durch den Garten über der Eingangstür gesehen hatte, waren verhängt.

»Wo bleiben Sie denn?«, hörte sie Rivalecca ungeduldig rufen. Jetzt sah sie eine schwere Eichentür, die halb offen stand. Sie führte zu einem Herrenzimmer, jenem in Tess' Villa ganz ähnlich, mit dunkler Wandvertäfelung und einem riesigen Humidor. Hier war es nicht ganz so dunkel. Durch einen Spalt zwischen schweren dunkelgrünen Samtvorhängen fiel ein wenig von dem Mittagslicht in den Raum, gerade so viel, dass sie Rivalecca sehen konnte. Der Alte saß in einem Lehnstuhl und wies auf einen Clubsessel ihm gegenüber. Seine dunkelgrünen Augen in dem zerfurchten Gesicht glitzerten, sie waren fest auf Angela gerichtet. »Setzen Sie sich«, befahl er, und Angela gehorchte. »Was wollen Sie mit der Weberei?«, fragte er ohne Umschweife.

»Ich möchte die Manufaktur erhalten«, erklärte sie. »In dem unbenutzten Teil könnte ich mir eine Wohnung einrichten. Wenn möglich, würde ich die Weberinnen weiterbeschäftigen und die Produktion fortführen.«

Angela schlug ein Bein über das andere, lehnte sich zurück und schwieg. Instinktiv hatte sie sich ihrem Gegenüber angepasst, der kein überflüssiges Wort verlor. Sie nahm an, dass er nicht viel von unnötigem Gerede hielt. Gespannt beobachtete sie, wie Rivalecca dasaß, die Augen unverwandt auf sie gerichtet. Doch die Zeit verging, und er rührte sich nicht. Irgendwo tickte eine Uhr, nervtötend und unerbittlich. Und noch immer musterte Rivalecca sie schweigend.

Angela wurde unbehaglich zumute, doch sie zeigte es nicht. Wenn dies hier eine Machtprobe war, war sie nicht gewillt, sie durch Ungeduld oder Zeichen von Unsicherheit zu verlieren. Falls Rivalecca alle Zeit der Welt hatte, dann hatte sie die auch.

»Wo kommen Sie her?«, fragte er auf einmal, sodass Angela zusammenschrak.

»Aus der Nähe von München«, antwortete sie.

Rivalecca nickte. »Und jetzt haben Sie sich in Asenza verliebt und planen, Ihr Leben zu verändern. Aber so eine Seidenweberei ist kein Spielzeug.«

»Ich suche kein Spielzeug«, gab Angela ruhig zurück. »Ich bin Textildesignerin und verstehe etwas vom Handwerk. Was ich suche, ist eine neue Lebensaufgabe. Mein Mann ist vor Kurzem gestorben.«

Rivalecca gab nicht zu erkennen, ob er sie überhaupt gehört hatte. Die Sonne war weitergewandert und hatte sein Gesicht im Schatten zurückgelassen. Nicht einmal die Augen des alten Mannes konnte Angela mehr sehen. Das ist zwecklos, sagte eine pragmatische Stimme in ihr. Der Alte spielt doch nur mit dir. Du solltest aufstehen und gehen.

Doch das tat sie nicht. Sie blieb sitzen und wartete einfach ab. Schließlich erhob sich der Alte und trat zu einem Sekretär. Er entnahm einem Fach ein Dokument, ging zu Angela und hielt es ihr hin.

»Das ist mein Preis«, sagte er.

Angela nahm ihm den Papierbogen ab. Ihr stockte der Atem. Sie hatte erwartet, schlimmstenfalls die Summe zu sehen, die Rivalecca schon von dem Mailänder gefordert und nicht bekommen hatte. Jene Summe, die Tess so wütend gemacht hatte. Was sie las, war eine ganze Million mehr.

Angela sah auf und erhaschte gerade noch den listigen Ausdruck auf Rivaleccas Gesicht, der sie genau beobachtete. Jetzt war seine Miene wieder abweisend und ausdruckslos.

»Ich bin nicht die naive Touristin, die Sie anscheinend in mir vermuten«, sagte Angela ruhig. »Ich habe jahrelang eine Baufirma geleitet und weiß, was die Weberei wert ist. Jetzt mache ich Ihnen ein Angebot«, erklärte sie. »Und es ist ein angemessener Preis.«

Sie holte einen Kugelschreiber aus ihrer Handtasche und strich die Summe auf dem Papier entschlossen durch. Dann setzte sie ihr Angebot darunter und reichte es Rivalecca. Der warf einen Blick darauf und brach in keckerndes Gelächter aus. Er lachte so sehr, dass er husten musste und überhaupt nicht mehr aufhören konnte.

Als er wieder zu Atem kam, sagte er: »Scheren Sie sich zum Teufel!«, und verließ das Zimmer.

Einen Moment saß Angela wie versteinert da. In ihrem ganzen Leben hatte sie noch nicht einen so unverschämten Menschen erlebt. Sie stand auf und ging zur Tür. Einmal wandte sie sich noch um und ließ ihren Blick durch das Zimmer schweifen. Hinter dem Clubsessel, in dem sie gesessen hatte, entdeckte sie einen ausladenden Kamin. Auf dem Sims darüber standen mehrere gerahmte Fotografien. Gern hätte sich Angela angesehen, welchen Menschen dieser unmögliche Mann das Angedenken bewahrte, aus purer Neugier, doch es ging sie nichts an. Sie wandte sich um und verließ, so wie der Hausherr es ihr befohlen hatte, das Anwesen.

»Wie ist es gelaufen?«

Tess saß in der Sonne vor dem Hotel Duse bei einer Tasse Cappuccino und sah sie gespannt an. Offenbar hatte sie auf sie gewartet. Neben ihr lehnten ihre beiden Krücken.

»Er hat mich buchstäblich zum Teufel geschickt«, erklärte Angela und ließ sich auf den Stuhl Tess gegenüber fallen. Sie gab Fausto ein Zeichen und bestellte einen doppelten Espresso. »So etwas habe ich noch nie erlebt!«, erklärte sie kopfschüttelnd und berichtete Tess von der Begegnung mit dem alten Rivalecca und seiner exorbitanten Kaufpreisforderung.

Tess hörte ihr ruhig zu, dann warf sie ein paar Münzen neben ihre Tasse und griff nach ihren Krücken.

»Das reicht jetzt aber wirklich!«, sagte sie zornig und stemmte sich entschlossen aus dem geflochtenen Stuhl.

»Was hast du vor?«, fragte Angela alarmiert.

»Ich geh da hoch und schlag ihm seinen Schädel ein«, fauchte Tess und machte sich auf den Weg.

»Warte doch«, rief Angela und folgte ihr. »Das ist keine gute Idee. Er war ziemlich sauer ...«

»Und was glaubst du, was ich bin?«, fragte Tess zurück, während sie sich beharrlich, Schritt um Schritt die steile Gasse hinaufkämpfte. »Stinksauer bin ich.«

»Aber ...«

»Nichts aber«, unterbrach Tess sie und blieb schwer atmend stehen. »Ich regle das, Angela. Und zwar auf meine Weise.«

Und damit nahm sie ihren Weg wieder auf. Angela sah sich Hilfe suchend um. Fausto stand neben dem Tischchen, an dem sie eben noch gesessen hatten, hob die Augenbrauen und schüttelte den Kopf. Lass sie, schien er sagen zu wollen. Wenn sie so drauf ist, ist es zwecklos, sie aufzuhalten.

Vorsichtig und mit einem heftig schlechten Gewissen folgte Angela ihrer Freundin, die sich sehr langsam, aber unbeirrbar der Kirche näherte. Hätte sie nur nichts erzählt! Dass sich Tess mit ihrem operierten Knie derart anstrengte, war Angela überhaupt nicht recht.

Endlich war die Freundin vor dem Tor des Palazzos angelangt. Einen Moment lang blieb sie dort ganz still stehen, und Angela hoffte schon, dass sie sich besonnen hatte. Doch Tess hob eine ihrer Krücken und schlug damit auf das Eisentor ein, dass es weithin hallte.

»Mach auf, du alter Narr«, rief sie zu Angelas Entsetzen.

»Tess, ich ...«, versuchte sie die alte Dame zu beruhigen.

»Geh nach Hause, Angela«, unterbrach Tess sie in einem Ton, der keinen Widerspruch duldete. »Wartet nicht mit dem Essen auf mich! Ich habe hier etwas zu erledigen, das ich schon viel früher hätte angehen sollen.«

Und damit riss sie erneut die Krücke hoch und hämmerte gegen das Tor.

Angela wandte sich zögerlich zum Gehen. An der Kirche

blieb sie jedoch noch einmal stehen und blickte sich um. Sie sah Rivalecca, der auf der anderen Seite des Tores stand und etwas schrie. Tess schrie zurück. Wie zwei Kampfhähne standen die beiden sich gegenüber, durch das Eisengitter voneinander getrennt. Angela konnte nicht verstehen, worüber sie sprachen, doch offenbar hatte Tess irgendwann das letzte Wort, und Rivalecca öffnete ihr tatsächlich. Hoch erhobenen Hauptes wie eine Königin humpelte Tess durch das Tor zum Haus, nicht einmal die Krücken konnten ihrer Würde abträglich sein.

Rivalecca folgte ihr, die Tür zur Villa fiel ins Schloss. Angela starrte verwirrt hinüber zu dem alten Gemäuer.

»Und Sie sind sicher, dass Signora Tessa in diesem Palazzo oben auf dem Berg ist? Bei dem Signor Rivalecca?«

Emilia hantierte ungehalten mit den schmutzigen Töpfen und Auflaufformen in der Küche. Es war Angela nicht entgangen, wie bestürzt die Haushälterin auf die Nachricht reagiert hatte, dass das Mittagessen ohne die Hausherrin stattfinden würde.

»Das ist seltsam«, fuhr Emilia fort. »Die beiden reden doch gar nicht miteinander. Schon seit vielen Jahren nicht mehr. Und ...«

»Wer redet nicht mit wem?«

Tess' Stimme klang amüsiert. Und sehr zufrieden. Mit einem breiten Lächeln stand sie in der Tür.

»*Santa Madonna*«, rief Emilia aus und bekreuzigte sich. »Jetzt haben Sie mich vielleicht erschreckt. Stehen auf einmal da wie eine Erscheinung ... Gleich mach ich Ihnen das Essen warm. Es gibt gefüllte Auberginen mit ...«

»Danke, Emilia«, erklärte Tess und winkte ab. »Ich habe schon gegessen.«

Die Haushälterin sah aus, als würde sie gleich der Schlag treffen. »Gegessen?«, fragte sie verblüfft. »Bei Lorenzo Riva...«

»Emilia«, unterbrach Tess sie bestimmt. »Seien Sie so nett, und machen Sie mir einen Kaffee. Einen starken, bitte. Möchtest du auch einen, Angela? Ja? Bringen Sie uns doch bitte zwei Tassen in den Wintergarten, Emilia. Oder am besten gleich eine ganze Kanne.« Damit wandte sie sich um und winkte Angela, ihr zu folgen.

Es dauerte eine Weile, bis Tess aus dem Badezimmer zurückkam, in dem sie sich ein bisschen frisch machte, und Angela wusste nicht, wohin mit ihrer Ungeduld. Schließlich erschien die alte Dame wieder, sank im Wintergarten seufzend in einen der knarzenden Korbsessel und legte ihre Beine auf den dazugehörenden Fußschemel. »Sei so lieb und schließ die Tür«, bat sie Angela. »Ich könnte mir vorstellen, dass Emilia zu gern wüsste, was das alles zu bedeuten hat.«

»Ich wüsste es auch gern«, gestand Angela, während sie Tess' Bitte Folge leistete. »Wenn ich ehrlich bin, hab ich mir Sorgen gemacht.«

»Um wen?«, fragte Tess mit einem Grinsen. »Um den alten Lorenzo oder um mich?«

Angela lachte. »Keine Ahnung«, erwiderte sie. »Um euch beide vielleicht. Jetzt spann mich bitte nicht so auf die Folter. Was habt ihr ausgeheckt? Du wirkst so zufrieden.«

In diesem Moment wurde die Tür geöffnet, und Emilia erschien mit einem Tablett. Angela kam es so vor, als bräuchte die Haushälterin besonders lange, um die Tassen samt Zuckerdose und Milchkännchen umständlich auf das Tischchen zwischen ihnen abzustellen und ihnen einzuschenken. Endlich ging sie und schloss demonstrativ die Tür hinter sich.

»Rivalecca verkauft dir die Seidenvilla«, erklärte Tess.

Angela hätte vor Überraschung fast ihren Kaffee verschüttet. »Wirklich?«, fragte sie skeptisch. Irgendwo musste doch ein gewaltiger Haken sein, so wie sie selbst den Alten noch vor wenigen Stunden erlebt hatte. »Und zu welchem Preis?«

Sie konnte sich kaum vorstellen, dass Rivalecca auf ihr Angebot eingegangen war, und machte sich auf alles gefasst. Auf keinen Fall wollte sie sich finanziell übernehmen, das hatte sie sich fest vorgenommen. Ganz egal, was ihr Herz ihr einzuflüstern versuchte, sie würde sich nicht ruinieren.

»Zu einem vernünftigen Preis«, sagte Tess mit Nachdruck.

»Ist er etwa auf mein Angebot eingegangen?«, erkundigte sich Angela vorsichtig.

Tess schüttelte den Kopf, und Angela sank das Herz.

»Ich hab ihn noch ein bisschen weiter heruntergehandelt«, verkündete die alte Dame zufrieden und nahm einen Schluck aus ihrer Tasse. »Du musst ja auch noch die Wohnung ausbauen lassen. Und ganz ohne Startkapital kannst du das Unternehmen auf keinen Fall übernehmen. Das hat selbst Lorenzo eingesehen.« Angela starrte ihre Freundin sprachlos an. Wie war das nur möglich? »Um genau zu sein«, fuhr Tess gut gelaunt fort, »will er die Hälfte der Summe, die er dir heute Morgen genannt hat. Die Webstühle und alles, was sich in dem alten Gemäuer befindet, inbegriffen. Ich finde, das ist ein fairer Deal. Was meinst du? Wenn du einverstanden bist, vereinbaren wir, sobald es geht, den Notartermin. Dann kannst du nämlich loslegen, ich sehe doch, wie es dir unter den Nägeln brennt.«

Angela öffnete den Mund, schloss ihn aber wieder. »Was zum Teufel hast du mit ihm angestellt?«, brach es schließlich aus ihr heraus. »Hast du ihn unter Drogen gesetzt oder ihn mit der Krücke verprügelt?«

Tess lachte schallend. »Ach was, das war überhaupt nicht nötig«, erklärte sie mit einer wegwerfenden Handbewegung. »Wir haben einfach vernünftig miteinander gesprochen, wie es sich für zwei erwachsene Menschen gehört. Eigentlich ist er ja gar nicht so schlimm, der alte Lorenzo. Er ist halt ein bisschen verschroben und hat einen fürchterlichen Dickschädel. Na ja, den hab ich auch. Und? Freust du dich?«

»Ich kann es noch gar nicht ...«, stammelte Angela. »Bist du dir wirklich sicher? Ich meine, steht nicht zu befürchten, dass er es sich noch einmal anders überlegt?«

Tess schüttelte energisch den Kopf. »Ganz sicher nicht«, beruhigte sie Angela. Doch dann nahm ihr Gesicht einen nachdenklichen Ausdruck an. »Er hat allerdings ein paar Bedingungen gestellt.«

»Bedingungen?«, wiederholte Angela misstrauisch. »Was für Bedingungen?«

»Nicht der Rede wert. Zum einen will er, dass du dich verpflichtest, die Seidenvilla zehn Jahre lang nicht zu verkaufen und die Weberinnen in dieser Zeit weiterzubeschäftigen. Das hast du ja ohnehin vor, nicht wahr?«

Angela nickte vage. Zehn Jahre war allerdings eine lange Zeit für den Fall, dass ihr Plan nicht funktionieren sollte.

»Und was will er noch?«, fragte sie argwöhnisch.

Tess zupfte einen unsichtbaren Fussel von ihrem Rock und sah Angela schließlich wieder direkt ins Gesicht.

»Er möchte, dass du regelmäßig zu ihm zum Abendessen in den Palazzo Duse kommst.«

Angela glaubte, sich verhört zu haben. »Er will was?«, fragte sie konsterniert.

»Du sollst ihn besuchen ... So ungefähr einmal im Monat ... Um mit ihm zu essen«, wiederholte Tess harmlos, als wäre dies das Normalste von der Welt.

»Das glaube ich nicht«, erklärte Angela. »Er hat mich ... einfach unmöglich behandelt. Er hat mich rausgeworfen. Er will ganz sicher nicht mit mir zusammen essen, Tess!«

Tess betrachtete sie nachdenklich, so als dächte sie intensiv nach. »Er ist eben ein einsamer alter Mann, Angela«, sagte sie nach einer Weile. »Im Grunde ist es nichts weiter als ein gutes Werk, wenn du ihm Gesellschaft leistest.«

»Wirst du mitkommen?«, fragte Angela mit gerunzelter Stirn. Irgendetwas an dieser »Bedingung« fand sie äußerst merkwürdig.

Tess schüttelte den Kopf und grinste. »Du brauchst keine Angst vor ihm zu haben«, spottete sie. »Er ist kein alter Lustmolch, der dir unmoralische Angebote machen wird.« Tess wurde wieder ernst. »Was ist schon dabei, ihm diese Freude zu machen? Er kann recht amüsant sein ...«

»Und warum hast du dann jahrelang nicht mit ihm gesprochen?«

Tess' Miene verschloss sich ganz plötzlich, so als wäre eine Tür, die eben noch geöffnet gewesen war, zugeschlagen worden.

»Ich hatte meine Gründe«, erklärte sie knapp. »Eines Tages werde ich dir davon erzählen. Heute jedoch noch nicht ...«

»Aber warum denn nicht?«

Tess lehnte ihren Kopf zurück und sah hinauf in das grünlich schimmernde Wechselspiel der Sonnenstrahlen zwischen den Palmwedeln.

»Weil ich es versprochen habe«, sagte sie schließlich leise.

»Wem hast du es versprochen?«, insistierte Angela. »Lorenzo Rivalecca?«

Tess schüttelte den Kopf. Plötzlich sah sie sehr müde aus, und Angela bereute ihre Frage. Doch da hob Tess wieder den Kopf und sah ihr mit einer so großen Zärtlichkeit in die Augen, dass es Angela ganz warm ums Herz wurde.

»Vertrau mir einfach«, bat sie Angela und griff nach ihrer Hand. »Am Ende wirst du alles verstehen. Tu mir den Gefallen, und stimme Lorenzos Bedingungen einfach zu.«

Warum das alles?, fragte Angela sich verwirrt. Und als hätte sie diese Worte laut ausgesprochen, ergänzte Tess: »Du wirst es nicht bereuen.«

Am selben Abend noch stattete Angela Rivalecca einen zweiten Besuch ab. Sie fand ihn wortkarg, verlegen und ausgesprochen höflich vor. Er unterschrieb ohne jedes Aufheben einen formlosen Vorvertrag, in dem der Kaufpreis, seine sonderbaren Bedingungen und ein angestrebter Zeitplan für die Überschreibung festgelegt wurden. Außerdem übergab er Angela alle Schlüssel und erlaubte ihr, sofort mit den Weberinnen über ihre Zukunft zu sprechen und Maßnahmen für die Renovierung zu ergreifen.

Erst danach konnte Angela glauben, dass es wirklich und wahrhaftig stimmte, was Tess ihr berichtet hatte. Vielleicht war Rivalecca einfach unberechenbar launisch? Na, da würde ja vermutlich einiges auf sie zukommen bei den gemeinsamen Essensverabredungen.

Auch Nathalie war der Meinung, es gäbe weitaus Schlimmeres als einen langweiligen Abend hin und wieder, vor allem, als sie am anderen Morgen alle zusammen mit Fioretta die Immobilie in Augenschein nahmen.

»Das ist einfach unglaublich«, schwärmte sie, als sie sich den Teil des Gebäudes ansahen, in dem Angela ihre Wohnräume einrichten wollte. »Sieh doch nur, diese Decke! Benny, komm mal her. Das musst du dir anschauen!«

Während Benny mithilfe einer Leiter, die er gemeinsam mit Fioretta wer weiß woher angeschleppt hatte, fachmännisch die Bemalung studierte, Tess mit Dario darüber diskutierte, wo man am besten eine Verbindung zum Erdgeschoss schaffen sollte, welche Art Treppe die geeignetste wäre und ob man nicht gleich auch einen Aufzug einbauen sollte, wenn man schon dabei war, während Nico Fioretta, die ausgezeichnet Englisch sprach, nach der Art des Internetanschlusses in Asenza im Allgemeinen und dieser Straße im Besonderen befragte, stahl sich Angela irgendwann einfach still und leise davon. Sie setzte sich im Innenhof auf die Bank unter dem Maulbeerbaum und gab sich endlich einer riesengroße Freude hin, die sie sich vor lauter Überraschung, Irritation und Sorge, am Ende könnte doch alles ganz anders sein, bislang überhaupt noch nicht erlaubt hatte. Sie war die Besitzerin einer Seidenmanufaktur in dieser wundervollen norditalienischen Gegend. In wenigen Tagen hatte sie ihrem Leben eine völlig neue Richtung gegeben. Sie konnte nur hoffen, dass sie diesen Schritt niemals bereuen würde. Im Augenblick jedoch fühlte es sich ganz wunderbar an.

Auf einmal war die silbergraue Katze wieder da, blickte aus ihren geheimnisvollen Augen zu Angela auf und sprang mit einem leisen Gurrlaut zu ihr auf die Bank. Behutsam streichelte Angela ihr über den Rücken. Das Tier schloss genießerisch die Augen und schmiegte sich an sie.

Auch Angela schloss die Augen und horchte in sich hinein. Würde sie ihr Haus am Ammersee vermissen? Die Antwort war ein klares Nein. Das hieß ja nicht, dass sie Peters Angedenken nicht bewahren würde. Das war schließlich an keinen Ort gebunden.

»Mami, wo bist du?«, hörte sie Nathalies aufgeregte Stimme. »Du wirst es nicht glauben. Unter der Wandfarbe ist ein Fresko! Komm und sieh es dir an. Es ist einfach fantastisch!«

Angela öffnete die Augen. Und erschrak. Im Innenhof standen fünf Frauen und starrten sie perplex an.

»Was ist denn hier los?«, fragte die groß gewachsene Rothaarige, die Angela einige Tage zuvor oben in der Werkstatt mit Fioretta im Gespräch gestört hatte.

Sie blickte zur Empore hinauf und stemmte die Hände in die Hüften. Maddalena stand neben ihr und sah Angela aus verschreckten Augen an.

Angela erhob sich und ging freundlich auf die Weberinnen zu. »Mein Name ist Angela Steeger«, begann sie, »und ich ...«

»Touristen haben hier nichts zu suchen«, wies Lidia sie nachdrücklich zurecht. »Wenn Sie etwas kaufen wollen, dann besuchen Sie den Laden.«

Angela schluckte. Das fing ja gut an. »Signora Lidia«, sagte sie unverändert freundlich, doch mit fester Stimme. »Ich bin keine Touristin. Ich bin die neue Besitzerin der *tessitura*. Und ich bin sicher, wir werden ganz wunderbar zusammenarbeiten!«

## 11

## Die Weberinnen

In dem lichtdurchfluteten Saal, normalerweise vom ohrenbetäubenden Klappern der Webstühle erfüllt, war es so still, dass man eine Stecknadel hätte fallen hören können. Angela ließ ihren Blick über die Gesichter der Frauen wandern, denen sie eben erklärt hatte, wie sie sich die Zukunft der *tessitura* vorstellte. Lidias Lippen waren zusammengepresst, ihre Augen blickten abweisend. Maddalena schien Angelas freundliche Ansprache völlig verschreckt zu haben. Eine vielleicht Dreißigjährige in einem viel zu engen, magentafarbenen ärmellosen Jerseykleid kaute gedankenverloren auf einer dicken Strähne ihres blondierten Haares. Ein BH-Träger war ihr über die Schulter gerutscht. Dem Alter nach musste dies Anna sein, die so wundervoll mit verschiedenen Materialien experimentierte. Fiorettas Mutter Nola kannte Angela bereits vom Sehen, sie hatte dieselben widerspenstigen Locken wie ihre Tochter, allerdings war bei ihr das nussbraune Haar mit weißen Strähnen durchsetzt. Sie trug eine makellose graublaue Kittelschürze, in deren Brusttaschen mehrere leere Garnspulen steckten. Die Weberin betrachtete Angela mit wachen, sorgenvollen Augen, genau wie die stämmige Frau neben ihr, Orsolina, deren Händen man ihren Beruf ansah, Handflächen und Fingernägel waren dunkel verfärbt. Sie hatte ein fein geschnittenes Gesicht, das trotz der Sorgenfalten um den Mund ausgesprochen hübsch war.

Fioretta brach als Erste das Schweigen. »Also ich finde, wir haben unglaubliches Glück«, sagte sie. »Wir werden alle unsere Arbeit behalten.«

Die Mienen der Weberinnen blieben skeptisch. »Das sagt sie jetzt«, entgegnete Lidia und sah demonstrativ an Angela vorbei, so als wäre sie gar nicht da. »Aber wenn sie erst einmal merkt, dass das alles nicht so einfach ist, wie sie denkt, wird sie es sich anders überlegen und uns rausschmeißen. Eine nach der anderen.«

Angela konnte die Sorgen der Weberinnen nachvollziehen. Dennoch stieg Unmut in ihr auf über die Art und Weise, wie Lidia dort stand, mit zornigem Blick, die Arme vor der mageren Brust verschränkt. Sie fand es nicht in Ordnung, dass sie so ignoriert wurde.

»Es ist vertraglich festgeschrieben«, erklärte sie ruhig, »dass ich mich mit dem Kauf der *tessitura* verpflichte, die Weberei zehn Jahre lang weiterzuführen und jede Einzelne von Ihnen hier zu beschäftigen.«

Jetzt endlich sah auch Lidia sie direkt an. In ihrem Blick erkannte Angela ungläubiges Staunen.

»Ist das wahr?«, fragte eine der älteren Frauen leise an Fioretta gewandt.

Die nickte.

»Wir haben also zehn Jahre lang Zeit, um aus der Manufaktur ein rentables Geschäft zu machen«, fuhr Angela fort. »Ich weiß, dass das nicht einfach wird. Und ich weiß auch, dass es nur möglich ist, wenn wir alle an einem Strang ziehen.«

Wieder war es so still in der Weberei, dass Angela das Summen einer Fliege hören konnte, die am anderen Ende des Saales offenbar vergeblich den Spalt im halb offenen Fenster zu finden versuchte.

Fiorettas Mutter Nola fand als Erste die Sprache wieder. »Signora«, wandte sie ein, »nehmen Sie es mir nicht übel, aber Sie sind nicht von hier. Und von der Seidenweberei ... ich meine ... Wie stellen Sie sich das vor? Sie sind nicht die Erste, die versucht, die Manufaktur rentabel zu machen. Verstehen Sie denn überhaupt etwas vom Weben?«

Fünf Augenpaare hefteten sich gespannt auf Angela.

»Eine Seidenweberei habe ich noch nie geleitet, das stimmt«, antwortete sie mit einem Lächeln. »Allerdings habe ich Textildesign studiert, früher selbst gewoben und viele andere Textiltechniken erlernt. Die letzten zwanzig Jahre habe ich gemeinsam mit meinem Mann eine Baufirma geführt, ich weiß also, wie man einen Betrieb leitet.« Sie schluckte. Der Gedanke an Peter sorgte dafür, dass sie auf einmal einen Kloß im Hals spürte.

»Und warum tun Sie das jetzt nicht mehr?«, fragte Anna, die jüngste der Weberinnen interessiert.

»Mein Mann ist gestorben«, antwortete Angela leise. »Vor wenigen Wochen erst.« Ihre Stimme klang belegt, sie räusperte sich, doch als sie aufsah, erkannte sie Mitgefühl in den Augen der Frauen. Nur bei Lidia war sie nicht sicher, sie hielt den Blick zu Boden gesenkt. »Ich habe diese Aufgabe nicht gesucht«, fuhr Angela fort. »Eigentlich wollte ich mich nur bei Tess ein wenig erholen von dem … von allem. Aber dann hat sie mich hierhergeführt, und ich habe sofort erkannt, dass das, was Sie hier machen, etwas ganz Besonderes ist. Ich habe die Arbeiten jeder Einzelnen von Ihnen kennengelernt, und ich muss sagen, so etwas Schönes habe ich noch nie gesehen. Ob es diese goldfarbene Webarbeit von Ihnen, Lidia, ist, die Sie neulich erst angefertigt haben, oder Maddalenas anschmiegsame Stolen, Annas Materialmischungen oder Ihre Muster, Nola, die großartig sind. Von den Farben selbst ganz zu schweigen, Orsolina, ich habe keine Ahnung, wie Sie das hinbekommen. Erst als ich hörte, dass Rivalecca das alles hier an irgendwelche Spekulanten verkaufen wollte, was das Aus für die Seidenweberei bedeuten würde, da habe ich diesen Entschluss gefasst.

Nicht um hier mit dem Gebäude Spekulationsgeschäfte zu machen, sondern um den Betrieb zu erhalten.«

Wieder war es still. Die Frauen mussten diese Informationen offenbar zuerst einmal verdauen.

»Ich werde mein Vermögen investieren, um den Betrieb mit Ihnen gemeinsam auf vernünftige Beine zu stellen«, fuhr Angela fort. »Wenn ich jedoch nicht willkommen bin, dann sagen Sie es mir bitte jetzt, bevor ich den Kaufvertrag notariell beglaubigen lasse. Wenn Sie diese Chance nicht ergreifen, sondern lieber gleich aufgeben wollen, sollte besser irgendein Investor das Gebäude kaufen und zu einem Luxushotel oder zu Ferienwohnungen umbauen lassen.«

Angela sah von einer der Weberinnen zur anderen. O mein Gott, dachte sie. Was habe ich mir da nur aufgehalst.

Doch da kam Bewegung in Maddalena. »Ich möchte gern weiterweben«, sagte sie mit leiser, zitternder Stimme und wurde ganz rot dabei. »Signora Angela ist doch die Nichte von unserer Tessa. Und die hat es immer gut mit uns gemeint. Ich vertraue ihr.«

Orsolina nickte. »Ich bin auch dabei«, sagte sie. »Aber eines sag ich Ihnen gleich: Meine Rezepte behalte ich für mich!«

Angela musste sich ein Lächeln verkneifen. »Einverstanden«, erklärte sie ernst. »Wer möchte noch mit mir weiterarbeiten?«

»Natürlich mache ich mit«, erklärte Anna und schenkte Angela ein schüchternes Lächeln.

»Ich auch«, beeilte sich Nola zu sagen.

Angela blickte zu Lidia, die aus dem Fenster sah, als ginge sie das alles gar nichts an. »Wir müssen erst noch über die Konditionen sprechen«, sagte die Weberin schließlich und sah Angela in die Augen.

Sie nickte. »Richtig«, antwortete sie. »Darüber müssen wir

auf alle Fälle sprechen. In den nächsten Tagen werde ich mir einen Überblick über die Buchhaltung hier verschaffen und alles durchkalkulieren. Aber so viel kann ich jetzt schon sagen: Ich stelle mir vor, dass Sie alle zunächst ein kleines Grundgehalt bekommen und an dem Gewinn, den wir gemeinsam erwirtschaften, beteiligt werden. Über die Details unterhalten wir uns später.«

»Ich finde«, sagte Nola, »das klingt gut. Wir arbeiten jetzt schon seit vielen Jahren nur auf eigene Rechnung, und nicht immer haben die Einnahmen unseren Aufwand gedeckt. Ich bin der Meinung, wir alle müssen Signora Angela unterstützen, wenn sie wirklich dieses Wagnis eingeht.«

»Das finde ich auch«, sagte Fioretta erleichtert, und sowohl Anna und Orsolina als auch Maddalena nickten.

»Ich schlage vor, wir treffen uns in ein paar Tagen wieder«, sagte Angela. »Dann nenne ich Ihnen die Konditionen, und jede kann entscheiden, ob sie bleiben oder sich lieber etwas anderes suchen möchte.«

»Hoffentlich bin ich nicht dabei, den größten Fehler meines Lebens zu machen …« Angela seufzte.

Sie sah Tess zu, die auf dem Rücken lag und ihr operiertes Bein in dem inzwischen eingetroffenen Übungsgerät langsam an- und wieder abwinkelte. Es sollte die Muskulatur rund um das operierte Gelenk stärken, und Tess hatte beschlossen, morgens und abends je eine Stunde damit zu trainieren, um die »blöden Krücken« so bald wie möglich in die Ecke werfen zu können.

»Auf gar keinen Fall«, erklärte sie und legte eine kurze Pause ein. »Ich kenne die Frauen seit vielen Jahren. Wenn sie sich für dich entschieden haben, halten sie zu dir wie Pech und Schwefel.«

»Und wenn nicht?«

Tess begann wieder, ihr Bein so weit anzuwinkeln, wie es ihr möglich war, und verzog das Gesicht vor Schmerzen. Nach fünf weiteren Dehnungen und Streckungen atmete sie tief durch. »Natürlich werden sie mitmachen«, sagte sie. »Was sollen sie denn sonst tun? Keine von ihnen hat etwas anderes gelernt.«

»Bei Lidia bin ich mir da nicht so sicher«, wandte Angela ein und dachte an den kühlen, ablehnenden Blick der rothaarigen Frau.

»Lidia hat eine raue Schale«, behauptete Tess, »im Grunde ist sie ein herzensguter Kerl. Sie hat viele Enttäuschungen hinter sich, das hat sie so hart werden lassen. Aber nur äußerlich. Das Gute bei Lidia ist, sie sagt immer gerade heraus, was sie denkt. Mir ist das bedeutend lieber als das Verhalten jener, die sich nie beklagen, dafür hintenherum schlecht über dich reden.«

Angela sah Tess erschrocken an. »Tut das eine der Weberinnen?«

Tess schüttelte den Kopf. »Nein«, erwiderte sie und begann wieder mit ihren Übungen. »Glaub mir, ich hätte dir nicht so dazu geraten, wenn ich wüsste, dass du in eine Schlangengrube fallen würdest. Maddalena ist ein großes Kind und herzensgut. Wenn du sie gut behandelst, wird sie dich vergöttern. Und wenn du Orsolina in Ruhe ihre Arbeit tun lässt und sie nicht unnötig störst, während sie ihre Farbpülverchen mischt, wirst du auch mit ihr keine Probleme haben. Nola kann schreckliche Wutausbrüche haben, die ebenso schnell verrauchen, wie sie kommen. Komm ihr niemals in die Quere, wenn sie die Kettfäden vorbereitet! Anna ... Anna ist die Klügste von allen. Lass dich nicht von ihrem äußeren Erscheinungsbild täuschen. Wenn du Anna auf deiner Seite hast, ist alles gut. Und Lidia ...« Tess zog leise stöhnend ihr Bein wieder an und beugte das Kniegelenk, soweit es ging, dann streckte sie es erneut. »Lidia ist einfach eine wunderbare Weberin. Vielleicht wird es ein bisschen dauern, das Eis zu brechen, aber ich bin mir sicher, am Ende werdet ihr gut miteinander auskommen.«

Ächzend beugte und streckte Tess ihr Bein noch fünf weitere Male, ehe sie ihre Übungseinheit beendete. Sie atmete ein paarmal zufrieden durch, setzte sich auf und sah Angela verschmitzt in die Augen.

»Kopf hoch«, befahl sie, als sie sah, wie niedergeschlagen Angela war. »Wir werden alle gemeinsam ein tolles Team abgeben.«

»Wir?«, echote Angela hoffnungsfroh. »Steigst du auch mit ein?«

Tess lachte einmal mehr schallend. »Ich bin deine feste freie Mitarbeiterin für den Fall, dass Krisenmanagement angesagt ist. Und ich weiß schon jetzt, dass mein Einsatz gar nicht gefragt sein wird.«

Nun musste auch Angela lachen. »Na, in dem Fall kann ja nichts mehr schiefgehen!«, meinte sie.

In diesen Tagen musste Angela so viele Entscheidungen treffen, dass sie abends todmüde ins Bett fiel und traumlos schlief, bis sie am Morgen vom Gezwitscher der Vögel vor ihrem Fenster geweckt wurde, und zwar von Tag zu Tag früher. Das war gut, denn es gab ja so viel zu tun. Nach ihrem Morgensport, dem sie treu blieb, hatte sie ein volles Programm bis spät in die Nacht hinein.

Während sich die Arbeiten in der Villa Serena endlich ihrem Ende zuneigten, während Benny im Salon ihrer künftigen Wohnung vorsichtig die Farbschichten löste, hinter denen immer mehr Details eines Freskos zutage traten, arbeitete Nathalie gemeinsam mit Fioretta an dem Fotomaterial, das Nico für die Gestaltung der Internetseite der *tessitura* benötigte. Es machte den beiden jungen Frauen riesigen Spaß, jede einzelne Webarbeit aus dem Laden schön zu drapieren und zu fotografieren. Dazu suchten sie pittoreske Fotomotive im Innenhof der Seidenvilla und im Gebäude selbst. Sogar Tess, die dem Unterfangen, so wertvolle Stoffe in einer »Bruchbude« abzulichten, zunächst kritisch gegenübergestanden hatte, musste zugeben, dass das alte Gemäuer die Eleganz der Seidenarbeiten besonders hervorhob.

Am übernächsten Abend präsentierte Nico erste Entwürfe für den Internetauftritt auf seinem Laptop. Angela war begeistert. Bei einem Glas Wein diskutierten sie den Aufbau der Seiten. Dann wurde Angela nachdenklich.

»Gefällt es Ihnen nicht?«, fragte Nico und sah sie aufmerksam an. »Wir können jederzeit alles ändern, sagen Sie mir nur, wie Sie es sich vorstellen.«

»Nein, nein«, beeilte Angela sich zu sagen. »Das wird richtig gut. Ich frage mich nur … Ich werde keine Zeit haben, die Website stets aktuell zu halten. Außerdem verstehe ich davon gar nichts …«

»Machen Sie sich da mal keine Sorgen«, erklärte Nico. »Das ist mein Job. Ich werde Ihre Seiten pflegen, das kann ich ja von überall aus machen. Sie müssen mir nur die neusten Inhalte per Mail zukommen lassen.«

»Außerdem werden wir alle drei andauernd hier sein«, verkündete Nathalie fröhlich. »Benny kriegen wir sowieso nicht mehr von deinem Fresko weg, Mami. Wenn du denkst, du kannst bald einziehen, kannst du das wohl vergessen. Stimmt's, Benny?«

Der junge Restaurator mit dem engelsgleichen Blondhaar wurde über und über rot und sah Angela verlegen an.

»Ich bin mir noch nicht ganz sicher«, erklärte er, »aber es ist gut möglich, dass das Fresko aus dem 17. Jahrhundert stammt. Also aus der Zeit, in der die Villa erbaut wurde. Und wie es aussieht, hat sie schon immer eine Weberei beherbergt.«

»Ja, das sage ich doch«, mischte sich Tess ein.

»Wieso denken Sie das?«, wollte Angela wissen.

»Weil die Motive darauf hindeuten«, erklärte Benny. »Ich habe noch zu wenig freilegen können, auf alle Fälle ist dort ein Maulbeerbaum mit diesen Faltern abgebildet ...«

»Den Seidenspinnern«, fiel ihm Nathalie ins Wort. »Du musst dir das endlich mal ansehen! Es ist einfach traumhaft!«

»Ich wollte Sie fragen«, begann Benny, »ob Sie damit einverstanden wären, dass ich den gesamten Raum fachmännisch restauriere. Das wird natürlich eine Weile dauern. Und ich würde schrecklich gern ... ich meine, nur wenn Sie einverstanden sind ... meine Diplomarbeit darüber schreiben. Die besteht aus einem praktischen und einem theoretischen Teil.«

»Natürlich bist du einverstanden, Mami«, überfiel Nathalie ihre Mutter. »Oder etwa nicht? Stell dir vor, du wirst in einem original restaurierten Haus aus dem 17. Jahrhundert wohnen, mit Fresko und allem. Ist das nicht wunderbar?«

Angela sah sprachlos von ihrer Tochter zu dem jungen Restaurator, von dort glitt ihr Blick weiter zu Nico, der sie ebenfalls erwartungsvoll ansah.

»Ich sehe da eigentlich auch kein Problem«, fügte Tess hinzu. »Du kannst ja so lange noch hier wohnen. Jetzt kümmere dich erst einmal um die *tessitura*, darum, dass das Geschäft in Schwung kommt. Umziehen kannst du, wenn alles fertig ist.«

»Das hört sich ... wirklich fabelhaft an«, sagte Angela. »Natürlich können Sie den Raum restaurieren, Benny, ganz im Gegenteil, ich fühle mich direkt beschenkt, wenn Sie das tatsächlich tun wollen.«

»Na also«, meinte Tess zufrieden. »Dann sind wir uns ja einig. Und jetzt schlage ich vor, dass wir uns endlich mal alle duzen, auch die jungen Herren hier. Ich heiße Tess, ohne Signora. Nathalie, lauf doch bitte mal in die Küche und sag Emilia, sie soll eine Flasche Prosecco und Gläser bringen. Ach was, am besten bringt sie gleich zwei Flaschen. Denn wenn mich mein Gefühl nicht trügt, wird auch der Herr Architekt uns heute noch einen Besuch abstatten. Immerhin sind die Handwerker endlich abgezogen. Der Umbau ist fertig! Noch ein Grund zu feiern!«

Es wurde ein sehr lustiger Abend, und Tess hatte richtig vermutet, Dario Monti stieß, wie an so vielen Abenden zuvor, auch noch zu ihnen. Als sie sich später alle in ihre Zimmer zurückzogen, kam Nathalie schon im Schlafshirt in Angelas Zimmer, um sich zu ihr auf das Doppelbett zu werfen und ihre Mutter spontan fest in die Arme zu schließen.

»Ist das nicht unglaublich, dass wir jetzt alle hier in Asenza wohnen werden, Mami? Ich kann es noch gar nicht richtig glauben!«

Sie rollte sich auf den Rücken und breitete die Arme aus.

»Eines würde ich dich noch gern fragen«, sagte Angela und drehte sich auf die Seite, um ihrer Tochter in die Augen sehen zu können. »Was, wenn Nico und Benny sich irgendwann verkrachen? Steh ich dann mit einem halb restaurierten Fresko und einer Homepage da, um die sich niemand kümmert?«

Nathalie sah sie verständnislos an. »Wieso sollten sie sich denn verkrachen?«

»Na ja«, meinte Angela. »Die beiden buhlen doch um dich, das ist ja ziemlich offensichtlich. Und wenn du dich für einen entscheidest …«

Nathalie brach in fröhliches Gelächter aus. »Ach Mami!«, meinte sie, als sie wieder zu Atem kam. »Das mag ich so an dir. Du bist so herrlich ... nicht böse sein ... naiv. Hast du es denn noch immer nicht gemerkt? Tess war es gleich am zweiten Abend klar.«

»Ja, was denn?«

Nathalie wurde wieder ernst und stützte ihren Kopf auf den Ellbogen. »Die beiden sind ein Paar, Mami. Schon seit zwei Jahren. Die Flirterei mit mir, das ist doch alles nur Spaß. Wir drei sind richtig dicke Freunde, nicht mehr und nicht weniger. Und außerdem ist es total praktisch, wenn mir ein Typ zu sehr auf die Nerven geht. Benny und Nico sind sehr diskret, was ihr Verhältnis anbelangt. Du bist nicht die Einzige, die das nicht geahnt hat. Und wenn ich mal einen Begleiter brauche, sind sie immer zur Stelle. Mal der eine, mal der andere.« Nathalie grinste, und Angela kam sich nun ein wenig dumm vor. Dennoch war sie erleichtert. »Also wenn Benny seinen Prof davon überzeugen kann, dass dein Fresko als Diplomthema taugt«, plauderte Nathalie weiter, »dann würden die beiden gern ein paar Monate hier verbringen. Nico überlegt sich, ein Freisemester zu nehmen und von hier aus seine Internetkunden zu betreuen. Auch für sein Studium kann er viel von überall aus tun. Das wäre doch super, was meinst du? Wir wären alle hier und könnten helfen. Ich meine, ich bin natürlich die meiste Zeit in Padua, aber das ist ja nicht weit weg.«

»Und wo würden die zwei wohnen? Wir sollten Tess nicht über Gebühr strapazieren.«

»Sie können doch in der *tessitura* wohnen«, erklärte Nathalie, so als wäre alles schon beschlossen. »Da ist genügend Platz. Die beiden sind nicht anspruchsvoll, und einen der Räume kriegen wir schnell so hergerichtet, dass sie dort einziehen können. Das spätere Gästezimmer zum Beispiel. Was die Küche betrifft, da können sie improvisieren. Benny bekommst du sowieso die nächsten Wochen von dem Fresko nicht mehr weg. Und alles, was Nico braucht, um glücklich zu sein, ist ein guter Internetanschluss.«

So plauderten sie weiter, schmiedeten Pläne. Angela überlegte laut, dass man am besten mit dem Einbau eines Badezimmers beginnen sollte, denn Benny und Nico mussten sich ja auch irgendwo waschen können. Nach einer Weile fiel ihr auf, dass Nathalie ungewöhnlich still geworden war, und an den regelmäßigen Atemzügen ihrer Tochter erkannte sie, dass diese eingeschlafen war.

Behutsam breitete Angela die Decke über ihre Tochter, die sich im Schlaf wohlig darin einkuschelte. Mit offenen Augen lag sie einfach nur da und fühlte, wie das Glück in ihr aufstieg, wie es sie von Kopf bis Fuß auszufüllen begann. Von draußen drang der würzige Duft der Zeder herein, der Tag war warm gewesen, jetzt strich der Wind sanft durch die Zweige. Der einsame Gesang eines Vogels klang zu ihr herein. Sie lauschte auf die ungewöhnliche Melodie, die immer wieder von hohen, schmelzenden Trillern unterbrochen wurde. War das etwa eine Nachtigall? Gleich am Morgen würde sie Tess danach fragen. Und dann glitt auch sie hinüber in einen tiefen, traumlosen Schlaf.

»Das Rohmaterial wird also von einem einzigen Lieferanten bezogen?«, fragte Angela und nahm ihre Lesebrille ab.

Mit Giannis, Bennys und Nicos Hilfe hatte sie den Raum neben dem Ladengeschäft von all dem Krempel, der im Laufe der Jahre dort abgestellt worden war, befreit. Nur einen großen, stabilen Tisch und ein paar Stühle hatte sie stehen lassen – ein provisorischer Arbeitsplatz, auf dem ihr Laptop und ein Drucker Platz fanden, den Nico ihr besorgt hatte.

An diesem Tisch saß sie nun vor aufgeschlagenen Ordnern voller Rechnungen, handgeschriebener Listen und diversem Schriftverkehr. Fioretta hatte sie ganz zuunterst in den unergründlichen Tiefen der Schrankfächer hinter der Ladentheke aufbewahrt.

»Ja«, antwortete Fioretta, die bei ihr saß und mit flinken Fingern eine gerade aus dem Webstuhl geschnittene Stola säumte. Angela beobachtete einen Moment lang fasziniert, wie die junge Frau geschickt ein feines Fransenbündel von vielleicht zehn Kettfäden mit Garn umwickelte und mit zierlichen Stichen das Ende der Webarbeit fixierte, damit es sich nicht wieder auflöste. »Seit drei Jahren bestellen wir bei Savori in Mestre«, fuhr die junge Frau fort. »Davor hatten wir verschiedene andere Lieferanten, aber die Qualität war nicht gut. Orsolina hat sich geweigert, die billigere Ware zu färben. Es kommt nichts dabei heraus, hat sie gezetert. Und meiner Mutter sind so oft die Kettfäden gerissen, dass sie einmal beinahe das Spulrad zertrümmert hätte.«

Ein kräftiges Hupen ließ Fioretta den Kopf haben. Ein Touristenbus war auf der Piazza della Libertà angekommen.

»*Clienti*«, rief Fioretta fröhlich und ging, um den Laden aufzuschließen. »Mal sehen, wen uns Luca heute bringt.«

Angela machte sich weiter Notizen und tippte Zahlen in eine Excel-Datei. So ging das schon den ganzen Morgen. Niemand hatte in den letzten Jahren eine richtige Kalkulation aufgestellt, in der Ausgaben und Einnahmen miteinander verrechnet wurden, oder gar den Arbeitsaufwand der Weberinnen miteinbezogen. Die Weberinnen hatten einfach alle Papiere in Ordnern abgeheftet, die Rechnungen von ihren Einnahmen bezahlt und damit fertig. Am Ende eines jeden Monats hatten sie sich das Wenige, was übrig blieb, geteilt. So abenteuerlich einfach war das gewesen.

Aus dem angrenzenden Raum drangen lebhafte Stimmen, und Angela hoffte, dass die Touristinnen kräftig einkauften. Sie klickte sich nachdenklich durch die Listen, die sie in den vergangenen Tagen angelegt hatte. Inzwischen hatte sie sich erkundigt und wusste, was es sie kosten würde, wenn sie den Weberinnen einen festen Arbeitsvertrag inklusive Sozialversicherung anbot. Es war fraglich, ob die Weberei so viel erwirtschaften würde, dass ihre Rechnung aufging. Natürlich war es nicht ihr Ziel, mit diesem Unternehmen reich zu werden, aber ihr Lebensunterhalt musste gesichert sein. Die kommenden sechs Monate konnte sie dank Tess' Gastfreundschaft gut überbrücken, danach musste das Geschäft rentabel werden.

Angela ging noch einmal die Zahlen für die Seide durch. Die Kosten erschienen ihr ziemlich hoch. Vielleicht sollte sie nach Mestre fahren und mit dem Lieferanten ein Gespräch führen und die Ware der Konkurrenz prüfen. Vielleicht konnte sie sogar direkt aus Indien oder China beziehen und damit den Zwischenhandel umgehen. An der Arbeitszeit und -geschwindigkeit der Weberinnen war nichts auszusetzen. Jede arbeitete so gut und so schnell sie konnte. Jeder Eingriff in die Abläufe würde die Qualität der Ware gefährden. Auch die Kosten zur Erhaltung des Gebäudes waren eine feste Größe. Die Verkaufspreise für die Tücher konnte man kaum noch erhöhen, sie waren ohnehin schon stattlich und engten die Zielgruppe gewaltig ein.

Und doch. Angela wusste, dass es auf dieser Welt genügend Menschen gab, die für etwas Einzigartiges durchaus bereit waren, einen angemessenen Preis zu bezahlen. Diese Klientel musste lediglich von der Existenz der *tessitura* erfahren.

Angela lehnte sich auf ihrem Stuhl zurück, klappte den Ordner zu und nahm ihre Lesebrille ab. Sie massierte ihre Nasenwurzel und fragte sich, was die Weberinnen wohl zu ihrem

Vorschlag sagen würden. Das Fixgehalt, das sie ihnen anbieten konnte, war nicht gerade üppig. Angela hoffte allerdings, dass sie froh sein würden, endlich abgesichert zu sein, schließlich waren die meisten der Frauen nicht mehr die Jüngsten.

Sie nahm ein paar Bissen von der *focaccia*, die ihr Fioretta aus der Bäckerei um die Ecke geholt hatte, und genoss den Geschmack des mit frischen Kräutern bestreuten Maisfladens, in den saftige Oliven mit eingebacken waren. Manchmal sind die einfachsten Dinge die besten, dachte sie, stand auf, schenkte sich ein Glas Wasser aus einer Karaffe ein und machte die Tür zum Innenhof auf. Aus den geöffneten Fenstern der Manufaktur klang das rhythmische »Tschi-ki-to-ka« der Webstühle. In einer guten Stunde würden sie sich dort oben zum zweiten Mal zusammensetzen, um ihre Zukunft miteinander zu besprechen.


»Warum kann nicht alles so bleiben, wie es war?«

Angela sah Maddalena erstaunt an. Gerade hatte sie den Weberinnen erklärt, welche Vorteile eine Festanstellung für sie hätte. Lidia sah die jetzt über ihren eigenen Mut errötende Maddalena mit zusammengezogenen Brauen an, während Nola das Blatt, das Angela für jede der Frauen hatte kopieren lassen, sorgfältig zusammenfaltete.

»Das kostet Sie doch eine Menge Geld, Signora Angela«, meinte Fiorettas Mutter. Angela sah, dass einer ihrer Zähne fehlte. »Und kassieren tut dabei nur wieder der Staat. Wir haben von all dem überhaupt nichts!«

»Und wenn du krank wirst, was dann?«, fuhr Lidia sie an.

Nola zuckte mit den Schultern. »Es hat noch nie jemanden interessiert, wenn ich krank war«, antwortete sie. »Außerdem bin ich nie krank. Hab ich etwa schon mal einen Tag gefehlt? Einen einzigen?«

Lidia stieß die Luft durch ihre Nase aus und hob verächtlich das Kinn.

»Angela meint es gut mit uns«, versuchte Fioretta zu vermitteln. »Und keiner kann wissen, ob er diese Sozialleistungen nicht eines Tages ...«

»Deine Mutter ist einundsechzig«, unterbrach Orsolina sie. »Und ich bin neunundfünfzig. Wir haben noch nie in die Rentenkasse einbezahlt. Deswegen brauchen wir auch jetzt nicht mehr damit anzufangen. Wir werden ohnehin niemals in Rente gehen. Wir werden weiterweben, bis wir umfallen. Ist es nicht so?«

Maddalena nickte heftig, und Nola stimmte mit einem Knurrlaut zu.

»Und was ist Ihre Meinung, Anna?«, fragte Angela.

Die jüngste der Weberinnen sah noch immer auf das Blatt Papier und dachte nach.

»Für mich wäre es schon von Vorteil, fest angestellt zu werden. Giulia ... meine Tochter ... sie ist zwölf, und ich muss allein für sie sorgen ...«

»Vorausgesetzt«, warf Lidia ein, »dass das auch alles so klappt, wie die *tedesca* es sich vorstellt. Dies hier ist Italien, nicht Deutschland. Vielleicht ist sie ja in einem halben Jahr schon pleite, und wir können sehen, wo wir bleiben. Mit oder ohne Sozialversicherung.«

Die anderen Weberinnen sahen Angela erschrocken an. Ihr wurde klar, wie man über sie sprach, wenn sie nicht dabei war. »Die Deutsche« nannten die Frauen sie also. Es versetzte ihr einen Stich, ein Gefühl der Verärgerung stieg in ihr auf. Doch sie rief sich zur Vernunft. Wie konnte sie erwarten, dass die Frauen, seit so vielen Jahren eine eingeschworene Gemeinschaft, sie als eine von ihnen betrachteten? Das würde sie niemals werden, und wahrscheinlich war es auch besser so.

»Aber …«, erhob jetzt Maddalena wieder ihre feine Kinderstimme, und Angela konnte ihr ansehen, wie schwer es ihr fiel, »… ich finde, wir dürfen nicht so reden. Es ist ja auch unsere Weberei, irgendwie. Ich will nicht, dass die Signora Angela Pleite macht. Dann sind wir nämlich alle pleite. Ich finde, wir sollten alle zusammen … ich meine …«

»Maddalena hat recht«, ergriff Anna das Wort. »Wir haben uns so sehr gewünscht, dass es mit der Weberei weitergehen kann. Also müssen wir die Pläne der *tedesca*, ich meine … von Signora Angela, unterstützen.«

»Aber nicht um jeden Preis«, konterte Lidia zu Angelas Verwirrung.

Sie wurde einfach nicht schlau aus dieser Frau. Zum einen schien sie für eine Festanstellung zu sein. Und doch sprach sie immer wieder gegen sie.

»Signora Lidia«, sagte sie deswegen unumwunden. »Bitte erklären Sie mir, wie Sie die Sache sehen.«

Jetzt wurde es still in dem großen Saal. Alle Augen waren auf die hagere Rothaarige gerichtet, die sich als Einzige nicht gesetzt hatte, sondern mit verschränkten Armen am Pfosten eines Webstuhls lehnte.

»Ich habe noch ganz andere Fragen als die nach der Entlohnung«, sagte sie und deutete auf das Blatt. »Sie gehen hier von einer Fünfunddreißigstundenwoche aus. Unsere Arbeit ist so schwer, dass keine von uns länger als fünf Stunden am Tag den Webstuhl in Bewegung halten kann. Und Fioretta arbeitet ja auch nur in Teilzeit. Es macht keinen Sinn, den Laden rund um die Uhr geöffnet zu haben.«

»Das stimmt«, pflichtete Nola ihr bei. »Unsere Arbeitszeit ist mal länger, mal kürzer. Wenn ich die Kette vorbereite, bin ich schon mal bis spät am Abend hier. Und Orsolina färbt ja auch nicht alle Tage. Wenn wir alle von morgens acht bis nachmittags um vier hier hocken müssen, ergibt das keinen Sinn.«

Angela nickte. »Das ist allerdings richtig«, sagte sie. »Sie müssen sich wohlfühlen, um erstklassige Ergebnisse liefern zu können. Ich werde nicht auf einer exakten Stundenzahl bestehen, die Sie täglich leisten, und auch nicht festlegen, wann Sie Ihre Arbeit machen. Sie sind es gewohnt, selbstständig zu arbeiten, das weiß ich, und daran soll sich nichts ändern. Jede von Ihnen behält ihren Schlüssel zu den Arbeitsräumen. Alles, was ich erwarte, ist, dass Sie genauso engagiert weitermachen wie bisher.«

Angela konnte sehen, wie Lidias Gesichtszüge sich entspannten, sie löste ihre Arme, die sie fest vor der Brust verschränkt gehalten hatte.

»Wenn alles so weiterlaufen soll wie bisher«, sagte sie nach kurzem Nachdenken und sah ihre Kolleginnen an, »wozu brauchen wir dann die *tedesca*?«

Alle schwiegen betreten. Angela blieb die Luft weg. Doch nur kurz. Sie beschloss, den Stier bei den Hörnern zu packen. Wenn sie jetzt das Kräfteverhältnis nicht klärte, würde Lidia ihr immer weiter Schwierigkeiten bereiten.

»Sagen *Sie* es mir, Lidia, warum Sie alle hier einen Investor brauchen. Warum sind Sie nicht selbst zu Lorenzo Rivalecca gegangen und haben ihm ein Angebot unterbreitet? Warum haben Sie nicht darum gekämpft, dieses Geschäft hier wirtschaftlich zu machen? Warum haben Sie sich nie um eine ordentliche Buchführung gekümmert, was die Voraussetzung für ein rentables Geschäft ist?« Lidia starrte sie böse an, die Lippen fest zusammengekniffen. Ihr blasses Gesicht rötete sich, und Angela sah, dass sie ihre Fäuste ballte. Sie holte Luft, um etwas zu sagen, doch sie schien es sich anders zu überlegen. Angela wartete noch einige Atemzüge ab, dann fügte sie hinzu: »Die Antwort ist: Sie sind Weberinnen, keine Geschäftsfrauen. Es hat Tage gebraucht, bis ich mich durch die Papiere hindurchgekämpft und mir einen Überblick verschafft habe. Das mache ich niemandem zum Vorwurf. Aber es ist nun mal so. Sie brauchen aus vielerlei Gründen jemanden, der diese Verantwortung übernimmt. Ob ich das bin oder ob es ein anderer ist. Ich weiß, wie man ein Geschäft führt. Ich bin zwar keine Weberin, auch wenn ich durchaus einen Webstuhl bedienen kann, ich bin jedoch die Unternehmerin, die Sie brauchen, damit hier nicht demnächst die Lichter ausgehen.« Angela sah von einer der Frauen zur anderen. Während Maddalena bleich zu Boden blickte wie eine Schülerin, die von einer Lehrerin gescholten wurde, sah sie Nola und Orsolina kaum merklich nicken. »Sie nennen mich also die *tedesca*«, fuhr sie ganz ruhig und freundlich fort. »Das ist in Ordnung, schließlich komme ich aus Deutschland. Vielleicht hättet ihr lieber jemanden aus Mailand gehabt, doch Rivalecca hat sich für mich entschieden.« Sie sah Lidia fest in die Augen. Diese hielt ihrem Blick eine Weile stand, dann wandte sie ihn ab. »Was denken Sie, warum will ich mit Ihnen zusammenarbeiten? Weil ich Sie schätze und achte als ausgezeichnete Seidenweberinnen. Und jetzt muss jede Einzelne von Ihnen entscheiden, ob sie bleiben will oder nicht. Für alles andere werden wir gemeinsam eine Lösung finden.« Angela erhob sich. »Ich gehe jetzt hinunter in den Raum neben dem Laden, in dem ich mein provisorisches Büro eingerichtet habe, wie Sie ja alle wissen. Wer von Ihnen mit mir zusammen weiterarbeiten möchte, kommt bitte innerhalb der nächsten halben Stunde dorthin. Und wer das nicht möchte, der legt hier seine Schlüssel auf den Tisch und kommt nie wieder.«

Ohne eine Antwort abzuwarten, verließ Angela den Websaal. Draußen musste sie sich kurz gegen die geschlossene Tür lehnen, so schwindlig war ihr. Unfreiwillig hörte sie Nola sagen: »Du bist eine dumme, verbitterte Zicke, Lidia, wirklich ...«

Da riss sie sich los und ging hinunter. Sie bereitete ein Papier vor, auf das sie schrieb: *Mit meiner Unterschrift bestätige ich meine künftige Mitarbeit in der* tessitura. Darunter fügte sie zwei Spalten ein, in die die Frauen ihren Namen eintragen und rechts daneben unterschreiben konnten. Ihr war klar, dass ein solches Papier keinerlei rechtliche Relevanz haben würde, aber das sollte es auch nicht. Angela wusste, dass die Weberinnen, würden sie erst einmal unterzeichnen, ihre Entscheidung für sich besiegelt sahen. Und das war wichtiger als alles andere.

Kaum war sie fertig, hörte sie bereits Schritte. Vor ihrer Tür verharrten sie, dann klopfte jemand zaghaft an.

»Herein!«, rief Angela fröhlich.

Durch die Tür kamen alle fünf Weberinnen, Anna voneweg, dahinter Maddalena, es folgten Nola und Orsolina, als letzte Lidia. Fioretta schlüpfte hinterher und schloss die Tür.

»Wir wollen alle mit Ihnen zusammenarbeiten, Signora Angela«, sagte Anna.

»Wie schön«, sagte Angela. »Ich freue mich sehr darauf.«

Als alle unterschrieben hatten, schüttelte Angela jeder einzelnen Frau die Hand, Lidia war die letzte.

»Willkommen, Lidia«, sagte sie.

»Willkommen, *tedesca*«, gab diese zurück.

Angela sah ihr amüsiert in die Augen. Ein Lächeln konnte sie darin noch nicht erkennen. Immerhin war Lidias Gesichtsausdruck nicht mehr ganz so verbissen.

## 12

## Der Freund des Architekten

»Das ist unglaublich!«

Obwohl Benny erst einen verschwindend kleinen Teil der vielen Farbschichten, die die originale Wandbemalung verdeckten, hatte entfernen können, war sie beeindruckt von dem, was darunter zum Vorschein kam. Man erkannte tatsächlich einen Zweig mit den unverkennbaren Blättern eines Maulbeerbaumes und seinen typischen Früchten, die ein bisschen aussahen wie helle Brombeeren. Sie sah das Gespinst eines Kokons und einen Seidenspinner, der eine Maulbeere umflatterte.

»Schau nur«, rief Nathalie und wies auf den äußersten Rand der freigelegten Fläche, »hier ist der Kopf eines Vogels, der es auf den Seidenspinner abgesehen hat.«

Angela nickte staunend. Die *al-fresco*-Malerei, eine schwierige Technik, in der die Farbpigmente direkt auf den noch feuchten Putz aufgetragen wurden, war eine ausgesprochen feine Arbeit, und Angela fragte sich, wer wohl der Künstler gewesen sein mochte.

»Glaubst du, die gesamte Wand ist ausgemalt?«, fragte sie Benny.

»Ich habe an verschiedenen Stellen die Farbe abgetragen«, antwortete der junge Mann, »und überall zeigt sich derselbe Farbton wie hier als Hintergrund. Es ist also sehr gut möglich.«

Benny fuhr noch einmal fast zärtlich mit einem weichen Pinsel über den Kopf des Vogels mit dem gierig aufgerissenen

Schnabel, und legte ihn zu seinem anderen Werkzeug in eine Kunststoffkiste. Sein Bedauern, diese Arbeit hinter sich zu lassen, war deutlich zu spüren.

»Wir sind doch bald wieder hier«, sagte Nico tröstend zu Benny. »Wenn alles gut geht, schon Ende Juli.«

Benny nickte. »Du lässt niemand anderen da ran, nicht, Angela?«, bemerkte er besorgt. »Wenn das nämlich jemand nicht richtig kann, macht er alles kaputt …«

»Nein, Benny, auf keinen Fall«, versuchte Angela ihn zu beruhigen.

»Das würde sie niemals tun«, bestätigte Nathalie.

Sie und die beiden Freunde mussten zurück nach München. Angela wusste schon jetzt, dass sie die drei vermissen würde.

Der Raum im Erdgeschoss, in dem die beiden jungen Männer nach ihrer Rückkehr ihr Quartier aufschlagen wollten, war von ihnen leer geräumt worden und sah nach Emilias gründlicher Reinigung direkt einladend aus. Angela staunte, wie gut der Terrakottaboden erhalten war. Er war nur unter einer dicken Schmutzschicht verborgen gewesen. Die ursprünglich gekalkten Wände waren im Lauf der Zeit hellgelb und später lachsfarben gestrichen worden. Benny hatte die abblätternde Farbe mit einem kleinen Spachtel entfernt, das Muster, das zurückgeblieben war, sah direkt reizvoll aus.

»Ich könnte die Wände später mit einer Mischung aus flüssigem Bienenwachs und Leinöl behandeln«, schlug Benny vor. »Das würde sehr schön aussehen.«

Dann machte er wehmütig ein paar letzte Aufnahmen von den freigelegten Stellen des Maulbeerfreskos, wie er und Nathalie die Wandmalerei nannten.

Am kommenden Morgen hieß es Abschied nehmen. Am Abend hatte Emilia sich selbst übertroffen und noch einmal alle Speisen aufgetischt, von denen sie wusste, dass Nathalie und ihre Freunde sie besonders gern aßen. Das, was übrig geblieben war, gab sie nun dem Trio in einer Kühltasche mit. Nathalie fiel ihr um den Hals.

»Ich bin sicher, dass ich bis zum Ende des Sommersemesters nicht mehr zu kochen brauche«, rief sie glücklich.

»Das will ich meinen«, antwortete Emilia zufrieden. »Und kommt bloß ganz schnell wieder. Nirgendwo ist es so schön wie hier in Asenza!«

Kaum war Nathalie mit ihren Freunden davongefahren, rief Monti an.

»Hättest du Lust«, fragte er Angela, »mich zu einem Kunden zu begleiten? Das Objekt befindet sich in der Nähe von Ponte di Piave, sehr schön am Fluss gelegen. Es ist ein interessantes Gebäude aus dem 17. Jahrhundert. Ich dachte, vielleicht könntest du dort ein paar Anregungen für die Sanierung der *tessitura* sammeln.« Angela zögerte. Eigentlich hatte sie sich mit Fioretta verabredet, um mit ihr durchzusprechen, was bei einer Onlinebestellung bedacht werden musste. Am Tag zuvor war die erste Order eingegangen und hatte alle außer Nico in Aufregung versetzt. »Ich wollte nach dem Mittagessen los«, fuhr Dario fort. »Wenn du willst, hol ich dich um zwei Uhr ab.«

Das wäre eine schöne Abwechslung nach den langen, mühevollen Bürotagen, die hinter ihr lagen. Die restlichen Morgenstunden würden reichen, um Fioretta das Nötigste zu erklären.

»In Ordnung«, sagte Angela. »Wie weit ist es nach Ponte di Piave?«

»Etwas mehr als eine Stunde«, war Montis Antwort. »Und auf dem Heimweg könnten wir noch irgendwo schön essen gehen.«

»Gern«, erwiderte Angela. »Dann kann ich mich endlich revanchieren. Diesmal lade ich dich ein.«

»Das werden wir ja sehen«, entgegnete Monti. »In Italien bezahlt eine Frau niemals, liebe Angela, daran wirst du dich gewöhnen müssen.«

Er lachte, und Angela stimmte mit ein. Und doch war da ein Unbehagen in ihr. Vielleicht war Monti ein wenig zu freundlich ihr gegenüber. Hatte nicht Markus schon gemeint, sie hätte in ihm einen Verehrer? Konnte es sein, dass Dario in ihr mehr sah als eine gute Kundin? Aber nein, sagte sich Angela, das ist Unsinn. Der Architekt war um so vieles älter als sie. Sie waren allenfalls Freunde. Eigentlich unterhielten sie nur eine geschäftliche Beziehung. Mehr nicht. Und deswegen wollte sie nicht schon wieder von ihm eingeladen werden …

»Warst du eigentlich schon in Maser?«, riss Dario sie aus ihren Gedanken.

»Nein«, antwortete Angela bedauernd. Seit sie damals vor dem verschlossenen Tor gestanden hatte, hatte sie keine Gelegenheit mehr gehabt, die Palladio-Villa zu besuchen.

»Dann wird es höchste Zeit«, meinte Monti. »Auf dem Rückweg können wir dort vorbeifahren.«

Und auf einmal freute sich Angela auf den Ausflug.

Fiorettas Augen leuchteten. Es waren schon fünf Bestellungen über den Onlineshop eingegangen, vier aus Kalifornien, und eine Lieferung ging nach Washington. Wenn da nicht Tess ein paar Telefonate getätigt hat, dachte Angela. Sie prägte sich die Namen ein und nahm sich vor, bei Tess später nachzufühlen, ob es sich um »echte« Bestellungen handelte oder ob die alte

Dame ein paar Freundinnen gebeten hatte, mal nachzuprüfen, ob der Onlineshop auch funktionierte. Doch davon sagte sie Fioretta nichts, sie ließ der jungen Frau, die es garantiert den Weberinnen weitererzählen würde, die Freude. Ein bisschen Motivation konnte nicht schaden.

»Sieh mal, wie findest du das?«, fragte Fioretta unsicher und zeigte ihr ein paar Karten, auf die sie kleine Webproben geklebt hatte. Die Stofffetzen schillerten in den unterschiedlichsten Farben. »Ich dachte, wir könnten jeder Bestellung so eine beilegen. Vielleicht schreiben wir ein paar Worte dazu, was meinst du? Es würde viel persönlicher wirken, oder?«

»Das ist eine großartige Idee«, rief Angela. »So machen wir das.«

Sie setzte sich an die Theke und schrieb auf fünf Karten: *Wir wünschen Ihnen viel Freude mit der Webarbeit aus unserer* tessitura *in Asenza.*

Im Nu hatte Fioretta die fünf Schultertücher sorgfältig verpackt und die betreffende Ware aus dem Onlinekatalog gelöscht, so wie Nico es ihnen gezeigt hatte. Eigentlich war es ganz einfach.

»Übrigens soll ich dich von Jennifer Bennent grüßen«, sagte Angela, als sie Tess die Platte mit frittierten Zucchiniblüten reichte, die Emilia für sie zum Mittagsimbiss zubereitet hatte.

»Ach«, antwortete die alte Dame erfreut. »Hat sie etwa etwas bestellt?«

Angela nickte lächelnd. Hatte sie es sich doch gedacht.

»Du hast sie angerufen. Oder eine Nachricht geschickt«, stellte Angela fest.

Doch Tess schüttelte den Kopf.

»Welche Farbe?«, wollte sie wissen.

Angela verstand nicht gleich, was sie meinte.

»Ich frage, in welcher Farbe sie das Schultertuch bestellt hat«, wiederholte Tess.

»Rot-golden gestreift.«

»Soso, rot-golden also«, echote Tess mit einem breiten Grinsen.

»Es kamen noch drei Order aus Kalifornien«, fuhr Angela fort. »Und bevor du fragst … Die Farben der Tücher waren orange-golden und grün-golden, dann gab es noch ein goldenes mit feinen braunen Streifen. Du hast das also alles gewusst?«

»Sagen wir mal eher geahnt«, gab Tess zurück und nahm ein Stück von Emilias selbst gebackenem Maisbrot. »Oder gehofft. Die Sache ist nämlich die: Erinnerst du dich an das goldfarbene Tuch von Lidia?«

»Natürlich«, erwiderte Angela. »Du hast es für deine Freundin Vivian gekauft.«

»Richtig.« Tess strahlte. »Und es hat ihr wie erwartet ausnehmend gut gefallen. Es war allerdings kein richtiges Geschenk …«

Angela wartete, ob Tess weiterspräche, doch die widmete sich zunächst mit Genuss dem Thunfischsteak, das Emilia ihr eben auf den Teller gelegt hatte.

»Wie meinst du das?«, fragte sie also nach. »Kein richtiges Geschenk?«

»Nun, es war an eine Bedingung geknüpft. Sie hat mir versprechen müssen, das Tuch beim Empfang des Gouverneurs zu tragen. Der war vorgestern. Und letzte Woche war sie mit ihrem Mann Ron in New York City, weil dort diese junge asiatische Geigerin in der Carnegie Hall gespielt hat, die gerade so Furore macht, ich vergesse leider immer wieder ihren Namen. Und sie hat mir versprechen müssen, jeder Bekannten, die sie auf dieses prachtvolle Stück ansprechen würde, sofort eine kleine Karte mit der Internetadresse deiner Weberei in die Hand zu drücken.« Tess warf Angela einen triumphierenden Blick zu und wandte sich wieder dem köstlichen Thunfisch zu. »Wie ich höre, hat sie Wort gehalten«, fügte sie nach einer Weile befriedigt hinzu. »Könntest du mir bitte die Zitronenscheiben reichen? Danke schön.«

Angela war sprachlos. Dann breitete sich ein Gefühl der Rührung in ihr aus. Was war Tess doch für eine ungewöhnliche Frau!

»Ich gehe davon aus«, fuhr ihre Freundin fort, »dass noch mehr Bestellungen aus diesem Umkreis eintreffen werden. Denn ich nehme schwer an, dass keine Dame, die in diesen Kreisen etwas auf sich hält, jetzt ohne so ein wundervolles Accessoire dastehen will. Vielleicht solltet ihr vermehrt Tücher mit goldfarbenen Elementen produzieren. Ich habe so das Gefühl, dass Vivian einen Trend ausgelöst hat, der noch eine Weile anhalten wird.«

Angela hatte vor lauter Aufregung vergessen weiterzuessen und kassierte einen strafenden Blick von Emilia, die gekommen war, um nachzusehen, ob alles in Ordnung war oder ob Signora Tessa womöglich noch ein zweites Stück Thunfisch wollte. Wenn ja, so würde sie es selbstverständlich frisch zubereiten und ein paar Minuten später servieren, außen golden und innen noch rötlich, so wie es sich gehörte.

»Das ist ... unglaublich lieb von dir«, brachte sie endlich hervor.

»Aber das ist doch selbstverständlich«, bemerkte Tess. »Ich habe dich immerhin da hineingeritten. Nun iss deinen Fisch, Kind. Da sind jede Menge von diesen fabelhaften Fettsäuren drin, und die sind ausgezeichnet für deine Nerven.«

Die Fahrt in Richtung des *fiume* Piave genoss Angela mehr, als sie erwartet hatte. Sie fuhren mit offenem Verdeck, deshalb schlang sie sich eines der Baumwolltücher um den Kopf, die ihr Nathalie mit in den kleinen Koffer »für besondere Anlässe« gepackt hatte. Sie folgten dem Verlauf des Voralpengebirges, während sich ihnen immer wieder Ausblicke in die Ebene eröffneten.

Darios Bauobjekt war ein ehemaliger Herrensitz auf einem Flussgrundstück mit einem eigenen Bootssteg. Er hatte eine ansprechende Lösung für den Ausbau des Marstalls gefunden und war sich mit dem Besitzer als auch mit den Handwerkern rasch über den Fortgang der Arbeiten des ehemaligen Pferdestalls einig. Es war erst später Nachmittag und noch viel zu früh, um etwas essen zu gehen, und so schlug Dario vor, über das Gebirge zurückzufahren. Das Klingeln seines *telefonino* unterbrach ihre Überlegungen.

»Macht es dir etwas aus«, fragte er unglücklich, als er das Gespräch beendet hatte, »wenn wir unsere Pläne ändern? Einer meiner Freunde hat in seiner Villa ein Problem mit der Statik und will meinen Rat hören. Ich fürchte, es eilt. Und da es ohnehin auf unserem Weg liegt ...«

»*Non c'è problema*«, beeilte sich Angela zu sagen. »Lass uns zu deinem Freund fahren und sehen, ob du ihm helfen kannst. Wenn ich Probleme mit der Statik hätte, würde ich mir auch wünschen, dass du so schnell wie möglich kommst.«

Statt durch das Gebirge fuhren sie also auf direktem Weg wieder zurück. Die Sonne stand schon tief und warf goldene Reflexe auf die blühende Hügellandschaft. Angela überkam eine angenehme Schläfrigkeit, sie lauschte nur mit einem Ohr dem, was Dario über seinen Freund erzählte. Dass er der Nachfahre eines berühmten Fürstengeschlechts sei, der sich mit dem Nachlass seiner Ahnen herumschlagen müsse.

»Den einstigen Reichtum haben bereits Generationen vor ihm vergeudet«, erklärte er gerade. »Diesen Erben von heute bleibt nichts als der berühmte Name und die Last, die Kulturgüter ihrer Familie zu erhalten. Vittorio ist ein guter Geschäftsmann, doch die Villa ist ein Fass ohne Boden. Ich hoffe nur, es ist dieses Mal nichts wirklich Schlimmes.«

Kurze Zeit später bogen sie in eine der unauffälligen Alleen ein, von denen Angela inzwischen wusste, dass sie zu besonderen privaten Anwesen führten. Die Villa des Freundes lag gut versteckt in einer kleinen Senke und war von der Straße her nicht einsehbar. Als sie das Anwesen schließlich erblickten, hielt Angela den Atem an. Was sie sah, war nicht einfach nur eine Villa so wie die Villa Serena oder der Palazzo Duse. Auf einem Plateau, hinter dem das Gelände in eleganten Terrassen sanft in Richtung Süden abfiel, stand ein ... antiker Tempel ... nein, eher ein Palast. Das Gebäude hatte den Grundriss eines gleichschenkligen Kreuzes, dessen Zentrum von einem Kreis umschlossen wurde. Darüber wölbte sich ein Kuppeldach mit einer gläsernen Laterne in der Mitte. Angela hätte sich niemals vorgestellt, dass man so wohnen könnte. Dario sah sie schmunzelnd an.

»Offenbar steht der alte Kasten noch«, meinte er ungerührt. »Willkommen in der Villa Castro. Und, ja, ehe du fragst: Ein Schüler von Palladio hat sie erbaut.«

Die Zufahrt führte in einem leichten Bogen zu dem Gebäude hinunter, Monti parkte den Wagen im Schatten einer Zypresse. Angela folgte ihm, noch immer sprachlos angesichts der Perfektion dieses Ortes. Rosenrabatten umschlossen die Villa in geometrischer Anordnung und betonten so den außergewöhnlichen Grundriss. Angela erkannte ein paar seltene historische Sorten. Es sah nicht so aus, als wirkte hier ständig ein akkurater Gärtner, eher ein kundiger Amateur, und doch blühten die Sträucher in verschwenderischer Üppigkeit und verströmten ihren Duft. Der Haupteingang mit einer zierlichen Freitreppe befand sich auf der südlichen, dem Abhang zugewandten Seite. Dort begrüßte sie der Besitzer, der offenbar schon auf sie gewartet hatte.

»Danke, dass du gekommen bist, Dario«, rief er, »und auch noch so schnell! Ich hoffe, mein Anruf kam nicht allzu ungelegen«, fügte er mit einem Blick auf Angela hinzu. »Sicher hattet ihr andere Pläne.«

»*Per niente*«, versicherte Angela. Dieser gut aussehende Mann kam ihr seltsam bekannt vor, und Angela überlegte fieberhaft, wo sie ihn schon einmal gesehen hatte. »Dario war so freundlich, mich auf eine Baustelle mitzunehmen, damit ich ein bisschen die Gegend kennenlerne. Angela Steeger ist mein Name.«

»Vittorio Fontarini«, antwortete der Besitzer der Villa Castro und sah sie eindringlich an. »Sind wir uns ... nicht schon einmal begegnet? Ich bin mir sicher, dass ...« Er unterbrach sich und strahlte. »Ah ... Natürlich! In der Bar La Fontana. Sie haben einen Kaffee getrunken, und ehe ich mich versah, waren Sie schon wieder weg.«

Dario Monti runzelte die Stirn. »Bei der Villa Maser?«

Nun fiel es auch Angela wieder ein, und Hitze stieg ihr ins Gesicht, als sie in Vittorio jenen überaus attraktiven Mann im schwarzen Anzug wiedererkannte, der ihr damals so lange nachgesehen und, ja, auch daran konnte sie sich erinnern, der ihr völlig unangebrachtes Herzklopfen bereitet hatte. Vittorio Fontarini also, Nachfahre eines der ältesten Fürstengeschlechter Norditaliens, berühmt für ihr Mäzenatentum während der Zeit der Renaissance. Nathalie wüsste dazu bestimmt eine Menge zu erzählen ...

»Sie sind zu Besuch hier?«, erkundigte sich Vittorio interessiert. Doch noch bevor Angela antworten konnte, widersprach Dario eifrig. Er erklärte seinem Freund, dass Angela gerade im Begriff sei, sich in Asenza niederzulassen. »*Per sempre*«, fügte er hinzu und wirkte sehr zufrieden darüber, »für immer.«

Vittorio nickte und schenkte Angela ein strahlendes Lächeln. »Das ist schön! Willkommen also im Veneto! Aber bitte, kommt doch herein«, bat er. »Es gibt da einen neuen Riss, Dario, der mir überhaupt nicht gefällt. Und zwar in der großen Halle. Ich hoffe, es ist nichts Schlimmes ...«

Angela sah den beiden ungleichen Freunden nach. Monti war klein und stämmig, Vittorio Fontarini dagegen nicht nur deutlich jünger, er überragte seinen Freund auch um mehr als einen Kopf. Er hatte lebhafte Augen und volles dunkles Haar, das er locker aus der Stirn gekämmt trug.

Die Männer eilten weiter, und Angela sah sich in aller Ruhe im Vestibül um. Zwei Reihen von je vier Säulen gliederten den Raum und die Decke in drei Kreuzgewölbe, die mit Fresken verziert waren. Die vorherrschende Farbe war helles Blau, ein gemalter Himmel mit feinen Wölkchen und Putten, die Girlanden hielten und mit Vögeln spielten. Angela folgte den Männern durch eine Tür und fühlte sich plötzlich in einen ihrer Träume versetzt, in denen sie unbekannte Räume durchschritt. Der Saal, in dem sie sich nun befand, war über und über mit Blumen bemalt. Es wirkte, als wäre sie aus einem offenen Bereich mit einem Himmel voller Engel in einen Garten mit einer weinumrankten Laube gelangt, durch deren Triebe immer wieder der Himmel hindurchblitzte. Die Malerei wirkte so echt, dass Angela blinzeln musste, um der Täuschung nicht zu erliegen.

»Wurden auf dem Gelände irgendwelche Grabungen durchgeführt?«, hörte sie Dario fragen, als sie die nächste Tür durchschritt. Sie war im Zentrum der Villa angekommen, einem großen, kreisrunden Raum. Angela erinnerte sich an den kreuzförmigen Grundriss des Gebäudes und nahm an, dass die Tür ihr gegenüber sowie die beiden links und rechts in die anderen Flügel führten.

Dario und Vittorio standen vor einer der Wände und nahmen etwas in Augenschein, das Angela nicht sehen konnte, denn ein Sonnenstrahl, der durch die gläserne Kuppel im Zentrum des Deckengewölbes direkt auf sie herunterfiel, blendete sie. Erst nach einer Weile erkannte sie, dass oben rings um die Glaskuppel eine riesige Sonne aufgemalt worden war mit mythologischen Szenen, die mit deren Urgewalt in Zusammenhang stand: der majestätische Helios auf seinem Sonnenwagen, Phaeton, der den Wagen seines Vaters im Übermut dem Sonnenfeuer zu nahe bringt, sodass er Feuer fängt, ein stürzender Ikarus, dessen mit Wachs zusammengehaltene Flügel in der Hitze schmolzen, Eos, die Göttin der Morgenröte, und ihre Schwester Selene, die Mondgöttin.

»Nein, von Grabungen weiß ich nichts«, antwortete Vittorio. »Mir ist auch nichts über ein Erdbeben bekannt. Die Villa steht ja auf einer großen, soliden Felsplatte. Mein Vater hat vor Jahren ein geologisches Gutachten erstellen lassen …«

Angela ging zu den beiden Männern und betrachtete den feinen Riss, der sich fast senkrecht zwischen zwei auf die Wand gemalten Gestalten hindurchzog. Dabei stieg ihr ein feiner Duft in die Nase, der sie auf verwirrende Art und Weise an früher erinnerte, an ihre Studienzeit in Florenz, als das Leben noch leicht gewesen war und unkompliziert, als sie ein Semester lang in den Assistenten ihres Professors verliebt gewesen war, ohne dass je etwas Ernsteres daraus entstanden wäre als ein frühmorgendlicher Ausflug auf seiner Vespa nach Fiesole, um dort in einer *pasticceria* die ersten noch warmen Mandelhörnchen quasi dem Bäcker vom Blech wegzuessen, und ein Mondscheinspaziergang hinauf zur Kirche San Miniato al Monte, wo er sie unendlich schüchtern, wie er nun einmal gewesen war, endlich geküsst hatte.

Wo kommen nur auf einmal all diese Erinnerungen her?, fragte sie sich, während sie auf den Riss in der Mauer starrte. Es roch nach Sandelholz, Moschus, nach bemalten Stuckwänden und ... ja, nach Seide ...

Angela sah sich um und bemerkte erst jetzt den Mosaikboden aus weißem, schwarzem, gelbem und rötlichem Marmor mit den Tierkreiszeichen an den Rändern, in dem sich das Sonnenmotiv der Decke wiederholte. Dann entdeckte sie die zierlichen Polstermöbel. Sie waren mit Seide in einem bläulichen Farbton bezogen, und als Angela sie sich genauer ansah, stellte sie fest, dass die Bezüge an vielen Stellen, vor allem an den Kanten, brüchig waren und verblichen.

»Hier drunter befinden sich doch Wirtschaftsräume, nicht?«, fragte Dario gerade.

»Ja, die Küche«, antwortete Vittorio. »Willst du sie dir ansehen?« Lächelnd wandte er sich Angela zu. »Möchten Sie mitkommen oder sich lieber hier ein wenig ausruhen?«

»Ich komme sehr gern mit«, antwortete sie und erwiderte sein Lächeln.

Vittorio öffnete eine unscheinbare Tür in einer der Wände, die Angela noch gar nicht bemerkt hatte, und führte sie über schmale Treppenstufen abwärts. Im Schein des elektrischen Lichts bildeten die nackten Steinwände einen kargen Kontrast zu der Pracht der oberen Räumlichkeiten. Angela stellte sich Dienstboten vor, die in früheren Zeiten hier in der Dunkelheit auf- und abgehuscht waren, beladen mit Krügen und Tabletts voller Speisen. Sie gelangten in einen großen Raum, der von länglichen Fenstern weit oben, fast schon unter der

Decke, spärlich erhellt wurde – eine Küche von riesigen Ausmaßen halb unter der Erde. Doch das war es nicht, was Angela faszinierte, es war die Ausstattung, die noch auf historischem Stand zu sein schien.

»Ist das die originale Küche?«, fragte sie.

»Aus der Renaissance?«, meinte Vittorio. »Zum Teil. Mein Großvater hat in die ursprüngliche Esse einen damals moderneren Kombiherd einbauen lassen. Sehen Sie? Den kann man elektrisch, aber auch mit Holz befeuern.«

»Leben Sie denn hier in der Villa?«, erkundigte sich Angela.

Vittorio schüttelte den Kopf. »Ich komme hier gern am Wochenende her oder im Sommer vielleicht mal für eine Woche. Ansonsten wohne ich in Venedig.«

»Im Winter kann es hier ganz schön frisch werden«, wandte Dario ein, während er eine der Wände untersuchte.

»Das stimmt«, erklärte Vittorio, »obwohl es ein ausgeklügeltes Heizungssystem nach altrömischem Vorbild gibt. Von diesem Kamin hier verlaufen Rohre durch das gesamte Gebäude. Man muss natürlich kräftig einheizen, bis die Wärme in den letzten Winkel gelangt. Früher gab es hier einen Angestellten, der nichts anderes zu tun hatte, als für ausreichend Brennholz zu sorgen und dieses Monstrum in Gang zu halten.«

Angela betrachtete fasziniert den Kamin. Dessen Öffnung erschien ihr überhaupt nicht außergewöhnlich groß. Doch in seinem Inneren tat sich eine riesige Feuerstelle auf, in die Holzscheite von einundhalb Metern Länge passten.

»Man nutzte das Feuer auch zum Brotbacken«, erklärte Vittorio und wies auf mehrere größere und kleinere Ofenklappen in unterschiedlicher Entfernung zur Feuerstelle. »Und natürlich zum Erhitzen und Warmhalten von Wasser.«

Angela fühlte, wie er sie interessiert von der Seite beobachtete, und erneut stieg ihr die Hitze ins Gesicht. Offenbar gefiel es ihm, wie sehr sie sich für das Haus interessierte. Vittorio wandte auch seinen Blick nicht ab, als sie ihn nun ansah. Himmel, dachte sie, es ist lange her, dass ich einem derart interessanten Mann begegnet bin. Sogar die Lachfältchen um seine dunklen Augen machten ihn ungemein anziehend, und seine Brauen wirkten, als hätte ein Maler sie mit einem einzigen, kühnen Pinselstrich gezogen. Dass sein Haar an den Schläfen ergraut war, tat dem keinen Abbruch.

»Ich kann nichts feststellen, was den Riss verursacht haben könnte«, erklärte Dario und stellte sich an Angelas Seite. »Um ganz sicherzugehen«, fuhr er an Vittorio gewandt fort, »komme ich morgen wieder und bringe Teststreifen an. Auf diese Weise sehen wir, ob er sich vergrößert oder nicht. Und wenn du möchtest, frage ich meinen Statiker, ob er mitkommen kann. Nur zur Sicherheit.«

Vittorio nickte. »Du denkst also, ich brauche mir keine Sorgen zu machen?«

»Vorerst nicht«, beruhigte ihn Dario. »Wir behalten das im Auge. Nach all den Jahren ist das nicht ungewöhnlich.«

Vittorio schien sehr erleichtert, und Angela fragte sich, was es wohl für ein Gefühl war, einem jahrhundertealten Erbe verpflichtet zu sein. Doch dann fiel ihr ein, dass sie selbst diese Verantwortung gerade übernommen hatte – und nicht nur für ein Gebäude, sondern außerdem für fünf Frauenschicksale, zumindest, was deren Einkommen anbelangte. Während sie Vittorio und Dario wieder nach oben folgte, hatte sie plötzlich das Gefühl, sich unerlaubt von ihren Verpflichtungen weggeschlichen zu haben, und so nahm sie sich vor, am Abend noch ein paar Stunden zu arbeiten. Um keinen Preis aber hätte sie dieses Erlebnis verpassen wollen. Wenn Nathalie das alles hier sehen könnte, überlegte sie, wäre sie begeistert.

Noch einmal nahm sie die Seidenbezüge in Augenschein. Sie mussten dringend erneuert werden. Beim Hinausgehen entdeckte sie, dass in den beiden vorderen Räumen gepolsterte Bänke in die Wandverkleidung integriert waren. Auch deren Seidenbezüge waren schadhaft. In dem Raum mit den Weinlaubenmalereien waren sie in einem verblichenen Rosenholzton gehalten und im Vestibül in Jadegrün.

»Ihr seid meine Gäste, keine Widerrede«, hörte sie Vittorio gerade mit großer Bestimmtheit zu Dario sagen. »Das ist das Mindeste, was ich euch schuldig bin. Wir gehen ins Quattro Venti. Angela«, wandte er sich nun an sie, »Sie machen mir doch die Freude und essen gemeinsam mit unserem Freund und mir zu Abend?«

»Warum nicht?«, hörte Angela sich sagen.

Und wunderte sich über sich selbst. Hatte sie nicht gerade beschlossen, noch ein wenig für die Weberei zu arbeiten? Aber wie hätte sie denn Nein sagen können?

An diesem Abend fühlte Angela sich so wohl wie schon lange nicht mehr. Und das lag nicht an dem außergewöhnlichen Ambiente in dem Restaurant »Zu den vier Winden«, auch nicht an den delikaten Speisen, die Vittorio und Dario für sie auf ihre Bitte hin auswählten, wobei sie einander zu übertreffen versuchten. Es war die selbstverständliche Art Vittorios, mit der er sie einband in die Gespräche mit Dario, den er seit seiner Jugend kannte, es waren die kleinen Aufmerksamkeiten, mit denen er sie verwöhnte, die lustigen Anekdoten, die er über seine verzweifelten Bemühungen, die Villa Castro zu erhalten, ohne sich völlig dabei zu ruinieren, zum Besten gab. Sie genoss seine anerkennenden Blicke, sein Lächeln, bei dem sich Grübchen in seinen Wangen bildeten, und das Aufblitzen seiner Augen, wenn sie etwas sagte, das ihn interessierte. Und nicht zuletzt beeindruckten sie seine formvollendeten Manieren und sein feiner Humor. Ja, an diesem Abend wurde Angela bewusst, wie wenig sie in den vergangenen Jahren gelacht hatte.

»Angela will übrigens die alte Seidenweberei in Asenza wiederbeleben«, erklärte Dario seinem Freund.

»Welche Seidenweberei?«, fragte Vittorio.

»Haben Sie nie von ihr gehört?«, erwiderte Angela verwirrt. Wenn schon die Einheimischen die Werkstatt nicht kannten, war das ein schlechtes Zeichen. »Es ist eine Manufaktur aus dem 17. Jahrhundert«, erklärte sie.

»Ach, dort, wo die Touristen einkaufen?«

Angela schluckte. »Na ja«, meinte sie, »bislang sind unsere Kunden in der Tat vorwiegend Touristen. Aber ich möchte die Produktion ausweiten. Inzwischen liefern wir sogar bis in die Vereinigten Staaten.« Vittorio sah sie beeindruckt an. Er brauchte ja nicht zu wissen, dass sie gerade erst mit dem Versand in die USA begonnen hatten. »Warum kommen Sie nicht einfach mal vorbei und sehen sich alles an?«, schlug Angela vor.

Sie warf Dario einen Blick zu, doch der widmete sich voller Hingabe seinem Spargelsoufflé und schien überhaupt nicht zuzuhören.

»Das werde ich«, antwortete Vittorio und machte dem Kellner ein Zeichen, ihnen Weißwein nachzuschenken. »Ganz sicher. Und die Webstühle? Handelt es sich da etwa noch um die originalen mechanischen?«

»Sie sind aus dem 18. Jahrhundert, so wie das Gebäude«, bestätigte ihm Angela und bedauerte, ihre Stola nicht dabeizuhaben.

»Gibt es denn überhaupt noch jemanden, der mit den alten Webstühlen klarkommt?«

»O ja«, antwortete Angela. »Ich habe das Glück, fünf erfahrene Weberinnen übernehmen zu können.«

Vittorio sah sie mit großen Augen an. »Das muss ich mir unbedingt ansehen!«, sagte er und hob sein Glas. »Auf die *tessitura*. Ich wünsche Ihnen viel Erfolg, Angela.«

Es war spät, als sie sich voneinander verabschiedeten und sich gegenseitig versicherten, dass dies ein wunderbarer Abend gewesen war. Auf der Heimfahrt hätte Angela noch gern ein wenig mehr über Vittorio Fontarini erfahren, doch Dario war seltsam einsilbig. Wahrscheinlich, so sagte sie sich, ist er müde. Es war schließlich ein langer Tag gewesen.

## 13

## Der Ehering

»Haben wir noch von dem goldfarbenen Garn, Orsolina?«, fragte Angela.

»Etwas ist noch da«, antwortete die Färberin bedächtig. »Aber viel ist es nicht mehr. Ich muss nachsehen, wie viele Spulen übrig sind.«

»Vierundzwanzig«, warf Fioretta fröhlich ein. »Ich hab heute Morgen nachgezählt. Wenn wir andersfarbige Kettfäden nehmen, reicht das noch für … für wie viele Umschlagtücher, Mamma?«

»Für zwei bis drei«, brummte Nola, die keinen guten Tag zu haben schien. »Kommt auf die Länge an. Und ob noch andere Farben dazugenommen werden.«

»Das müsste reichen«, entschied Angela und wandte sich an Lidia. »Sie werden doch heute fertig mit Ihrer Arbeit? Können Sie danach mit dem Goldgarn weitermachen? Der Kettfaden ist karmesinrot, ich finde, das passt sehr gut.«

Lidia warf ihr einen undefinierbaren Blick zu. »Warum golden?«, wollte sie wissen.

»Wir haben Bestellungen in dieser Farbe«, erklärte Angela.

Die Weberinnen starrten sie fassungslos an.

»Bestellungen?«, echote Maddalena.

»*Certo*«, mischte sich Nola ein. »Fioretta hat uns doch erzählt, dass die Tücher jetzt im Internet angeboten werden. Und dass schon fünf verschickt worden sind.«

»Welche denn?«, wollte Anna interessiert wissen.

»Im Augenblick werden vor allem die goldfarbenen geordert«, erklärte Angela und hoffte, dass keine Eifersüchteleien zwischen den Weberinnen ausbrechen würden.

»Das heißt«, fragte Lidia gedehnt, »dass wir jetzt weben sollen, was die Leute wollen?«

»Wenn solche Bestellungen kommen, natürlich«, erwiderte Angela. »Besser geht es doch gar nicht. Sie weben in dem Wissen, dass das Tuch schon verkauft ist.«

Es wurde ganz still unter dem Maulbeerbaum, wo Angela seit ein paar Tagen jeden Morgen eine Mitarbeiterbesprechung abhielt. Niemand sagte etwas, doch sie wurde das Gefühl nicht los, dass etwas nicht stimmte. Und prompt brach Lidia das Schweigen.

»Das passt mir gar nicht«, erklärte sie. »Bislang haben wir gemacht, was uns gerade in den Sinn kam. Jedes Tuch wurde anders. Und jetzt sollen wir uns danach richten, was andere Leute uns vorschreiben?«

Kurz war Angela sprachlos. Heftige Worte stiegen in ihr auf. Was sollte das hier werden? Schließlich waren sie dabei, einen rentablen Betrieb aufzubauen, und nicht, ein Selbstverwirklichungsprojekt zu erhalten! Doch dann besann sie sich und atmete ein paarmal durch, wie sie es sich in den vielen Jahren in der Baufirma in ähnlichen Situationen angewöhnt hatte. Natürlich hatte Lidia ja auch irgendwie recht. Ein Unikat sollte jedes Stück, auch wenn die Wunschfarben vorbestellt waren, nach wie vor unbedingt sein. Sie musste die Weberinnen auf jeden Fall in die Kreationen mit einbinden.

»Diese Leute sind unsere Kunden«, antwortete sie in ruhigem, freundlichem Ton. »Darum sollten sie Wünsche äußern dürfen. Sie geben ja auch ziemlich viel Geld für eine Seidenstola aus, finden Sie nicht? Wenn eine Freundin zu Ihnen käme und sagen würde: Lidia, bitte mach mir ein Tuch aus goldfarbenem Garn. Was würden Sie dann sagen?«

Lidia sah sie finster an, so als erwartete sie, in eine Falle gelockt zu werden.

Es war Maddalena, die antwortete. »Ich würde ihr so ein Tuch weben«, sagte sie und blickte Angela durch ihre dicken Brillengläser treuherzig an.

»Es käme ganz darauf an«, warf Lidia trotzig ein, »wer das Tuch von mir haben wollte!«

»Es sind Bekannte von Tess«, erklärte Angela und seufzte innerlich. »Sie hat das goldene Tuch, das Sie gewoben haben, einer Freundin geschenkt. Und nun wollen andere Bekannte von ihr auch ein Tuch. Wir wollen sie doch nicht enttäuschen, oder?«

Maddalena schüttelte eifrig den Kopf.

»Aber …«, wandte Anna ein. »Gibt es denn nicht Ärger unter den Frauen, wenn alle am Ende dasselbe Tuch haben?«

»Auf keinen Fall dürfen es dieselben Tücher sein«, entgegnete Lidia. »Jedes muss sich vom anderen unterscheiden. Ich könnte eines mit karmesinroten Bordürenstreifen weben. Und Nola, warum webst du nicht eines in deinem Karomuster?«

Nola schürzte die Lippen und schien nachzudenken. »Gold mit Rosso Veneto«, sagte sie. »Das könnte schön werden. Das wollte ich schon vor einer Weile mal ausprobieren.«

Angela atmete innerlich auf.

»Ich möchte auch ein Tuch für Tessas Freundinnen weben«, erhob Maddalena die Stimme. »Meine Kette ist schwarz. Was meint ihr, soll ich feine schwarze Streifen einweben?«

»Das würde aber traurig aussehen«, warf Anna ein, deren Ehrgeiz offenbar nun auch geweckt war. »Ich könnte den goldenen Seidenfaden mit hellgrünem Leinengarn mischen. Oder mit dieser Baumfaser, die ich neulich verwendet habe. Ich muss mal schauen, wie viel davon noch übrig ist.«

»Ich finde, Sie können ruhig feine schwarze Streifen einweben, Maddalena«, ermutigte Angela die enttäuscht dreinblickende Weberin. »Wenn sie ganz schmal werden, sieht das sicher sehr elegant aus.«

»Aber es reicht doch nur für drei Bestellungen«, warf Orsolina ein. »So viel von dem Garn ist überhaupt nicht mehr da!«

»Vielleicht könnten Sie neues einfärben«, schlug Angela freundlich vor. »Wenn es nicht ganz genau derselbe Farbton wird, umso besser. Ich habe das Gefühl, dass der Goldrausch in Amerika noch eine Weile andauern wird. Von Rotgold ist es nicht weit bis zu einem Kupferton. Ginge das, Orsolina? Vielleicht auch eine Farbe, die ein bisschen aussieht wie Messing, so ins Grünliche spielend?«

»*Ma certo!*«, versicherte Orsolina und erhob sich. »Sicherlich geht das. Das mache ich nicht zum ersten Mal.«

»Wunderbar«, ermunterte Angela sie und nahm erleichtert wahr, wie die Stimmung der Frauen ins Positive umgeschlagen war.

Eifrig miteinander schwatzend begaben sie sich in die Werkstatt, und kurze Zeit darauf drang das gleichmäßige Klackern der Webstühle in den Innenhof herunter.

»Das klingt gut«, murmelte Fioretta und nickte erleichtert. »Man kann ja immer schon am Klang erkennen, ob die Sache rund läuft oder nicht. Wenn das so weitergeht, werden wir heute keinen Ausschuss haben.«

Der Vormittag brachte neue Onlinebestellungen, und zu Angelas großer Freude kamen sie nicht nur aus dem Umkreis von Tess' Freundinnen, sondern auch aus Großbritannien. Nico hatte ihr geschrieben, dass es ihm gelungen war, die *tessitura* mit einigen Schlüsselworten in den großen internationalen Suchmaschinen zu positionieren, sodass sie gleich unter den ersten zehn Vorschlägen genannt wurden. Das war nicht ganz billig, zahlte sich aber offenbar schon aus. Gegen elf traf eine Bestellung aus Deutschland ein, wenig später eine aus Spanien. Und es waren keine Sonderwünsche dabei, sondern bereits produzierte Ware, die von Nathalie und Fioretta fotografiert und von Nico ins Netz gestellt worden war.

Angela wollte gerade Mittagspause machen, als auf einmal jemand gegen die Ladentür klopfte. Als sie aufschloss, sah sie sich Vittorio Fontarini gegenüber. Ihr Herzschlag setzte einen winzigen Augenblick lang aus.

»*Buongiorno*«, sagte er strahlend. »Ich hoffe, ich störe nicht. Ich war zufällig in der Gegend und dachte mir ... schau ich doch gleich mal vorbei!«

»Sie stören überhaupt nicht«, beeilte Angela sich zu sagen, trat einen Schritt zur Seite und machte eine einladende Geste. »Bitte, kommen Sie doch herein!«

Im Stillen war sie froh, dass Fioretta schon vorausgegangen war, um noch rechtzeitig die Päckchen zum Postamt zu bringen, ehe die Filiale über Mittag schloss. Während sie für Vittorio das Licht anschaltete und ihm die Arbeiten zeigte, die ihr persönlich am besten gefielen, ertappte sich Angela dabei, wie sie sich in dem Spiegel, den die Kundinnen nutzten, um zu sehen, ob ihnen die Schultertücher standen, einen kurzen, prüfenden Blick zuwarf. Mein Gott, fuhr es ihr durch den Kopf, wieso habe ich mich heute Morgen nicht sorgfältiger geschminkt? Doch sofort rief sie sich wieder zur Ordnung.

Was war nur los mit ihr? War sie etwa rot geworden?

»Kann ich mir die Weberei ansehen?«, fragte Vittorio.

Angela riss sich zusammen. »Ja, natürlich«, erwiderte sie. »Es ist gerade günstig, die Weberinnen machen *siesta*.«

»Wie schön«, antwortete Vittorio. »Die antiken Webstühle interessieren mich ganz besonders.« Angela führte ihren Besucher durch den Hof, wo Vittorio kurz stehen blieb und sich beeindruckt umsah. »Das ist aber mal ein besonderer Ort«, sagte er und nickte anerkennend. »Kein Wunder, dass Sie sich in dieses Anwesen verliebt haben, Angela.«

Er folgte ihr die Treppe hinauf in die Manufaktur. Als er in den Webereisaal trat, war er einen Moment sprachlos. Angela fühlte sich an das erste Mal erinnert, als Fioretta sie gemeinsam mit Tess hier hereingeführt hatte. War das wirklich erst wenige Wochen her?

Sie ließ Vittorio sich in Ruhe umsehen und trat an Lidias Webstuhl. Diese hatte tatsächlich schon mit dem neuen Tuch begonnen. Angela betrachtete interessiert die karmesinrotgoldene Bordüre, von der die Weberin gesprochen hatte. Sie war bereits zehn Zentimeter breit. Das in hellen Grautönen gestreifte Schultertuch, das sie an diesem Morgen fertiggestellt hatte, lag noch ungesäumt, jedoch ordentlich zusammengelegt auf dem großen Tisch in der Mitte des Raumes. Es zeigte Lidias außerordentliche Begabung, das gewisse Etwas, das jede gute Weberin ihren Stücken verlieh. Makellos glatt, kühl und ein wenig knisternd waren Lidias Webarbeiten – schlichte Kostbarkeiten.

»Kaum zu glauben«, sagte Vittorio in die Stille hinein, »dass auf diesen groben alten Holzkolossen so zarte Stoffe entstehen können. Die Weberinnen müssen Feen sein.«

Angela musste lachen. Sie dachte an die Frauen. Äußerlich hatte keine etwas von einer Fee, und doch hatte Vittorio recht.

»Das stimmt«, meinte sie. »Sie haben Feenhände. Aber die Arbeit an diesen Ungetümen ist eine körperliche Herausforderung.«

»Wie funktioniert das denn genau?«, wollte Vittorio wissen, und Angela erklärte es ihm.

»Im Grunde ist das Prinzip einfach, es hat sich seit Anbeginn der Menschheit wahrscheinlich kaum verändert. Der

Trick ist, dass die Kettfäden auf zwei verschiedenen Ebenen verlaufen, immer einer oben, der nächste unten. Über die Trittpedale lassen sich die beiden Schäfte auf und ab bewegen. Die Weberin steht also halb im Webstuhl, tritt links, rechts, links, rechts und betätigt so die Mechanik, damit der Faden hindurchschießen kann.«

»Und du? Kannst du das auch?«

»Ja«, erklärte Angela und bemerkte, dass er gerade vom Sie zum Du überging. Es freute sie. »Theoretisch schon. Ich habe Textildesign studiert und in dieser Zeit auch die Technik des Webens erlernt und praktiziert.«

Vittorio betrachtete sie fasziniert. Angela merkte, wie sie unter seinem Blick errötete.

»Könntest du es mir hier zeigen, das Weben?«

Angela schüttelte den Kopf. »Nein, leider nicht«, erklärte sie lächelnd. »Die Weberinnen würden mich umbringen. Außerdem würde das die begonnenen Arbeiten verderben. Man sieht sofort, wenn ein Wechsel stattgefunden hat. Jede Weberin hat ihre eigene Handschrift, die man am Ende dem Tuch ansieht.«

Vittorio nickte versonnen und ging von einem Webstuhl zum anderen. Angela erklärte ihm, wie Nola das für sie so typische Karomuster hinbekam. »Schon ihre Kette ist zweifarbig. Wenn du genau hinsiehst, erkennst du, dass immer zwanzig Fäden braun sind und die nächsten zwanzig orangefarben. Wenn sie nun beim Weben ebenso gleichmäßig die Farben wechselt, entsteht das Karomuster, das man Vichy nennt. Dort, wo Braun auf Braun trifft, entsteht ein braunes Feld. Wo Orange auf Orange trifft, ein orangefarbenes. Und überall dort, wo Braun und Orange sich kreuzen, ein Farbton dazwischen.«

Vittorio nickte. »Und wenn man den Kettfaden anders anordnet, kann man unterschiedliche Muster erzielen?«

»Innerhalb eines gewissen Rahmens schon. Man kann das

Ganze natürlich auch mehrfarbig gestalten. Wenn die Farben gut gewählt sind, kann das sehr schön aussehen.«

»Und wie kommt ihr zu diesen außergewöhnlichen Farbtönen? Das ist doch kein industriell gefärbtes Garn, oder?«

»O nein«, antwortete Angela und erzählte von Orsolinas geheimem Buch mit den uralten Färberezepten ihrer Großmutter.

Vittorio hörte aufmerksam zu. Er ging zum Tisch und betrachtete eingehend Lidias silbergraues Tuch. Gedankenverloren legte er einen Arm vor den Bauch, stützte den Ellbogen des anderen darauf und rieb sich mit einem Zeigefinger das Kinn. Seine Augen wurden schmal. Er sah aus, als dächte er intensiv über etwas nach.

»Könntest du auch breitere Stoffe produzieren lassen?«, fragte er dann.

Angela sah ihn überrascht an. Etwas an der Art, wie er fragte, ließ sie aufhorchen.

»Auf diesen Maschinen hier nicht«, sagte sie. »Aber komm mal mit, ich möchte dir gern etwas zeigen.«

Sie ging zu der Doppeltür, die diesen Flügel mit dem angrenzenden verband, jenen Teil der Weberei, den die Frauen unbenutzt ließen. In den vergangenen Tagen hatte es sie nach Feierabend, wenn die Weberinnen gegangen waren, immer wieder zum *omaccio grande* gezogen. Jetzt öffnete sie die Tür und führte Vittorio zu dem riesigen, mit verblichenen Leintüchern abgehängten Webstuhl.

»Auf diesem hier könnte man bis zu einer Breite von zwei Meter achtzig produzieren«, erklärte Angela, während sie die Tücher herunterzog, die den *omaccio* vor dem Verstauben schützten.

Vittorio umrundete den riesigen Apparat, der fast den gesamten Raum einnahm, und musterte ihn ungläubig.

»Was für ein Monstrum«, rief er aus. »Und er funktioniert?«

»Ich denke schon«, erwiderte Angela. »Er muss gewartet werden, denn er steht nun schon seit ein paar Jahren untätig herum. Die Frauen mögen ihn nicht besonders. Und bislang gab es noch keine Notwendigkeit, Stoffe in dieser Breite herzustellen. Aber hier steht er, und ich sehe keinen Grund, warum man ihn nicht endlich wieder benutzen sollte.«

»Wenn es dir gelingt, ihn wieder zum Leben zu erwecken, Angela«, erklärte Vittorio, »und die Stoffe ähnlich schön werden wie die, die ich bisher gesehen habe, könnten wir miteinander ins Geschäft kommen. Was würdest du davon halten?«

»Das wäre fantastisch«, antwortete Angela. »Erklärst du mir, was du dir vorstellst?«

Vittorio schlug vor, es Angela beim Mittagessen darzulegen, und dazu fuhr er mit ihr ein paar Hügel weiter in Richtung Monte Grappa. Dort saßen sie eine halbe Stunde später auf einer herrlichen Terrasse neunhundert Meter über dem Meeresspiegel und ließen sich das Tagesgericht schmecken, köstlichen San-Daniele-Schinken mit Honigmelone, frisch gekochte Artischocken mit Limetten, danach ein *spezzatino di coniglio*, ein Kaninchenragout.

»Ich bin Innenarchitekt«, erklärte Vittorio. »Meine Firma ist international tätig, doch viele meiner Kunden leben hier in Italien – im Veneto, in der Toskana oder in Rom und Umgebung. Du hast ja die Villa Castro gesehen, und da ich in ähnlichen alten Kästen aufgewachsen bin, bin ich darauf spezialisiert, solche Räume auszustatten, zu erhalten oder ihnen auch eine modernere Bestimmung zu geben, je nach Objekt und Wunsch der Besitzer. Eines meiner größten Probleme ist es, hochwertige Materialien zu finden. Zum Beispiel Seidenstoffe. Die industriell gefertigte Ware kann schön sein, aber sie ist seelenlos. Viele Kunden sind damit zufrieden, viele können sich auch mehr gar nicht leisten. Es gibt jedoch andere, die legen Wert auf das gewisse Etwas, und glücklicherweise sind auch einige darunter, die es sich leisten können.«

Angela nickte. Sie dachte an die zerschlissenen Bezüge der gepolsterten Sitzmöbel in der Villa Castro.

»Hochwertige, von Hand verarbeitete Ware hält mehrere Generationen aus«, erklärte sie. »Das Material lebt, und wenn man es gut behandelt, ist es eine lohnende Investition.«

»So sehe ich das auch«, stimmte Vittorio ihr zu. »Ich denke vor allem an einfarbige Stoffe für Vorhänge und Polstermöbel. Wäre es möglich, den Farbton individuell auf den auszustattenden Raum abzustimmen?«

»Ich denke schon«, antwortete Angela. »Das werde ich mit Orsolina besprechen. Wenn das jemand hinbekommt, dann sie.«

Vittorio nickte zufrieden.

»Wenn du also versuchen möchtest, dieses alte Monstrum in Gang zu setzen und mir ein paar Meter als Muster zukommen lassen kannst, wäre das schön«, meinte er.

»Warum machen wir nicht eine Probe aufs Exempel?«, schlug Angela vor. »Mir ist aufgefallen, dass die Polsterbezüge in der Villa Castro erneuert werden sollten. Ich liefere dir die notwendige Menge Stoff für die drei Sessel in der Rotunde. Und zwar in der Originalfarbe zu einem Preis, der meine Unkosten deckt. Was hältst du davon?«

»Das ist ein sehr großzügiges Angebot«, gab Vittorio zurück. »Und ein äußerst kluger Gedanke. Denn wenn es funktioniert, werde ich meine Auftraggeber sehr gut davon überzeugen können, es mir nachzutun. Ich richte regelmäßig Empfänge für besonders gute Kunden in der Rotunde aus.«

Angela hatte schon etwas Ähnliches vermutet. Vittorio lehnte sich zurück, strich sich das Haar aus der Stirn und begann von einem im September geplanten Event zu erzählen. Dieser Mann sah so unverschämt gut aus. Ob es eine Frau in Vittorios Leben gab? Natürlich gab es eine. Männer wie Vittorio wurden von Frauen umschwärmt. Sie mussten sich nicht mal Mühe geben. Unwillkürlich betrachtete Angela seine schlanken Hände. An der rechten Hand trug er einen Siegelring, golden mit einem Jadestein. Angela konnte ein eingeschnitztes Wappen erkennen. Einen klassischen Ehering trug Vittorio nicht. Angela war klar, dass das nichts zu bedeuten hatte ...

»Was macht eigentlich dein Mann, Angela?«

Sie fuhr zusammen, als hätte Vittorio sie bei etwas Verbotenem ertappt. Natürlich, ihren Ehering hatte sie nach Peters Tod nicht abgelegt, auf diesen Gedanken war sie überhaupt noch nicht gekommen.

»Er ist gestorben«, sagte sie leise und drehte an ihrem Ring. »In diesem Frühjahr. An Krebs.«

Auf einmal war ihr kalt, obwohl die Sonne schien. Sie griff nach ihrer Stola und legte sie sich um. Als Vittorio noch immer nichts sagte, blickte sie ihm scheu ins Gesicht. Und erschrak vor dem unendlich traurigen Ausdruck in seinen Zügen. Er sah sie nicht direkt an, sondern irgendwo an ihr vorbei ins Leere. Hatte er eben noch vor Lebendigkeit nur so gestrotzt, war sein Strahlen auf einmal wie erloschen.

»Das tut mir leid«, sagte er leise und sah sie schmerzerfüllt an. »Dann geht es uns ja recht ähnlich. Sofia kam vor einem Jahr bei einem Verkehrsunfall ums Leben.«

Unwillkürlich griff Angela über den Tisch und legte ihre Hand auf die von Vittorio. Im nächsten Moment wurde ihr bewusst, wie intim diese Geste war, und angesichts der Tatsache, dass sie sich ja noch kaum kannten, drückte sie seine Hand nur kurz und zog ihre wieder zurück.

»*Che disgrazia*«, sagte sie leise. Was für ein Unglück!

Vittorio sah sie an, und der Ausdruck in seinen Augen spiegelte alle möglichen Emotionen wider – Trauer und Schmerz, aber auch ein ehrliches Lächeln, das einem Glück entsprang, verstanden zu werden.

»*Sì*«, sagte er. »Das Leben geht dennoch weiter.«

Angela nickte. »Das hat Peter auch immer wieder gesagt. Für dich, hat er gesagt, geht das Leben weiter.«

»Ich habe einen Sohn«, fügte Vittorio hinzu. »Er lebt in den USA. Hast du auch Kinder?«

»Ja, eine Tochter«, antwortete Angela mit einem Lächeln. »Sie heißt Nathalie.«

Und dann schwiegen sie miteinander. Die Zeit wurde auf einmal völlig bedeutungslos angesichts des Einvernehmens, in dem sie beide hier saßen und miteinander trauerten und doch auch diesen gemeinsamen Moment tief in sich aufnahmen. Bis schließlich der Besitzer des *ristorante* kam, um zu fragen, was er ihnen noch bringen dürfe.

»Einen *caffè ristretto*«, sagten sie beide wie aus einem Munde. Sie mussten lachen, und die Schwere löste sich auf.

Wie seltsam, dachte Angela später, als sie zurückfuhren und beide noch immer nicht sprachen, ganz einfach, weil es überhaupt nichts zu sagen gab. Wie seltsam und wie überaus schön, dachte Angela, dass man mit diesem Mann auch schweigen kann, ohne sich peinlich berührt zu fühlen.

»Du denkst doch daran, dass du nachher bei Lorenzo Rivalecca zu Abend isst?«

Angela starrte Tess erschrocken an. O Gott, das hatte sie vollkommen vergessen. Oder besser verdrängt. Sie konnte sich noch immer nicht an den Gedanken gewöhnen, mit dem unfreundlichen alten Herrn einen ganzen Abend verbringen zu müssen.

»Was soll ich denn nur mit ihm reden?« Angela stöhnte.

»Na, am besten über den Notartermin nächste Woche. Und erzähl ihm doch von deiner Idee mit der Betriebsrente. Das wird ihm gefallen.«

Als sie sich auf den Weg hinauf zum Palazzo Duse machte, brach gerade die Dämmerung herein. Vielleicht öffnet er ja gar nicht, dachte Angela hoffnungsvoll, doch kaum hatte sie sich dem Tor genähert, schwang es auch schon automatisch auf. Angela wurde sich bewusst, dass Rivalecca ihr Kommen offenbar mithilfe der Kameras beobachtete, und bemühte sich, ein nicht allzu genervtes Gesicht zu machen.

Er erwartete sie an der Eingangstür. Mit leicht gebeugtem Oberkörper starrte er ihr entgegen. Angela wurde aus seiner Miene nicht schlau, schaute er freundlich oder eher feindselig?

Auf ihre Begrüßung hin knurrte er etwas Unverständliches und ging ihr voraus in die Eingangshalle. Dieses Mal war alles hell erleuchtet, und Angela staunte über die Pracht der Halle und des Treppenhauses.

»*Vieni*«, befahl Rivalecca.

Er duzte sie? Angela kämpfte ihre Gereiztheit nieder und folgte ihm. Rivalecca hielt ihr eine Tür auf, machte eine schroffe Geste, die er vermutlich für einladend hielt. Angela rief sich selbst zur Ordnung, denn ihr wurde bewusst, dass sich ein Gefühl der Abneigung gegen den alten Mann in ihr ausbreiten wollte.

Sie folgte ihm in ein riesiges Speisezimmer, dominiert von einem Tisch, an dem gut und gern zwei Dutzend Menschen Platz hätten finden können. Angela schloss kurz die Augen.

Das konnte einfach nicht wahr sein. Wie in einem Historienfilm war jeweils an den Stirnseiten dieses gigantischen Tisches gedeckt worden, das jedoch mit aller Sorgfalt, mit gestärkten Leinenservietten und silbernem Besteck. Auf der leeren Tischfläche zwischen ihnen brannten Kerzen an drei mehrarmigen Leuchtern. Sie würden sich also gegenübersitzen in einem Abstand von rund zwölf Metern? Nun gut, sollte Rivalecca schwerhörig sein, hätte sich die Frage, worüber sie mit ihm sprechen sollte, ohnehin erübrigt.

»Ich esse abends nicht viel«, erklärte Rivalecca und wies auf das eine Ende des Tisches, begab sich selbst an das andere.

»Das trifft sich gut«, erwiderte Angela. »Ich bin auch nicht sehr hungrig.«

Sie setzte sich auf den ihr zugewiesenen Stuhl und musste auf einmal einen völlig unpassenden Lachanfall unterdrücken. Was zum Teufel tat sie hier eigentlich in dieser unwirklichen Inszenierung?

Die Tür ging auf, und eine ältere Frau, die Angela noch nie zuvor gesehen hatte, brachte eine Schüssel.

»Am liebsten esse ich *minestrone*«, sagte ihr Gastgeber, während die Angestellte ihm den Teller füllte. »Gemuuusesuppe auf Deutsch, nicht wahr?«

Angela nickte. O mein Gott, dachte sie, mach, dass er nicht in deutscher Kriegsgefangenschaft war. Oder »Militärinternierter«, wie die Gefangenen der ehemals mit der Wehrmacht verbündeten italienischen Soldaten genannt worden waren. Sie streute, wie in Italien üblich, ein wenig geriebenen Parmesan über ihre Suppe und kostete. Es schmeckte vorzüglich. Rivalecca beobachtete sie genau.

»Schmeckt sie dir?«, fragte er und nickte zufrieden. »Das macht die luftgetrocknete *pancetta*. Der Bauchspeck gibt der Suppe die Würze.«

Laut schlürfend widmete sich der alte Mann seinem Mahl. Eine Zeit lang war nichts zu hören als dieses Geräusch und ein leises Klackern ihrer Löffel. Als sein Teller leer war, ließ Rivalecca seinen Löffel klirrend fallen, lehnte sich zurück und wischte seinen Mund mit der Leinenserviette ab.

»Wie kommst du mit den Weibern zurecht?«

Angela hätte sich beinahe verschluckt und ließ nun auch den Löffel sinken. »Was bitte meinen Sie?«

»Na diese Lidia. Orsolina. Und die verrückte Maddalena und wie sie alle heißen. Wie kommst du mit ihnen klar?«

»Gut«, antwortete Angela knapp. »Ich schätze ihre Arbeit. Und sie sind froh, dass es weitergeht.« Eine Weile war es unangenehm still. Dann besann sich Angela auf das, was Tess ihr geraten hatte, und erzählte Rivalecca von ihrem Plan, eine betriebliche Rente für die Weberinnen einzurichten. »Sie vertrauen dem staatlichen Rentensystem nicht besonders«, sagte sie, und Rivalecca lachte glucksend auf. »Deswegen werde ich ihnen vorschlagen, einen kleinen Teil ihres Lohnes in einen eigenen Fonds einzuzahlen. Ich selbst mache eine Starteinlage von hunderttausend Euro ...«

»Was?«, donnerte Rivalecca und schlug mit der Hand auf den Tisch, dass die Kerzenflammen flackerten. »*Che sciocchezza!* Offenbar verkaufe ich dir viel zu billig, wenn du so viel Geld für einen derartigen Unsinn übrig hast! Hat mich die alte Tessa hereingelegt, wie?«

Angela glaubte, nicht recht zu hören. Also beschloss sie, den Stier bei den Hörnern zu nehmen. »Tess beteiligt sich ebenfalls an dem Fonds«, erklärte sie ungerührt. »Nicht jeder sitzt nämlich in einem so prächtigen Palazzo wie Sie, Signor Rivalecca. Nicht jeder kann im Alter seine *minestrone* mit silbernen Löffeln essen. Und nicht jeder kann es sich leisten, seinen Launen nachzugeben. Ich fühle mich für die Weberinnen verantwortlich. Und soweit ich informiert bin, ging es Ihrer verstorbenen Gemahlin nicht anders.«

Sollte er sie doch hinauswerfen. Sie legte keinen Wert auf diese gemeinsamen Abende. Auch wenn der Kaufvertrag erst in ein paar Tagen unterzeichnet würde, der Vorvertrag war bindend, und sie hatte keine Lust, sich von dem alten Herrn hier maßregeln zu lassen wie ein kleines Mädchen. Es wurde Zeit, dass er das begriff. Herausfordernd blickte sie ihn an. Und sah ihn zu ihrer Verwunderung lächeln. Oder eher grinsen?

»Gehen wir rüber«, befahl er und stand auf. »Ich hoffe, du bist satt. Mehr gibt es nämlich nicht. Na komm schon, *andiamo!*«

Angela stand verwirrt auf. Appetit hatte sie keinen mehr, und auch sonst war sie ziemlich bedient. Doch eine Frage brannte ihr noch auf der Seele, und deshalb folgte sie Rivalecca trotzdem hinüber in das Herrenzimmer, das sie schon von ihrem letzten Besuch kannte.

»Warum wollen Sie eigentlich, dass ich komme und mit Ihnen zu Abend esse? Wozu soll das gut sein?«

Jetzt war es raus. Rivalecca stand gerade an einem Tischchen mit mehreren geschliffenen Kristallkaraffen und schenkte etwas ein, als er mitten in seiner Bewegung innehielt.

»Das ist eine sehr unhöfliche Frage«, blaffte er sie an.

»Sie sind auch nicht gerade höflich«, gab Angela zurück.

»Aber ich bin der Ältere!«

»Das gibt Ihnen nicht das Recht, sich zu benehmen wie ... wie ...« Angela war so wütend, dass ihr die Worte ausgingen.

»... *con la delicatezza di un pachiderma?*«, half Rivalecca listig nach.

»Ja, genau«, stimmte Angela zu. »Sie benehmen sich wie ein Elefant im Porzellanladen.«

Rivalecca zeigte schon wieder dieses seltsame Lächeln, das

so fremdartig in seinem Gesicht wirkte, das sonst immer in tiefe Falten gelegt war wie das eines Griesgrams.

»Weil ich ein *pachiderma* bin«, erwiderte er. »Ein Dickhäuter! Ich habe auch ein Gedächtnis wie ein Elefant. Ich vergesse nichts!«

Den letzten Satz spuckte Rivalecca ihr entgegen. Dann schenkte er eine bernsteinfarbene Flüssigkeit in zwei Gläser und hielt ihr eines davon hin.

»Hier!«, knurrte er. »Und setz dich gefälligst! Das ist der beste Grappa, den du jemals zu trinken bekommen wirst. Er stammt von den Trauben meines Weinbergs. Also hoffe ich, du weißt ihn zu schätzen!«

Der Grappa schmeckte Angela wirklich ausgezeichnet, und als Rivalecca das bemerkte, wurde er lebhafter und legte ihr dar, was einen guten Tresterbrand ausmachte, wie er zu reifen hatte und wie lange.

»Ich wusste nicht«, sagte sie, als er ihr nachschenkte, »dass Sie auch einen Weinberg haben.«

Rivalecca lachte auf. »*Einen* Weinberg?«, äffte er sie nach. »Meiner Familie gehörten die Weinberge im Umkreis von vierzig Quadratkilometern. *Ecco*«, rief er aus und wies auf eine handgezeichnete gerahmte Landkarte an der Wand. »Alles, was rot schraffiert ist, gehörte einmal uns. Wir produzierten den besten Prosecco, den du dir vorstellen kannst. Keiner hat die Garganega-Traube so perfekt ausgebaut wie wir.«

»Und heute nicht mehr?«, wollte Angela wissen.

Rivalecca machte eine Geste mit dem rechten Arm, halb wegwerfend, aber auch irgendwie bedauernd. »Alles verkauft. Wer soll es denn bewirtschaften? Erben habe ich keine. Die Familie Rivalecca wird aussterben, wenn ich einmal ins Gras beiße. So sieht es aus. Sieben Generationen Winzer. Und dann ist von jetzt auf gleich Schluss.«

So war das also, deshalb hatte Rivalecca nie Interesse an der Seidenvilla gehabt. Er war Winzer mit Leib und Seele, und zwar noch heute, auch ohne Weinberge. Die Weberei war die Sache seiner Frau gewesen, sie hatte sein Herz nie höher schlagen lassen. Wahrscheinlich war er erleichtert, auch diese Bürde loszuwerden.

»Ich wüsste gern«, begann Angela vorsichtig, »ob es noch alte Unterlagen gibt über die Webstühle. Vor allem über den großen. Ich würde ihn gern wieder in Betrieb nehmen.«

Rivalecca blickte auf. »Den *omaccio*?«, fragte er und runzelte die Stirn. »Warum?«

»Ich habe eine entsprechende Anfrage«, antwortete Angela.

Der Alte betrachtete sie mit undurchdringlicher Miene. Doch sie kannte ihn bereits gut genug, um zu erkennen, dass er nicht zufrieden war.

»Er hat lange stillgestanden«, fuhr Angela fort. »Er müsste gewartet werden. Wissen Sie, wer so etwas machen könnte?«

»Heute keiner mehr«, erwiderte Rivalecca barsch. »Die sind alle tot. Oder zu alt.«

Angela hielt seinem Blick stand. »Wie heißen die?«, fragte sie.

»Wie heißt wer?«

»Na die, die zu alt sind!«

Rivalecca schürzte die Lippen und zog die dichten Augenbrauen zusammen. Wie bei ihrem ersten Besuch starrten sie sich in die Augen, keiner von beiden gab nach.

»Lass die Finger von dem *omaccio*«, sagte der alte Mann finster.

»Warum? Was ist mit ihm?«

»Er hat noch keinem Glück gebracht«, erklärte er und seufzte plötzlich. »Aber wenn du es mir nicht glauben willst, frag Giuggio. Er wohnt im Unterdorf, Fioretta wird es dir zeigen.« Angela stand schon vor der Tür, als Rivalecca seine knochige Hand auf ihren Arm legte. »In diesen Rentenfonds«, knurrte er, »für diese Betriebsrente, da zahl ich dieselbe Summe ein wie Tessa. Was auch immer die alte Hexe investiert, investier ich auch.«

Und dann schlug er die Tür hinter Angela zu, dass sie zusammenfuhr.

Was für ein seltsamer Mensch, dachte sie, als sie die Gasse hinunterging. Und voller Überraschungen.

## 14

## Der *omaccio*

Angela fand den alten Giuggio in einem kleinen Gärtchen hinter seinem Haus, das in einem steil abfallenden Hang lag. Breitbeinig stand er vor einer prächtigen Tomatenpflanze und band einen Zweig mit drei schweren Früchten an das Spalier. Er hatte ihren Gruß nicht gehört, und so wartete Angela geduldig, bis er aufsah.

Wie alt mochte der Mann sein? Als er begriffen hatte, dass sie tatsächlich zu ihm wollte, machte er sich behäbig auf den Weg hinauf zum Haus. Der Schreinermeister schien selbst aus uraltem Holz geschnitzt zu sein. Vor allem das von der Sonne gegerbte Gesicht mit den vielen Runzeln, aus dem seine wasserhellen Augen hervorblitzten, wirkte wie glatt polierte Eiche.

Es dauerte lange, bis er verstand, was sie von ihm wollte. Angela bereute schon, nicht Fioretta mitgebracht zu haben, denn zum einen hörte Giuggio wohl nicht mehr gut, zum anderen sprach er den hiesigen Dialekt, sodass sie ihn nur schwer verstand. Doch irgendwann war das Wort *telaio*, Webstuhl, in sein Bewusstsein eingedrungen und auch, dass er in Angela die neue Besitzerin der *tessitura* vor sich hatte, *la tedesca*, von der offenbar das ganze Städtchen sprach. Und so führte er sie zu einem Tisch unter einer Laube und bat sie, Platz zu nehmen, während er ins Haus ging. Nach einer Weile kam er mit einem Krug und zwei Gläsern zurück und schenkte ihnen ein. Angela kostete von dem leichten, erfrischenden Weißwein. Dann stellte sie die entscheidende Frage.

»Würden Sie sich mal den großen Webstuhl ansehen? Den *omaccio*?«

Das Gesicht des alten Schreiners wurde ernst, die Furchen darin vertieften sich.

»*Porta male*«, sagte er widerstrebend.

»Wer bringt Unglück?«, fragte Angela konsterniert. »Der Webstuhl?« Giuggio nickte. »Aber warum?«

Der Alte hob seine riesigen, schwieligen Hände, ließ sie wieder auf die Tischplatte sinken. »*Tante storie*«, murmelte er. Viele Geschichten.

»Arbeitet er nicht gut?«, fragte Angela. »Ist er schlecht konstruiert?«

Giuggio schüttelte heftig den Kopf. »*Ma no*«, erklärte er lebhaft. »*Funziona benissimo.*«

»Wären Sie so freundlich vorbeizukommen, um zu kontrollieren, ob noch alles in Ordnung ist?« Der Schreiner sah sie an, als ob er großes Mitleid mit ihr hätte. »*Prego*«, fügte sie hinzu.

Da hob er seine breiten Schultern, ließ sie wieder fallen und nahm einen großen Schluck aus seinem Glas. »*Beh!*«, sagte er. »Wenn Sie das unbedingt möchten, schau ich ihn mir an.«

Angela hatte Giuggio für den kommenden Abend bestellt. Sie wollte die Weberinnen nicht in Aufruhr versetzen, deren Meinung zu dem großen Webstuhl ihr halbwegs bekannt war. Sie fragte Fioretta nach den alten Geschichten, die der Schreiner erwähnt hatte, doch die zuckte nur mit den Schultern.

»Keine Ahnung«, erklärte sie. »Ich weiß lediglich, dass die Frauen nicht gut auf ihn zu sprechen sind. Warum, das weiß ich nicht. Meine Mutter spricht nie darüber.«

Giuggio kam in Begleitung eines vielleicht zwölfjährigen Jungen, den er als seinen Enkel Lelio vorstellte und der einen riesigen Werkzeugkasten anschleppte. Fasziniert beobachtete Angela, wie der Alte seine Hände über das Holz des Webstuhls gleiten ließ und mit großer Umsicht die eine oder andere Mechanik prüfte. Lelio hatte den Werkzeugkasten geöffnet, und auf die für Angela unverständlichen Zurufe hin reichte er seinem Großvater diverse Bürstchen, mit denen der Alte Gelenke und Gewinde säuberte, winzige Metallkännchen, aus denen er Öl in Scharniere tropfen ließ, Feilen und Schmirgelpapier und vieles mehr. Giuggio prüfte jede einzelne der vielen Aufhängungen. Besonders dem System, mithilfe dessen das Schiffchen von rechts nach links geschossen wurde, der Peitsche, widmete er große Sorgfalt. Er horchte und tastete, nickte immer wieder zufrieden mit dem Kopf, zerlegte hier und dort eine Spule, blies Staub aus ihrem Inneren und setzte sie behutsam wieder zusammen. Mit einer feinen Metallbürste schrubbte er ein wenig Oxidation von den metallenen Schäften und Litzen, durch die, so hoffte Angela, Nola demnächst die schier unendliche Reihe an Kettfäden einfädeln würde.

Als er mit alldem fertig war, setzte sich der alte Schreiner auf die Webbank und stellte seine Füße auf die Pedale.

»*Vediamo*«, erklärte er und setzte die Mechanik in Gang. Ein Ächzen und Zittern lief durch den alten Webstuhl, dann erwachte er unter Giuggios energischen Pedaltritten, mit denen er die Schäfte auf und ab bewegte, zum Leben. Mit festen Zügen an der Peitsche katapultierte der Schreiner nun auch das unbeladene Weberschiffchen von einer Seite des Warenbaums zur anderen. Nach einer Weile brachte er die Mechanik wieder zum Stillstand, fingerte vorsichtig an der Schussvorrichtung, verkürzte hier ein Seil, erneuerte dort einen Knoten. Schließlich zog er ein riesiges altes Baumwolltuch aus seiner Arbeitshose, gab ein wenig Leinöl darauf und polierte damit das Gestänge und die diversen Leisten und wischte das überschüssige Öl sorgfältig ab. Er tastete nochmals prüfend dies und das ab, wie ein Blinder, der sich vergewissert, dass alles an seinem Platz ist, wandte sich an Angela und nickte.

»*È pronto*«, sagte er. »Ein guter Webstuhl. Aber passen Sie auf, Signora. *L'omaccio* hat immer gute Arbeit geleistet. Nur glücklich geworden ist noch keiner damit.« Er gab seinem Enkel ein Zeichen, woraufhin dieser emsig alles Werkzeug in den Kasten räumte, wischte sich die Hände an dem Tuch ab und verstaute es wieder in seiner Hosentasche. Als Angela nach seinem Lohn fragte, winkte er ab. »*Niente, Signora tedesca*«, sagte er mit einem herzlichen Lächeln und reichte ihr die Hand. »Ich wünsche Ihnen viel Glück, *in bocca al lupo!* Und passen Sie gut auf sich auf!«

»Auf gar keinen Fall«, rief Nola, und Orsolina fügte ein entschlossenes »Nie und nimmer!« hinzu.

Angela sah von einem entsetzten Gesicht zum anderen.

»Mit dem *omaccio* arbeiten wir nicht«, erklärte Lidia.

»Man sagt, er bringt Unglück«, wisperte Maddalena.

Nur Anna äußerte sich nicht, sie betrachtete ihre Kolleginnen mit gerunzelter Stirn. »Welches Unglück?«, wollte sie wissen.

»Unglück eben«, fauchte Lidia sie an. »Hast du vergessen, was mit Signora Sartori passierte?«

»Was ist denn mit ihr passiert?«, fragte Angela.

Die Frauen verstummten, wandten den Blick ab, keine wollte so richtig mit der Sprache heraus.

»Sie ist ...«, brach endlich Maddalena das Schweigen, »... sie ist ... krank geworden. Und eines Tages ...«

»Es ist immer dieselbe Geschichte«, erklärte Lidia. »Seit Generationen. Zuerst bringt der *omaccio* Glück, gute Geschäfte. Und dann saugt er alle Kraft aus dir heraus. Du wirst krank, kein Arzt kann dir helfen. Und am Ende bist du tot.«

Keiner sagte mehr etwas. Angela konnte die Schritte eines Passanten hören, der unten am Haus vorüberging, so still war es. Was für eine seltsame Geschichte, dachte sie.

»Es gibt also keine, die an dem großen Webstuhl arbeiten möchte?« Die Weberinnen rührten sich nicht. »Auch nicht für einen besseren Lohn?«

Jetzt schüttelten sie alle den Kopf.

»Wenn das so ist, werde ich selbst darauf weben«, erklärte Angela. »Nola, werden Sie mir die Kette richten?«

Fiorettas Mutter sah sie erschrocken an. »Signora Angela«, begann sie, »Sie sollten wirklich nicht ...«

»Ihr nennt mich *la tedesca*«, unterbrach Angela sie. »Aus gutem Grund. Dort, wo ich herkomme, glauben wir nicht daran, dass ein Webstuhl Unglück bringen kann. All diesen Menschen ist etwas widerfahren, aber ein hölzerner Mechanismus hat nicht die Kraft, jemanden so krank zu machen, dass er sterben muss. Und deshalb wage ich es. Nur brauche ich jemanden, der mir die Kette aufzieht. Helfen Sie mir, Nola?«

Fiorettas Mutter sah sie an, als wäre sie ein unbelehrbares Kind, doch Angela sah freundlich zurück und wandte den Blick nicht ab. Am Ende war es Nola, die als Erste wegschaute.

»Von mir aus«, erwiderte sie. »Aber zuerst webe ich meine Stola fertig.«

»Nun«, meinte Angela fröhlich, »das sollten Sie bis heute Mittag geschafft haben. Bis dahin werde ich mit Orsolina über die Farbe der Kette sprechen.«

Sie erhob sich und verließ den Websaal.

»*Dio mio*«, hörte sie gerade noch Nola sagen, »wenn sie so schaut, die *tedesca*, dann erinnert sie mich an den alten Rivalecca. Ich kenne keinen außer ihm und ihr, der so lange gucken kann, ohne zu zwinkern.«

Angela musste ein Kichern unterdrücken, als sie die Treppe hinunterlief. Sie hatte Ähnlichkeit mit Rivalecca? Wie absurd! Das musste sie Tess erzählen.

Am Nachmittag brauchte Angela jeden einzelnen Geduldsfaden, bis Nola endlich, offensichtlich gegen massive innere Widerstände kämpfend, errechnet hatte, wie viel Garn sie benötigte, wenn man am Ende zwanzig laufende Meter Seidenstoff auf dem *omaccio* weben wollte.

»Da brauche ich mindestens zwei Monate, bis die Kette drauf ist«, schimpfte sie. »Der ist ja mehr als doppelt so breit wie die anderen!«

Angela ließ sie schimpfen und begab sich zu Orsolina. Der Einfachheit halber, und auch weil sie sicher war, dass das gut zu dem hellen Blau der Bezüge in Vittorio Fontarinis Villa passen würde, einigte sie sich mit der Weberin auf eine Kette in naturweißem Garn. Sorgfältig suchten sie ausreichend Chargen von derselben Farbnuance, denn auch in natürlichem, ungefärbtem Zustand variierte die Naturseide in einem Ton von eierschalfarben bis zu einem schmutzigen Gold.

Als Nola endlich schlecht gelaunt in dem Raum neben der Färberei verschwand, um mit dem Spulen der Seide und dem Schären der Kettfäden zu beginnen, machte sich Angela auf den Weg zur Villa Castro. Denn dort hatte sie sich mit Vittorio verabredet, um Farbproben von den originalen Polsterbezügen zu nehmen.

Das letzte Mal war sie mit Dario dorthin gefahren, an diesem Tag war sie allein und hatte Mühe, die richtige Abfahrt zu finden. Als sie endlich in die Allee einbog, war sie zehn Minuten zu spät. Vittorio erwartete sie schon, und wieder brachte nur sein Anblick Angelas Herz dazu, aus dem Rhythmus zu stolpern.

»Tut mir leid«, erklärte sie, während sie ihre Umhängetasche mit diversen Utensilien aus dem Kofferraum holte, »ich bin zweimal an der richtigen Einfahrt vorbeigefahren. Ich hätte dich nach der Adresse fragen sollen ...«

»Das hätte dir auch nichts genützt«, sagte Vittorio mit diesem verschmitzten Lächeln, das seine Grübchen zeigte und die strahlenförmigen Fältchen um seine Augen. »Die Villa Castro ist in keiner Karte dieser Welt eingetragen, man findet sie auch nicht mithilfe eines Navigationssystems. Das kostet mich zwar eine Stange Geld, aber das ist es mir wert.«

Angela musste nun auch grinsen. »Du möchtest nicht, dass man herfindet?«

Vittorio schüttelte lachend den Kopf. »Das Letzte, was ich will, sind kulturbeflissene Touristen, die um die Villa herumschleichen. Ich hätte dir den Weg besser beschreiben sollen. Es tut mir leid, dass du suchen musstest. Nun komm!«

Er legte kurz seine Hand an ihren Oberarm und wandte sich zum Eingang.

»Wie möchtest du die Farbproben denn nehmen?«, erkundigte er sich.

»Am liebsten würde ich ein Stückchen Stoff irgendwo, wo man es nicht sehen kann, ausschneiden«, erklärte Angela. »Für den Fall, dass das nicht möglich ist, habe ich Aquarellfarben dabei. Ich werde versuchen, den Farbton zu mischen.«

Sie durchquerten das Vestibül, dann die Halle mit den Weinranken und betraten schließlich die Rotunde. Aufs Neue war Angela fasziniert von der strengen Geometrie des Raumes, von der Wirkung der gläsernen Kuppel und den mythologischen Szenen an der Decke und den Wänden. Einige Minuten stand sie einfach so da und ließ die Farben der Fresken auf sich wirken. Sie drehte sich langsam um sich selbst und schloss ihre Augen ein wenig, sodass sie die Malereien nur noch durch ihre Wimpern hindurch verschwommen wahrnahm. Was vorherrschte, war dieses ganz besondere helle Blau – *celeste*, die Farbe der himmlischen Unendlichkeit. Angela nickte und öffnete die Augen. Ihr Blick fiel auf Vittorio, der sie wie gebannt beobachtete. Sie fühlte, wie ihr heiß wurde vor Verlegenheit und einem anderen Gefühl, das sie schon so lange nicht mehr wahrgenommen hatte, und das sie ganz schnell wieder beiseiteschob.

Rasch wandte sie sich ab, ging zu einem der zierlichen Sessel und inspizierte den Bezug. Die Seide war spröde und an manchen Stellen sogar brüchig. Und es war klar, dass der originale Farbton viel dunkler gewesen sein musste. Mit der Zeit war er zu diesem hellen Blaugrau verblichen.

»Kannst du mir bitte helfen?«, wandte sie sich an Vittorio. »Ich möchte den Sessel umdrehen.«

Vorsichtig fassten sie das Möbelstück jeweils an einer Armlehne und kippten es, bis die zierlichen gedrechselten Holzbeine nach oben zeigten. Angela untersuchte sorgfältig die Ränder des Bezugs, entfernte mithilfe eines kleinen Malerspachtels vorsichtig ein paar Polsternägel, und fand, was sie suchte. An einer Stelle war der Stoff reichlich umgeschlagen worden, und der inwendige Streifen, der nie dem direkten Licht ausgesetzt gewesen war, zeigte eine viel dunklere, intensivere Färbung.

»Sieh dir das an!«, rief sie zufrieden. »Darf ich diesen Streifen hier abschneiden? Dann schlage ich die Nägel wieder ein und keiner sieht etwas.«

»Natürlich«, antwortete Vittorio und sah fasziniert zu, wie Angela einen scharfen Cutter aus ihrer Umhängetasche holte und behutsam ein Stück Seide abtrennte. Mit einem kleinen Hammer befestigte sie den Bezug wieder am Rahmenholz. Danach stellten sie den Sessel auf seine Beine.

»Ich würde gern noch ein bisschen Originalstoff von einem anderen Sessel abtrennen«, erklärte sie. »Es wäre interessant zu sehen, ob er dieselbe Färbung hat. Das wird Orsolina bestimmt interessieren.«

»Orsolina?«, fragte Vittorio.

»So heißt unsere Färberin«, antwortete Angela.

»Ach ja«, erinnerte sich Vittorio. »Die Frau mit dem geheimen Farbrezeptbuch. Wollen wir diesen Sessel auch umdrehen?«

Sie untersuchten am Ende alle drei Sitzmöbel, und Angela konnte noch zwei weitere Proben abtrennen. Unter dem Oberlicht legte sie die Stoffstreifen nebeneinander auf den Marmorboden, um sie miteinander zu vergleichen.

»Es sieht so aus«, meinte Angela, »als stammten sie alle aus einem einzigen Färbegang.«

Sie war erleichtert zu sehen, dass sie an diesem Vormittag die richtige Entscheidung getroffen hatte, denn auch der Originalstoff war auf einer weißen Kette gewoben worden. Aber wann war das gewesen? Ein leuchtendes, fast irisierendes, kräftiges Himmelblau, das, nur für Kenner sichtbar, ein wenig ins Rötliche spielte. Ein nicht alltäglicher Farbton, nein, ganz und gar nicht. Angela war gespannt, was Orsolina dazu sagen würde.

Sie holte eine Klarsichthülle aus ihrer Tasche und verstaute die Stoffproben darin.

»Sind wir jetzt schon fertig?« Vittorio klang direkt enttäuscht.

»Ich muss noch ausmessen, wie viel Stoff wir brauchen«, antwortete Angela und holte ein Maßband aus ihrer Tasche.

Doch auch das war rasch erledigt, denn alle Sessel hatten dieselbe Größe. Angela notierte sich die Maße in ihrem Notizbuch, sah sich um und nickte. »*Siamo pronti*«, sagte sie.

»Wie schade ...« Angelas Blick fiel auf Vittorios Lachfältchen, seine Lippen, und sie ertappte sich dabei, dass sie fieberhaft nach einem Grund suchte, noch eine Weile zu bleiben ... »Wenn du es nicht eilig hast«, fuhr er fort, »würde ich dir gern noch den Rest der Villa zeigen. Es wird dir sicher bei deiner Arbeit helfen, wenn du einen Gesamteindruck hast.«

»O ja«, beeilte Angela sich zu sagen. »Das wäre schön. Ich habe mich schon gefragt, wie die anderen Räume gestaltet sind.«

Sie biss sich auf die Unterlippe. Was war nur in sie gefahren? Vittorio war ein potenzieller Auftraggeber. Warum verwirrte er sie nur so?

»Würde dich die Kunstsammlung meines Vaters interessieren?«, fragte Vittorio. »Ich zeige sie nicht jedem, Angela, denn wie gesagt bin ich nicht erpicht darauf, dass viele Menschen über die Villa Castro Bescheid wissen. Aber wenn du möchtest ...«

»Das würde ich sehr gern«, erklärte Angela begeistert. »Ich fühle mich geehrt ...«

»*Macché*«, unterbrach Vittorio sie. »Ich bin es, der sich geehrt fühlt.«

Er öffnete die Tür, und Angela hatte im ersten Moment den Eindruck, einer Gesellschaft von Menschen entgegenzutreten. Sie erkannte, dass es sich um Skulpturen handelte, Büsten aus Marmor und Alabaster auf hohen Sockeln auf der einen, Standbilder, die den ganzen Körper in Lebensgröße zeigten, auf der anderen Seite, wie ein langes Spalier. Angela entdeckte ein zartes Mädchengesicht mit einer kunstvoll aus dem Stein herausgearbeiteten Flechtfrisur, den Kopf eines jungen Mannes mit hoher Stirn und entschlossenem Mund, imponierende

Matronen mit streng dreinblickenden Augen unter der steinernen Haube, charaktervolle Porträts von Männern, denen man ansah, dass sie es gewohnt waren, Entscheidungen zu treffen und Befehle zu erteilen. Aber am meisten berührte Angela die Büste einer Greisin mit unmerklich lächelnden Lippen, die Haut über den Wangenknochen eingefallen, mit Runzeln auf der Stirn und um die Augen.

»Sie hat denselben Mund wie du«, entfuhr es Angela.

Vittorio trat neben sie und betrachtete liebevoll das steinerne Bildnis. »Das ist meine Urgroßmutter«, sagte er leise. »Vittoria Fontarini. Man hat mich nach ihr benannt. Mein Vater hat sie sehr geliebt.«

Angela warf ihm einen Blick zu und ließ ihn dann durch die Galerie gleiten. Die Wände, in regelmäßigen Abständen von Fenstern unterbrochen, waren hier nur sparsam bemalt. In einer Glasvitrine ruhten kleinere Objekte, Angela sah sie sich an.

»Hier siehst du Fundstücke aus dem Garten«, erklärte ihr Vittorio. »Allerlei Fragmente aus diversen Epochen. Früher haben die Gärtner so etwas einfach weggeworfen, bis meine Großmutter den Steinhaufen, der sich im Laufe der Jahrhunderte in einer verborgenen Ecke unseres Grundstücks angesammelt hatte, durchsuchen ließ und die schönsten Stücke hier unterbrachte. Einige Studenten aus Padua haben sie sortiert und archiviert, und *nonna* hat Gutachten erstellen lassen. Ein paar wertvolle Stücke wurden dem Nationalmuseum für Archäologie in Venedig übergeben.«

Angela betrachtete kleinere Scherben von Vasen und Amphoren, einen tönernen Kinderfuß, der wahrscheinlich einmal zu einer Putte gehört hatte, die Spitze eines marmornen Zeigefingers, einen zerbrochenen Puppenkopf, Teile eines hölzernen Steckenpferdes und vieles mehr.

»Das alles haben deine Ahnen einmal benutzt«, sagte Angela versonnen. »Damit hat ein Kind gespielt, und mit diesem Seidenband hat sich eine Frau geschmückt …«

»Und heute sind sie alle in unserer Familiengruft«, bemerkte Vittorio nachdenklich.

»Aber etwas von ihnen lebt in deinen Genen weiter«, wandte Angela ein. »So wie die Lippen deiner Urgroßmutter. Und vermutlich vieles mehr, was man nicht so einfach sehen kann.«

»Meinst du wirklich?«, fragte Vittorio. »Glaubst du daran, dass etwas bleibt?«

Angela senkte den Blick. War etwas von Peter geblieben? Trug Nathalie etwas von ihm in sich? Wieder einmal wurde ihr bewusst, wie wenig Nathalie äußerlich von ihr und von Peter hatte. Ihr Mann war groß und blond gewesen, hatte helle graublaue Augen gehabt. Und sie selbst schlug ganz nach ihrer Mutter, hatte dasselbe goldblonde Haar und dieselben tiefblauen Augen. Niemand in ihrer Familie hatte solch dunkelgrüne Augen und solch kastanienbraunes Haar wie Nathalie. Und dennoch. Im Wesen ähnelte Nathalie ihrem Vater sehr. Vor allem in ihrem unerschütterlichen Optimismus und ihrer Begeisterungsfähigkeit war sie die Tochter ihres Vaters.

»Ganz sicher«, antwortete sie schließlich und sah Vittorio in die Augen. »Und nicht nur in den Genen der Nachkommen. Etwas bleibt von jedem Menschen. Auf alle Fälle solange sich noch jemand an ihn erinnert.«

Ihre Worte schienen etwas in Vittorio zu berühren, eine Weile sprachen sie nicht, und Angela betrachtete versonnen eine aufwendig gearbeitete Silberkette. Sie kannte die Technik, mit der sie gefertigt war – man nannte sie »Silberstricken«. Ganz ähnlich wie bei einer Strickliesel mit Wolle wurde feinster Silberdraht in einem Zylinder zu einem Schlauch aus

Maschen verarbeitet. Sie hatte im Rahmen ihres Studiums ein Praktikum in einer Gold- und Silberschmiedewerkstatt gemacht und auch später noch diese Technik mit den verschiedensten Materialien ausprobiert. Bei dem Exemplar in der Vitrine waren die vielen feinen Silberdrähte gerissen. Angela fragte sich, welche Kräfte hier wohl gewirkt haben mochten. Denn eigentlich gab es kaum etwas Stabileres als solch einen silbergestrickten Kettenschlauch ...

»Möchtest du den nächsten Raum sehen?«, riss Vittorio sie aus ihren Gedanken.

»O ja«, sagte sie und folgte ihrem Gastgeber durch eine Flügeltür.

Und wieder hatte sie so etwas wie ein Déjà-vu. Sie fühlte sich in einen ihrer Träume versetzt, in denen sie durch Räume ging, die sie nicht kannte, Räume voller Blumen an den Wänden, Sonne, Mond und Sterne an den Decken, und der Mond inmitten eines Sternenhimmels schmückte hier, in diesem neuen Raum, tatsächlich die Decke ...

»Weißt du«, begann Vittorio und ergriff ihre Hand, »ich muss dir etwas sagen. Seit dem Tod meiner Frau habe ich mich nicht mehr so wohlgefühlt in der Gesellschaft eines anderen Menschen wie jetzt mit dir. Es war ... es ist immer noch nicht einfach für mich. Aber das muss ich gerade dir nicht erklären, nicht? Und das ist ... ich meine ... das ist etwas so Besonderes, Angela. Zum ersten Mal habe ich das Gefühl, dass mich jemand wirklich versteht, dass ich mich nicht verstellen muss. Und zum ersten Mal seit damals ... bitte versteh mich nicht falsch ... zum ersten Mal bin ich wieder so etwas wie glücklich.«

Bestürzt erkannte Angela, dass Vittorios Augen in Tränen schwammen. Sie trat einen Schritt auf ihn zu, er öffnete seine Arme, und im nächsten Moment lehnte sie sacht an ihm, fühlte sein Herz unter dem weißen Hemd schlagen, spürte seine Wärme, nahm seinen Duft wahr. Für einen Augenblick legte sie ihre Wange an seine Schulter und hatte das Gefühl, dass sie hierher gehörte, genau an diese Stelle, dass sie diesen Geruch schon seit langer Zeit kannte, den Geruch eines Zuhauses, einer Heimat, einer Zuflucht. Dann spürte sie Vittorios Arme um sich, sanft und leicht. Sie hob den Kopf, und ihre Lippen begegneten sich, ebenso sanft und leicht und doch ganz natürlich, als wäre es das Selbstverständlichste auf der Welt.

Und ebenso selbstverständlich lösten sie diese Umarmung wieder auf, als wären sie beide zwei Wellen, die zusammengeflossen waren und nun wieder auseinanderströmten. Ihre Hand jedoch, die ließ er nicht mehr los.

## 15

## Die rätselhafte Farbe

»Besser geht es nicht!«

Orsolina schob trotzig ihre Unterlippe vor. Zehn Färbegänge lagen hinter ihr, und Angela war noch immer nicht zufrieden. Es war noch früh am Morgen. Sie hatten die Chargen nebeneinander auf die Bank im Schatten des Maulbeerbaums auf weißem Seidenpapier ausgebreitet und betrachteten sie kritisch.

Angela hielt den breitesten Stoffstreifen aus der Villa Castro neben die Garne und schüttelte den Kopf. »Es ist immer noch nicht derselbe Farbton. Vor allem fehlt der rötliche Schimmer. Wenn man genau hinsieht, ist es ganz anders.«

»Wenn man das blöde Ding nicht danebenhält, merkt es kein Mensch. Es ist ein schönes Blau. *Un azzurro belissimo!*«

»Sicherlich, Orsolina«, sagte Angela seufzend. »Es ist ein wunderschönes Blau. Aber es ist nicht das richtige. Wir müssen herausfinden, welche Inhaltsstoffe damals genau zum Färben dieser Seide benutzt wurden ...«

Sie hatte ihren Satz noch nicht ganz ausgesprochen, da stürmte Orsolina auch schon davon. Sie schmetterte die Tür zu ihrem Laboratorium, wie Angela im Stillen ihre Hexenküche nannte, hinter sich ins Schloss, dass es nur so knallte.

Angela stöhnte und ließ sich neben die Farbmuster auf die Bank fallen. Im Grunde konnte sie die Färberin ja verstehen. Sie hatte behauptet, jeden Farbton dieser Welt zustande zu bringen, und jetzt fühlte sie sich blamiert. War Orsolina womöglich am Ende ihres Lateins?

Dass Blau schon immer eine komplizierte Farbe gewesen war, vor allem wenn man versuchte, ohne Chemie auszukommen, war Angela bewusst. Blau kam in der Natur nur selten vor, und wenn, ergaben die Färbemittel gedeckte, blasse Töne. In der Malerei hatte man, wenn man ihn sich leisten konnte, den Halbedelstein Lapislazuli verwendet, um beispielsweise den Mantel der Gottesmutter in königlichem Blau darzustellen, doch hauchfein zermahlenes mineralisches Pigment taugte nicht zum Färben von Stoffen, von den Kosten ganz zu schweigen. Im Mittelalter hatte man stattdessen hauptsächlich die Pflanze *Isatis tinctoria*, Färberwaid, verwendet, später das exotische *Indigofera tinctoria*, das hauptsächlich aus Indien stammte und das beliebte Indigoblau lieferte. Doch das hatten sie alles schon ausprobiert ...

Wer weiß, dachte Angela, während sie den schmalen Stoffstreifen aus der Villa Castro zwischen den Fingern drehte und wendete, welchen natürlichen Farbton diese Seide gehabt hat. Auch das beeinflusste natürlich das Endergebnis mit. Und wer sagte denn, dass dieser Stoff wirklich so alt war, wie sie dachte? Möglicherweise waren die Sessel viel später neu bezogen worden.

Angela betrachtete die zehn unterschiedlichen Färbungen, die sich nur minimal voneinander unterschieden. Sie beschloss, die Garne Maddalena zu geben, damit sie eine Stola aus ihnen webte – wie ein Stück Himmel, kühl und weich zugleich. Irgendeine Frau auf dieser Welt würde mit ihr glücklich werden. Doch für Vittorios Bezüge ließ Angela den Farbton nicht durchgehen. Sie hasste diese Art von Kompromissen. Am kommenden Morgen, wenn Orsolina sich wieder beruhigt hatte, würde sie mit ihr gemeinsam überlegen, wie man die Rezeptur verbessern konnte.

Sie erhob sich, drehte die einzelnen Seidenchargen zu

Strängen und schlug sie sorgfältig in das Papier ein. Schon auf der Treppe zur Weberei klang ihr das Klackern der vier Webstühle entgegen, der immer vertrauter werdende Rhythmus, ein vielstimmiges »Tschi-ki-to-ka«, das entstand, wenn die Weberin mit der Peitsche das Weberschiffchen von rechts nach links und wieder zurückschießen ließ, gleichzeitig mit den Fußpedalen die Schäfte bewegte, um das »Fach« zu öffnen, indem sich jeder zweite Kettfaden beständig hob und senkte. Inzwischen hatte auch Angela gelernt, aus den Rhythmen, die aus dem ersten Stock drangen, herauszuhören, in welcher Stimmung ihre Weberinnen waren.

Die Frauen hatten sich daran gewöhnt, dass sie ab und zu leise in die Werkstatt kam, und gerieten nicht mehr aus dem Takt. Angela legte die himmelblauen Seidenstränge auf den Tisch, dort, wo Maddalena wie jeden Morgen ihre abgeschabte Handtasche abgestellt hatte. Die Weberin arbeitete gerade an den letzten Zentimetern eines fliederfarbenen Umschlagtuchs, und um sie dabei nicht zu stören, warf Angela einen Blick in den angrenzenden Raum, wo Nola völlig in ihre Arbeit versunken dabei war, jeden einzelnen der feinen weißen Kettfäden durch eine der Litzen des *omaccio* zu fädeln. Eine Sisyphusarbeit.

Fiorettas Mutter hatte Angela erklärt, dass vierundzwanzig Kettfäden drei Zentimeter Stoffbreite ergaben, also musste sie mehr als zwanzigtausend von diesen kaum sichtbaren naturweißen Fäden durch die winzigen metallenen Schlaufen ziehen. Noch war erst ein kleiner Teil des Webstuhls damit bestückt. »Kann Ihnen jemand dabei helfen?«, hatte Angela sie gefragt, nachdem Nola mit dem Schären fertig geworden war. Denn der Gedanke, weitere sechs Wochen warten zu müssen, machte sie ganz unruhig. Doch Nola hatte nur geschnaubt. »Wenn auch nur ein einziger Kettfaden falsch gespannt ist«, hatte sie empört ausgerufen, »kannst du alles wegwerfen. Wer weben will, darf nicht ungeduldig sein!«

Natürlich hatte sie recht. Und statt sie jetzt nervös zu machen, zog Angela sich zurück. Aus dem Trakt, in dem sie bald einziehen wollte, drang Baulärm. Raffaele, der Installateur, hatte mit dem Verlegen der Wasserleitungen für die Badezimmer und die Küchen auf beiden Etagen begonnen. In wenigen Wochen würden Benny und Nico hier Quartier beziehen, bis dahin sollten zumindest diese Arbeiten abgeschlossen sein. Sie sprach kurz mit den Handwerkern, dann ging sie hinüber in den Maulbeersaal. Die Luft darin war stickig. Angela öffnete ein Fenster. Seit der Abreise ihrer Tochter und deren Freunden war sie nicht mehr hier gewesen. Jetzt sah sie sich um und versuchte sich vorzustellen, wie sie diesen großen Raum einmal gestalten könnte. Ein großer Esstisch, an dem viele Menschen Platz haben würden. Und eine gemütliche Ecke zum Lesen ...

Sie betrachtete die Wandmalerei, den Maulbeerzweig mit den Früchten, den Seidenfalter und den Schnabel des gierigen Vogels. Dabei überlegte sie, in welcher Farbe sie sich hier einrichten würde. Unwillkürlich wanderten ihre Gedanken zur Villa Castro und zu Vittorio. Ihr wurde bewusst, dass sie eigentlich ständig an ihn dachte, ob sie wollte oder nicht, so wie man ja auch atmete, ohne darüber nachzudenken. Wieder setzte ihr Herzschlag kurz aus, als sie daran dachte, wie nahe sie sich gekommen waren im Skulpturenkabinett. Und schon stieg wieder dieses Gefühl von namenlosem Glück in ihr auf, von einer unglaublichen Vertrautheit, verbunden mit einer vollkommen irrationalen Zuversicht und Freude und der Empfindung, dass das Leben schön war und dass alles seine Richtigkeit hatte, ganz egal, was auch kommen mochte.

Hatte es wirklich seine Richtigkeit, was da mit ihr geschah? War es in Ordnung, dass Vittorio in ihren Gedanken allgegenwärtig geworden war? Musste sie nicht länger trauern? Wenn ja, wieso war sie dann so glücklich? Durfte sie das denn sein?

Wie um diese Gedanken zu verscheuchen, wandte sich Angela von dem Freskenfragment ab. Auf einem der Fensterbretter sah sie etwas liegen, es war ein feiner Pinsel, den Benny vergessen haben musste. Und auf einmal hatte sie eine Idee. Benny studierte doch an einer der besten Schulen für Restaurierung. Vielleicht konnte an seinem Institut jemand herausfinden, was es mit der Seidenprobe aus der Villa Castro auf sich hatte?

Rasch lief sie hinunter in ihr improvisiertes Büro und suchte Bennys Kontaktdaten heraus. Er ging sofort an sein Handy.

»Wäre es möglich«, fragte sie ihn, nachdem sie sich nach seinem und Nicos Befinden erkundigt hatte, »herauszufinden, aus welcher Zeit eine bestimmte Seidenprobe stammt? Und vielleicht auch, mit welchen Pigmenten man sie eingefärbt hat?«

»Das kann ich gern meinen Professor fragen«, bot er an. »Magst du mich gegen zwölf noch mal anrufen? Vielleicht hab ich da schon eine Antwort für dich.«

Zwei Stunden später steckte Angela einen der Seidenstreifen aus der Villa Castro in einen Umschlag, und Fioretta brachte ihn umgehend zum Postamt, um ihn per Eileinschreiben abzuschicken. Bennys Professor wollte die Probe einer auf historische Textilien spezialisierten Kollegin zeigen. Angela hoffte, dass der kostbare Brief sicher in München ankommen würde.

Nach der Mittagspause begann Maddalena, die mit dem fliederfarbenen Tuch fertig geworden war, mit den frisch eingefärbten blauen Garnen zu arbeiten. Schon zur Kaffeepause sah man, dass es eine wundervolle Stola werden würde.

»Wo ist denn Orsolina?«, erkundigte sich Angela, die die

Färberin nicht in ihrer Werkstatt angetroffen hatte. Die Weberinnen tranken Kaffee aus kleinen Tässchen, die Fioretta wie jeden Nachmittag aus der Bar des Hotels Duse geholt hatte.

»Die ist schon nach Hause gegangen«, erklärte Anna. »Sie hatte ziemlich schlechte Laune.«

Angela war bestürzt. Die Färberin würde ihr doch hoffentlich nicht ernstlich grollen?

»Aber nein, Anna«, mischte sich Maddalena ein und warf Angela einen ängstlichen Blick zu. »Orsolina hat es wieder so im Rücken. Deshalb ist sie nach Hause gegangen.«

Anna zuckte mit den Schultern, trank ihre Tasse leer und wandte sich wieder ihrer Arbeit zu, einem fröhlichen Materialmix aus pastellfarbenen Seiden- und Leinengarnen, mit interessanten Kontrasten zwischen glänzenden und matten Streifen. Lidia hüllte sich in Schweigen. Sie war immer noch mit den Bestellungen aus dem kalifornischen Umkreis von Tess' Freundinnen beschäftigt und verarbeitete gerade die letzten Chargen Rotgold und Messinggrün zu einer Stola, die wahrlich einer Königin würdig sein würde.

Als Orsolina auch am nächsten Tag nicht zur Arbeit erschien und durch Fioretta ausrichten ließ, sie habe einen schlimmen Hexenschuss, beschloss Angela, ihr umgehend einen Besuch abzustatten. In der Apotheke um die Ecke holte sie eine Flasche Franzbranntwein und eine Packung mit Wärmepflaster und ließ sich von Fioretta den Weg zum Haus der Färberin beschreiben.

Orsolina wohnte im neueren Teil der Stadt, der *città nuova*, auf der dem Tennisplatz gegenüberliegenden Seite des Hügels. Hier war Asenza wie viele andere historische Städte ab den Sechzigerjahren unkontrolliert den Hang hinunter bis ins Tal gewuchert mit Supermärkten, Ladenketten, Schulgebäuden und Wohnblocks für diejenigen, die es sich nicht leisten konnten, in der Altstadt oder in dem südlich gelegenen eleganten Villenviertel zu leben. Angela war hier schon mehrmals zum Einkaufen gewesen, einmal hatte sie Emilia heimgefahren, die ebenfalls in der Neustadt zu Hause war.

Orsolina lebte in einem Mietshaus am Ortsrand gleich hinter der Tankstelle, das schon bessere Tage gesehen hatte. Auf dem Plattenweg, der durch eine vernachlässigte Grünanlage zum Haupteingang führte, liefen Kinder auf Inlineskatern, doch offenbar hatte nicht jedes Kind ein Paar, denn einige saßen auf dem spärlich wachsenden Rasen und feuerten die anderen an. Die Eingangstür stand offen. Unter den neugierigen Blicken von Jugendlichen, die im Treppenhaus beieinanderstanden und rauchten, stieg Angela hinauf bis in den dritten Stock. Dort war sie sich nicht sicher, welche der drei Türen die richtige war, denn nirgendwo standen Namen. Sie fragte eine junge Frau, die mit einem weinenden Kleinkind auf dem Arm die Treppe heruntergerannt kam.

»Orsolina Piaser? Die Tür ganz links«, rief sie Angela zu und eilte weiter.

Es dauerte eine Weile, bis jemand öffnete.

»*Chi è Lei?*«

Der Mann starrte Angela feindselig an. Er mochte um die sechzig sein, vielleicht auch etwas jünger. Seine Hand, die auf der Klinke lag, war angeschwollen, Daumen, Zeige- und Mittelfinger fehlten. Die Narben am Handstumpf leuchteten hellrot und sahen entzündet aus.

»Bin ich richtig bei Piaser? Ich bin Orsolinas Arbeitgeberin. Darf ich hereinkommen?«

»Ah, *la tedesca*«, schnaubte der Mann. »Wollen Sie etwa kontrollieren, ob sie wirklich krank ist?«

Der Mann schien getrunken zu haben, er klang aggressiv. O mein Gott, dachte Angela, wenn das Orsolinas Mann ist, hat sie kein leichtes Leben.

»Ich wollte ihr ein paar Sachen bringen«, antwortete Angela verbindlich. »Wenn ich nicht gelegen komme, dann wäre es sehr nett von Ihnen, ihr dies hier von mir zu geben.«

Sie wollte dem Mann gerade die Tüte aus der Apotheke überreichen, als aus der Wohnung Orsolinas Stimme erklang.

»Wer ist denn da?«, rief sie. »Stefano, lass sie doch bitte herein!« Der Mann zog eine Grimasse, wandte sich um und ging wortlos davon, verschwand in einem Zimmer und schloss geräuschvoll die Tür hinter sich. Angela holte tief Atem und betrat den Wohnungsflur.

»Komm nur herein«, hörte sie Orsolina rufen, ging der Stimme nach und fand die Weberin im Wohnzimmer auf dem Sofa liegend.

»Orsolina«, sagte Angela herzlich, »wie geht es Ihnen? Schmerzt Ihr Rücken sehr?« Die Färberin erschrak sichtlich bei Angelas Anblick. Offenbar hatte sie jemand anderen erwartet. Mühsam versuchte sie, sich aufzurappeln. »Nein, nein«, beschwor Angela sie. »Bitte bleiben Sie doch liegen! Ich hab Ihnen ein paar Sachen aus der Apotheke mitgebracht, vielleicht hilft das ein bisschen. Waren Sie bei einem Arzt?«

Orsolina schüttelte den Kopf und sank mit schmerzverzerrtem Gesicht zurück auf ihr Lager. »Das wird schon wieder«, stieß sie stöhnend aus. »Ein paar Tage, dann ist alles wieder gut. Es tut mir leid, dass ich bei der Arbeit fehle …«

»Ach was, Orsolina«, versuchte Angela sie zu beruhigen. »Sie müssen sich auskurieren. Passiert das öfter? Hat sich das einmal ein Arzt angesehen?«

Orsolina machte eine wegwerfende Handbewegung. »Ach was. Der tut auch nichts anderes, als Salben zu verschreiben.

Abwarten, bis es besser wird, sagt er. Und dann schickt er einen wieder nach Hause.«

»Vielleicht sollten Sie einen Spezialisten aufsuchen?«

»Einen Spezialisten? Für so etwas haben wir kein Geld, Signora Angela. Mein Mann ...« Orsolina senkte die Stimme und sah unruhig nach der Zimmertür. »Sie haben ihn ja gesehen. Wenn einer einen Spezialisten gebraucht hätte, dann er. Aber das ist einfach nicht drin.«

»Was ist denn mit ihm passiert?«

Orsolina seufzte tief und schien nach Worten zu suchen. »Stefano ist eigentlich ein guter Mensch, Signora. Sie dürfen ihn nicht verurteilen, weil er heute so ... Na ja, normalerweise ist er nicht so unhöflich. Der Unfall ... *che disgrazia* ... das hat ihn verändert. Es sind die Schmerzen.«

»Was denn für ein Unfall?«, fragte Angela betroffen.

»Bei der Arbeit. Dreiundvierzig Jahre war Stefano bei der Stadtverwaltung im Bauhof angestellt. Dreiundvierzig Jahre. Und jetzt ist er ein Invalide ...«

»Wie ist das passiert?«

»Vergangenen Dezember, beim Aufhängen der Weihnachtslichter war es. Sie müssen wissen, in der Weihnachtszeit sind alle Straßen in Asenza mit diesen großen Sternen geschmückt, riesige Gestelle sind das voller Glühbirnen, und oben in der Altstadt gibt es seit ein paar Jahren auch noch diese Rentierschlitten. So breit wie die ganze Straße, wunderschön, und schwer. Und da ist es passiert. Ein Kollege lässt das Gestell mit dem Rentierschlitten einfach los, und es knallt runter. Direkt auf Stefanos Hand. Und weg waren die Finger.«

Angela schloss kurz die Augen. Die pure Vorstellung verursachte ihr eine Gänsehaut.

»Er hat doch sicher eine Entschädigung erhalten?«, fragte

sie, als sie sich wieder gefangen hatte. »Oder eine Abfindung? Die Stadt muss doch für solche Fälle …«

»*Niente*«, unterbrach Orsolina sie. »Frühzeitig pensioniert hat man ihn, mit achtundfünfzig Jahren. Entsprechend wenig Rente bekommt er jetzt. Aber so ein Ruhestand ist nichts für Stefano. Er war in seinem ganzen Leben niemals krank. Nie hat er gefehlt, nicht einen einzigen Tag. Ohne seine Arbeit ist er ein anderer Mensch. Das Herumsitzen zu Hause bekommt ihm nicht. Jeder Mensch braucht eine Aufgabe. Er grübelt und grübelt …« In Orsolinas Augen schimmerten Tränen.

»Das ist schrecklich«, sagte Angela ehrlich erschüttert. »Wenn ich etwas für Sie beide tun kann …«

Doch Orsolina schüttelte den Kopf. »Für Stefano kann keiner was tun«, flüsterte sie, zog ein Taschentuch aus ihrem Ärmel und schnäuzte sich. »Nicht einmal ich bin ihm ein Trost. Dabei haben wir immer eine gute Ehe geführt. Ich weiß nicht mehr, wie ich ihm helfen kann.«

Angela drückte ihr die Hand und erhob sich. »Haben Sie denn jemanden, der nach Ihnen schaut, solange Sie sich nicht rühren können?«

»Meine Nichte Laura«, antwortete die Färberin. »Ich dachte eigentlich, sie wäre gekommen …«

Angela nickte. »Dann will ich Sie nicht länger stören. Aber bitte schicken Sie Ihre Nichte, wenn Sie etwas brauchen. Wahrscheinlich kennt sie auch Fioretta?«

»Die beiden sind Freundinnen.«

»Das ist gut. Bitte halten Sie uns auf dem Laufenden. Gute Besserung, Orsolina«, sagte Angela herzlich. »Kurieren Sie das gut aus mit Ihrem Rücken. Und denken Sie daran, wir brauchen Sie. Geben Sie gut auf sich acht! Ohne Sie kann die *tessitura di Asenza* nicht existieren.«

»Ach, das stimmt doch gar nicht«, entgegnete Orsolina niedergeschlagen. »Das sagen Sie doch nur, um mich zu trösten. Ich krieg ja nicht einmal ein anständiges Himmelblau hin.«

Angela hielt kurz die Luft an. So sehr nahm die Färberin sich diese Sache zu Herzen?

»Natürlich kriegen Sie das hin«, erklärte sie im Brustton der Überzeugung. »Es ist eine Herausforderung, diesen historischen Farbton zu treffen. Aber wenn das eine schaffen kann, dann Sie. Ich zähle auf Sie. Und jetzt erholen Sie sich erst mal, später sehen wir weiter.«

»Sag mal, kennst du eigentlich jemanden von der Stadtverwaltung?«, fragte Angela an diesem Abend beim Essen.

»Wieso?«, erkundigte sich Tess. »Gibt es Probleme mit dem Umbau der Seidenvilla?«

Angela schüttelte den Kopf und erzählte ihrer Freundin von Stefano Piaser, dem Unfall und den Folgen für ihn und seine Familie.

»Man kann doch den Mann nicht einfach so früh verrenten und keinen Ausgleich schaffen«, erklärte sie aufgebracht. »Stefano hat drei Finger seiner rechten Hand verloren. Da sagt man doch nach dreiundvierzig Jahren nicht: *Ciao*, tut uns leid, aber jetzt können wir dich nicht mehr gebrauchen. Immerhin war es ein Arbeitsunfall.«

Tess ließ ihr Besteck sinken. »Orsolinas Mann? Das wusste ich gar nicht. Wieso hat mir das keine von den Frauen erzählt?«

»Keine Ahnung. Vielleicht denken sie, dass du ohnehin schon viel zu viel für sie tust«, vermutete Angela. »Außerdem habe ich das Gefühl, Orsolina und ihr Mann empfinden die Verstümmelung als ... als Schande. Ich fürchte, Stefano hat zu trinken begonnen, wenn ich das richtig einschätze. Vermutlich wird er mit der Sache nicht fertig. Wie sollte er auch? Die

Hand sieht furchtbar aus, Tess. Da müssen wir einfach etwas tun.«

Tess nickte mit gerunzelter Stirn. »Ich kenne unseren Bürgermeister ganz gut«, sagte sie schließlich. »Und ein paar von den Stadträten. Eigentlich eher deren Frauen, aber das ist genauso viel wert. Ich muss mir überlegen, wie wir das am besten anpacken, Angela. Lass mich ein paar Gespräche führen bei Tee und Gebäck. Du hast vollkommen recht, so geht das nicht. Mein Gott, die arme Orsolina. Gut, dass du hingegangen bist. Damit hat sie sicher nicht gerechnet.«

»Nein«, antwortete Angela und lächelte, »ich glaube nicht. Einen Moment lang dachte ich, es wäre ihr unangenehm, wie ich da auf einmal in ihrem Wohnzimmer stand. Ich finde, das gehört sich doch.«

»Lela Sartori hätte das wohl nicht gemacht.« Tess grinste. »Sie hätte vielleicht einen Geschenkkorb geschickt, persönlich hätte sie sich dazu nicht herabgelassen. Mir gefällt, wie du das machst!«

»Die Frauen und ich, wir sind doch ein Team«, erklärte Angela. »Ohne Orsolina kann ich den Laden dichtmachen. Ich hoffe bloß, sie bleibt mir noch lange erhalten.«

Dann erzählte sie Tess von dem verflixten Blauton aus der Villa Castro und der Möglichkeit, eventuell in Zukunft Dekostoffe für das Innenarchitekturstudio Fontarini in Venedig zu weben.

»Das Problem ist«, schloss sie, »dass Orsolina bislang diesen Farbton noch nicht getroffen hat. Wir haben zehn Versuche gemacht, am Ende ist sie wütend geworden.«

»Sie hat das nicht hingekriegt?«, fragte Tess verblüfft. »Das ist ihr, soviel ich weiß, noch nie passiert.«

»Wir werden das irgendwie schaffen«, erklärte Angela. »So schnell gebe ich nicht auf.«

»Und wie willst du das machen?«

»Benny kümmert sich gerade darum«, verriet Angela. »Eine Professorin an seinem Institut, die sich auf historische Textilien spezialisiert hat, analysiert gerade eine Stoffprobe. Vielleicht bringt uns das ja weiter. Drück mir die Daumen, Tess.«

Drei Tag später war Orsolina wieder in der Weberei und färbte für Lidia, die lauthals nach einer Abwechslung von allen Gold-, Messing- und Kupfertönen verlangte, einen wunderschönen Malventon. Die Sache mit dem Blau für die Villa Castro ließ Angela vorerst lieber ruhen, und doch wartete sie voller Spannung auf Neuigkeiten aus München.

Die folgenden Tage vergingen mit Besprechungen mit Dario, der für Angelas Wohnung verschiedene Bauzeichnungen entworfen hatte. Angela musste Entscheidungen treffen und wieder einmal Kostenvoranschläge von Handwerkern sichten. Viele Stunden verbrachte sie in ihrem Büro mit Kalkulationen für die Weberei, Abrechnungen und Prognosen, die sie immer wieder verwerfen musste. Einmal mehr nahm sie sich vor, demnächst nach Venedig und Mestre zu fahren, um Gespräche mit Seidenimporteuren zu führen.

Maddalenas himmelblaue Stola hatte, kaum war sie ins Netz gestellt, einen Käufer gefunden. Fioretta packte Päckchen um Päckchen, die Onlinebestellungen überrollten sie zwar nicht, tröpfelten aber regelmäßig herein, und jetzt in der Hochsaison kam der Touristenbus fünf Mal die Woche. Die *tessitura di Asenza* verkaufte deutlich mehr als früher, und doch war der Umsatz noch lange nicht so, dass Angela zufrieden sein konnte. Etwas fehlte. Ein großer Auftrag. Habe ich mich zu sehr in die Exaktheit der Farbprobe verbissen?, dachte Angela. Sollte sie vielleicht lieber ein Musterbuch anlegen mit Farbtönen, die in der Farbskala historischer Fresken und Gemälde vorkamen und mehr oder weniger überall passten?

Sie bat Dario Monti um seine Meinung, als sie an einem jener Abende endlich dessen Einladung angenommen hatte, ihn in seinem Haus zu besuchen, weil er unbedingt für sie kochen wollte.

»Ich finde«, lautete die Antwort des Architekten, während er ihr Weißwein einschenkte, »dass du unnötige Energie in die Sache steckst. Ich kann mir nicht vorstellen, dass Vittorio so großen Wert auf den exakten Farbton legt. Ich meine, diese Sitzmöbel sind doch seit Generationen vom Sonnenlicht ausgebleicht. Keine lebende Seele erinnert sich noch an die Farbe der Originalbezüge.«

»Meinst du?« Angela nahm einen Schluck von dem Wein. Vielleicht hatte Monti recht, aber überzeugt war sie nicht. Es klang irgendwie falsch.

»Das ist doch wie damals, als man die *Sistina* restaurierte«, fuhr Monti fort. »Die Sixtinische Kapelle. Kannst du dich daran noch erinnern? Alle waren schockiert, man empfand die Farben als zu grell. Mehr als hundert Jahre waren sie von einer bräunlichen Patina überzogen gewesen und dann das! Noch heute streitet man sich darüber, ob es damals richtig gemacht wurde.«

»Im Fall der Seidenbezüge kann man noch sehen, wie der Stoff einmal war«, entgegnete Angela.

»Das mag ja sein«, räumte Dario ein und breitete theatralisch die Arme aus. »Aber wer weiß schon davon? Wieso daran erinnern, wenn es so mühsam oder gar unmöglich ist, das Garn in der ursprünglichen Farbe einzufärben?«

Angela schwieg befremdet. Vielleicht wollte sie das Unmögliche, weil sie eben eine *tedesca* war. Eine Deutsche mit

Grundsätzen und dem Hang zur Perfektion. Es war so mühselig, den *omaccio* wieder flottzumachen. Noch immer arbeitet Nola an der Kette, und sie wurde von Tag zu Tag unleidiger. Und das alles nur, um einen Stoff weben zu können, der lediglich ungefähr dem ursprünglichen ähnelte?

Sie wollte jedoch nicht streiten, nicht mit Dario Monti, der so freundlich zu ihr war und gerade eifrig damit beschäftigt, ihr eine besondere Delikatesse nach dem Rezept seiner Großmutter auf den Teller zu legen: *faraona con polenta*, Perlhuhn mit Polenta. Also schwieg sie, lauschte seinen Erläuterungen zur regionalen Küche, zur Provenienz der Weine, die er für diesen Abend ausgesucht hatte.

Nach dem Essen lenkte sie das Gespräch auf den Ausbau ihrer zukünftigen Wohnung, ließ sich die Argumente für und wider eine Wendeltreppe erklären und diskutierte einmal mehr verschiedene Lösungsmöglichkeiten für den Einbau eines Aufzugs.

Gegen elf verabschiedete sie sich. Sie war schon an der Tür, als Dario Monti plötzlich sagte: »Dein Mann muss sehr glücklich gewesen sein.« Angela was so überrascht, dass ihr keine Antwort einfiel. Wie kam Monti nur dazu, sie gerade jetzt an ihren verstorbenen Mann zu erinnern? Instinktiv tat sie so, als hätte sie seine Bemerkung, die sie als taktlos empfand, nicht gehört, bedankte sich in aller Freundlichkeit und wandte sich zum Gehen. »Sehen wir uns morgen beim Tennis?«, rief er ihr nach.

»Natürlich«, antwortete sie. »Wie immer um sieben. *Buonanotte!* Und nochmals vielen Dank für das leckere Essen.«

Was für ein seltsamer Mensch, dachte Angela, während sie die steile Gasse hinauf zur Altstadt ging. Und hatte Monti im nächsten Augenblick auch schon wieder vergessen.

## 16

## Wiedersehen in Venedig

Am nächsten Morgen beschloss Angela, Nägel mit Köpfen zu machen. Sie telefonierte mit dem Händler in Mestre, von dem die *tessitura* seit einigen Jahren die Seide bezog, stellte sich als neue Inhaberin des Betriebs vor und vereinbarte für den folgenden Tag einen Termin. Sie ließ am Telefon durchblicken, dass sie beabsichtigte, auch die Konkurrenz aufzusuchen, und hoffte, sich dadurch einen kleinen Verhandlungsspielraum zu verschaffen. Außerdem würde sie, falls das Experiment mit dem *omaccio* klappen sollte, in Zukunft größere Mengen abnehmen können, was sich bestimmt ebenfalls positiv auf den Einkaufspreis auswirken würde.

Sie wollte gerade zur Kaffeepause hinüber in die Weberei gehen, als eine Mail von Benny eintraf.

*Gute Nachrichten, liebe Angela*, schrieb er. *Prof. Elisabeth Eisenkampp möchte dich persönlich sprechen. Sie ist sehr an deinem Betrieb interessiert. Hier sind ihre Kontaktdaten. Du erreichst sie jetzt gleich oder am Nachmittag zwischen 14 und 15 Uhr. Viel Erfolg, Benny.*

Angela zögerte keine Sekunde und wählte augenblicklich die beigefügte Nummer. Die Professorin meldete sich sofort. Schon die Begrüßung klang überaus sympathisch, danach kam Elisabeth Eisenkampp ohne Umschweife zur Sache.

»Sie haben eine traditionelle Handweberei für Seidenstoffe übernommen?«, fragte sie.

»Ja, das stimmt«, antwortete Angela. »Ich glaube, es ist die letzte, die hier im Veneto noch erhalten blieb.«

»Das ist unglaublich! Mein Kollege hat mir davon erzählt. Wie alt sind die Webstühle denn?«

»Vier stammen aus der Mitte des 19. Jahrhunderts. Es gibt auch noch einen größeren, auf dem man bis zu einer Breite von zwei Meter achtzig weben kann. Wie ich vor Kurzem herausfand, stammt der von 1890.«

»Und sie funktionieren noch, die Webstühle?«

»Einwandfrei«, bestätigte Angela. »Die Mechanik ist relativ einfach. Offenbar wurden sie die ganze Zeit über gewartet. Und sie waren fast durchgehend in Betrieb.«

Frau Professor Eisenkampp schien beeindruckt. »Das passt alles ziemlich gut zu der Stoffprobe, die Sie uns geschickt haben«, erklärte sie. »Ein recht interessantes Stück. Könnte von so einem Webstuhl stammen.«

»Tatsächlich?«, fragte Angela.

»Um ehrlich zu sein, wären aufwendige Untersuchungen notwendig, um ganz exakte Angaben machen zu können«, erklärte Elisabeth Eisenkampp. »Was ich Ihnen aber schon sagen kann: Das Garn ist mit Sicherheit handgesponnen worden, mit großer Wahrscheinlichkeit nicht später als gegen Ende des 19. Jahrhunderts. Danach waren eigentlich überall in Europa mechanisch arbeitende Spinnräder verbreitet. Die Seide scheint norditalienischer Provenienz zu sein, also aus Ihrer Gegend.«

Angela stellte fest, dass ihr Herz vor Aufregung heftig klopfte. Natürlich, es lag nahe, dass die damaligen Besitzer Handwerksbetriebe aus der Gegend beauftragt hatten. Im 19. Jahrhundert hatte es in der Gegend unzählige Seidenwebereien gegeben.

»Woran machen Sie das fest?«, fragte sie dennoch.

»Nun«, antwortete die Professorin, »der Seidenfaden aus dem Orient wies damals eine andere Eiweißzusammensetzung auf als der aus Europa. Die klimatischen Unterschiede wirkten sich auf die Nahrung der Seidenraupen aus, auf die Blätter des Maulbeerbaums. Die Blätter der weißen Maulbeere ergeben eine bessere Seide als die der schwarzen, die in Europa weiter verbreitet war.«

Angela musste an das Fragment des Freskos denken, das Benny freigelegt hatte.

»Hier im Gebäude der Weberei gibt es einen Saal mit Wandfresken. Sie wurden in den vergangenen Jahrzehnten mehrfach überstrichen, aber Benny hat vor, sie zu restaurieren. Einen kleinen Teil hat er schon freigelegt, und darauf ist der Zweig eines weißen Maulbeerbaums zu erkennen.«

»Sind Sie sicher?«

»Ja«, erklärte Angela. »Hat Benny davon nichts erzählt?«

»Ich habe nicht direkt mit ihm gesprochen«, antwortete die Professorin. »Das ist alles höchst interessant. Am liebsten würde ich mir das persönlich ansehen ...«

»Herzlich gern«, beeilte sich Angela zu sagen. »Sie wären mehr als willkommen. Wissen Sie, ich möchte einen Seidenstoff weben, der dem historischen so nahe wie möglich kommt. Vor allem der Farbton macht uns Kopfzerbrechen. Haben Sie eventuell die Möglichkeit herauszufinden, mit welchen Mitteln dieser Stoff eingefärbt wurde?«

»Nun«, erklärte Frau Professor Eisenkampp. »Ich bin ziemlich sicher, dass dabei Indigo verwendet wurde. Wenn der Herkunftsort der Stoffprobe auf ein wohlhabendes Milieu schließen lässt, dann sicherlich der echte Farbstoff aus Persien oder China ...«

»Mit Indigo haben wir es schon versucht«, erklärte Angela. »Das Ergebnis ist nicht überzeugend.«

»Natürlich nicht«, entgegnete Elisabeth Eisenkampp. »Der Stich ins Rötliche stammt sehr wahrscheinlich von einem zweiten Färbedurchgang mit Purpur.«

Angela machte sich eilig Notizen. »Sie sprechen von dem echten Farbstoff aus der Drüse der Purpurmeeresschnecke?«, fragte Angela. »Das hört sich sehr kostspielig an.«

»Das stimmt«, pflichtete Elisabeth Eisenkampp ihr bei. »Ein einziges Gramm dürfte so um die zweieinhalbtausend Euro kosten. Aber je nachdem wie viel Garn Sie färben möchten, benötigen Sie nur ein paar Milligramm. Wählen Sie die beste Qualität, die Sie bekommen können, das wird vermutlich unterm Strich preisgünstiger, als wenn Sie minderwertige Ware nehmen. Haben Sie eine gute Quelle?«

Angela war bei der Durchsicht der Rechnungen der vergangenen Jahre immer wieder auf Belege einer Farbpigmenthandlung in Venedig gestoßen und vermutete, dass Orsolina dort einkaufte.

»Ja, ich denke schon«, antwortete sie. »Aber falls Sie ein paar Tipps hätten, wäre ich Ihnen dankbar.«

»Ich schicke Ihnen eine Liste mit Bezugsquellen«, erwiderte die Professorin. »Wie genau man einen bestimmten Farbton trifft, hängt natürlich von der exakten Dosierung ab. Das müssen Sie ausprobieren. Haben Sie denn vor Ort einen Fachmann in Sachen Textilfärberei?«

»Eine Fachfrau«, antwortete Angela. »Sie stammt aus einer alten Färberfamilie und hat ein unglaubliches Wissen.«

»Das klingt spannend!«

»Ja«, Angela lachte, »das ist es. In der Tat.«

»Halten Sie mich bitte auf dem Laufenden«, bat Elisabeth Eisenkampp. »Ich bin gespannt, ob Ihre Färberin erfolgreich sein wird.«

Angela versprach es gern. Es tat gut, mit jemandem zu reden, der sich in der Materie auskannte. Sie verabschiedete sich herzlich von der Professorin und suchte umgehend Orsolina auf.

Die Färberin hängte gerade eine große Menge Seidenstränge, die direkt aus dem Farbbad kamen, zum Trocknen über einen Bambusstab. Das nasse Garn glänzte beinahe schwarz, an den Flecken an Orsolinas Plastikschürze und an den Verfärbungen ihrer Handschuhe, die ihr fast bis an die Ellbogen reichten, erkannte Angela allerdings, dass es sich um ein dunkles Grün handelte.

Angela band sich ebenfalls eine Schürze um, zog Gummihandschuhe über und packte mit an. Sie wusste inzwischen, dass Orsolina es nicht leiden konnte, bei der Arbeit angesprochen zu werden, und so schwieg Angela, bis die Charge an dem Bambusstab baumelte. Dann reinigten sie beide ihre Hände und legten die Schutzkleidung ab.

»Ich würde gern mit Ihnen zusammen nach Venedig fahren«, sagte Angela zu Orsolina. »Dort werde ich mit unserem Lieferanten sprechen, aber auch mit ein paar anderen Importeuren. Ich möchte prüfen, ob wir beim Einkauf Geld sparen könnten. Das darf natürlich nicht auf Kosten der Qualität gehen«, fügte sie rasch hinzu, als sie Orsolinas erschrockenes Gesicht sah. »Vielleicht können wir ja unseren Lieferanten ein bisschen herunterhandeln. Jedenfalls möchte ich keine Ware einkaufen, die Sie nicht vorher geprüft haben.« Orsolina entspannte sich deutlich. »Ich wollte Sie noch etwas anderes fragen«, fuhr Angela fort. »Welche Erfahrungen haben Sie mit Purpur?«

Orsolinas Augen wurden rund und groß. »*Porpora?*«, fragte sie erstaunt. »Sie meinen, echtes *porpora* von den Schnecken?«

»Ja«, bestätigte Angela.

Orsolina schüttelte den Kopf. »Das ist viel zu teuer, Signora Angela«, erklärte die Färberin. »Das kostet ein Vermögen.«

»Ich weiß«, antwortete Angela. »Aber wenn es unser Auftraggeber möchte, dann werden wir es damit versuchen. Ich glaube nämlich, dass es Purpur ist, was diesen speziellen Farbton ergibt.«

»Sie meinen dieses Himmelblau mit dem feinen rötlichen Schimmer?«

»Ganz genau.«

Orsolina sah an Angela vorbei, sie wirkte wie jemand, der sich an etwas Schönes erinnert.

»Ich hab einmal ein sehr altes Tuch gesehen«, erzählte sie schließlich. »Es gehörte der Signora Sartori. Es war von einem ganz besonderen Rotviolett, einfach unbeschreiblich. Sie hatte es von ihrer Großmutter oder Urgroßmutter, ich weiß es nicht mehr. Und sie sagte, dass es mit dem Farbstoff von dieser Meeresschnecke gefärbt worden sei. Und dass man tausend von diesen Schnecken braucht, um ein einziges Gramm herzustellen.« Angela lauschte gespannt. Wenn das stimmte, dann besaß Lorenzo Rivalecca vielleicht dieses Tuch noch? Sie nahm sich vor, ihn bei ihrem nächsten gemeinsamen Abendessen danach zu fragen. Vielleicht würde sie auch gar nicht so lange warten. »Ich hab sie damals gefragt«, fuhr Orsolina fort, »ob wir das nicht auch einmal ausprobieren sollten. Doch sie hat nur gelacht und gesagt, dass das nicht möglich sei. Keiner bezahlt uns das, Orsolina, hat sie gesagt.«

»Steht denn in Ihrem Buch etwas zum Färben mit Purpur?«

Orsolina schüttelte den Kopf. »Aber ich glaube, es ist einfach«, sagte sie. »Damals lebte meine Mutter noch, und ich hab sie gefragt. Sie erzählte mir, dass sie als junge Frau mit *porpora* gefärbt hat. Damals war der *omaccio* noch in Betrieb, es gab einen Weber, einen Mann, der auf ihm gearbeitet hat. Bis er einen Unfall hatte. Wie das eben immer war mit dem *omaccio*.«

»Wenn Ihre Mutter mit dem Farbstoff gearbeitet hat«,

wandte Angela ein, »wieso steht dann nichts dazu in Ihrem Buch?«

Orsolina zuckte mit den Schultern. »Ich werde es noch einmal von vorne bis hinten durchsehen«, erklärte sie. »Vielleicht habe ich es ja übersehen. Ich benutze immer dieselben Rezepte. Und da gibt es einige, die wir nicht mehr gebrauchen können.«

»Warum denn nicht?«

»Weil wir die Zutaten nicht mehr bekommen«, antwortete Orsolina. »Und weil wir festgestellt haben, dass den Leuten nur bestimmte Farben gefallen.«

Angela wollte etwas entgegnen, doch sie beließ es dabei. Sie würden sich zunächst um das Purpur kümmern. Was es mit den anderen Farbtönen auf sich hatte, das konnte sie später herausfinden.

Wer weiß, dachte sie, während sie mit Orsolina den besten Termin für ihre Fahrt nach Venedig besprach, vielleicht ruht in dem handgeschriebenen Färberbuch noch so manches vergessene Wissen, das nur darauf wartet, wieder angewendet zu werden.

Am verabredeten Morgen wartete Angela vergeblich vor dem Mietshaus auf Orsolina. Sie hatten vereinbart, gleich früh um sieben aufzubrechen, um alle Termine bewältigen zu können. Angela überlegte gerade, ob sie hochgehen sollte und an der Wohnungstür läuten, als eine junge Frau angerannt kam.

»Ich bin Orsolinas Nichte«, berichtete sie außer Atem. »Meine Tante kann unmöglich mitfahren. Onkel Stefano geht es nicht gut. Orsolina sagt, sie will ihn nicht allein lassen.«

»Kann ich etwas für die beiden tun?«, erkundigte sich Angela. »Braucht Stefano ein Medikament, oder muss er zu einem Arzt?«

Laura schüttelte den Kopf. »Nein«, erklärte sie. »Orsolina sagt, Sie sollen sich keine Sorgen machen. Bitte seien Sie ihr nicht böse ...«

»Natürlich nicht«, beruhigte Angela die junge Frau. »Sagen Sie ihr, ich wünsche ihrem Mann gute Besserung.«

Sie sah Orsolinas Nichte nach, wie sie wieder zurück in das Mietshaus lief, und überlegte sich, ob es besser wäre, ein anderes Mal zu fahren. Aber das hieße, die mit viel Mühe koordinierten Termine mit den Seidenimporteuren verschieben zu müssen. Angela hasste es, im letzten Moment abzusagen. Außerdem freute sie sich auf Venedig, und so beschloss sie, allein zu fahren. In diesem Fall würde sie eben Garnproben mit nach Asenza bringen. Hier konnten Orsolina und die Weberinnen die Qualität sogar viel besser prüfen.

Sie stieg wieder in ihren Wagen und fuhr los. Bis auf die Krankenhausbesuche und gelegentliche Ausflüge mit Dario Monti hatte sie Asenza in den vergangenen Wochen nicht verlassen. Ein unerwartetes Glücksgefühl durchflutete sie. Es wurde Zeit, die weitere Umgebung endlich auf eigene Faust zu erkunden. Und auf einmal war sie beinahe froh, dass Orsolina nicht hatte mitkommen können.

Die Gespräche mit den Seidenimporteuren in Venedig liefen besser, als Angela zu hoffen gewagt hatte, und als sie sich um die Mittagszeit auf einem *vaporetto* die Haare um den Kopf wehen ließ, hatte sie eine ganze Tasche voller hochwertiger Garnproben bei sich. Wie sie vermutet hatte, war der Preis durchaus verhandelbar. Jetzt kam es darauf an, welche Seide die beste war.

Während das Linienmotorboot, die venezianische Variante eines Busses, sie den Canal Grande entlang in das historische Zentrum, das Herz der Lagunenstadt, trug, überlegte

Angela, ob es sein konnte, dass sie das letzte Mal tatsächlich vor mehr als zwanzig Jahren hier gewesen war, als sie in Italien studiert hatte. Und doch erschien ihr das meiste noch so, wie sie diese ungewöhnlichste aller Städte in Erinnerung behalten hatte: das Wasser der Kanäle von einem schlammigen Grünblau, die berühmten Paläste mit ihren stuckverzierten Fassaden längs des Canal Grande, der Venedig in einem großen, umgedrehten S in zwei Hälften teilte, noch in demselben verblichenen Glanz, die hier und dort aus dem Wasser ragenden schwarz verfärbten Holzpfähle, die kanalseitig die Fundamente stützten. Der Geruch süßlich, salzig und modrig zugleich, vermischt mit herbeigewehten Essensdüften und dem After Shave der Geschäftsleute, die ebenfalls an der Reling standen, Zeitung lasen oder leise in ihre *telefonini* sprachen.

Angela musste wieder einmal an Vittorio denken, und da fiel ihr ein, dass er ja hier in Venedig seine Firma hatte. Kurz entschlossen holte sie ihr Handy heraus und rief ihn an. Die Nummer war besetzt. Vielleicht war es doch keine so gute Idee, sich bei ihm zu melden? Entmutigt steckte Angela das Gerät zurück in ihre Tasche, als es zu läuten begann. Auf dem Display erkannte sie zu ihrer Verwunderung ausgerechnet Vittorios Nummer.

»Ich wollte dich eben anrufen«, sagte sie.

»Ich dich auch«, antwortete Vittorio mit einem Lachen. »Aber bei dir war besetzt!«

»Das muss ... wie nennt man das auf Italienisch, wenn zwei denselben Gedanken haben?«

»Hm ... vielleicht *telepatia?*«

»Ja, genau. Das muss es gewesen sein.«

Angela hörte ihr Herz so laut klopfen, dass sie befürchtete, Vittorio könnte es ebenso hören.

»Warum wolltest du mich denn anrufen?«, fragten sie dann beide gleichzeitig und mussten wieder lachen.

»Du zuerst«, sagte Vittorio.

»Ich bin in Venedig.«

»Bist du auf einem *vaporetto*?«

»Ja, woher weißt du das?«

»Das kann ich hören.«

»Da vorne ist die Rialtobrücke.«

»Am besten steigst du an der Haltestelle Rialto Mercato aus«, schlug Vittorio vor. »Hast du schon zu Mittag gegessen?« Angela verneinte. »Ausgezeichnet. Wenn du an Land gehst, ist gleich linker Hand ein *tabacchi*. Bitte warte dort auf mich, es wird nicht lange dauern.«

»*Va bene*«, antwortete Angela und machte sich bereit, mit anderen Fahrgästen an der nächsten Landungsbrücke auszusteigen.

Auf einmal befand sie sich mitten in einem dichten Gedränge aus Einheimischen und Touristen und wurde einfach weitergeschoben. Sie entdeckte den Kiosk, den Vittorio erwähnt hatte, und es gelang ihr, sich aus dem Pulk zu befreien. In dem *tabacchi* kaufte sie sich eine Modezeitschrift und eine weitere zum Thema Innenarchitektur, als sie auch schon hörte, wie jemand ihren Namen rief.

Auf einmal setzte ihr Herz erschreckend lange aus, um dann in einen hektischen Rhythmus zu verfallen. Ihr wurde kurz scharz vor Augen. Das war in letzter Zeit schon ein paar Mal passiert und Angela fragte sich, was das zu bedeuten hat.

»Was ist? Geht es dir nicht gut?«, hörte sie Vittorios besorgte Stimme ganz nah.

»Doch, alles bestens. Es ist nur ... vielleicht hab ich zu wenig getrunken«, beeilte sich Angela zu sagen und kam sich ziemlich kindisch vor.

Vittorio hielt sie sanft am Ellbogen gefasst. Erst jetzt sah sie, dass er ein weißes Baumwollhemd mit Stehkragen trug, das über den Bund seiner Jeans fiel. Die Sonnenbrille hatte er in seine Locken geschoben.

»Was du brauchst, ist ein anständiges Mittagessen«, erklärte er. »Dort hinten ist eine Trattoria, die noch nicht von den Touristen entdeckt worden ist. Ich esse dort oft zu Mittag. Mein Studio ist gleich um die Ecke.«

Kaum hatten sie sich ein paar Hundert Meter vom Canal Grande entfernt, waren weniger Menschen um sie. Ihre Schritte hallten auf dem unebenen Pflaster wider, und als sie um eine Ecke bogen, waren die Gassen menschenleer, nur ein paar Tauben flatterten gurrend auf. Sie erreichten einen kleinen Platz. Zwischen riesigen Tontöpfen mit Oleandersträuchern luden die Tische eines Restaurants unter gestreiften Sonnenschirmen zum Verweilen ein. Erleichtert ließ sich Angela auf einen Stuhl fallen. Was war nur los mit ihr? Sie konnte sich die plötzliche Schwäche, die sie befallen hatte, nicht erklären. Einen Moment zuvor hatte sie sich doch ganz tatkräftig gefühlt.

»Das ist das seltsame Klima, das wir hier in Venedig haben«, meinte Vittorio und winkte dem Kellner, der eine große Flasche Wasser brachte. »Was für eine schöne Überraschung, Angela! Was führt dich denn her?«

Angela berichtete von ihren Terminen und erzählte, dass sie gerade den *omaccio* fürs Weben vorbereiten ließ.

»Der Farbton für die Sesselbezüge hat übrigens unsere Färberin an ihre Grenzen gebracht«, gestand sie und erzählte von ihren Recherchen und dem Gespräch mit der Professorin aus München. »Heute Nachmittag möchte ich noch ein Spezialgeschäft für historische Farbpigmente in der Nähe der Kunstakademie aufsuchen. Wir brauchen nämlich Purpur.«

Der Kellner brachte eine Platte mit Meeresfrüchten, dazu

duftendes Weißbrot. Erst jetzt merkte Angela, wie hungrig sie war.

»Oh, da begleite ich dich gern, wenn es dir recht ist«, schlug Vittorio vor. »Hättest du denn auch Lust, dir mein Studio anzusehen?«

Angela stimmte begeistert zu. Nach dem Hauptgang, zart gegrilltem Seeteufel, und dem obligatorischen kleinen *caffè ristretto* fühlte sie sich wieder völlig hergestellt.

Vittorios Firma lag wirklich nur zwei Minuten entfernt in einem ehemaligen Warenlager direkt an einem der vielen kleineren Kanäle.

»Ich habe das Gebäude vor zwanzig Jahren gekauft, da war es so gut wie eine Ruine. Im Erdgeschoss lebten Ratten, die Speicherräume sahen zum Fürchten aus. Ich habe alles entkernen und sanieren lassen, Dario hat mir damals unglaublich geholfen. Die Firma befindet sich in den ersten beiden Stockwerken, ganz oben wohne ich.«

Sie betraten das Gebäude durch ein Tor aus uraltem, dickem Holz und gelangten in eine riesige Eingangshalle. Zu Angelas Überraschung reichte der Kanal bis in die Halle hinein, an einer Anlegestelle schaukelte ein Motorboot im glucksenden Wasser.

»Das ist quasi meine Garage«, meinte Vittorio lächelnd, als er Angelas erstauntes Gesicht sah, und führte sie weiter zu einem steinernen Treppenaufgang, der mit einer Eisengittertür gesichert war.

Die Räume des Innenarchitekturstudios im ersten Stock waren großzügig und lichtdurchflutet. Entzückt sah Angela, wie das Wasser des Kanals tanzende Lichtreflexe an den vorderen Teil der Decke warf. An mehreren Schreibtischen arbeiteten Vittorios Angestellte, auf einem großen Tisch lagen Dekostoffe und Farbmuster, die Angela unwillkürlich anzogen.

»Keine Seide«, meinte Vittorio, als er sah, wie sie mit den Fingerspitzen über die Stoffproben strich. »Noch nicht. Darf ich dir Lucrezia vorstellen?«, fügte er hinzu, und Angela schüttelte die Hand einer eleganten, schlanken Dame um die sechzig mit klassischem Profil und makellosem Nackenknoten, die zu ihnen getreten war. »Lucrezia ist meine rechte und linke Hand, meine Assistentin, Sekretärin, mein Gedächtnis und die gute Seele der Firma. Bei ihr laufen alle Fäden zusammen. Ihr werdet in Zukunft viel miteinander zu tun haben.« Er wandte sich seiner Angestellten zu. »Angela ist die Besitzerin dieser fabelhaften Seidenweberei, von der ich dir erzählt habe.«

»*Piacere*«, sagte Lucrezia mit einem freundlichen Lächeln. »Ich freue mich auf unsere Zusammenarbeit!«

»Ich freue mich auch«, antwortete Angela.

Nun führte Vittorio sie in einen Nebenraum, und im ersten Moment glaubte Angela, sich in der Installation eines zeitgenössischen Künstlers zu befinden. Ein einziger Schreibtisch dominierte den Raum, darum herum waren die seltsamsten Gegenstände verteilt: ein gläserner Totenschädel auf einem schwarzen Sockel, ein lebensgroßer Vogel Strauß aus Wachs, eine römische Amphore, die ziemlich echt wirkte, ein uraltes Ruderboot, dessen blau-weißer Anstrich teilweise abgeschmirgelt worden war, einige filigrane Gebilde aus Japanpapier, die, wie Angela vermutete, als Lampenschirme dienten, weiße Lilien aus Muranoglas und dazwischen die unterschiedlichsten geometrischen Körper mit weißem Leder bezogen, die wahrscheinlich als Sitzgelegenheiten fungierten. An einer langen Wand hingen großformatige Fotografien neben Skizzen und Entwürfen, auf denen Angela einige der im Raum verteilten Gegenstände wiedererkannte.

»Eines unserer aktuellen Projekte«, erklärte Vittorio. »Ein

Palazzo aus dem 15. Jahrhundert in Cannaregio. Federico ist unser Spezialist, wenn es darum geht, alte Gebäude modern auszustatten.«

Er stellte Angela einen hageren Mann um die vierzig vor, der eine schwarze, anschmiegsame Hose aus feinem Leder trug, dazu ein makellos weißes T-Shirt.

»Der Kunde wünscht sich eine Kombination aus allen möglichen Stilen«, erklärte Vittorio. »Federico hat das perfekte Händchen für so etwas. Schau dir das an, Angela. Bei jedem anderen würde das entsetzlich kitschig aussehen. Aber Fedo schafft es, gläserne Totenschädel mit magentaroten oder quietschgrünen Pannesamtsofas zwischen Art-déco-Lampen und zeitgenössischen Kunststoffmöbeln in einem Renaissancesaal mit Stuck und Marmorböden so zu kombinieren, dass es einfach perfekt aussieht.«

Angela betrachtete die Skizzen und Collagen. Auch wenn sie selbst in einem solchen Ambiente nicht leben wollte, so hatte das Ganze Pfiff und zeugte von einem Gespür für Formen und Farben.

»Ich mag das Überraschende«, sagte Federico und beobachtete sie interessiert. »Sind Sie die Dame, die historische Seidenstoffe weben lässt?«

»Ja«, antwortete Angela mit einem Lächeln. »In unserer Weberei wird noch von Hand gearbeitet.«

»*Fico*«, meinte Federico. »Ganz große Klasse! Ich würde mir gern mal ein Musterbuch ansehen.«

»So weit sind wir leider noch nicht«, erklärte Angela und beschrieb die Situation. »Im Augenblick produzieren wir hauptsächlich Schultertücher, lauter Einzelstücke. Hier, ich habe mein eigenes dabei«, sagte sie und holte die rosenfarbene Stola aus ihrer Tasche. »Das ist nur ein Beispiel, denn jede meiner Weberinnen hat ihre eigene Handschrift.«

Der Designer befühlte vorsichtig das Tuch, nahm es Angela aus der Hand und hielt es ins Licht.

»*Bellissimo*«, sagte er schließlich und reichte es Angela zurück. »Das heißt, Sie könnten auch auf Anfrage produzieren?«

»In diesem Maß jederzeit«, antwortete Angela. »Für eine Breite von zwei Meter achtzig rüste ich gerade den entsprechenden Webstuhl auf.«

»Interessant, nicht?«, warf Vittorio ein.

»Diese Stoffe werden natürlich ihren Preis haben«, ergänzte Angela. »Je nach Färbung können sie sehr, sehr teuer sein.«

»Wir haben Kunden«, entgegnete Federico, »die lassen sich ganze Säle mit Straußenleder statt mit einer Tapete auskleiden. Es gibt durchaus Menschen, die bereit sind, für etwas Außergewöhnliches jede Summe zu bezahlen. Und da Sie von Hand weben lassen, werden Sie wohl auch nicht unbegrenzt liefern können, oder?«

Angela stimmte ihm zu.

»Wenn wir erst einmal ein paar Muster haben«, ergänzte Vittorio, »dann sehen wir, wie unsere Kunden darauf ansprechen. Ich sehe da viel Potenzial.«

Vittorio machte Angela mit weiteren Mitarbeitern im Stockwerk darüber bekannt, von denen jeder ein Spezialgebiet hatte. Manche Projekte betreuten sie auch gemeinsam, erklärte ihr Vittorio, meistens fanden sich die Kooperationen im Team von selbst.

»Ihr scheint ein tolles Betriebsklima zu haben«, bemerkte Angela, während sie ins oberste Stockwerk hinaufgingen.

»Das ist außerordentlich wichtig«, bestätigte Vittorio. »Ich will kreative Menschen um mich haben, da muss sich jeder wohlfühlen können. Neulich musste ich mich von einem ausgezeichneten Mitarbeiter trennen, weil er sich ständig mit den anderen anlegte. Ich brauche die Reibung, hat er mir entgegengebrüllt. Nun, die muss er sich woanders suchen.«

Vittorio öffnete die Tür zu seiner Wohnung und bat Angela hinein. Als Erstes fiel ihr Blick auf den Boden aus ungewöhnlichen graubraunen Holzdielen.

»Das waren einmal die Buhnen, die das Gebäude zur Kanalseite hin abgestützt haben. Bei der Grundsanierung musste ich die Holzpfosten erneuern, viele waren schadhaft. Statt sie wegzuwerfen, habe ich sie aufschneiden lassen und alles verwendet, was noch brauchbar war. Die Eichenstämme standen wahrscheinlich an die dreihundert Jahre im Salzwasser. Das hat sie teilweise versteinern lassen. Einige sind natürlich aufgrund der Umwelteinflüsse verfault.«

Angela hob den Blick. Helle Wände, schlicht verputzt, brachten die für Venedig so typischen orientalisch anmutenden Fensterbögen erst recht zur Geltung. Das ganze Appartement war wie ein Loft gestaltet, offen, sparsam möbliert und licht.

»Du siehst«, meinte Vittorio, »das ist sozusagen der Kontrast zur Villa Castro. Dort gibt es keinen Zentimeter Wand oder Decke, der nicht bemalt ist. Hier wirst du keine Malerei finden, auch keine Bilder. Darf ich dir etwas anbieten? Eine Erfrischung vielleicht?«

Angela bat um ein Glas Mineralwasser und sah sich in der Wohnung um. Außer einigen bequem wirkenden Sesseln und Zweisitzern mit sandfarbenem Leinenbezug gab es in der Tat nicht viel zu sehen. Ein Kronleuchter an der gut und gern fünf Meter hohen Decke aus dunklen, parallel verlaufenden Holzbalken, fing das Licht ein und brach es in winzigen Regenbögen.

»Ich bin den ganzen Tag mit Bildern beschäftigt«, erklärte Vittorio, als er mit den Getränken wiederkam. »Wenn ich dann abends hier bin, brauche ich diese Leere, diese Weite, um meinen Kopf wieder freizubekommen.«

»War das schon immer so?«, fragte Angela.

Vittorio schüttelte den Kopf. Sein Blick verdüsterte sich. »Nein«, sagte er. »Als Sofia noch lebte, sah es hier ganz anders aus. Sie war Malerin, weißt du. Überall hingen ihre Bilder. Dort hinten hatte sie ihr Atelier. Nach dem Unfall ... nicht gleich, aber doch zwei, drei Monate danach, hielt ich es nicht mehr aus. Ich habe Fedo gebeten, sich um die Wohnung zu kümmern. Ich hab ihm gesagt, mach, was du für richtig hältst, ich möchte nicht mehr jede Minute daran erinnert werden, dass ich mein Glück verloren habe. Wir kennen uns schon lange, Fedo und ich, er war mein erster Mitarbeiter. Eigentlich hatte ich erwartet, hier ein buntes Allerlei anzutreffen. Wenn ich ehrlich bin, hab ich mit dem Schlimmsten gerechnet.« Er lachte leise und wurde doch gleich wieder ernst. »Ich zog für vier Wochen in die Villa Castro, damit er freie Hand hatte. Als ich zurückkam, fand ich es so vor. Jetzt kann ich weiterleben. Besser hätte ich es selbst nicht hinbekommen.« Angela versuchte sich vorzustellen, wie sie früher ausgesehen haben mochten, diese Räume, von buntem Leben erfüllt. Sie versuchte zu erspüren, ob noch etwas von dem Geist dieser Frau vorhanden war, die so wundervoll gewesen sein musste und die Vittorio so sehr geliebt hatte. Doch sie fühlte nichts dergleichen. Federico hatte ganze Arbeit geleistet.

»Und du?«, fragte Vittorio. »Wie bist du damit umgegangen? Mit dem Verlust und den Erinnerungen?«

»Ich bin vor ihnen davongelaufen«, sagte sie aufrichtig. Dann erzählte sie von Peters langer Krankheit und dem Impuls, dem sie gefolgt war, als sie nach der Beerdigung Tess' Einladung angenommen hatte. »Eigentlich wollte ich in Asenza nur kurz Atem holen«, schloss sie. »Jetzt sieht es so aus, als würde ich für immer hierbleiben.«

Sie dachte an das Haus am Ammersee, das sie kein bisschen vermisste. Auch sie hatte alles auf Neuanfang geschaltet, durch den Ortswechsel war es ziemlich einfach gewesen.

Vittorio nahm ihr das Glas aus der Hand und stellte es auf einen der niedrigen Tische. Er trat auf sie zu, kam ihr ganz nah, sodass ihre Brust die seine berührte und elektrische Stöße durch ihren Körper zu pulsieren begannen.

»Ich glaube nicht, dass es Zufall ist«, sagte Vittorio leise, während seine Lippen die ihren suchten, »dass wir beide einander gerade jetzt begegnet sind. Ich habe mich in dich verliebt, Angela, schon als ich dich das allererste Mal sah. Es fühlt sich an, als hätte ich dich schon immer geliebt.«

Angela war es, als drehte sich alles um sie. Dieser helle Raum, ganz Venedig, die Welt, das All. Auch ihr Denken und Fühlen, alles begann sich zu drehen, und so konnte sie gar nicht anders, als diesem Kreiseln nachzugeben, loszulassen, sich von Vittorio halten zu lassen und mit ihm auf den dreihundert Jahre alten versteinerten Holzboden zu sinken, der sich warm an ihren Rücken schmiegte, sie stützte und hielt inmitten dieses Wirbelns und Bebens.

Als sich Angelas Welt wieder beruhigte und oben und unten klar voneinander trennte, verglühte das Sonnenlicht in den Kristallen des Leuchters in rötlichem Gold. Es war Abend geworden. Sie lag in Vittorios Armen auf den weißen Laken seines Bettes. Er hatte ihr sein Gesicht zugewandt und betrachtete sie voller Zärtlichkeit.

»Du schenkst mich dem Leben zurück, Angela«, sagte er und küsste sie sanft. Da kamen ihr die Tränen. Sie hatte keine Ahnung, warum. Empfindungen, für die sie keine Worte hatte, füllten sie ganz und gar aus. »*Non piangere*«, flüsterte Vittorio und küsste ihre Tränen weg. »Jetzt bist du nicht mehr allein.«

## 17

## Die himmelblaue Seide

»Vielleicht solltest du dich bei Gelegenheit bei Dario Monti melden«, sagte Tess, als Angela am Tag darauf um die Mittagszeit zurückkam.

Angela schlug sich mit der Hand gegen die Stirn. Ihre Tennisverabredung, die hatte sie völlig vergessen. Zwar hatte sie Tess am Abend zuvor Bescheid gegeben, dass sie die Nacht in Venedig verbringen würde, damit sie sich keine Sorgen machte. Doch an Dario Monti hatte sie überhaupt nicht mehr gedacht.

Noch immer schwebte sie wie auf Wolken. So leicht und völlig eins mit sich und der Welt hatte sie sich schon lange nicht mehr gefühlt. Sie hatten den Abend in Vittorios Appartement verbracht, alles hatte sich so richtig angefühlt. Wie seltsam, dachte Angela, als sie sich in ihrem Zimmer im Spiegel betrachtete, so als sähe sie sich zum ersten Mal. Es hatte sich sogar richtig angefühlt, mit Vittorio über Peter zu sprechen. Und später, während der Nacht, hatte sie von ihrem verstorbenen Mann geträumt. Sie hatte ihn gemeinsam mit Vittorio auf Peters Segelboot gesehen, einträchtig und sicher hatten die beiden das Boot durch eine bewegte See manövriert. War das nicht ein schönes Zeichen? Die beiden hätten sicherlich gute Freunde sein können ...

Angela zog sich rasch um und beschloss, gleich hinüber zur Weberei zu gehen. Sie konnte es kaum erwarten, Orsolina die winzige Menge echten Purpurs zu bringen, die sie erstanden hatte, und mit ihr einen neuen Färbegang zu versuchen.

Am Morgen hatte Vittorio sie nämlich mit dem Motorboot in den südlich gelegenen Stadtteil Dorsoduro gebracht und zum Fachgeschäft für historische Pigmente begleitet. Genau wie sie selbst war auch er begeistert von dem umfassenden Angebot an Farbmitteln gewesen, die in getönten Glasgefäßen, Plastiksäckchen und Kunststoffdosen die Regale in dem winzigen Verkaufsladen vom Fußboden bis zur Zimmerdecke füllten. Leider war das Angebot an Stofffärbemitteln deutlich kleiner als das der Farbpigmente für alle Arten der Malerei gewesen, und nicht alle eigneten sich außerdem für das Färben von Seide.

»Wie geht es Ihrem Mann?«, erkundigte sie sich, als sie Orsolina bei der Prüfung der frisch gefärbten und inzwischen trockenen grünen Seidenstränge antraf. Die sorgenvolle Miene der Färberin sprach Bände.

»Nicht gut«, gestand sie. »Es tut mir leid, dass ich gestern nicht mitgekommen bin. Aber ich ... ich wollte ihn nicht allein lassen.«

»Sind es die Schmerzen?«, erkundigte sich Angela behutsam.

Orsolina hob die Schultern und ließ sie resigniert wieder sinken.

»Das sicher auch. Aber das Schlimmste ist, dass er so furchtbar niedergeschlagen ist. Ich fürchte, wenn er noch länger zu Hause herumsitzen muss, dreht er mir durch.« Die Falte zwischen ihren Augenbrauen wurde tiefer.

»Findet er denn wirklich keine Arbeit mehr?«

Orsolina stieß die Luft durch ihre Nasenlöcher aus. »Wer stellt schon jemanden ein, der nur zwei Finger an der rechten Hand hat?«

Angela schwieg betroffen. Stefano brauchte dringend Hilfe. Sie musste unbedingt Tess fragen, ob sie bei der Stadtverwaltung schon weitergekommen war. Ein finanzieller Ausgleich wäre doch das Mindeste. Doch ihr war bewusst, dass alles Geld der Welt den Selbstwert dieses Mannes nicht wiederherstellen konnte.

Sie lenkte das Gespräch auf ihren Venedig-Besuch und reichte Orsolina das winzige Schraubgläschen mit dem Purpurfarbstoff. »Komisch, dass er ganz gelb aussieht«, bemerkte sie.

»Das muss so sein«, erklärte die Färberin und blühte sichtlich auf. »Erst wenn das Purpur an die Luft kommt, wird es blauviolett. Ich hab übrigens noch mal das Buch von vorne bis hinten durchgesehen. Da gibt es tatsächlich eine Notiz von meiner Mutter. Ich hab das übersehen, weil die Seite mit einer anderen verklebt war. Hier steht, wie man es macht, sehen Sie ...«

Orsolina bekam ganz rosarote Wangen, als sie Angela die abgenutzte Kladde hinschob und mit dem Finger auf eine Seite tippte. Angela registrierte sehr wohl, dass es das erste Mal war, dass Orsolina sie so ins Vertrauen zog. Bislang hatte sie das Buch immer vor ihr versteckt.

»Wann können wir anfangen?«

»Sofort, wenn Sie möchten.«

Sie brauchten nur drei Anläufe, bis nicht nur Angela, sondern auch Orsolina zufrieden war. Die Färberin legte ihre ganze Ehre und auch ihre gesamte Energie in den Versuch, nun endlich auch diesen kniffligen Farbton zu treffen. Gemeinsam mit Nola berechnete sie die Menge an Seide, die für die Sessel nötig war, und Angela ermutigte sie, für Musterbücher noch einige Meter mehr zu kalkulieren.

Eine arbeitsame Woche verging, in der Angela alles zu gelingen schien. Täglich rief Vittorio an, manchmal sogar mehrmals, und sogar der zweite Abend mit Lorenzo Rivalecca verlief weit entspannter als die ersten beiden Begegnungen. Angela fragte ihn nach dem Purpurtuch seiner verstorbenen Frau, und er versprach, danach zu suchen.

»Für diesen Plunder hab ich mich nie interessiert«, erklärte er. »Aber irgendwo wird das Ding sicher noch stecken.«

Und schließlich war es so weit. Nach all den Jahren der Ruhe war der *omaccio* wieder bereit, seine Arbeit aufzunehmen. Wie die Silberhaare einer Fee glänzte die Kette, die auf den dunklen Holzrahmen des alten Webstuhls gespannt war. Andächtig standen die Weberinnen um ihn herum, während Nola die kostbaren himmelblauen Garnrollen für den Schuss bereitlegte. Alle blickten Angela erwartungsvoll an.

»Ich denke«, sagte sie zu Nola, »für den Anfang verwende ich lieber ungefärbtes Garn, bis ich den Webstuhl richtig kenne.«

Nola nickte und bestückte das Weberschiffchen mit einer naturweißen Seidenrolle.

Angela setzte sich auf die Webbank. Ihr war klar, dass sie sich jetzt für immer blamieren konnte, doch seltsamerweise machte ihr dieser Gedanke überhaupt nichts aus. Sie dachte an Vittorio, an die Berührung seiner Hände, an seine Worte »Du schaffst das, da bin ich mir ganz sicher«, und setzte ihre Füße auf die beiden Pedale. Sie ergriff mit der rechten Hand die Peitsche und mit der linken das Webeblatt. Dann begann sie.

Als sie mit aller Kraft das Pedal niedertrat, setzte sich die Mechanik in Bewegung, und der Schaft öffnete sich. Entschlossen brachte Angela die Peitsche in Schwung, und mit einem Knall sauste das Weberschiffchen durch das Webfach zwischen den Kettfäden auf die andere Seite. Mit der linken Hand zog sie mithilfe des Webeblatts, das aussah wie ein unten geschlossener Kamm, den frisch gewobenen Faden an den sogenannten Warenbaum, danach dasselbe links. Tscha-ke-ti-tok machte der Webstuhl, und wieder rechts, und so immer weiter. Angela brauchte so viel Kraft, dass sie sich halb von der Bank erhob und wie auf einem Fitnessgerät von einem Pedal auf das andere trat, während die eine Hand die Peitsche bediente und die andere das Webeblatt heranzog. Sie wusste, dass es darauf ankam, diese kraftvollen Bewegungen gleichmäßig auszuführen, nur auf diese Weise würde der Stoff einheitlich werden.

Schon nach wenigen Minuten fühlte sie die enorme Anstrengung und war froh um den Ausdauersport, den sie seit Jahren betrieb. Nach einer Weile fand sie sich immer besser in den Rhythmus des Webstuhls ein, versuchte, wie beim Laufen oder beim Tennisspielen ihre Bewegungsabläufe mit der geringstmöglichen Anstrengung zu vollziehen, ihre Kraft so ökonomisch wie möglich einzusetzen, und siehe da, der *omaccio* reagierte immer besser auf sie. Ob es nun sie war, die sich an die Mechanik gewöhnte, oder der Webstuhl, der sich ihr anpasste, war bald schon nicht mehr zu unterscheiden. Nach einer halben Stunde hatte sie ein passables, zehn Zentimeter breites weißes Seidenband gewoben. Sanft ließ sie das Schiffchen ausgleiten und brachte die Mechanik zum Stillstand.

Still waren auch die Weberinnen, keine sagte auch nur einen Ton. Bis Orsolina das Schweigen brach. »Deine Wette hast du verloren«, sagte sie zu Lidia.

Die anderen brachen in gutmütiges Gelächter aus, während Lidia bis an die Haarwurzeln errötete.

»Das tut mir leid, Lidia«, scherzte Angela und trat zu den Frauen.

Zu *ihren* Frauen. Ja, zum ersten Mal hatte sie das Gefühl, zu den Weberinnen zu gehören.

»Das muss Ihnen nicht leidtun, *tedesca*«, konterte Lidia

und reichte ihr grinsend ihre Hand. »Aber um ehrlich zu sein, das hätte ich Ihnen niemals zugetraut!«

Angela schlug in die ihr dargebotene Hand ein. Lidias Händedruck war fest, und als sich die beiden Frauen kurz in die Augen blickten, war da ehrliche Anerkennung und Respekt auf beiden Seiten.

»So«, sagte Angela entschlossen und sah in die Runde. »Was wir nun brauchen, ist ein Musterbuch. Ich habe mit Orsolina schon die entsprechenden Farben ausgesucht. Wer möchte statt einer Stola für unsere zukünftigen Auftraggeber Stoffproben weben?«

»Das übernehme ich«, erklärte Lidia, bevor die anderen reagieren konnten. »Eines steht allerdings fest: Ich werde niemals auf diesem Monstrum hier weben.«

»Ich kann Sie wohl nicht dazu zwingen«, antwortete Angela. »Aber ich freue mich, dass Sie die Muster machen wollen, Lidia.«

Als sie an diesem Abend die *tessitura* verließ, fühlte Angela, dass sich etwas Entscheidendes zwischen ihr und den Weberinnen ereignet hatte. Orsolinas Herz hatte sie schon früher gewonnen, wie ihr schien. Dass sie sich nicht scheute, sich selbst an den Webstuhl zu setzen und auch noch an den größten und schwierigsten von allen, brachte ihr die Anerkennung aller Frauen ein. Angela merkte, wie ihr ein Stein vom Herzen fiel. Denn ihr war klar, dass die Weberei nur erfolgreich sein konnte, wenn sie weiterhin alle zusammenstanden.

Vielleicht würde sich ja eines Tages doch eine Weberin bereit erklären, an dem *omaccio* zu arbeiten. Und wenn nicht, dann würde sie Vittorios Stoff eben selbst weben. Gleich am kommenden Morgen würde sie damit beginnen. Statt Tennis zu spielen und joggen zu gehen. Denn der *omaccio* verlangte ihr alles ab.

Sie rief sofort Dario an und erklärte es ihm. Und so kam es, dass Angela die ersten Morgenstunden der folgenden Tage bei ihrem ganz persönlichen Frühsport an dem großen Webstuhl verbrachte. Wenn um neun die Weberinnen kamen, gab es jedes Mal einen weiteren Meter des schillernden himmelblauen Stoffes zu bestaunen. Angela selbst stand um diese Zeit schon unter der Dusche, sehr zufrieden mit sich und bereit für ein ausgiebiges Frühstück. Die Tage wurden länger, die Temperaturen stiegen, und da sie ohnehin tagsüber genug im Büro zu tun hatte, saß sie bereits um sechs Uhr am *omaccio*. Zweimal fuhr sie zu Vittorio nach Venedig, und jedes Mal kehrte sie glücklicher und ausgeglichener zurück. Sie waren sich beide einig, sich Zeit zu lassen, einander in aller Ruhe kennenzulernen und die gemeinsamen Stunden zu genießen, ohne zu weit in die Zukunft hinein zu planen.

Und dann war das Semester zu Ende, und Nathalie, Benny und Nico fielen in ausgelassener Urlaubsstimmung in der Villa Serena ein. Nathalie wollte gleich am nächsten Tag weiter nach Padua, um sich dort ein Zimmer in einer Wohngemeinschaft anzusehen, während Benny und Nico sich in der Seidenvilla häuslich einrichteten.

»Ich hoffe, es stört euch nicht, wenn ich schon morgens um sechs mit dem Weben beginne«, warnte Angela die beiden vorsichtig beim Abendessen vor.

»Wie ich Benny kenne«, entgegnete Nico, »wird er um dieselbe Uhrzeit schon an dieser Wand herumschaben.« Benny nickte eifrig, während er sich einen riesigen Löffel Tiramisu in den Mund schob. Emilia hatte ein untrügliches Gedächtnis für Lieblingsspeisen und umgehend eine Riesenschüssel davon zubereitet, nachdem sich *la giovinezza* angesagt hatte.

»Wie läuft der Onlineshop?«, wollte Nico wissen und sah zu,

dass er auch noch etwas von dem köstlichen Nachtisch erwischte.

»Gut«, antwortete Angela. »Ich bin sehr zufrieden, die Seite kommt gut an, Fioretta verschickt fast täglich Bestellungen. Aber das Beste wisst ihr ja noch gar nicht ...« Sie berichtete von der Aussicht auf die großen, spannenden Aufträge.

»Angela ist selbst unter die Weberinnen gegangen«, erklärte Tess und erzählte die Geschichte von dem lächerlichen Aberglauben, der *omaccio* bringe Unglück. »Und sie macht ihre Sache gut. Ich möchte wissen«, fügte sie an Angela gewandt hinzu, »was du eigentlich nicht kannst.«

»So gut kochen wie Emilia«, antwortete Angela wie aus der Pistole geschossen. Die Haushälterin, die gerade die Schüsseln und Teller einsammelte, errötete vor Stolz.

»Sie sind immer noch viel zu dünn«, sagte sie mit einem tadelnden Blick auf Angelas Figur. »Haben Sie überhaupt ein Gramm zugenommen, seit Sie hier sind? Mir scheint nicht.«

Unter großem Gelächter beteuerte Angela, dass ihr all die alten Kleider wieder passten, die bei ihrer Ankunft noch zwei Nummern zu groß gewesen waren. Nathalie betrachtete ihre Mutter aufmerksam.

»Du siehst glücklich aus, Mami«, sagte sie, als sich die allgemeine Heiterkeit gelegt hatte. »Es war eine gute Entscheidung, herzukommen.«

»Ja, das war es«, stimmte Angela ihr zu. Ihre Gedanken wanderten zu Vittorio. Sie hätten sich niemals getroffen, wäre sie in Deutschland geblieben. »Ich bin froh, dass ich hier bin«, sagte sie. »Ich bin dir sehr zu Dank verpflichtet, Tess.«

»Ach was, Unsinn«, entgegnete die alte Dame energisch. »Ich habe zu danken! Du hast so viel für mich getan. Sieh dich doch mal um! In wenigen Wochen hast du mein Haus umgebaut, und es ist absolut großartig geworden.«

»Dann sind wir ja alle glücklich und zufrieden«, fasste Nathalie zusammen. »Wollt ihr heute Nacht wirklich schon in der Seidenvilla schlafen?«, fragte sie an ihre beiden Freunde gewandt.

»Klar!«, erklärten sie wie aus einem Munde. »Und ich glaube, wir machen uns jetzt besser auf den Weg«, fügte Nico hinzu. »Wenn morgen früh um sechs die Nacht schon zu Ende ist, hauen wir uns besser bald aufs Ohr.«

Die beiden brachen auf, und auch Tess zog sich zurück.

»Etwas ist anders mit dir«, sagte Nathalie, als sie gemeinsam die Treppe zu den Turmzimmern hochstiegen.

»Wie meinst du ... anders?«, erkundigte sich Angela vorsichtig.

»Na, du strahlst richtig! So hab ich dich schon lange nicht mehr erlebt! Und dein Haar, es ist ein ganzes Stück länger geworden. Wo es doch nicht mehr wachsen wollte, seit mindestens einem Jahr! Die Weberei scheint dir wirklich gutzutun. Gute Nacht, Mami, träum was Schönes!«

Angela ging in ihr Badezimmer und betrachtete sich im Spiegel. Nathalie hatte recht. Auf einmal hatte ihr Haar wieder begonnen zu wachsen. Außerdem glänzte es fast so wie früher. Sie sollte einen Termin bei Edda machen, der Friseurin gleich neben der *tessitura*, und die Spitzen schneiden lassen.

»Heute Nachmittag kommt Signor Fontarini zu uns«, verkündete Angela bei ihrer Morgenbesprechung den Weberinnen. »Er ist der Innenarchitekt, für den Lidia die Muster gewoben hat.«

Angela hatte nach vielen Diskussionen mit Orsolina und in Absprache mit Vittorio zwei verschiedene Kollektionen vorbereitet: eine in den klassischen Pastellfarben Pistazie, Rosenholz, Rauchblau, Jadegrün, Malve und Sienagelb und eine zweite für Kunden mit moderneren Vorstellungen in den leuchtenden Farben Karmesinrot, Kobaltgrün, Ultramarinblau, Sonnengelb, Orange und Schwarz. Dazu noch drei verschiedene Goldtöne, das war Orsolinas Idee gewesen.

»Ist die himmelblaue Seide für ihn?«, wollte Nola wissen.

»Genau«, bestätigte Angela. »Mit diesem Stoff beweisen wir, dass wir jeden beliebigen antiken Seidenstoff hundertprozentig nacharbeiten können. Ihr habt ja sicher mitbekommen, welche Sorgfalt Orsolina darauf gelegt hat, den speziellen Farbton hinzukriegen. Dass sie das so gut gemacht hat, wird uns helfen, große Aufträge in diesem Bereich zu bekommen.«

Orsolina schien unter dem Lob förmlich zu wachsen. Angela gönnte es der Färberin, ging es doch Stefano nach wie vor nicht gut, was seiner Frau große Sorgen bereitete.

»Er soll nur kommen, der Herr Innenarchitekt«, erklärte Lidia in ihrer typischen, angriffslustigen Art. »*Siamo pronte!*«

Als Angela am späten Nachmittag mit Vittorio den Websaal betrat, musste sie lächeln. Alle Weberinnen, sogar Lidia, hatten sich in der Mittagspause umgezogen. Auf dem großen Tisch in der Mitte lagen die Muster sorgfältig ausgebreitet wie zwei große Fächer. Die Nachmittagssonne fiel auf die Stoffe und brachte die Farben zum Leuchten.

Vittorio begrüßte jede einzelne der Frauen und sah sich unter ihren gespannten Blicken die Proben genau an.

»Ausgezeichnete Ware«, sagte er schließlich anerkennend. »Das wird unseren Kunden zusagen.«

Während er Orsolina ein paar Fragen stellte und sich von den Weberinnen ihre aktuellen Arbeiten zeigen ließ, beobachtete Angela voller Freude, wie er selbst die spröde Lidia mit seiner natürlichen Art für sich einzunehmen wusste. Keiner kann sich seinem Charme entziehen, dachte sie. Maddalena führte mit geröteten Wangen vor, wie sie webte. Von Annas

Arbeit – sie verwob gerade feines Alpaka mit Seide – war er regelrecht begeistert. Und obwohl er Nolas Karotechnik schon von seinem letzten Besuch kannte, ließ er sich von ihr genau erklären, wie das Muster zustande kam.

Und dann öffnete Angela die Tür zum Nebenraum, dem Reich des *omaccio*. Die blaue Seide schimmerte auf dem Webstuhl wie ein See unter einem Sommerhimmel. Angela war an diesem Morgen fertig geworden, zwanzig Meter Seide ruhten auf dem Warenbaum.

»*Favoloso*«, rief Vittorio aus. »Ist das etwa für die Villa Castro?«

»So ist es«, antwortete Angela.

»Das hat die Signora ganz allein gewoben«, erklärte Maddalena mit Stolz in der Stimme.

Angela blickte sich erstaunt um. Alle ihre Mitarbeiterinnen standen in der Tür und reckten die Köpfe. Keine wollte sich offenbar entgehen lassen, wie der »Karfunkelstoff«, wie Maddalena ihn getauft hatte, bei dem Besucher ankam. Sie wurden nicht enttäuscht. Vittorios Begeisterung war riesengroß.

»Du machst das doch nicht etwa allein?«, fragte er allerdings besorgt, nachdem die Weberinnen nach Hause gegangen waren und nur sie beide in der *tessitura* zurückgeblieben waren.

Nola hatte den Stoff aus dem Webstuhl geschnitten, die gesamte Länge sorgsam auf eine passende Papprolle gewickelt und in ein Baumwolltuch eingeschlagen, damit Vittorio ihn mitnehmen konnte, ohne dass die Seide verschmutzte.

Angela lachte. »Mir bleibt nichts anderes übrig«, erklärte sie. »Die Weberinnen fürchten sich vor dem *omaccio*.«

»Ja, aber das geht doch nicht«, wandte Vittorio ein. »Die Arbeit ist viel zu schwer für dich. Und außerdem ... Wie soll das weitergehen? Meine Kunden werden dir die Tür einrennen. Willst du alle Aufträge selbst bearbeiten?«

»Mir wird schon etwas einfallen«, beruhigte Angela ihn. »Gefällt dir der Stoff wirklich?«

»Er ist einfach traumhaft. Fast zu schade für die Sessel in der Villa. Am liebsten möchte ich dich darin einhüllen und ...« Vittorio schlang seine Arme um sie.

»Und was?«, fragte Angela.

Die Antwort, die sie erhielt, bestand nicht aus Worten. Dafür aus umso mehr Zärtlichkeit und Leidenschaft.

Auf der Piazza della Libertà liefen sie wenig später Dario Monti in die Arme, der mit Davide, Raffaele und einigen anderen Handwerkern mit einem Feierabendbier in der Hand vor dem Hotel Duse stand.

»Vittorio«, rief er überrascht aus. Sein Blick wanderte fragend von seinem Freund zu Angela und wieder zurück. »Du hier in Asenza? Was verschafft uns die Ehre?«

»*Affari*«, antwortete sein Freund mit einem Lachen. »Geschäfte. Mein Studio wird in Zukunft mit der *tessitura* zusammenarbeiten. Die Frauen dort weben so fantastische Stoffe. Ich frage mich, warum du mir das nicht schon früher erzählt hast, alter Freund!«

Während sich Dario und Vittorio über die Statik der Fundamente in der Villa unterhielten, entdeckte Angela unter den Gästen Tess. Wie eine Königin hielt sie an einem der Tische Hof. Als sie Angela sah, erhob sie sich und trat auf sie zu.

»Ist das Signor Fontarini?«, fragte sie, und Angela stellte sie einander vor. »Machen Sie uns doch die Freude und kommen Sie zum Abendessen in die Villa Serena!«

»Vielen Dank, das mache ich gern«, antwortete Vittorio.

Tess sah Dario an. »Du bist natürlich auch eingeladen. *Come sempre.*«

»Heute kann ich leider nicht«, erklärte der Architekt.

»Aber dir kann ich die Villa Serena nur empfehlen«, sagte er zu Vittorio, als handelte es sich um ein Restaurant. »Emilia kocht ganz vorzüglich. So. Ich muss leider los. *Ci vediamo.*«

»Was hat er denn heute?«, fragte Tess verblüfft, als sie Dario nachsah, der in der Menge verschwand. »Er sah aus, als hätte er eine Kröte verschluckt. Na egal. Darf ich euch hier noch zu einem Aperitif einladen? Und dann wird es auch schon bald Zeit. Emilia mag es nicht, wenn man unpünktlich ist.«

Das Abendessen verlief sehr angeregt. Da Benny und Nico kaum Italienisch sprachen, plauderte Vittorio auf Englisch mit ihnen, und Tess blühte so richtig auf, als sie von ihrem Leben in den Vereinigten Staaten erzählen konnte. Nur Nathalie wirkte ungewöhnlich still, nicht einmal Vittorios Angebot, ihr in Padua ein paar Türen zu öffnen, lockte sie aus ihrer Reserve. Angela hatte den Eindruck, dass Nathalie müde war, doch als sie später noch in ihr Zimmer kam, erfuhr sie den wahren Grund für die Zurückhaltung ihrer Tochter.

»Du hast etwas mit diesem Vittorio, stimmt's?«

Nathalies Stimme klang eine Spur zu schrill und fuhr Angela wie eine feine Nadel mitten ins Herz. Was und wie sie fragte, hörte sich hässlich an.

»Wir haben uns ineinander verliebt«, antwortete sie ohne Umschweife.

Nathalies Gesicht verzerrte sich kaum merklich, aber Angela erkannte den Schmerz darin, Enttäuschung und verhaltene Wut.

»Papa ist noch nicht einmal ein halbes Jahr unter der Erde«, stieß sie hervor. »Und schon hast du einen anderen Mann?«

»Nathalie!«

Es klang wie ein Flehen. Angela war es, als würde eine unsichtbare Kraft ihr die Kehle zuschnüren. Es stimmte, was ihre

Tochter sagte. Und doch. Was war falsch an dem, was sie für Vittorio empfand?

»Ich habe immer gedacht«, versuchte Angela zu erklären, »dass du dich freust, wenn es mir gut geht ...«

»Dass es dir gut geht«, unterbrach Nathalie sie mit Tränen in der Stimme. »Natürlich. Das allein ist wichtig. Dass du andere verletzen könntest, daran denkst du nicht?«

Angela fühlte, wie ihr Herzschlag einmal mehr aussetzte, beängstigend lange, sodass sie sich schon an die Brust griff. Ein sirrender Ton erfüllte ihre Ohren, bis ihr Herz endlich wieder zu klopfen begann, holpernd, stolpernd, wie eine kleine Faust, die von innen gegen ihr Brustbein hämmerte. Sie blinzelte. Was hatte Nathalie gesagt? Dass sie nur an sich dachte?

»Nathalie ... ich ...«, stammelte sie, doch ihre Tochter schrie: »Ach vergiss es!« Sie sprang auf, lief zur Tür und hätte beinahe Tess umgerannt, die dort im Morgenmantel stand, die Hand zum Klopfen erhoben.

»Was ist denn hier los?«, fragte sie verblüfft und musterte Nathalie streng. »Wieso schreist du deine Mutter so an?«

Da brach Nathalie in Tränen aus, stolperte an Tess vorbei und die Treppen hinunter. Wenig später hörten Angela und Tess eine Tür ins Schloss knallen.

»Hey, hey, Liebes«, rief Tess erschrocken und lief zu Angela, die leichenblass auf ihrem Bett saß. »Komm«, sagte sie leise und nahm sie in die Arme. »Lass dich von deiner Tochter nicht so fertigmachen! Dieser Vittorio ist ein Goldstück, ihr passt zusammen wie zwei Hälften einer Nuss.«

»Aber Peter ...«

»Peter ist tot«, erklärte Tess unumwunden. »Und er wird nicht lebendig davon, wenn du lebst wie eine Nonne.«

»Nathalie hat recht. Es ist zu früh ...«

»Offenbar nicht. Du hast dich verliebt. Das sucht man

sich nicht aus. Und wenn du mich fragst: besser früher als gar nicht. Schau mich an. Glaubst du, ich lebe gern allein? Leider habe ich keinen *soulmate* mehr getroffen nach John. Es sollte eben nicht sein. Du dagegen hast riesiges Glück, Angela. Du und Vittorio, ihr seid ein tolles Paar. Nathalie beruhigt sich schon wieder. So. Und jetzt wird geschlafen. Gute Nacht.«

Tess gab ihr einen Kuss auf die Stirn, etwas, das sie nicht mehr getan hatte, seit Angela ein kleines Mädchen gewesen war, stand auf und ging leise hinaus.

Angela war noch immer fassungslos. Sollte sie hinuntergehen und nach ihrer Tochter sehen? Doch sie hatte nicht den Mut dazu, fürchtete sich vor weiteren Vorwürfen.

Sie warf sich aufs Bett und presste die Handflächen gegen die Augen. Dann zwang sie sich, ruhig und gleichmäßig zu atmen. Versuchte, Peters Gegenwart zu fühlen. Irgendwo musst du doch sein, dachte sie verzweifelt. Bist du mir böse, weil ich schon einen anderen liebe?

Lange horchte sie in sich hinein, in die Nacht hinaus. Doch sie bekam keine Antwort. Nur ihr Herz pochte und pochte. Entweder war Peter zu weit fort, oder er hatte nichts einzuwenden. Mit diesem Gedanken schlief sie irgendwann ein.

## 18

## Der Verrat

Am nächsten Morgen war Nathalie schon nach Padua gefahren, als Angela zum Frühstück herunterkam. Ganz entgegen ihrer Gewohnheit hatte sie ausgeschlafen. Vittorios Seidenstoff war fertig. Und zum Laufen hatte sie an diesem Morgen keine Lust.

Im Büro fand sie eine E-Mail von Lucrezia vor, Vittorios Assistentin, mit der Bitte um ein Angebot über fünfundzwanzig Meter Seide in der Farbe Rotgold für ein Projekt von Federico. Er brauchte den Stoff für die Bespannung von spanischen Wänden, glücklicherweise in der Breite der Schultertücher, sodass sie problemlos eine kürzere Lieferzeit zusagen konnte. Anders als sonst fiel es Angela schwer, sich zu konzentrieren, immer wieder sah sie Nathalies schmerzverzerrtes Gesicht vor sich und hörte ihre vorwurfsvolle Stimme. Darum brauchte sie bis zum Mittag, um die Kosten für den Stoff zu kalkulieren, und für die vielen kleinen Dinge, die täglich erledigt werden mussten. Schon am Nachmittag kam der offizielle Auftrag.

Um fünf Uhr rief Vittorio an, doch als sie seine Nummer im Display sah, hielt irgendetwas sie zurück, ranzugehen. Als das melodische Läuten ihres Handys verklang, brach sie zu ihrem eigenen Schrecken in Tränen aus und war froh, allein in der Weberei zu sein. Es fehlte gerade noch, dass ihre Frauen sie weinend antrafen.

Sie riss sich zusammen, wischte ihre Tränen ab. Um sich zu beruhigen, verließ sie das Büro und ging hinauf in den Trakt, in dem sie bald wohnen würde. Im Maulbeersaal stand Benny auf einer Klappleiter und bearbeitete vorsichtig mit einem feinen Spachtel die Wand. Inzwischen hatte er fast den gesamten Baum freigelegt, augenblicklich beschäftigte er sich mit dem obersten Teil der Baumkrone. Sein blondes Lockenhaar trug er wie immer am Hinterkopf zu einem Dutt zusammengedreht, eine Stirnlampe beleuchtete die Stelle, an der er gerade arbeitete. In seinen Ohren steckten kleine weiße Kopfhörer. Benny hörte wohl Musik und hatte sie noch nicht bemerkt.

Eine Weile sah sie ihm zu, wie er winzige Blättchen einer Farbschicht abhob und Millimeter um Millimeter mehr von dem Maulbeerbaumgeäst freilegte. Dann ging sie in den Nebenraum, wo Nico sich an einem alten Tisch, den sie in einer Abstellkammer gefunden hatten, einen Computerarbeitsplatz eingerichtet hatte. Er hatte die Fenster verhängt und saß vor mehreren Bildschirmen, auf denen endlose Zahlencodes flackerten.

»Hallo, Angela«, begrüßte er sie und wandte sich wieder seinen Chiffren zu. »Ein Kunde hat sich einen Trojaner eingefangen«, erklärte er ihr. »Aber das haben wir bald. Kann ich dir irgendwie helfen?«

»Nein«, antwortete Angela. »Ich wollte nur mal kurz vorbeischauen. Hast du alles, was du brauchst?«

Nico nickte geistesabwesend, und Angela ließ auch ihn allein. Diese jungen Leute wussten so genau, was sie wollten. War das bei ihr auch so gewesen, damals, als sie studiert hatte? Oder hatte sie sich vom Leben hierhin und dorthin treiben lassen, je nachdem, wer etwas von ihr wollte oder brauchte? Tat sie das nicht im Grunde immer noch?

Sie beschloss, nach Hause zu gehen und die Zeit bis zum Abendessen zum Laufen zu nutzen. Das hatte ihr immer gutgetan, es würde ihr auch jetzt helfen, ihre Gedanken zu ordnen.

Wie immer joggte sie hoch zur Kirche und umrundete den Palazzo Duse. Als sie die Weinberge erreichte, folgte sie einem Impuls und bog nicht wie sonst immer ab, um hinunter zum Tennisplatz zu gelangen, sondern blieb auf dem Weg, auch wenn er sich allmählich zu einem Trampelpfad verengte. Dieser führte sie zur Rückseite des Hügels und an einer verfallenen Trockenmauer vorbei, auf der sich smaragdfarbene Eidechsen sonnten und vor Angela blitzschnell zwischen den Steinen verschwanden, bis in der Ferne die Tankstelle und die ersten Häuser der *città nuova* auftauchten. Die Weinberge wichen einfachen Gärten, manche völlig verwildert, voller Glasscherben und Fetzen von Plastiktüten im Gesträuch und mit eingefallenen graffitibesprühten Lauben. Auf anderen Grundstücken erhoben sich verwilderte Zitrus- und Feigenbäume aus dem Gestrüpp, hier und dort sah Angela auch Gemüsebeete, in denen Zucchini, Erbsen und Tomaten mit winzigen gelben und roten Früchten wuchsen.

Sie verlangsamte ihre Schritte und verfiel ins Gehen. Sollte sie wirklich die ganze Runde durch die Neustadt machen? Besser, sie kehrte um. Sie blieb stehen, machte ein paar Dehnübungen, als sie auf einmal im Garten nebenan eine Bewegung wahrnahm. Jemand harkte ein Beet, eine männliche Gestalt, die sie kannte.

»*Buongiorno*, Stefano«, rief sie und hob die Hand zum Gruß.

Orsolinas Mann blickte auf und strich sich mit der gesunden Hand über die Stirn. Er verengte seine Augen zu Schlitzen und schien zu überlegen, wer sie war. Dann hob er vage die Hand zum Gruß.

»Was bauen Sie hier an?«, fragte Angela. »Sind das Bohnen?«

»*Sì*«, antwortete der Mann, »*fave.*«

Angela trat an den Zaun heran und betrachtete die ordentlich angelegten Beete. Neben den Bohnen wuchsen in dem Garten auch Artischocken und Auberginen, dazu große Büsche Kräuter. Sie erkannte Salbei, verschiedene Sorten Basilikum und Thymian. Im Gegensatz zu den umliegenden Grundstücken wirkte hier alles sauber und gepflegt. Doch Angela entgingen nicht der bittere Zug um Stefanos Mund, die geröteten Augen und die dunklen Ränder darunter, die auf schlaflose Nächte hinwiesen. Um seinen Handstumpf mit den verbliebenen beiden Fingern hatte Orsolinas Mann eine Binde gewickelt, die Spuren von Schweiß und der Gartenarbeit trug. Stefano konnte nicht einmal die Harke mit dieser verstümmelten Hand halten, dazu brauchte er die linke und tat sich ziemlich schwer damit. Angela fühlte, wie unangenehm es dem Mann war, dass sie ihn so genau ansah, deswegen blickte sie wieder auf und ihm in die Augen. Und auf einmal hatte sie eine Idee.

»Ihre Frau meinte neulich, Sie würden gern wieder arbeiten«, sagte sie, sich wohl darüber im Klaren, welchen heiklen Verlauf das Gespräch nun nehmen konnte. »Könnten Sie sich vorstellen, bei mir als Weber anzufangen?«

Stefano starrte sie an, als hätte sie ihm vorgeschlagen, zum Mond zu fliegen. Oder als hätte sie ihn beleidigt. Angela wurde es heiß und kalt. Etwas in Stefanos Augen machte ihr auf einmal Angst. War es das, was Orsolina solche Sorgen bereitete?

Doch da senkte Stefano den Blick, sein Mund verzog sich zu einem schmerzlichen Lächeln. »Ich bin kein Weber«, antwortete er mit rauer Stimme. »Ich kann das gar nicht. Und überhaupt. Wie sollte das gehen?«

Er hob seine rechte Hand.

»Wir könnten es versuchen«, erklärte Angela. »Wenn Sie möchten. Vielleicht kann man ja etwas konstruieren für Ihre

Hand. So etwas wie eine Bandage, an der man die Peitsche befestigen kann. Oder eine Art Handschuh. Man müsste es ausprobieren. Natürlich nur, wenn Sie wollen.«

Stefano hatte die Stirn gerunzelt und starrte finster auf das Beet mit den zarten Pflänzchen. »Wissen Sie was?«, stieß er schließlich verbittert aus. »Sie müssen kein Mitleid mit mir haben. Mitleid hilft mir nicht weiter. Lassen Sie mich einfach in Ruhe, ja? Kümmern Sie sich um Ihre eigenen Angelegenheiten. So wie alle anderen auch.«

Kurz war Angela sprachlos. Dann fasste sie sich wieder. »Genau das tue ich ja«, erklärte sie so ruhig und freundlich wie möglich. »Ich kümmere mich um die *affari miei*, wie Sie sagen, und das ist nun mal die Weberei. Ich benötige einen Weber, einen, der mit dem großen Webstuhl zurechtkommt. Aber wenn das nichts für Sie ist, entschuldigen Sie. Ich wollte Sie nicht beleidigen. *Buonasera*, Stefano. Und grüßen Sie mir Orsolina.«

Der Mann nickte ungeduldig und hob wieder mürrisch seine Harke, während Angela sich auf den Rückweg machte. Ihr Herz klopfte heftig, und das nicht von der sanften Steigung. Machte sie denn augenblicklich alles falsch? Wie sehr sehnte sie sich nach Vittorio, wie gern würde sie ihre Gedanken mit ihm teilen. Doch konnte sie mit ihm über die harten Worte ihrer Tochter sprechen? Das war unmöglich. Es würde ihn kränken. Und das war das Letzte, was sie wollte.

Beim Abendessen fand Angela sich allein in der Villa Serena. Tess war bei der Frau des Bürgermeisters eingeladen, und Benny und Nico wollten Pizza essen gehen und danach einen Club ausprobieren, von dem Fioretta ihnen erzählt hatte. Auch Nathalie war noch nicht zurück, vermutlich hatte sie sich ihren Freunden angeschlossen.

Angela bat Emilia, ihr lediglich ein paar kalte Antipasti auf ihr Zimmer zu bringen und eine Karaffe Wasser. Nach einer ausführlichen Dusche und ein paar Happen wählte sie Vittorios Nummer. Kurz spielte sie mit dem Gedanken, einfach noch nach Venedig zu fahren und ihn zu überraschen, doch gleich rief sie sich zur Ordnung. Sie wusste ja gar nicht, ob er überhaupt zu Hause war. Oder ob er eine Verabredung hatte. Im Grunde wusste sie gar nicht so viel über sein Leben.

Als Vittorios Anrufbeantworter ansprang, legte Angela auf. Er würde ja ohnehin sehen, dass sie angerufen hatte. Wenn er Zeit hatte, würde er sich melden. Jetzt bereute sie, am Nachmittag seinen Anruf nicht angenommen zu haben. Was war nur in sie gefahren? Wieso war sie so durcheinander?

Sie sah die Liste der eingegangenen Mails durch, vielleicht hatte er ihr ja geschrieben. Sie fand eine weitere Bestellung von Lucrezia: über fünfzig Meter Seide in der Breite des *omaccio* und der Farbe Jadegrün. Fünfzig Meter! Das waren ausgezeichnete Neuigkeiten! Und doch wollte sich kein Gefühl der Freude bei ihr einstellen. Denn von Vittorio kam weder eine Nachricht noch ein Rückruf.

In dieser Nacht war ihr Schlaf schwer wie Blei. Sie träumte wieder von den riesigen Räumen, doch dieses Mal waren die Wände mit hässlichen Graffitis übermalt. Sie rüttelte an den Türen, aber anders als in den Träumen zuvor waren sie alle verschlossen. Als sie umkehren wollte, fand sie die Tür nicht mehr, durch die sie gekommen war. Sie war gefangen. Und auf einmal stand da Stefano mit seiner Harke, kratzte mit ihr an den Graffitis herum und schrie: »Ich brauche Ihr Mitleid nicht. Kümmern Sie sich um Ihre eigenen Angelegenheiten!«

Am nächsten Morgen betrat Angela schon früh die *tessitura*. Sie ging langsam durch den Saal und verweilte an jedem Webstuhl, um die aktuellen Arbeiten zu bewundern. Es duftete herrlich nach Seide. Lidia hatte bereits mit der Bestellung in Gold begonnen, spätestens in zwei Tagen würde sie fertig sein. Und ohne dass Angela sie darum bitten musste, hatte Nola damit angefangen, den *omaccio* mit neuen Kettfäden zu bestücken.

Es lief. Sie sollte sich freuen. Angela öffnete ein Fenster und atmete tief die frische Morgenluft ein. In zwei Stunden schon würde die Sonne die alten Steine aufheizen. Wenn es tatsächlich so weiterging mit den Bestellungen für Vittorios Studio, musste sie sich um die Zukunft der *tessitura* keine Sorgen mehr machen.

Entschlossen setzte sie sich an ihren Arbeitsplatz und fuhr den Rechner hoch. Sie kalkulierte Lucrezias Bestellung über fünfzig Meter *omaccio*-Seide und schickte ihr das Angebot. Sie würde fünfundzwanzig bis dreißig Tage brauchen, um diese Menge zu weben, wenn alles gut ging. Aber sie wollte mit Nola sprechen und sie fragen, ob sie vielleicht einen Weber kannte, der in der Lage wäre, mit dem *omaccio* umzugehen. Vittorio hatte recht. Sie konnte nicht den Betrieb leiten und nebenher noch weben.

Sie sah auf die Uhr. Es war kurz vor acht, und sie beschloss, bei Fausto einen Kaffee zu trinken und ein *cornetto* zu essen. An der Theke stand Dario und kippte einen kleinen schwarzen Espresso hinunter.

»*Ciao*, Dario«, begrüßte sie ihn.

Der Architekt schien bei ihrem Anblick kurz zu erschrecken, dann musterte er sie genau.

»*Buongiorno*, Angela«, sagte er förmlich. War er verstimmt, weil sie in den letzten Tagen so wenig Zeit für ihn gehabt hatte? »Wie geht es dir?«, fragte er und zählte ein paar Münzen auf den Tresen.

»Ausgezeichnet«, antwortete Angela. »Was ich sagen wollte«, fuhr sie fort, »es tut mir leid, dass ich ...«

»Ist schon gut«, unterbrach Monti sie mit großmütiger Geste. »Ich bin froh, dass du es so nimmst. Egal, was passiert ist, ich bin immer für dich da, Angela. Das darfst du nie vergessen. Und jetzt muss ich los. Eine Baustelle wartet. Sehen wir uns heute Abend?«

»Ich ... ich weiß noch nicht ...«, stammelte sie, aber da war er schon fort.

Angela war zu verblüfft, um ihn aufzuhalten. Was hatte Monti da gerade gesagt? Mit einem Kopfschütteln sah sie ihm nach. Was für ein seltsamer Kauz!

Fausto schob ihr den Cappuccino hin, den sie bestellt hatte, und mit Entzücken sah Angela, dass er mit dem Kaffee ein A mit einem Herz darum auf die geschäumte Milch gezaubert hatte!

»Fausto, wie machen Sie das nur?«, fragte sie.

»*Il mio segreto*«, grinste der *barista*, und Angela lächelte zurück.


An diesem Morgen verbrachte sie fast den gesamten Vormittag mit den Weberinnen. So kam es, dass sie erst gegen Mittag die Nachricht las.

»Vittorio Fontarini hat mich beauftragt, alle Aufträge mit sofortiger Wirkung zu stornieren«, schrieb Lucrezia. »Es tut mir leid, Ihnen sagen zu müssen, dass wir von einer weiteren Zusammenarbeit mit der *tessitura di Asenza* auch in Zukunft absehen werden.«

Angela starrte auf die Zeilen, und alles in ihr weigerte sich zu verstehen, was dort stand. Das war doch nicht möglich!

Als sie wieder in der Lage war, sich zu rühren, griff sie zum Telefon und wählte Vittorios Nummer. Jeder Klingelton zerrte an ihren Nerven. Es meldete sich eine weibliche Computerstimme: *Der Angerufene nimmt das Gespräch nicht an.* Was bedeutete das? Wieso sprang die Mailbox nicht an wie sonst?

Angelas Hände zitterten, als sie die Nummer eintippte, die unter Lucrezias E-Mail stand. Die Assistentin meldete sich schon beim zweiten Klingeln.

»Hier ist Angela. Kann ich bitte Vittorio sprechen?«

Das kurze Schweigen in der Leitung sprach Bände. »*Mi spiace*«, sagte Lucrezia dann mit professioneller Kühle in der Stimme. »Signor Fontarini ist nicht da.«

»Wann kommt er zurück?«

»Das ist ungewiss. Er befindet sich auf Reisen.«

Wohin denn, wollte Angela fragen, biss sich aber auf die Lippen.

»Die Bestellungen ...«, begann sie stattdessen.

»Die müssen wir leider stornieren«, schnitt ihr Lucrezia das Wort ab. »Tut mir leid. So ist es beschlossen worden.«

»Darf ich erfahren, warum? War mein Angebot zu hoch?«

Wieder war es still in der Leitung. Angela glaubte, eine Spur von Ungeduld wahrzunehmen, als die Assistentin endlich antwortete. »Die Gründe sind mir nicht bekannt. Bitte entschuldigen Sie mich, ein anderer Anruf kommt gerade herein. *Buongiorno*, Angela.«

Und schon war die Leitung unterbrochen.

Angela verstand die Welt nicht mehr. Vittorio war verreist? Ohne ihr eine Nachricht zu hinterlassen? Da musste irgendetwas passiert sein, vielleicht ein unerwarteter Trauerfall? Ganz sicher war es so etwas. Aber wieso hatte er zuvor alle Aufträge gecancelt, ohne ihr persönlich zu erklären, weshalb?

Fioretta streckte ihren Kopf zur Bürotür herein. »Da ist ein Expressbote«, sagte sie. »Würdest du bitte kurz kommen?«

Wie in Trance erhob sich Angela und folgte Fioretta in den Laden. Ein junger Paketbote wartete mit einem elektronischen Lesegerät darauf, dass sie eine Lieferung per Unterschrift bestätigte.

»Was ist es denn?«, fragte Angela und versuchte sich vergeblich zu erinnern, ob sie etwas bestellt hatte.

»Das Ding ist fast drei Meter lang«, antwortete der Bote vorwurfsvoll und wies mit dem Ellbogen auf den Fußboden. Dort lag eine in Luftpolsterfolie eingeschlagene, lange Rolle. Angela bückte sich und entzifferte den Absender. Es war Vittorios Studio.

»Das darf nicht wahr sein«, murmelte sie.

Unter der Folie erkannte sie den Baumwollstoff, in den Nola die himmelblaue Seide, die sie eigenhändig gewoben hatte, sorgfältig eingepackt hatte.

Später war es Angela ein Rätsel, wie sie es geschafft hatte, die Fassung zu bewahren, dem Paketboten die notwendige Unterschrift zu leisten und auf Fiorettas bestürzte Frage, wohin sie das Paket denn bringen sollte, nicht in Tränen auszubrechen.

»Bringen wir es ... ins Lager«, schlug sie vor und tat so, als wäre es das Normalste von der Welt, dass jemand, dem sie zwanzig Meter handgewobene Seide in einer Breite von zwei Meter achtzig in einer sündhaft teuren Sonderfarbe zum Selbstkostenpreis angefertigt hatte, diese kommentarlos wieder zurückschickte.

Sie lagerten die Stoffrolle vorsichtig auf einem freien Regalbrett zwischen Kartons mit Garn. Erst als sie die Tür ihres Büros hinter sich schloss, fühlte Angela, dass in ihrer Brust etwas zu wachsen begonnen hatte, etwas, das wie Feuer brannte und sich gleichzeitig eiskalt anfühlte. Etwas, das ihr die Luft abschnitt und ihre Ohren zum Rauschen brachte. Plötzlich war es ihr viel zu eng in dem Raum. Sie riss die Tür wieder auf und rannte hinaus in den Hof. Der Maulbeerbaum drehte sich um sie, und auf einmal kam die Bank, auf der die silberne Katze saß und ihr Fell putzte, in rasantem Tempo auf sie zugeschossen.

Im letzten Moment fing sich Angela wieder. Die Katze sprang erschrocken von der Bank und stolzierte mit steil erhobenem Schwanz davon, als Angela sich setzte. Dort saß sie, beide Hände gegen ihre Brust gepresst, und versuchte nachzudenken. Sie hörte das gleichmäßige, ja, freudige Klappern der Webstühle im ersten Stock und fragte sich, was sie mit dem goldfarbenen Stoff anfangen sollten, den Lidia für Federico gerade wob. Schlagartig wurde ihr klar, dass sie nie wieder auf dem *omaccio* arbeiten würde, dass sie alle wieder zur Produktion von außergewöhnlichen Seidenstolas zurückkehren mussten, darauf hoffend, dass es genügend Frauen auf der Welt gab, die in der Lage waren, sich so ein teures Stück zu leisten. Und dass genau diese Frauen von der Existenz der *tessitura* erfuhren.

Das war jedoch nicht der Grund für ihre Verzweiflung. Für das Geschäft würde sie sich etwas anderes einfallen lassen. Zu Modemessen fahren und die großen Haute-Couture-Firmen kontaktieren. Nein, es war Vittorios rätselhaftes Verschwinden. Und die bittere Erkenntnis, was es bedeuten musste, dass er seine himmelblaue Seide für die Villa Castro zurückschickte: Er hatte mit ihr gebrochen.

»Aber warum?«, flüsterte sie leise vor sich hin.

Wie lange sie so dasaß, sie merkte es nicht. Irgendwann verstummte nach und nach das Rattern der Webstühle. Mittagspause. Angela raffte sich auf, gleich würden die Weberinnen herunterkommen. Doch noch ehe sie sich in ihrem Büro verstecken konnte, öffnete sich die Tür zur Gasse. Orsolina trat herein, gefolgt von Stefano.

»Dürfen wir Sie stören, Signora?«, fragte Orsolina ungewöhnlich scheu.

Angela wischte sich mit der Hand über die Augen. »Natürlich«, sagte sie. »Was gibt es denn?«

Orsolina wandte sich zu ihrem Mann um und nickte aufmunternd. Der räusperte sich. Stefano trug einen Anzug, hatte sich rasiert, und seine Augen blickten ruhig und klar.

»Ich möchte mich entschuldigen«, sagte er verlegen. »Wegen neulich. Das war nicht freundlich von mir.«

»Ist schon gut«, antwortete Angela. »Ich kann Sie verstehen.«

»Ich hab mir das überlegt«, fuhr Stefano fort und warf Orsolina einen Blick zu. »Das mit dem Weben. Also wenn Sie es wirklich ernst gemeint haben, will ich es versuchen.«

»Es war seine eigene Idee«, warf Orsolina rasch ein. »Ich hab ihn nicht dazu überredet. Er hat mir überhaupt nichts davon gesagt, erst heute Morgen beim Frühstück. Denn eigentlich bin ich nicht dafür, wissen Sie. Der *omaccio* bringt schließlich *sfortuna* ...«

»*Macché*«, unterbrach Stefano sie. »Mehr Unglück, als ich schon hatte, kann nicht mehr kommen. Also versuch ich es. Falls es klappt und ich mich nicht wie ein Idiot anstelle, arbeite ich gern für Sie, Signora Angela.«

Angela öffnete den Mund, um etwas zu antworten, doch sie wusste nicht, was. Wir haben überhaupt keine Aufträge mehr für den *omaccio* ... Konnte sie das sagen? Auf keinen Fall. Wenn sie auch am Rande der Verzweiflung war, so durfte sie ihren Frauen nicht zumuten, darunter zu leiden.

»Sehr gut, Stefano, ich freue mich. Heute fühle ich mich nicht besonders gut, ich glaube, ich werde mich nach dem Mittagessen hinlegen. Aber wenn Sie am Montag kommen möchten, dann besprechen wir alles.«

Sie streckte die Hand aus, und Stefano ergriff sie mit seiner linken.

»Danke«, sagte er und sah ihr offen in die Augen. »Egal, ob es klappen wird oder nicht, das werde ich Ihnen nie vergessen.«

Emilia sagte sie, sie habe keinen Hunger. Sie zog sich in ihre Räume zurück, setzte sich in einen der Sessel in ihren Salon, wollte niemanden sehen. Eine unendliche Traurigkeit nahm von ihr Besitz, füllte sie aus, vom Kopf bis in die Zehen. Sogar ihr frisch geschnittenes Haar, das wieder so schön glänzte, schien zu schmerzen, das Atmen, das Pulsieren ihres Blutes, das Licht, das durch die zugezogenen Vorhänge drang, alles tat unerträglich weh. Sie stöhnte leise. Versuchte, nicht zu denken. Es gelang ihr nicht. Wie war sie in diese Lage geraten? Sie wusste es nicht. Wenn sie die Augen schloss, sah sie die Rolle mit dem Seidenstoff vor sich, hörte Lucrezias reservierte Stimme und fühlte erst jetzt die beleidigende Zurückweisung. *Il Signor Fontarini non c'è.* Ließ er sich verleugnen?

Mit einem Ruck setzte sie sich aufrecht hin. Wieder brannte es in ihrer Brust, ein Schmerz, der schier unerträglich war. So ging es nicht weiter. Sie war nicht die Frau, die sich verkroch, das war sie nie gewesen. Und damit fing sie auch jetzt nicht an. Sie hatte Vittorio nichts getan. Vielleicht war er wie Nathalie der Meinung, sie habe sich ihm zu schnell an den Hals geworfen? Vielleicht war Vittorio Fontarini auch ganz einfach nicht der Mann, den sie in ihm zu sehen geglaubt hatte?

Wieder riss es in ihrer Brust, so als wollte ihr Herz mit aller Kraft widersprechen.

»Was ist los mit dir, Angela?«

Sie hatte Tess' Klopfen nicht gehört.

»Nichts«, antwortete sie. »Mir geht es gut.«

»Emilia hat gesagt, du hättest dich hingelegt?«

»Ich wollte mich nur ein bisschen ausruhen.«

Tess trat ins Zimmer, nahm Angela gegenüber Platz.

»Dario Monti ist vorhin gekommen. Ich muss ehrlich sagen, langsam geht er mir ein wenig auf die Nerven. Hast du ihn eingeladen? Nein? Kommt und geht, wie es ihm passt. Er hat nach dir gefragt. Wollte wissen, wie du dich fühlst. Und ob du mit ihm heute Abend …«

»Er soll mich in Ruhe lassen«, entfuhr es Angela so heftig, dass sie vor sich erschrak. Tess musterte sie eingehend.

»Da ist doch etwas nicht in Ordnung«, erklärte sie schließlich. »Ist etwas mit Vittorio? Du siehst schrecklich aus, Angela. So als wäre dir ein … ein Gespenst begegnet.«

»Vittorio hat alle Aufträge storniert«, sagte Angela tonlos. »Und die Seide für die Villa Castro, die ich selbst gewoben habe, die hat er … er hat sie kommentarlos zurückgeschickt. Am Telefon lässt er sich verleugnen. Seine Assistentin behauptet, er sei auf Reisen.«

»Dann ruf ihn privat an. Du hast doch seine Nummer.«

»Er geht nicht ran.«

Tess sah sie ungläubig an. »Das kann doch nicht wahr sein! War etwas zwischen euch beiden? Habt ihr euch gestritten?«

Angela schüttelte den Kopf. Tränen stiegen in ihr auf, schnürten ihr die Kehle zu. Der Druck in ihrer Brust wurde schier unerträglich, doch sie wollte nicht weinen.

»Bitte, Tess«, bat sie mit erstickter Stimme. »Es ist schon schwer genug. Immerhin wird Nathalie jetzt zufrieden sein.«

»Wenn du mich fragst, tut es Nathalie inzwischen ziemlich leid, was sie da gesagt hat«, entgegnete Tess. »Sie ist nur zu stolz, um es zuzugeben. Aber eigentlich bin ich gekommen, weil ich dir etwas Schönes zu berichten habe. Die Stadtverwaltung hat beschlossen, Orsolinas Mann eine zusätzliche Rente auszuzahlen. Er bekommt fünfhundert Euro aus einem Invalidenfonds. Der Bürgermeister hat betont, dass er eigentlich keinen Anspruch darauf hat aus irgendeinem bürokratischen Blödsinnsgrund. Doch Graziella, seine Frau, hat ihm und ein paar von den Stadträten dermaßen eingeheizt, dass sie beschlossen haben, besser großmütig zu sein.«

»Das sind gute Nachrichten«, sagte Angela. »Weiß er es schon?«

Tess schüttelte den Kopf.

»Nein, ich habe es gerade erst von Graziella erfahren. Er wird in den nächsten Tagen Post bekommen.«

»Und am Montag fängt er bei mir als Weber an«, erzählte Angela. »Wir müssen uns etwas für seine Hand einfallen lassen. Ich hatte die Idee, dass er an dem *omaccio* weben könnte. Nur dass ich jetzt keine Aufträge mehr habe ...«

»Ach«, meinte Tess, »dann suchst du eben neue Auftraggeber. Komm doch mit runter. Emilia hat dir noch von den *mezzelune* aufgehoben. Die magst du doch so gern. Du musst etwas essen. Besonders in schlimmen Zeiten muss man essen, das hat John immer gesagt. Komm mit in die Küche.«

Angela ließ sich überreden. Alles erschien ihr im Augenblick besser, als mit ihren Gedanken allein zu sein. Der Druck in ihrer Brust war immer noch da. Wie lange lebte sie nun schon mit diesem Gefühl? Seit Peters Tod? Oder schon viel länger? Seit der Diagnose?

Es hatte Zeiten gegeben, in denen sie diesen Schmerz nicht

mehr gefühlt hatte. Wenn sie mit Vittorio zusammen gewesen war zum Beispiel. Oder wenn sie mit den Weberinnen Pläne geschmiedet hatte. Aber sie hatte sich selbst betrogen. Das wurde ihr bewusst, als sie sich in der Küche von Emilia die mit Ricotta und Parmesan gefüllten halbmondförmigen Teigtaschen aufwärmen ließ und so tat, als wäre wieder alles in bester Ordnung mit ihr, nur damit sich die anderen keine Sorgen machten, nur damit man sie in Ruhe ließ. Der Schmerz hatte sie nie wirklich verlassen, seit Peter krank geworden war. Bis heute nicht.

Und während Angela sich gleichgültig die nach frischem Salbei duftenden *mezzelune* in den Mund schob, sie lobte und Emilia zuliebe fast die Hälfte der Portion aufaß, sagte sie sich, dass die kurze Zeit mit Vittorio ein unverdientes Glück gewesen war, eine Auszeit von ihrem Schmerz, der nun schon so lange zu ihr gehörte. Er ist ein Teil von mir, dachte sie und sah durch die offene Tür hinaus in den Hof, an dessen äußerstem Rand unter der Natursteinwand sie die alten Schuppen sah, in denen die Familie Serena ihre Seidenzucht untergebracht hatte.

»Wieso ist der himmelblaue Seidenstoff wieder da?« Statt an ihren Webstühlen hatten die Frauen schweigend am Tisch auf Angela gewartet. »Hat er ihm etwa nicht gefallen, dem feinen Herrn?«

Nola hatte die Fäuste geballt, so zornig war sie. Alle Augen waren auf Angela gerichtet.

»Ich weiß nicht, warum er zurückgeschickt wurde«, erklärte Angela. »Ich hatte noch keine Gelegenheit, mit Signor Fontarini zu sprechen.«

»So ein schöner Stoff«, erklang Maddalenas Stimme. »Und er gefällt ihm nicht?«

Angela wusste nicht, was sie sagen sollte.

»Was ist mit den Bestellungen?«, hörte sie Lidia fragen. »Was ist mit dem Goldstoff? Morgen ist er fertig. Schickt er den womöglich auch zurück?«

»Die Bestellungen sind storniert worden«, sagte Angela. Es hatte keinen Sinn, die Wahrheit vor den Weberinnen zu verbergen. Kurz war es totenstill. Dann brach ein Sturm der Empörung los. Orsolina schimpfte, was das Zeug hielt, doch Nola übertönte alle. Sie verfiel in den lokalen Dialekt, sodass Angela nichts mehr verstand. Maddalena liefen dicke Tränen unter ihrer Brille hervor. Lidia war ganz weiß geworden, sie hatte ihren Mund fest zusammengepresst. Anna trommelte immer wieder mit ihren kleinen Fäusten auf die Tischplatte. Angela überlegte fieberhaft, was sie tun könnte, um die Frauen zu beruhigen. Doch sie fand ja selbst keinen Trost. »Vorerst werden wir wieder die Tücher weben, die die *tessitura* so berühmt gemacht haben«, sagte sie schließlich, als selbst Nola verstummt war. »Ich werde mich bemühen, anderweitig Aufträge zu bekommen. Vittorio Fontarini ist nicht der einzige Innenarchitekt auf dieser Welt. Ich werde mit anderen Firmen Kontakt aufnehmen. Es gibt noch viele weitere Möglichkeiten. Wir geben doch nicht auf, nur weil …« Angela konnte nicht weitersprechen. Ihr wurde auf einmal schwarz vor Augen. Nur weil was? Weil ein Mann gerade dabei war, ihr das Herz zu brechen? Mit letzter Anstrengung versuchte sie, sich zusammenzureißen. Die Schwärze vor ihren Augen lichtete sich wieder. Sie sah in die erschrockenen Gesichter der Weberinnen. »Wir werden einen Weg finden«, sagte sie und wunderte sich, wie kläglich ihre Stimme klang. »Bitte machen Sie für heute Feierabend. In dieser Stimmung können Sie auf keinen Fall weben, das wird nichts werden. Aber morgen früh sehen wir uns alle wieder. Um neun. Wie immer.«

Sie erhob sich und hoffte, nicht zu schwanken, als sie den Raum verließ. Hinter ihr herrschte absolute Stille. Erst als sie die Tür hinter sich schloss, hörte sie Lidia sagen: »Wir sind am Ende!«, und Fioretta widersprechen: »Lidia! Wie kannst du so was nur sagen!«

Sie legte sich ins Bett und sah sich außerstande, wieder aufzustehen. Als wäre alle Kraft von ihr gewichen und alle Freude auch. Was nützte es, die Starke zu spielen? Sie war gar nicht stark. Sie war am Ende. Lidia hatte recht.

Sie schlief tief und traumlos in dieser Nacht, am nächsten Morgen fühlte sie sich immer noch müde. Sie wollte aufstehen, doch es gelang ihr nicht. Als wäre die Schwerkraft über Nacht gewachsen oder ihr Körper aus reinem Blei. Und wenn es ihr dennoch gelang, den Kopf zu heben, dann befiel sie ein solcher Schwindel, dass sie fürchtete, das Bewusstsein zu verlieren.

Aber das war überhaupt nicht schlimm, denn es war alles egal. Nathalie kam und sprach mit ihr, doch aus irgendeinem Grund erreichten sie die Worte nicht. Als wären sie in Blasen gefangen, die auf dem Weg zwischen Nathalies Mund und ihren Ohren zerplatzten.

Sie glitt zurück in einen Zustand zwischen Wachen und Schlaf, beobachtete voller Verwunderung, wie sich Bilder an der Decke zu bewegen schienen, wie Filmaufnahmen, ungeordnet und wirr. Sie sah Vittorio am Steuer seines Motorboots stehen, der Wind strich ihm das Haar aus der hohen Stirn, er drehte seinen Kopf zu ihr, lächelte und wies irgendwohin ans Ufer. In seinen Augen blitzte die Sonne. Sie sah Orsolina eine Winzigkeit von dem Purpurfarbstoff in den Bottich geben, sah, wie sich die dunkelbaue Flüssigkeit erst grünlich verfärbte und schließlich violett wurde. Sie sah Benny auf der

Leiter, Nico hinter seinen Bildschirmen und Nathalie, wie schön sie gewesen war am Tag ihrer Abiturfeier. Sie sah Peter mit einem Blumenstrauß an irgendeinem Hochzeitstag, bunte Blüten, die leuchteten, wie jene am Tag seiner Beerdigung. Sie sah den Sarg, wie er in die Erde hinuntergelassen wurde, sah ihre Schwägerin, die haltlos weinte, sah sich selbst einen Koffer packen.

Sie war vor ihrem Schmerz davongelaufen. Sie hatte geglaubt, ihm entkommen zu können, aber er hatte sie eingeholt. Jetzt ergab es keinen Sinn mehr, sich zu wehren. Jetzt war es so weit, er forderte seinen Tribut.

Und zum ersten Mal seit vielen Jahren, seit der Arzt gesagt hatte, den Tumor in Peters Leber könne man nicht operieren und dass da zwei weitere in seiner Wirbelsäule wüchsen und höchstwahrscheinlich auch einer in seinem Gehirn, zum ersten Mal seit jenem entsetzlichen Tag gab Angela auf. Sie stemmte sich nicht mehr gegen ihre Verzweiflung, sah gleichmütig zu, wie sich diese, einer Riesenwelle gleich, mächtig erhob und auf sie zurollte. Viel sanfter, als sie jemals gedacht hätte, wurde sie von ihr erfasst. Es war wie eine Umarmung, wie ein wirbelnder Tanz, ein seidenweicher Sog in die Tiefe.

Der halbe Mond wurde zu einer schmalen Sichel, verhüllte sich, nahm wieder zu und rundete sich zur vollen Scheibe. So lange dauerte es, bis Angela wieder auftauchte aus den Tiefen von Schmerz und Trauer. Sie lernte, dass die Furcht vor dem Schmerz viel fürchterlicher gewesen war als das, was er ihr zu sagen hatte. Im Zentrum des Sturms ist es still, hatte sie einmal irgendwo gelesen, und das stimmte. Der Schmerz war ein ehrlicher Freund, der ihr nichts vorspielte und nichts weiter von ihr wollte, als dass sie sich ihm hingab, damit er sie von sich selbst heilen konnte. Ich bin doch schon so lange dein treuer

Begleiter, schien er zu sagen. Warum freundest du dich nicht mit mir an?

Wie in ihren Träumen durchwanderte sie Räume. In manchen traf sie Peter an, in anderen nur sich selbst. Einmal war ihr, als wäre sie wieder in Vittorios Skulpturenkabinett. Sie ging von Standbild zu Standbild und fand sie alle wieder, ihre Großmutter, ihren Vater, ihre Mutter. Diese sagte: »Am schwersten zu akzeptieren, mein Kind, ist die Wahrheit.« Dann entdeckte sie ihre eigene Büste. Sie war noch nicht fertig. Ein Block aus rohem Marmor, unter dem ihr Name stand. Sie allein wusste, welche Gestalt darin steckte.

Es folgte eine Zeit der Tränen. Angela beweinte ihr verlorenes Leben mit Peter, den Verlust ihrer Mutter, ihren künftigen Tod.

In diesen Tagen hörte sie jemanden sagen: »Nein, Signora, das Herz ist völlig in Ordnung. Der Zusammenbruch muss andere Ursachen haben.« Da wurde ihr bewusst, dass der Schmerz in ihrem Herzen verschwunden war. Das Stolpern und Stottern und Rasen war vorbei.

Das war der Moment, als sie ihren Körper wieder fühlte. Sie hatte Durst, doch das ging vorüber. Sie spürte einen stechenden Schmerz im linken Unterarm, doch auch der war nicht schlimm. Schwieriger war es, sich wieder dem Leben zuzuwenden. Warum sollte sie? Wer wartete auf sie? Alles erschien ihr so nichtig. Der Mühe nicht wert.

Viel verführerischer war doch dieses Reich aus Schatten, in dem sie sich eingerichtet hatte. Wie unter einer Glasglocke oder unter dem Meeresspiegel. Die Riesenwelle trug sie jetzt sanft, zog sie nicht mehr hinunter in die tiefsten Tiefen, nein, sie tanzte mit ihr und wiegte sie wie ein Kind. Und doch verspürte sie irgendwann diesen Keim einer Unruhe. Als würde die Welle sich in sich selbst zusammenziehen, um sie dann umso mächtiger in die Höhe zu katapultieren. Ins Leben.

Nein, wollte sie rufen, noch nicht.

Es wird Zeit, antwortete der Schmerz. Es ist noch nicht vorbei.

## 19

## Ein »fabelhaftes Leben«

Der hellgrün gestrichene Raum kam Angela bekannt vor. Der Ausblick aus dem Fenster auch. In ihrem linken Arm steckte eine Kanüle. Sie befand sich im Krankenhaus, im selben, in dem Tess gewesen war.

Auf dem Stuhl neben ihrem Bett saß Nathalie, ein Buch auf den Knien. Angela wollte etwas sagen, aber ihr Mund fühlte sich trocken an wie Seidenpapier. Stattdessen betrachtete sie ihre Tochter, wie sie dasaß, das Haar im Nacken zu einem dicken Zopf geflochten, braun gebrannt.

Sie sieht aus wie eine Italienerin, fuhr es Angela durch den Kopf.

Jetzt sah Nathalie auf. »Mami«, rief sie leise aus und warf das Buch zur Seite. »Du bist wach?«

Flink wie eine Katze schlüpfte sie neben Angela aufs Bett und schmiegte sich an sie.

»Ich hatte solche Angst um dich«, flüsterte sie. »Es tut mir so leid, Mami. Ich war richtig gemein zu dir. Bitte, verzeih mir.«

Angela strich ihrer Tochter über den Kopf, so wie früher, als Nathalie noch klein gewesen war.

»Hab ich schon längst, meine Süße«, krächzte sie. »Bitte, ich hab solchen Durst …« Nathalie gab ihr zu trinken. »Welchen Tag haben wir heute?«, erkundigte sich Angela.

»Mittwoch«, antwortete Nathalie. »Mami, du warst vier Wochen bewusstlos. Aber keine Angst«, fügte sie schnell hinzu, als sie das überraschte Gesicht ihrer Mutter sah. »Du bist kerngesund. Die Ärzte haben nichts gefunden. Sie sagen, es war der ganze Stress ...«

In diesem Moment betrat eine Schwester das Zimmer, und kurz darauf kam ein Arzt.

»Ich möchte nach Hause«, sagte Angela und versuchte, sich aufzurichten.

»*Piano, piano!*« Der Arzt lachte. »Kaum zu sich gekommen, wollen Sie uns schon verlassen? Vorher machen wir noch ein paar Tests. Wenn alles in Ordnung ist, dürfen Sie gehen.«

Angela fühlte sich entsetzlich schwach, ihre Beine trugen sie kaum. Mit Giannis Hilfe wurde sie in die Villa Serena gebracht, wo sie dank des neuen Aufzugs in ihre Turmzimmer gelangen konnte. Einmal ins Leben zurückgekehrt, erholte sich Angela rasch. Gehorsam aß sie alles, was Emilia ihr vorsetzte, und kontrollierte selbst ihr Gewicht, froh um jedes Gramm, das sie zunahm. In der ersten Woche musste sie noch viel ruhen, Gianni stellte ihr einen Liegestuhl unter die Zeder, wo sie sich gern niederließ und den Vögeln zusah, die in ihrem Geäst ihre Nester hatten.

»Sie fragt gar nicht nach der Weberei«, hörte sie einmal Nathalie in der Küche sagen.

»Sie ist überhaupt sehr still geworden«, antwortete Tess. »In sich gekehrt.«

Darüber musste Angela lange nachdenken. Ja, sie war zu sich zurückgekehrt. Zu ihrer Situation als Witwe, die mit dem Verlust ihrer Vergangenheit zurechtkommen musste. Sie hatte versucht, die Zeit der Trauer zu überspringen, sich in ein neues Leben zu stürzen. Dass das nicht möglich war, lernte sie jetzt.

In der zweiten Woche gelang es ihr, die drei Stockwerke zu ihrem Turmzimmer hochzusteigen, langsam zwar, aber immerhin. Dann kam der Tag, an dem sie zum ersten Mal wieder nach der Weberei sehen wollte. Wenn sie ehrlich war, fürchtete sie sich vor der Begegnung mit den Weberinnen. Sie hatte keine Ahnung, wie es weitergehen sollte. Wahrscheinlich verachteten die Frauen sie. Immerhin hatte Angela sie nun schon wochenlang im Stich gelassen.

Umso verwunderter war sie, als der Klang des Webstuhlorchesters sie schon in der Gasse empfing. Der Laden war geöffnet, Fioretta, die gerade eine blauviolette Stola säumte, sprang auf und lief ihr voller Freude entgegen.

»Angela«, rief sie und schloss sie in die Arme. »Wie schön, dich zu sehen! Wir wollten dich besuchen, *tutte quante*, aber Tess meinte, es strengt dich noch zu sehr an. Komm, wir wollen gleich zu den anderen gehen. *Che gioia*, wie werden sie sich freuen! Wir haben dir nämlich eine Menge zu erzählen …«

Rasch schloss Fioretta die Ladentür ab und zog Angela in den Innenhof. Da war der alte Maulbeerbaum in seiner ganzen Pracht, seine Zweige hatten noch mehr ausgetrieben, und zwischen dem Laub schimmerten seine Früchte wie kleine weiße Laternen. Wie friedlich es hier war! Angela hatte ganz vergessen, wie wohl sie sich in diesem Hof immer gefühlt hatte.

Es wird Zeit, dass ich endlich in die Seidenvilla ziehe, dachte sie, während sie Fioretta die Treppe hinauf zum Websaal folgte. Die Tür ging auf, und das ohrenbetäubende Rattern der Webstühle verstummte nach und nach. Nur ein Webstuhl ratterte unverdrossen weiter, der Klang kam aus dem Raum nebenan …

»Seht nur, wen ich hier habe«, rief Fioretta, und im Nu scharten sich die Frauen um Angela.

»Willkommen, willkommen!«

»Geht es Ihnen besser?«

»Schaut, die *tedesca*! Von den Toten auferstanden.«

Das war natürlich Lidia, die breit lächelnd Angelas Hand schüttelte, als wollte sie sie ihr abreißen.

»Was ist denn da drüben los?«, fragte Angela gerührt und wies zum angrenzenden Raum, aus dem immer noch der unverkennbare Rhythmus des *omaccio* drang.

»Das ist Stefano«, erklärte Nola mit Stolz in der Stimme. »Ich hab ihm das Weben beigebracht.«

Angela ging hinüber zum zweiten Saal. Tatsächlich. Dort auf der Webbank saß Stefano und betätigte mit regelmäßigen, ruhigen, aber kraftvollen Bewegungen die mächtige Mechanik. An seinem rechten Handgelenk erkannte Angela eine lederne Manschette, an der die Peitsche befestigt war. Mit einem schwungvollen Ruck schleuderte er sie von rechts nach links und wieder zurück, während seine gesunde linke Hand mit dem Webeblatt den Faden energisch an den Brustbaum bis an den fertigen Stoff heranschob. Rosenholzfarben glänzte die Seide auf dem Warenbaum, schon eine beträchtliche Menge war darauf aufgerollt.

»Stefano«, sagte sie und trat auf den *omaccio* zu.

Als Orsolinas Mann sie sah, ging ein Strahlen über sein Gesicht. Langsam ließ er das Weberschiffchen auslaufen und stoppte die Mechanik.

»Signora Angela«, antwortete er. »Sind Sie wieder gesund?«

Fast triumphierend hob er seine rechte Hand. Die Narben sahen viel besser aus, der Stumpf war abgeschwollen. Die Ledermanschette schmiegte sich weich und passgenau an.

»Sehen Sie? Sie hatten recht. Es funktioniert. Wir haben ein bisschen herumprobieren müssen, der Schuster und ich, aber jetzt passt sie gut.«

Er löste die Peitsche aus der Öse, durch die sie an der Manschette befestigt war, und kletterte aus dem Webstuhl.

»Sie haben mir das Leben neu geschenkt, Signora Angela«, sagte er herzlich. »Ich hatte mich aufgegeben. Und dann kamen Sie mit dieser verrückten Idee.« Er lachte, wurde wieder ernst. »Keiner hat auch nur einen Gedanken daran verschwendet, wozu der alte Stefano noch zu gebrauchen wäre.«

»Stimmt«, erklärte Nola, die Angela gefolgt war. »Auf die Idee wäre ich nie im Leben gekommen. Und dabei stellt er sich gar nicht so übel an.«

Alle lachten. Angela betrachtete gerührt die Seide, die Orsolinas Mann webte. Stefano hatte wie alle anderen eine eigene Handschrift, sein Stoff war fest und gleichmäßig verarbeitet, gut geeignet für Dekostoffe. Doch wer würde ihn kaufen?

»Wofür weben wir das?«, fragte Angela und musste sich räuspern.

Sie war überwältigt von dem Empfang, den die Frauen ihr bereiteten. Und zu sehen, welch fantastischer Weber aus Stefano geworden war, das war fast zu viel für ihre Selbstbeherrschung. Sie setzte sich auf einen Stuhl an der Wand. Hier hatte Vittorio gesessen, während sie ihm das Weben am *omaccio* erklärt hatte. Doch rasch schob sie diese Erinnerung wieder von sich.

»Wir haben Ihnen eine Menge zu erzählen«, begann Fioretta, und die Mienen der anderen Frauen wurden fast feierlich. »Warum setzen wir uns nicht alle drüben um den großen Tisch? Ich hol uns Kaffee aus der Bar, und dann erzählen wir alles.«

»So lange zeigen wir Ihnen, was wir anderen gerade machen«, schlug Nola vor. »Ich zum Beispiel webe Stoff für Gilets. Ja genau, für diese eleganten Herrenwesten, wie nur feine Leute sie tragen. Eine Bestellung aus Milano. Na ja, es ist eben nicht alles schlecht, was aus Mailand kommt, nicht wahr?«

Angela betrachtete den cognacfarbenen Stoff, der mit einem dunklen Braun ein feines Rombenmuster bildete. »Der Kunde lässt auch Krawatten und Fliegen aus dem Stoff nähen, das wird ganz schön elegant.«

»Aber ...«, wollte Angela fragen, doch Anna zog sie mit sich fort.

»Kaschmirseide«, erklärte die Weberin und wies auf ihre Webarbeit, »das ist der letzte Schrei in den USA. Jetzt, wo es bald Winter wird, wollen alle ein warmes Schultertuch in dieser Kombination.«

»Und ich mache Tücher für die Scheichs«, verkündete Maddalena. »Die schenken sie ihren Frauen.«

»Was denn für Scheichs?«, wollte Angela wissen, aber Lidia hatte sie bereits zu ihrem Webstuhl gezogen.

»Ich bin die Einzige, die stocksauer ist, Signora *tedesca*«, erklärte Lidia, doch ihr Lächeln strafte ihre Worte Lügen. »Seit Sie mit diesem Innenarchitekten hier waren, webe ich nur noch kilometerweise langweilige unifarbene Stoffe. Stoffe, Stoffe, Stoffe. Bin bis Weihnachten ausgebucht! Total öde. Wenn ich nicht zwischendurch mal heimlich eine Stola machen würde, ich würde durchdrehen, ehrlich!«

Angela verstand überhaupt nichts mehr. Die Weberinnen waren offenbar ausgelastet. Doch wie um alles in der Welt war das gekommen?

Fioretta kam mit einem großen Tablett voller Kaffeetässchen, Nathalie und Nico im Schlepptau.

»Wir haben uns eben ein bisschen angestrengt«, meinte Fioretta, als sie Angelas ratloses Gesicht sah. »Nathalie und Nico haben uns geholfen. Als Erstes haben wir den himmelblauen Stoff versteigert ...«

»Versteigert?«

»Ja«, meldete sich Nico zu Wort. »Wir haben eine Internetauktion veranstaltet. Der Stoff ging am Ende nach Saudi-Arabien. Und jetzt rennen uns die Kunden von dort die Bude ein. Dass die Wartezeiten jetzt bald schon ein Jahr betragen, macht sie nur umso heißer.«

»Und es treibt den Preis in die Höhe«, fügte Nathalie zufrieden hinzu.

»Was ist mit ... dem Kunden in Mailand?«

»Den hab ich aufgetan«, erklärte Nathalie bescheiden. »Nola und Orsolina haben mir ein Musterköfferchen gemacht. Damit bin ich nach Mailand gefahren und hab bei ein paar Modedesignern angeklopft. Das war ja deine Idee, Mami ...«

»Meine?«

»Ja«, bestätigte Fioretta. »Am letzten Tag, da haben Sie das gesagt. Dass Sie zu Modefirmen fahren würden ...«

»... und zu Innenarchitekten. Von denen hab ich auch zwei besucht. Einen in Triest und einen in Vicenza. Dieser ist vollkommen begeistert von unserer Seide, deshalb muss Lidia so viel arbeiten. Auf die Antwort aus Triest warten wir noch. Immerhin hat er ein Musterbuch behalten.« Nathalie sah ihre Mutter forschend an. Offenbar plagte sie immer noch ein schlechtes Gewissen. Auch die anderen Weberinnen betrachteten sie erwartungsvoll. Doch Angela blieben einfach die Worte weg, so überwältigt war sie.

»Ich weiß«, meinte Fioretta schließlich, »es ist erst ein Anfang. Das kann man sicher noch viel besser machen. Immerhin haben wir alle zu tun, bis ins nächste Jahr hinein. Das ist doch schon mal ... Ich meine ...«

»Es ist wunderbar«, brachte Angela endlich hervor. Tränen liefen ihr über die Wangen, als sie aufstand, um Nathalie in die Arme zu schließen. »*Ihr* seid wunderbar«, fügte sie hinzu, als sie ihre Tochter losließ und in die Runde sah. »Es tut mir leid, dass ich euch so lange allein gelassen habe«, sagte sie. »Aber jetzt bin ich wieder zur Stelle und ...«

»*Benissimo*«, fiel ihr Lidia mit der für sie so typischen Ironie ins Wort. »Schluss mit *la dolce vita*. Ab jetzt wird wieder gearbeitet!«

Angela erholte sich von Tag zu Tag mehr. Die Begeisterung der Weberinnen, zu sehen, wie sehr sie sich inzwischen mit dem Betrieb identifizierten, Nathalies Einsatz und Stefano, der wieder neuen Lebensmut gefasst hatte – all das gab auch ihr wieder Auftrieb. Fioretta erzählte von der Anfrage einer Boutique am Lido von Venedig, die ihren Kundinnen gern elegante Accessoires wie Handtaschen, Pulswärmer, Bindegürtel, Sofakissen und Ähnliches anbieten würde.

»Und schmale Herrenschals, die man im Ausschnitt eines Wintermantels tragen kann, wären doch eine gute Idee«, schlug Fioretta vor.

Für all dies brauchten sie neue Designideen, und Angela machte sich mit Freude an die Arbeit. Sie wurde gebraucht. Schon allein das half ihr, wieder zu Kräften zu kommen.

Der schmerzhafte Knoten in ihrer Brust war verschwunden. Auch ihr Herz tanzte nicht mehr aus der Reihe. Nur eine federleichte Traurigkeit, eine Melancholie, die alles, was sie tat und erlebte, wie ein sanfter Schleier überschattete, war ihre beständige Begleiterin geworden. Nicht schlimm. Es war auszuhalten. Wahrscheinlich ist dies das Schicksal aller Witwen, dachte Angela. Es muss einfach so sein.

Sie versuchte, Vittorio aus ihren Gedanken zu verbannen, doch es gelang ihr nicht ganz. Während sie Entwürfe für Handtaschen zeichnete und Farben für eine Herbstkollektion an Herrenschals zusammenstellte, während sie Skizzen anfertigte für elegante Abendjäckchen und mit Samt doublierte

Capes, außerdem eine ganze Einrichtungslinie konzipierte, angefangen vom Sofakissen bis hin zu Seidenpantöffelchen – während alldem fragte sie sich ständig, was wohl Vittorio dazu sagen würde.

Vielleicht hatte sie deswegen auch keine rechte Freude mehr an Dario Montis Einladungen, erinnerte er sie doch viel zu sehr an Vittorio, immerhin hatte er sie miteinander bekannt gemacht. Ihr war außerdem nicht mehr nach ausgefallenem Essen und Ausflügen in die Umgebung. Die unbekümmerten Zeiten schienen ein für alle Mal vorbei.

»Es tut mir leid, Dario. Aber statt mich ständig einzuladen, wäre es mir viel lieber, wenn es mit dem Umbau der Seidenvilla vorangehen könnte«, sagte sie ihm eines Tages mit Nachdruck, als er wieder einmal unaufgefordert zum Mittagessen hereingeschneit war. »Ich möchte dieses Jahr noch einziehen. Glaubst du, das kriegen wir hin?«

Monti sah sie lange an, fast so, als hätte er überhaupt nicht mehr damit gerechnet, dass sie das noch vorhatte. Dann nickte er, trank seinen Kaffee aus und verabschiedete sich. Tess verdrehte die Augen. Ihr gingen die Besuche des Architekten schon länger gegen den Strich.

»Weißt du was?«, sagte sie an jenem Abend. »Ich glaube, er hat sich Hoffnungen auf dich gemacht.«

»Monti? Auf mich?« Angela fiel aus allen Wolken. »Ausgeschlossen! Er könnte fast mein Vater sein. Und überhaupt ... ich habe ihm nie Anlass dazu gegeben.«

Tess zog die Stirn kraus. Irgendetwas schien ihr durch den Kopf zu gehen.

»Hast du nicht gesagt, Dario und Vittorio seien beste Freunde?«

Angelas Miene verschloss sich. »Ich möchte nicht mehr über Vittorio sprechen«, erklärte sie. »Bitte. Das ist vorbei.«

Ihre Freundin musterte sie mit diesem Blick, den sie immer hatte, wenn sie nicht ganz überzeugt von etwas war. Doch sie ließ es auf sich beruhen.

Dass es vorbei war, daran bestand kein Zweifel. Und nachdem der Schmerz darüber langsam nachließ, wurde Angela etwas anderes bewusst. Vittorios abrupter Rückzug hatte sie tief gekränkt, umso mehr ärgerte sie sich darüber, dass dieser Mann immer noch so viel Raum in ihren Gedanken einnahm. Um sich abzulenken, beschloss sie, endlich wieder nach Deutschland zu fahren und den Verkauf ihres Hauses in die Wege zu leiten. Doch zuvor musste sie ihre Sachen durchsehen, um zu entscheiden, was sie nach Italien holen und was anderweitig verteilt oder entrümpelt werden müsste. Im Grunde graute ihr vor diesem Schritt, vor allem vor den Erinnerungen, die zu Hause auf sie lauerten. Und doch musste es irgendwann sein. Warum also nicht jetzt? Die Weberinnen waren ausgelastet, jede wusste, was sie zu tun hatte. Der Zeitpunkt schien günstig.

»Wenn du gleich nächste Woche fährst, kann ich mit dir kommen«, erklärte Nathalie, als Angela ihr von ihren Überlegungen erzählte.

»Dein Studienjahr hat doch eben erst begonnen«, wandte Angela ein.

»Ja, aber stell dir vor, unsere Dozenten streiken«, sagte Nathalie mit einem Seufzen. »So blöd das ist, aber ich könnte dir helfen! Du kannst das sowieso unmöglich alles allein machen.«

Angela war ihr dankbar dafür. Zu zweit würde es viel eher zu ertragen sein. Viele Entscheidungen würde sie ja auch mit Nathalie gemeinsam treffen müssen.

Am Abend vor ihrer Abreise stattete Angela endlich Lorenzo Rivalecca wieder einen Besuch ab.

Sie sah den Alten schon am Gittertor seines Grundstücks stehen, wo er auf sie wartete. Er spähte über den Platz, so als wollte er sichergehen, dass sie auch wirklich kam. Ihre Worte, mit denen sie sich für ihr langes Fehlen entschuldigen wollte, wischte er mit einer ungeduldigen Handbewegung weg.

»Du warst krank«, sagte er ruppig. »Das habe *ich* mir seit fünfundvierzig Jahren nicht mehr erlaubt.«

Angela musste lachen. Sie gestand sich ein, dass sie den alten Herrn, der sich jetzt brüsk von ihr abwandte und in Richtung Villa vor ihr herstapfte, fast ein wenig vermisst hatte. Statt in den Speisesaal mit dem riesigen Esstisch bat Rivalecca sie dieses Mal allerdings gleich ins Herrenzimmer. Auf ihrem Sessel lag ordentlich zusammengefaltet ein rotviolettes Tuch.

»Das muss der Fetzen sein, nach dem du mich das letzte Mal gefragt hast«, sagte Rivalecca und ging hinüber zu dem Tisch mit den Kristallflaschen. Ohne zu fragen, was sie wollte, schenkte er ihr etwas ein. »Das Tuch da, das kannst du übrigens behalten. Ich mach mir nichts aus diesem ganzen Seidenkram. Bei Gelegenheit kannst du dir mal all den anderen Plunder anschauen, den meine Frau gehütet hat wie ein leibhaftiger Drache. Es gibt eine ganze Truhe voll davon.« Einen Moment lang schwieg er und warf ihr einen Blick aus den Augenwinkeln zu. »Du fährst nach Deutschland, hab ich gehört?«

Angela nickte, nahm ein schweres Kristallglas mit einer braunen Flüssigkeit entgegen und schnupperte vorsichtig daran.

»Ja«, sagte sie. »Ich muss mich um den ›Plunder‹ zu Hause kümmern. Was ist das denn? Ein Grappa mit Kräutern?«

Rivalecca nickte und betrachtete sie mit einem undefinierbaren Ausdruck in den kleinen dunkelgrünen Augen. Manchmal, dachte Angela, sieht er aus wie ein alter Echsenmann.

»Du kommst aber wieder, oder?«

»Natürlich«, erklärte Angela. »Bald ziehe ich in die Seidenvilla. Ich löse meinen Haushalt am Ammersee auf.«

Der Alte musterte sie wieder aus seinen Echsenaugen. »Ich hab dir etwas zu sagen«, erklärte er in seiner gewohnt schroffen Art. »Und das will ich vor dem Essen hinter mich bringen.« Angela sah ihn überrascht an. Was mochte das wohl sein? Doch Rivalecca schwieg. Er stand da, sein Glas in der Hand, den hageren Körper wie stets leicht vornübergebeugt und blickte an ihr vorbei. Er schien mit sich zu ringen. Oder angestrengt nachzudenken. »Vielleicht«, brach er zögernd das Schweigen, »erzähle ich dir einfach eine Geschichte. Ja. Das wird das Beste sein.« Er ging zu seinem Sessel und ließ sich hineinfallen. »Dass ich Weinbauer war, das hab ich dir ja schon erzählt«, begann er und Angela nickte. »Und dass unser Anbaugebiet eines der größten in Norditalien war, das weißt du auch schon. Wenn die Ernte kam, brauchten wir Arbeiter von überall her. Hunderte. Dann waren die Hügel hier voller Zelte, denn für so viele Erntearbeiter gab es nicht genügend Betten. Auch in den Scheunen, auf den Dachböden, überall hatten wir Schlafplätze eingerichtet.« Rivalecca nahm einen Schluck aus seinem Glas und lehnte sich zurück. »Da gab es so manche Romanze zwischen den Fremden und den Einheimischen, jede währte nur einen Herbst lang«, fuhr er fort. »All die jungen Leute aus den verschiedenen Ländern auf so engem Raum. Am Tag wurden Reben geschnitten, am Abend gefeiert. Es war eine schöne Zeit.« Angela lauschte Rivaleccas Worten und fragte sich, worauf er wohl hinauswollte. »Auch aus Deutschland kamen sie, die jungen Leute«, fuhr er fort. »Und eines Tages waren da zwei Freundinnen, die es besonders faustdick hinter den Ohren hatten. *Due bellezze, una bruna, una bionda*, eine älter, die andere jünger, alle waren hinter den beiden her. Die Ältere hatte eine Zunge wie geschärftes

Eisen, die hat sie heute noch«, fügte er grinsend hinzu. »Die andere ...«

Lorenzo Rivalecca schien in seinen Erinnerungen zu versinken. Er hatte die Augen geschlossen, der Kopf ruhte bequem auf dem Nackenpolster seines Sessels, sein Gesicht war auf einmal überhaupt nicht mehr faltig. Angela stellte zu ihrem Erstaunen fest, dass es ebenmäßig und attraktiv gewesen sein musste, früher, als er jünger gewesen war. Und es erinnerte sie an jemanden, ja, diese entspannten Züge kamen ihr sogar ungemein bekannt vor. Doch sie kam nicht darauf, woher. Und überhaupt. War Lorenzo Rivalecca etwa eben dabei, ihr von einer längst vergangenen Liebschaft zu erzählen?

»Am schwersten zu akzeptieren ist die Wahrheit«, sagte Rivalecca, und Angela durchfuhr es heiß, als sie diese Worte hörte. Waren es nicht dieselben, die sie von ihrer Mutter während ihres langen Wachtraums gehört zu haben glaubte? Angela hatte sie auf ihre eigene Geschichte bezogen, auf das niederschmetternde Ende ihrer Beziehung zu Vittorio, als Rat, die Wahrheit zu akzeptieren, dass Vittorio offenbar nicht dasselbe für sie empfunden hatte wie sie für ihn. Nur ... was bedeutete dieser Satz im Zusammenhang mit Rivaleccas Geschichte? »Hätte sie sich mir damals anvertraut«, fuhr der Alte gedankenverloren fort. »Hätte sie mir die Wahrheit gesagt, wäre vermutlich alles anders gekommen. Aber wer weiß das schon? Es ist müßig, nach sechsundvierzig Jahren zu spekulieren, was hätte sein können. Ich habe es jedenfalls nicht gewusst. Ich habe jedes Jahr auf sie gewartet. Dass sie wiederkommt. Sie kam nicht mehr. Und jetzt weiß ich auch warum.«

Angela sah den alten Mann ratlos an. »Wer kam nicht mehr?«, fragte sie leise, wie um ihn nicht aufzuschrecken. Lorenzo hob den Kopf und blickte ihr direkt in die Augen.

»Rita«, sagte er. »Deine Mutter. Fünf Jahre habe ich gewartet. Sie ist nicht wiedergekommen. Ich hatte keine Ahnung, dass sie ein Kind ... dass sie inzwischen meine Tochter zur Welt gebracht hatte. Woher hätte ich es wissen sollen? Wie gesagt. Fünf Jahre. Dann habe ich Lela Sartori geheiratet.«

Angela war, als hätte ihr jemand einen Eimer kaltes Wasser über den Kopf geschüttet. Hellwach und doch völlig benommen fühlte sie sich. Was war das ...? Lorenzo Rivalecca und ihre Mutter ... vor sechsundvierzig Jahren? Das konnte nichts anderes bedeuten, als dass er ... dass Lorenzo Rivalecca ihr Vater war ...

»Das ist unmöglich«, murmelte sie.

»Ist es nicht«, entgegnete Lorenzo. »Es ist wahr. Tess hat mir alles erzählt. Sie war die Einzige, die alles wusste. Auch der Mann, der dein Vater wurde, hatte keine Ahnung, sagt sie. Deine Mutter wollte die Wahrheit mit ins Grab nehmen. Aber Tessa fand ... sie ist der Meinung, du und ich, wir hätten ein Recht darauf, es zu erfahren. Dabei wollte ich es überhaupt nicht glauben. Ich hätte sie beinahe mit meinem Stock erschlagen, als sie damit ankam. Na ja ... du kennst sie ja. Prügel hätte eher ich bezogen. Außerdem lügt Tessa nicht. Man kann ihr einiges vorwerfen, aber sie ist eine ehrliche Haut.«

Er erhob sich und ging zum Kamin, auf dessen Sims die vielen gerahmten Fotografien standen. Er griff nach einer und brachte sie Angela. Legte sie ihr wortlos in den Schoß.

Angela wusste, sie musste sich fassen, wusste jedoch nicht, wie sie das anstellen sollte. Sie schloss die Augen und dachte an ihren Vater, der nicht ihr Vater gewesen war. Sie hatte kaum Erinnerungen an ihn, lebendig war er nur auf Bildern geblieben, er war gestorben, als sie gerade zehn Jahre alt geworden war. Ein guter Vater, an dessen Abwesenheit sie sich gewöhnt hatte.

Der silberne Bilderrahmen fühlte sich kühl an. Sie öffnete die Augen, und da war sie, Rita, ihre Mutter. Lachend saß sie auf der Trockenmauer eines Weinbergs. Der Fotograf hatte offenbar vor ihr gestanden und von oben auf sie hinunterfotografiert, und Rita hatte den Kopf in den Nacken geworfen und ihn angestrahlt. Neben ihr saß ein vielleicht dreißig-, fünfunddreißigjähriger attraktiver Mann, der stolz seinen Arm um ihre Schultern gelegt hatte. Sein Haar schimmerte kastanienbraun, seine Augen waren von einem tiefdunklen Grün …

»Ich hoffe, es schockiert dich nicht zu sehr«, sagte Lorenzo Rivalecca leise, »wie es aussieht, bin ich dein Vater.« Er lächelte, und dieses scheue Lächeln schien ihn in einen völlig anderen zu verwandeln. Und auf einmal wusste Angela, an wen er sie erinnerte. An Nathalie. Sie war ihrem Großvater wie aus dem Gesicht geschnitten. »Wenn sie gekommen wäre«, sagte Lorenzo leise, »auch später, nachdem ihr Mann gestorben war, ich hätte Lela auf der Stelle verlassen. Aber sie ist nicht gekommen. Weiß der Himmel, warum. Stattdessen bist du eines Tages vor meinem Tor aufgetaucht. Ritas Ebenbild. Ich habe wahrhaftig gedacht, mich trifft der Schlag.«

Lorenzo Rivaleccas Augen schimmerten feucht. Seine Lippen zitterten. Einem Impuls folgend streckte Angela ihre Hand aus und umfasste die knochigen Finger des alten Mannes. Lange Zeit saßen sie einfach so da, den Händedruck des anderen erwidernd.

»Warum hast du es mir nie gesagt?« Tess saß im Wintergarten, eine leichte Decke über den Knien, so hatte sie auf Angela gewartet. »Findest du das richtig?«, setzte Angela nach. »Du weißt es die ganze Zeit und sagst mir keinen Ton?«

»Ich hab es ihr versprechen müssen«, antwortete Tess leise. »Bitte, setz dich zu mir!« Nur ein Windlicht erhellte den großen Raum, auf Tess' Gesicht fielen flackernde Schatten. Widerstrebend nahm Angela auf der vorderen Kante eines Korbsessels Platz. »Deine Mutter wollte es nicht. Sie hat mich schwören lassen, es dir niemals zu sagen.«

»Warum?«, wollte Angela wissen. »Warum sollte ich es nicht wissen?«

Tess sagte lange nichts. »Ich glaube«, erwiderte sie schließlich, »dass sie es dir eines Tages selbst erzählen wollte. Sie wartete nur auf den richtigen Zeitpunkt. Und dann ... war es irgendwann zu spät.«

Angela dachte daran, wie sie ihre Mutter gefunden hatte. In ihrem Lieblingssessel, ein Fotoalbum auf dem Schoß. »Da gibt es ein altes Album mit Aufnahmen aus Italien«, sagte sie versonnen. »Ich werde zu Hause danach suchen.«

»Ich hab dieselben Bilder«, bemerkte Tess. »Wahrscheinlich sogar das gleiche Album. Wir waren ja gemeinsam hier, Lorenzo hat es dir sicher gesagt. Ach, die beiden waren so verliebt ...«

»Warum ist sie nicht zu ihm gegangen, als sie merkte, dass sie ... dass ich unterwegs war?«

Tess seufzte. »Deine Mutter war eine sehr stolze Frau. Sie und Lorenzo hatten einen schlimmen Streit, kurz bevor wir wieder nach Hause fuhren. Du weißt ja inzwischen, wie dieser Mann sein kann. Er ist und war ein ungehobeltes Stück Holz. Aber in seiner Brust wohnt ein gutes Herz.« Angela schwieg. Sie hatte keinen Zweifel daran, dass Rivalecca Rita sehr geliebt hatte, ja, dass er nach all den Jahren noch immer Gefühle für ihre verstorbene Mutter hegte. Was, wenn diese ihren Stolz überwunden hätte? Was hätte das für sie selbst bedeutet? Ich wäre als Italienerin aufgewachsen, dachte Angela. Wie doch ein kleiner Streit, die trotzige Entscheidung einer gekränkten Frau ihr eigenes Schicksal und das einiger anderer Menschen vollkommen verändern konnte ... »Was ich verspreche, das halte ich«, unterbrach Tess ihre Gedanken. »Das Gute ist, dass Rita mir nicht das Versprechen abgenommen hat, es niemals Lorenzo zu sagen. Sie konnte sich wahrscheinlich nicht vorstellen, dass ich dazu überhaupt einmal Gelegenheit bekommen würde. Keiner von uns hat geplant, einmal im Alter nach Asenza zu ziehen. Also konnte ich es Rivalecca sagen. Und als sich der alte Narr weigerte, dir die Weberei zu einem vernünftigen Preis zu verkaufen, war die Zeit dafür gekommen.«

»Was meinst du?«, fragte Angela nachdenklich. »Wäre sie glücklicher gewesen, wenn sie Rivalecca geheiratet hätte?«

»Wer weiß das schon«, meinte Tess. »Es wäre sicher nicht einfach gewesen mit einem wie Lorenzo. Trotzdem. Sie waren ein schönes Paar. Und wahnsinnig verliebt …«

»Meinst du, sie hat es bereut?«

»Wenn es so gewesen wäre«, erklärte Tess, »hätte sie es niemals zugegeben. So war sie eben.« Angela konnte Tess' Gesicht noch immer nicht sehen, doch sie war sicher, dass ihre Freundin sie intensiv betrachtete. »Was würdest *du* tun«, fragte Tess, »wenn Vittorio wieder auftauchen würde?«

»Das wird nicht geschehen«, antwortete Angela rasch.

»Und wenn doch?« Tausend Gedanken schossen Angela durch den Kopf. Abwehr und Stolz, Sehnsucht und Schmerz. Sie wollte das nicht fühlen. Sie wollte kühl sein und unnahbar, erhaben über die Launen eines Vittorio Fontarini. »Sollte es geschehen«, sagte Tess leise, »dann mach nicht denselben Fehler wie deine Mutter. ›Stolz ist zwar heiß, er wärmt dich jedoch nicht‹, habe ich mal jemanden sagen hören. Ist doch schön, wenn man am Ende sagen kann wie Edith Piaf: *Non, je ne regrette rien.* Oder?«

»Kannst du das sagen?«, fragte Angela traurig. »Dass du gar nichts bereust?«

»Ja, das kann ich«, antwortete Tess im Brustton der Überzeugung. »Vielleicht hätte ich noch mehr über die Stränge schlagen sollen, als ich jung war. Es war aber auch so ein fabelhaftes Leben!«

Ein fabelhaftes Leben, dachte Angela, als sie am nächsten Tag mit einer aufgekratzten Nathalie die Alpen in Richtung Norden überquerte. Wer kann das schon von sich sagen? Und überlegte, ob sie mit dem, was sie erlebt hatte, noch die Chance auf ein so fabelhaftes Leben hatte, in dem es nichts zu bereuen gab.

## 20

## Der Ball

»Du siehst hinreißend aus!«

Angela betrachtete sich kritisch im Spiegel, um den Sitz der Robe auch von hinten genau zu prüfen, während Fioretta den Saum auf die richtige Länge umsteckte.

Seit fast drei Monaten wohnte sie nun schon in ihren eigenen vier Wänden in der Seidenvilla, und sie fühlte sich unglaublich wohl. Das Haus am Ammersee hatte schon neue Besitzer gefunden. In jener Woche im September, als sie mit ihrer Tochter zurückgekehrt war, hatte Angela bereits endgültig Abschied genommen. Sie hatte einige Umzugskisten mit dem gefüllt, was sie in ihr neues Leben im Veneto mitzunehmen gedachte.

Die Wohnung war etwas ganz Besonderes geworden. Der Maulbeersaal war zu Angelas Lebensmittelpunkt geworden, ein großzügiger Wohn- und Essbereich, den sie nur mit dem Notwendigsten möbliert hatte, um die Wirkung des Freskos nicht zu mindern. Benny hatte der Wandmalerei mit dem Baum, unter dem drei Mädchen mit Handspindeln Seidenfäden spannen, in wochenlanger Arbeit ihre alte Pracht wiedergeschenkt. Direkt daneben befand sich nun die Küche, die mittels einer Wendeltreppe mit einer Sommerküche im Erdgeschoss verbunden war, die auch von Angelas Gästen genutzt werden konnte. Im hinteren Bereich des seitlichen Flügels waren auf beiden Etagen Schlafzimmer und Bäder untergebracht.

Am Ende war es erstaunlich wenig gewesen, was Angela aus ihrem Haus am Ammersee behalten wollte und was in ihrem neuen Heim Platz gefunden hatte. Zwar warteten in einer Kammer im Erdgeschoss noch immer ein paar Kartons mit Briefen, Bildern und anderen Dingen darauf, in Ruhe durchgesehen zu werden, doch das Album ihrer Mutter mit den Italienfotos hatte sie gleich gefunden. Sie zeigten eine junge, lebensfrohe Rita gemeinsam mit ihrer Freundin Tess, damals noch Teresa genannt. Die beiden hatten vor der Weinernte Venedig besucht, und es gab einige lustige Fotos in einer Gondel und auf dem Markusplatz inmitten der allgegenwärtigen Tauben. Tess erzählte so manche Geschichte zu den Momentaufnahmen, und Angela lernte ihre Mutter von einer ganz neuen Seite kennen. Offenbar war sie viel unbeschwerter und wagemutiger gewesen, als Angela es sich je hatte vorstellen können.

Einige ursprünglich eingeklebte Fotografien aus der Zeit der Weinernte waren offenbar unsanft wieder aus dem Album herausgerissen worden, von Lorenzo fand sich jedenfalls kein einziges Bild.

Diese Lücken konnte Tess schließen, denn tatsächlich besaß sie das Zwillingsstück zu Ritas Album. Hier begegnete Angela auch der Aufnahme wieder, die Rivalecca gerahmt auf seinem Kaminsims stehen hatte: Rita und Lorenzo auf dem Mäuerchen eines Weinbergs.

Eines Abends hatte Angela Nathalie zu dem nun schon zur Institution gewordenen Treffen in den Palazzo Duse mitgebracht, nachdem sie ihr das Geheimnis verraten hatte, dass sie hier in Asenza einen Großvater hatte. Nathalie und Lorenzo verstanden sich auf Anhieb prächtig, unter dem Charme seiner Enkelin schmolz Lorenzos Schrulligkeit wie Eis in der Sonne dahin. Sie kamen zu dritt überein, über das Verwandtschaftsverhältnis vorerst noch zu schweigen, um unnötiges Gerede, das unweigerlich auf eine solche Neuigkeit folgen würde, zu vermeiden und vor allem aus Rücksicht auf die noch lebende Verwandtschaft von Lorenzos Frau Lela.

»Findest du wirklich, dass das Kleid hinten gut sitzt? Zieht der Stoff am linken Schulterblatt nicht eine Falte?«

Angela und Fioretta hatten zwei große Anprobespiegel im Maulbeersaal aufgestellt, sodass Angela sich von allen Seiten sehen konnte.

»Nein«, versicherte ihr Fioretta. »Das sieht nur so aus, weil du dich so verdrehst. Das Kleid passt perfekt. *Dio mio*, diese Farben stehen dir unglaublich gut!«

Jede der Weberinnen hatte ein Detail für dieses Prachtkleid beigesteuert: Lidia den aquamarinfarbenen Grundstoff, Nola die Seide für den gemusterten Einsatz der vorderen tiefen Kellerfalte und für das Mieder, und von Maddalena stammte das weich fließende Material für den extravagant um den Ausschnitt drapierten Schalkragen, der einen der dunkleren Farben aus Nolas Muster wiederholte und Angelas schöne Schultern betonte. Den raffinierten Schnitt hatte sie selbst entworfen, drüben in ihrem Atelier, das sie sich in einem der als Abstellkammer benutzten Räume provisorisch eingerichtet hatte. Ein riesiger Arbeitstisch von ihrem verstorbenen Mann hatte dort seinen Platz gefunden und leistete gute Dienste.

»Wann fahrt ihr denn los?«, erkundigte sich Fioretta. Sie erhob sich und prüfte, ob der Saum überall die richtige Länge hatte.

»Morgen«, antwortete Nathalie, die eben in den Salon kam. »Schaut mal, wie sehe ich aus?«

Nathalie trug ein kurzes, freches, quer gestreiftes Cocktailkleid in Kupferorange, Sienagelb und Smaragdgrün, ebenfalls eine Kreation von Angela.

»Super sexy«, rief Fioretta und reckte beide Daumen in die Höhe.

»Tommaso hat gesagt, ich sehe aus wie ein Weihnachtsgeschenk ...« Nathalie kicherte.

»Na, das passt doch, schließlich geht ihr doch auf einen Weihnachtsball.«

»Na ja, eine Benefizveranstaltung. Sieh nur, Mami hat mir diese Goldkette dazu geliehen«, erzählte Nathalie Fioretta. »Die hat einmal meiner Omi gehört. Und weißt du, von wem sie die bekommen hat? Da kommst du niemals drauf ...«

»Nathalie«, ermahnte Angela ihre Tochter liebevoll. »Es ist doch ein Geheimnis.«

»Stimmt«, gab Nathalie kleinlaut zu. »Ein Geheimnis. Ich verrate es dir irgendwann einmal. Nur so viel, Fioretta: Du kennst den Mann. Mami, du siehst wunderschön aus. Wir zwei werden denen in Rom schon zeigen, was eine Harke ist ...«

»... und wo sie in Zukunft ihre Stoffe bestellen sollen«, fügte Fioretta lachend hinzu.

Nathalie zog flugs ein Visitenkärtchen der Weberei aus der passend zu ihrem Kleid genähten Clutch und winkte damit.

»Worauf du dich verlassen kannst«, verkündete sie.

Es war Tess' Idee gewesen. Ihre Freundin, die Marchesa Colonari, gab jedes Jahr kurz vor Weihnachten gemeinsam mit ihrer Freundin, der Duchessa Pamfeli, einen Benefizball, der in der vornehmen Gesellschaft Roms zu einer gesellschaftlichen Institution geworden war. Tess hatte sich in den vergangenen Jahren aus gesundheitlichen Gründen entschuldigen lassen, doch in diesem Jahr hatte sie nicht nur zugesagt, sondern noch um zwei weitere Einladungen gebeten – für Angela und Nathalie.

»Jetzt, da ich ein neues Knie habe, will ich endlich einmal wieder ausgehen«, hatte sie behauptet, doch Angela hatte den starken Verdacht, dass es ihrer Freundin einzig und allein darauf ankam, sie und ihre Tochter in diese Gesellschaftskreise einzuführen, um die Geschäfte der *tessitura* voranzutreiben. Für die Versteigerung zugunsten einer sozialen Einrichtung, Angela hatte vergessen, um was es sich genau handelte, hatte Stefano einen besonders prächtigen Bettüberwurf gewoben, den man in Rom bestimmt nicht mehr so schnell vergessen würde. Auch die Idee mit den Kleidern aus Asenza-Seide stammte von Tess. Angela fand zwar, dass sie so kurz vor Weihnachten schlecht abkömmlich war, doch Nathalie war unglaublich begeistert von der Reise, war sie doch noch nie zuvor in Rom gewesen. Sie würden eine ganze Woche in der Ewigen Stadt verbringen. Nathalie hatte bereits eine lange Liste von Sehenswürdigkeiten angelegt, die sie unbedingt aufsuchen wollte.

»Das Pantheon«, zählte sie beim Abendessen auf. »Ich weiß gar nicht, wie ich überhaupt so lange leben konnte, ohne es gesehen zu haben. Es ist das Vorbild für so viele Bauwerke. Und natürlich das Forum Romanum, allein dafür, sagt Tommaso, brauche ich einen ganzen Tag. Und …«

»Wir gehen in der Zeit gemütlich shoppen, was?« Tess zwinkerte Angela heimlich zu.

Prompt horchte Nathalie auf. »Shoppen?«, fragte sie. »Ohne mich?«

»Na, du hast ja keine Zeit«, neckte Tess sie.

»Wer ist denn überhaupt dieser Tommaso?«, wollte Angela wissen, doch sie erhielt keine Antwort.

»Hoffentlich bekommen Sie in Rom auch was Gutes zu essen«, meinte Emilia, die gerade die Teller abräumte. »*La cucina romana è malissimo!* Mein Bruder hat einmal ein Jahr lang dort leben müssen. Schauderhaft! Passt bloß auf, dass sie euch keine Innereien andrehen. Und erst die Bohnen und Linsen, sehr schwer verdaulich …«

»Dann freuen wir uns umso mehr, wenn wir wieder zurück sind«, beschwichtigte Tess ihre Perle.

Am Morgen vor ihrer Abreise sah Angela noch schnell nach ihren Weberinnen und vergewisserte sich, dass sie auch wirklich ohne sie zurechtkamen. Es gab etliche Bestellungen, die rechtzeitig vor Weihnachten verschickt werden mussten, doch Fioretta versicherte ihr, alles im Griff zu haben.

»*In bocca al lupo*«, wünschte sie ihr zum Abschied. »Alles Gute! Und viel Spaß!«

Die Ewige Stadt empfing die drei Frauen in weihnachtlicher Pracht und einer Geschäftigkeit, die Angela schwindeln ließ. Sie kannte Rom aus ihrer Studienzeit, gemeinsam mit ein paar Kommilitonen war sie damals von Florenz in die italienische Metropole gefahren. Der Verkehr in der Innenstadt war mörderisch, und trotz Navigationssystem brauchte sie drei Anläufe, bis sie die richtige Einfahrt zum Parkhaus ihres Hotels in der Nähe der Piazza Navona fand – ständig voller Sorge, irgendeinen Motorrollerfahrer umzunieten, der sich möglicherweise im toten Winkel ihres Fahrzeugs verborgen hielt.

Kaum hatte sie ihr Zimmer in Besitz genommen, stürmte Nathalie auch schon, den Stadtplan in der Hand, hinaus ins Getümmel.

»Nimm bloß keine Rücksicht auf mich, falls du auch auf eigene Faust losziehen möchtest«, schlug Tess Angela vor. »Fühl dich ganz frei. Ich habe heute Nachmittag eh noch ein Treffen mit meinen Freundinnen. Wir wollen noch etwas wegen des Benefizballs besprechen, langweiliges Zeug. Was hast du denn so vor?«

Und so stellte Angela fest, dass sie unverhofft Zeit für sich hatte. Sie ließ es gemütlich angehen, nahm eine Dusche und ruhte sich ein wenig aus. Dann zog es auch sie hinaus auf die pulsierenden Straßen.

Sie schlenderte zur berühmten, oval angelegten Piazza Navona, auf der während des römischen Imperiums athletische Wettkämpfe stattgefunden hatten. Heute zogen hier weihnachtliche Kinderkarusselle ihre Kreise. Für die Jahreszeit war es ungewöhnlich mild, Angela zog ihren Mantel aus und legte ihn sich um die Schultern. Vor Berninis berühmtem Brunnen, der Fontana dei Quattro Fiumi, stand die Marmorstatue eines römischen Feldherrn, und Angela erschrak ein wenig, als sich diese plötzlich in Zeitlupe zu bewegen begann. Es war ein Straßenkünstler, der so unglaublich echt wirkte, dass Angela stehen blieb und ihm zusah, wie er wieder erstarrte, als wäre er wahrhaftig aus Marmor und nicht ein Mensch aus Fleisch und Blut. Unwillkürlich musste sie wieder an ihren Fiebertraum denken, an jenen Steinblock, an dem ihr Name gestanden hatte. So als wollte er ihr sagen: Es hängt von dir ab, welche Form ich eines Tages haben werde.

Sie wandte sich ab und ging weiter, betrat ziellos eine Gasse, die von der Piazza wegführte, bog irgendwo ab und fand sich vor einem weit geöffneten Kirchenportal.

Drinnen wurde sie von Düsternis überrascht. Einzig erleuchtet schien eine wunderschöne, fast lebensgroße Krippe im rechten Seitenschiff, doch ehe Angela dorthin gehen konnte, zog eine Gruppe Japaner an ihr vorüber. Angela widerstand dem Impuls, wieder hinauszulaufen angesichts so vieler Touristen, und ging langsam um das zentrale Kirchenschiff herum.

Unerwartet sah sie sich einem riesigen Gemälde gegenüber: Fünf Männer saßen um einen Tisch herum, an dem sie Münzen zählten. Überrascht starrten sie auf einen Neuankömmling, einen entschlossen aussehenden jungen Mann. Und auf seine ausgestreckte Hand, seinen Zeigefinger, der auf einen Mann mit Bart am Tisch wies. *Il dito di dio*, flüsterte eine alte Dame neben Angela. Gottes Finger. Da war etwas geschehen, etwas Ungewöhnliches, etwas, das ein Leben verändern würde.

Angela kannte das Gemälde von Abbildungen, es stellte die Berufung des Matthäus dar, und der geldgierige Zöllner, der Münzen zählte, würde im nächsten Augenblick aufstehen und alles hinter sich lassen, um diesem selbstbewussten jungen Mann zu folgen, den man den König der Juden nannte. »Lass alles stehen und liegen, und öffne dein Herz der Liebe ...«

Angela wich zur Seite, eine weitere Welle von Besuchern verlangte ihre fünf Minuten vor Caravaggios Werk. Als sie sich umwandte, glaubte sie für den Bruchteil einer Sekunde, Vittorios Gesicht zu sehen, doch es war nichts weiter als Einbildung, denn als sie kurz die Augen schloss und sie dann wieder öffnete, war niemand da.

Entschlossen verließ sie die Kirche und wanderte weiter, ließ sich einfach treiben. Plätze in weihnachtlichem Schmuck, Brunnen, vor denen sich prächtig geschmückte Christbäume in den Abendhimmel reckten, Statuen, Obelisken und immer wieder Kirchenportale – so chaotisch diese Stadt auch war, so schien ihr Chaos einem geheimen, höheren Plan zu folgen. All diese so unterschiedlichen Elemente bildeten gemeinsam ein harmonisches Ganzes, auch wenn sie in völlig verschiedenen Jahrhunderten entstanden sein mochten und nur der Zufall einiges hatte stehen lassen, während anderes von der Zeit ausradiert worden war.

Als es dunkel wurde, suchte sich Angela ein Lokal und aß seit langer Zeit einmal wieder allein, genoss es, ignorierte die Blicke der anderen Gäste, vor allem die der Männer, saß völlig in sich eingesponnen an ihrem Ecktisch und ließ ihre Gedanken ziellos wandern.

Was für ein Jahr ging da gerade seinem Ende entgegen! Angela blickte darauf zurück und konnte es nicht glauben. All die

Jahre zuvor waren so gleichförmig verlaufen, hatten einander gejagt – und in diesem einen Jahr hatte sich ihr gesamtes Leben auf den Kopf gestellt. Längst vergessen Geglaubtes war wieder aufgeblüht, so wie ihre Liebe zu edlen Stoffen, ihre Gabe, damit zu gestalten. Sie hatte ein neues Zuhause gefunden und völlig unerwartet einen Vater.

Sie hatte ihren Mann verloren, das Zentrum ihres Lebens, um das für sie lange Zeit alles gekreist hatte. Doch nun hatte sie ihre eigene Mitte wiedergefunden. Konnte sie nicht zufrieden sein?

Der Kellner fragte, ob sie noch etwas wünsche. Angela verneinte und bat um die Rechnung. Draußen war es Nacht geworden. Als sie um eine Ecke bog, machte sie einem Paar Platz. Er hatte seinen Arm um die Schultern der Frau gelegt, und sie lachten miteinander, als gäbe es nur sie beide auf der Welt.

Angela blieb stehen und sah ihnen einen Moment lang nach. Dann ging sie im Schein der vielen Lichter der Stadt langsam zurück zum Hotel.

Sie genoss die folgenden Tage, durchstöberte gemeinsam mit Tess die eleganten Geschäfte der Via Condotti nach den neuesten Modetrends, fand durch Zufall die genau passenden Schuhe zu ihrem neuen Seidenkleid, kam mit der einen und anderen Boutiquebesitzerin ins Gespräch und verteilte ihre Visitenkärtchen. Jeder dieser Damen würde sie nach ihrer Rückkehr ein kleines Präsent schicken, der einen eine Clutch, der anderen ein Schultertuch, freche Stulpen oder einen eleganten Bindegürtel, je nachdem, was sie sich in ihrem kleinen Büchlein über die Begegnung notiert hatte.

Mit Nathalie besuchte sie Kirchen und Gemäldesammlungen und ließ sich von ihrer Tochter alles erklären. Sie stieg mit ihr hinunter in die Tiefen der prächtigen Basilika San Clemente, die über einer frühchristlichen Kapelle errichtet war, unter der wiederum die Überreste eines Mithras-Heiligtums verborgen waren – eine eindrucksvolle Reise unter die Erde und gleichzeitig zurück in der Zeit.

Und dann kam der Tag des Balls.

Tess hatte für sie alle Termine beim hoteleigenen Friseur gebucht, eine Idee, auf die Angela niemals gekommen wäre. Im Grunde fand sie den Aufwand ein wenig übertrieben, doch als sie Nathalies Begeisterung sah, fügte sie sich und begann selbst, das Ganze zu genießen. Warum eigentlich nicht?, fragte sie sich, während sie im Spiegel zusah, wie die junge Frau ihr Haar zu einer kunstvollen Frisur hochsteckte.

Ein Taxi brachte sie zum Palazzo Colonari, und als sie die mit Fackeln erleuchtete Renaissancefassade sah, fühlte Angela sich in einen Historienfilm versetzt. Livrierte Lakaien halfen ihnen aus dem Wagen und geleiteten sie die Treppe hinauf, die mit einem roten Teppich ausgelegt worden war. Angela sah sich unter den anderen Gästen um und bemerkte mit Erleichterung, dass sie keineswegs overdressed waren. Die beste Gesellschaft Roms hatte sich in Schale geworfen. Und sie nahm durchaus die Blicke wahr, mit denen *ihr* Kleid verstohlen gemustert wurde.

»Du bist die Schönste von allen«, wisperte Nathalie dicht neben ihr.

Tess geleitete sie zielsicher zu einer älteren, füllingen Dame in einem schwarzen Spitzenkleid in die Mitte des Raumes.

»Donatella, wie wundervoll du aussiehst! Darf ich dir meine Nichte vorstellen, *mia carissima* Angela, und ihre Tochter Nathalie?«, sprach Tess sie an.

Die Gastgeberin begrüßte sie beide überaus herzlich und sagte, an Angela gewandt: »Sie haben ihr das Leben gerettet, wie ich höre.«

»Mitnichten«, erwiderte Angela lächelnd. »Ich habe ihr nur ein bisschen geholfen, wieder auf die Beine zu kommen.«

»Das ist bei unserer Tess doch fast dasselbe, nicht wahr? Sie tragen ein unglaublich schönes Kleid, liebe Angela. Stammt der Stoff aus dieser Wunderwerkstatt, von der mir unsere Freundin erzählt hat? Dieser Seidenvilla? Sie müssen unbedingt etwas für mich kreieren. Nicht wahr, das Modell stammt von Ihnen? Bleiben Sie doch gleich hier neben mir, so kann ich Ihnen all meine Bekannten vorstellen, von denen ich jetzt schon weiß, dass sie auch von Ihnen eingekleidet werden wollen.«

Und so nahm der Abend seinen Lauf. Angela kam kaum dazu, von ihrem Champagner zu trinken. Sie beantwortete Fragen, erzählte von der *tessitura*, hörte sich immer wieder Klagen darüber an, wie schwierig es doch war, das perfekte Kleid zu finden, und vor allem in einer Qualität, die es heute quasi nicht mehr gab. Sie versuchte, sich all die Namen einzuprägen, während Nathalie Visitenkarten verteilte und jene sorgsam verwahrte, die ihnen gereicht wurden. Irgendwann war es Zeit für die Auktion zugunsten eines Kinderhilfswerks, und die ganze Gesellschaft strömte in den Saal, wo die gestifteten Artefakte versteigert werden sollten.

Angela blieb zurück, um ein wenig Atem zu schöpfen. Auf der Suche nach einem Glas Wasser durchquerte sie mehrere Räume, bis sie in einen Saal gelangte, in dessen Mitte ein Springbrunnen plätscherte. In der Fontäne glitzerte zu ihrem Entzücken ein winziger Regenbogen, und als sie zu den Lüstern an der Decke aufblickte, sah sie, dass sich über ihr eine Glaskuppel erhob, umrahmt von Malereien, wie sie sie ganz ähnlich schon einmal gesehen hatte.

Sie erkannte Jupiter mit dem Blitz in der Hand, daneben Juno mit einem Ährenstrauß, außerdem die Jagdgöttin Diana mit einem Hirsch. Obwohl es andere mythologische Figuren waren, erinnerte sie diese Decke an die Villa Castro, an die Malereien an der Kuppel des runden, zentralen Saales mit den Darstellungen der Sonne. Vielleicht war es derselbe Maler.

Die Erinnerung überfiel sie mit einer solchen Macht, dass ihr fast schwindlig wurde. Sie hatte geglaubt, die Enttäuschung mit Vittorio überwunden zu haben, doch in diesem Augenblick wurde ihr grausam bewusst, dass es nicht so war.

»Ich glaube, Sie haben sich verlaufen«, sagte da eine vertraute männliche Stimme hinter ihr. »Die Auktion findet im anderen Teil des Palazzos statt…«

Angela erstarrte. Das konnte nicht sein! Als sie sich umwandte, war sie sich für einen Moment sicher, ihrer Einbildungskraft zum Opfer zu fallen. Denn in der Tür, durch die sie gekommen war, stand Vittorio, und er starrte sie ebenso fassungslos an wie sie ihn. Zwei Atemzüge später hatte er sich wieder gefangen.

»*Ciao*, Angela«, sagte er mit verschlossener Miene. »Ist Dario auch hier?«

Angela glaubte nicht richtig zu hören. »Wie bitte? Wie kommst du auf Dario?«

»Na, er ist doch dein Verlobter. Oder seid ihr schon verheiratet?«

Angela hatte das Gefühl, als ob der Marmorboden unter ihren Füßen zu schwanken begänne. Sie schüttelte den Kopf, unfähig, etwas zu sagen.

»Ich weiß nicht, wovon du sprichst«, brachte sie schließlich hervor und lief in Richtung Tür. »Bitte, lass mich gehen.«

»Natürlich«, antwortete Vittorio höflich und trat zur Seite. »Bist du wenigstens glücklich mit ihm?«

Angela hielt inne. Tief verletzt sah sie Vittorio ins Gesicht. »Wenn du dich auch noch über mich lustig machen möchtest,

Vittorio Fontarini, nachdem du ohne ein Wort alles, was zwischen uns war, beendet hast, solltest du dir etwas Besseres einfallen lassen. Ich habe keine Ahnung, was in dich gefahren ist. Aber falls du von Dario Monti sprichst – er war mein Architekt. Alles andere ist reichlich geschmacklos und deiner nicht würdig.«

Sie wandte sich ab, wäre am liebsten so schnell wie möglich davongesprintet, doch ihre zierlichen Pumps und die elegante Robe, die ihr auf einmal lächerlich vorkam und völlig fehl am Platze, ließen es nicht zu. Sie schaffte es in den nächsten Raum, doch da hatte er sie auch schon eingeholt.

»Sag das noch mal«, bat er tonlos. »Du bist also nicht ... du warst nicht ...«

»Was war ich nicht?«, fuhr sie ihn vor Zorn sprühend an. »Wenn du Fragen hattest, warum hast du sie mir nicht im Sommer gestellt? Wieso bist du einfach verschwunden und hast die Seide ...?«

Sie konnte nicht mehr weitersprechen, sie wäre in Tränen ausgebrochen, das wusste sie genau. Auf einmal war alles wieder da: die Bestürzung über Vittorios Verschwinden, die Ungewissheit, und dann dieser unaussprechliche Schmerz und die Erkenntnis, dass er sie einfach so hatte fallen lassen.

»Er hat es gesagt«, hörte sie Vittorio wie durch einen dichten Nebel hindurch sagen. »Dass ihr schon lange liiert wart und bald heiraten würdet. Und dass du mit mir nur ... nur wegen der Weberei ... wegen der Aufträge ...«

Angela fuhr herum. Tränen schossen ihr in die Augen. »Und das hast du geglaubt?« Vittorio senkte den Blick. »Nach allem, was zwischen uns war, hast du das geglaubt? Ohne mir eine Chance zu geben ...«

»Mami«, rief eine helle Stimme. »Bist du hier? Wir kommen jetzt gleich an die Reihe. Ach, da bist du ja.« Es war Nathalie, doch als sie Vittorio sah, blieb sie abrupt stehen und schlug sich die Hand vor den Mund. »Oh, verflixt«, murmelte sie, »sorry, lasst euch nicht stören«, und hastete wieder davon.

Angela lachte traurig auf und schüttelte den Kopf. Ihr Zusammentreffen war also von langer Hand geplant gewesen. Garantiert steckte Tess hinter dem Ganzen.

»Wie haben sie dich hierhergelockt?«, fragte sie Vittorio.

»Donatella ist meine Tante«, antwortete er.

Na, dann ist ja alles klar, dachte Angela und holte tief Atem.

»Schön, dass wir dieses kleine Missverständnis klären konnten, Vittorio Fontarini«, sagte sie so gefasst wie möglich. »Und jetzt leb wohl.«

Sie wandte sich um und ging. Die Welt war wieder festgefügt, ihr Herz schlug zwar heftig gegen ihren Brustkorb, so als wollte es ihr etwas sagen, doch was wusste schon dieses dumme Herz von all den Gemeinheiten, derer die Menschen fähig waren? Dario Monti also. Er hatte sie schlechtgemacht. Hatte gelogen. Was hatte er sich davon versprochen, dieser Idiot? Dass sie sich von ihm trösten lassen würde? Einfach lächerlich.

Viel schlimmer jedoch war: Vittorio hatte ihm geglaubt. Vielleicht würde ihr diese bittere Erkenntnis endlich ermöglichen, ihn ein für alle Mal zu vergessen? Sie kannte nun den Grund für sein unerklärliches Verhalten. Ein lächerlicher, beleidigender, infamer Grund.

Sie ging direkt ins Vestibül und bat um ihren Mantel. Hinter ihr erschien Nathalie, außer Atem und mit hochrotem Kopf.

»Mami, wo willst du hin?«

»Ins Hotel«, antwortete Angela. »Ich bin müde. Bleibt ihr ruhig, solange ihr Lust habt. Wir sehen uns morgen früh.«

Nathalie sah verzweifelt aus. Dann flog sie in Angelas Arme.

»O Mami«, schluchzte sie. »Jetzt hab ich schon wieder alles vermasselt.«

»Nein, mein Kind«, sagte Angela leise. »Das haben andere erledigt. Und zwar gründlich. Dich trifft überhaupt keine Schuld. Gute Nacht.«

Als sie den prächtigen Stadtpalast verließ, schlug ihr der Geruch von Weihnachtspunsch und Zitronen entgegen, von Piniennadeln und Rosmarin, Zimt und Moschus. Sie war nicht die Einzige, die auf ein Taxi wartete, vor ihr stand ein älteres Paar. Eine in Zobel gehüllte Dame, der Herr in edles Kaschmir gewandet.

Gerade als der Wagen vorfuhr, wandte sich die Frau zu ihr um. »Oh, meine Liebe, Sie sind es! Die Geschichte von Ihrer *tessitura*, die müssen Sie mir einmal ganz von vorn erzählen. Kommen Sie doch Sonntag zum Kaffee zu uns. Ich würde mich freuen!«

Stieg ein und fuhr davon. Angela hatte nicht die geringste Ahnung, wer sie gewesen war. Und es war auch das Letzte, was sie im Augenblick interessierte.

## 21

## Die zweite Chance

Angela befestigte den letzten Kerzenhalter an der Tanne. Sie stammte aus dem Gebirge und reichte fast bis zur Decke des Maulbeersaales. Wortlos hatte Stefano sie ihr ins Haus gebracht, eine weitere seiner liebenswürdigen Aufmerksamkeiten, und Angela hatte sich ungeheuer darüber gefreut. Eine echte Tanne, das war im Veneto alles andere als selbstverständlich.

Eines der Dinge, die sie aus Deutschland mitgebracht hatte, war der große Karton voller Christbaumschmuck. Er enthielt Einzelstücke von ihrer Mutter, zu denen jedes Jahr etwas hinzugekommen war – silberne Vögelchen, filigrane Strohsterne, mundgeblasene Kugeln. Selbstverständlich gab es an Angelas Weihnachtsbaum nur richtige Kerzen, honigfarben und aus echtem Bienenwachs, die beim Herunterbrennen so fein dufteten.

Es war keine Frage gewesen, dass sie das Weihnachtsfest auf deutsche Art begehen wollten. Und auch wenn Emilia nicht wirklich zufrieden mit dieser Lösung schien, hatte Tess ihr an den Feiertagen freigegeben und sich von Angela zum Essen einladen lassen.

Auch die Weberinnen hatten Urlaub, die *tessitura* würde bis zum Fest der Heiligen Drei Könige geschlossen bleiben. Das war das Mindeste, fand Angela. Die Frauen hatten vor den Festtagen hart gearbeitet, um alle Bestellungen erledigen zu können. Jetzt hatten sie eine Auszeit wahrlich verdient. »Bezahlten Urlaub«, wie Maddalena andächtig lächelnd gesagt hatte. »Das gab es für mich noch nie.«

»Möchtest du mir beim Schmücken helfen?«, fragte Angela ihre Tochter, die eben ins Zimmer kam.

Natürlich wollte Nathalie. Angela beobachtete sie heimlich, wie sie die feinen Fäden der Strohsterne entwirrte und die fragilen Kunstwerke in die Zweige hängte, die großen unten und die kleineren oben, damit wirkte der Baum noch größer, als er ohnehin schon war. Seit Nathalie dazu in der Lage war, hatte sie mitgeholfen, den Christbaum zu schmücken, und noch heute färbten sich ihre Wangen rosarot vor Eifer, ganz wie früher.

Kurz tauchte die Erinnerung auf an das vergangene Fest, zu dem Peter für einige Tage nach Hause hatte kommen dürfen, samt Infusionen und Pfleger. In kürzester Zeit hatte sich das Wohnzimmer in einen Krankensaal verwandelt. Angela wusste bis heute nicht, ob es für Peter eine Freude oder mehr eine Qual gewesen war, vielleicht auch beides gleichzeitig.

Sie überließ Nathalie den Baum und machte sich in der Küche an das Weihnachtsmenü. Nathalie war seit Kurzem Vegetarierin, und deswegen gab es zur Gans in Orangensoße eine, wie Tess behauptete, abenteuerliche Gemüsemischung aus der Tajine. Ihre alte Freundin stand dem nordafrikanischen Schmorgefäß aus gebranntem Lehm eher misstrauisch gegenüber. Für Tess gab es zur Beruhigung selbst gemachte Semmelknödel, und Angela fragte sich schmunzelnd, als sie das Weißbrot in Milch einweichte und die Gans für den Ofen vorbereitete, was wohl Emilia zu ihrer eigenwilligen Menüzusammenstellung zu sagen hätte. Eine ganze Menge wahrscheinlich, und das Wort *schifo* würden gewiss darin vorkommen.

Rasch sah sie nach, ob auch genügend Flaschen Prosecco im Kühlschrank standen. Tess hatte etwas von einem Überraschungsbesuch nach dem Essen gesagt, und auch wenn er sich nicht hatte festnageln lassen wollen, wie er es nannte, hoffte

Angela, dass Lorenzo zum Essen kommen würde. Für ihn hatte sie schon am Vortag eine *minestra* gekocht, denn offenbar aß ihr Vater – an dieses Wort musste sie sich noch immer gewöhnen – nichts anderes als Suppe. Nun gut. Es gab schlimmere Marotten.

Um sieben war alles fertig. Nathalie hatte den Tisch gedeckt. Mit den Damastservietten, den seidenen Schmuckbändern in Tannengrün, Gold und Silber, die Anna gewoben hatte, mit dem Geschirr und den Gläsern aus Deutschland sah der Tisch sehr festlich aus. Im letzten Moment, Angela hatte bereits die Suppe als Vorspeise aufgetragen, erschien tatsächlich Lorenzo, der sich mit einem Appetit über die *minestra* hermachte, als hätte er schon lange keine mehr bekommen. Was nicht der Fall war, seine Hilfe kochte sie literweise auf Vorrat, Angela hatte sich selbst davon überzeugt.

Es gab viel Gelächter über die unterschiedlichen Essgewohnheiten, und als der *panettone* vertilgt war, hatte Nathalie ihren Großvater fast von der vegetarischen Lebensweise überzeugt.

»Wie gut«, sagte er, »dass ich ohnehin nur Gemüsesuppe esse. Und das bisschen *pancetta* darin – das ist eigentlich auch Gemüse. Hab ich recht?«

Dann wurden die Geschenke ausgepackt. Von ihrer Tochter erhielt Angela einen Gutschein über eine gemeinsame Reise nach Athen, denn Tommaso, Nathalies neuer Freund, ein Assistent ihres Professors für Kunstgeschichte in Padua, behauptete, die Römer hätten ohnehin alles bei den Griechen abgekupfert. Ob das stimmte, das wollte sie selbst herausfinden.

»Mami«, bestürmte Nathalie Angela, »du musst einfach mitkommen. Ganz sicher bekommst du auf dieser Reise jede Menge Anregungen für deine Arbeit!«

Angela hatte für Nathalie ein Paar italienische Lederstiefel erstanden, von denen sie wusste, dass ihre Tochter sie sich lange schon wünschte. Das gab Anlass für schrille Begeisterungsschreie und heftige Umarmungsattacken, die Lorenzo dazu bewogen, doch lieber wieder nach Hause zu gehen, wo er seine Ruhe hatte. Die Zigarren und die Alpakastrickjacke, die Angela für ihn gekauft hatte, nahm er gern ohne große Umstände an.

»Dein Geschenk steht übrigens unten im Innenhof«, sagte er im Gehen noch zu Angela und war auch schon fort.

Nathalie, die viel zu neugierig war, um der Sache nicht nachzugehen, und ihn deshalb begleitete, kam atemlos aus dem Innenhof wieder hoch. »Du wirst es nicht glauben, Mami«, verkündete sie. »Dort unten steht eine alte Holztruhe, bis oben hin gefüllt mit herrlichen Seidenstoffen! Wo Lorenzo die wohl herhat?«

»Das muss Lelas Schatztruhe sein«, erklärte Angela gerührt. »Von der hat er mir einmal erzählt.«

Alle miteinander gingen sie hinunter in den Innenhof, um dieses unglaubliche Weihnachtsgeschenk zu bestaunen.

Tess hatte sich teure Geschenke verbeten. Ihr schönstes Präsent sei, dass sie wieder schmerzfrei laufen könne, sagte sie. Und sie bekam etwas, das man für Geld nicht kaufen konnte – einen von Angela handgenähten Kimono, dessen Seide sie auch selbst gewoben hatte. Es war das erste Mal, dass sie sich an einen Webstuhl gesetzt hatte seit der Zeit mit Vittorio, und es hatte ihr gutgetan. Der Kimono war doubliert und konnte von beiden Seiten getragen werden: Die eine war silbergrau, die andere in verschiedenen Violetttönen gemustert.

»Orsolina hat den Rest von dem Purpur dafür verwendet«, erzählte Angela glücklich, als sie Tess' Freude über das gelungene Geschenk sah.

»Ein Königinnenmantel«, sagte Tess hingerissen. Dann wurde ihre Miene ernst.

»Sicher fragst du dich, was ich für dich als Geschenk habe«, sagte sie.

»Überhaupt nicht«, entgegnete Angela. »Ich bin wunschlos glücklich.«

Tess lachte, doch sie wirkte auf einmal auch ein bisschen nervös.

»Ich glaube, da kenne ich dich besser. Denn es gibt sehr wohl etwas, das du dir wünschst.« In diesem Moment klingelte es. »Ach«, rief Tess. »Ich glaube, da kommt mein Überraschungsbesuch. Bist du so lieb und machst ihm auf, Nathalie?«

Die war schon unterwegs. Angela ging in die Küche, um den Prosecco zu holen. Ob Tess ihre alten Freundinnen eingeladen hatte? Vielleicht sogar Graziella mit ihrem Gatten, dem Bürgermeister. Schade, dachte sie, dass Lorenzo schon gegangen ist …

Als sie das Tablett mit den Gläsern in den Maulbeersaal trug, hätte nicht viel gefehlt, und es wäre ihr aus den Händen geglitten. Neben dem Weihnachtsbaum stand Vittorio und betrachtete ihn, als hätte er nie etwas Interessanteres gesehen. Sofort war Nathalie bei ihrer Mutter und nahm ihr wortlos das Tablett aus der Hand.

»Nathalie und ich«, hörte sie Tess sagen, »wir haben gerade beschlossen, die Weihnachtsmesse zu besuchen.«

Und schon waren die beiden verschwunden.

»Entschuldige, dass ich dich so überfalle«, sagte Vittorio und kam mit großen Schritten auf sie zu. »Ich musste dich einfach sehen. Ich schäme mich so, Angela. Du hattest vollkommen recht in Rom. Alles, was du gesagt hast, ist richtig. Ich hätte mit dir sprechen sollen, damals im Sommer. Ich hätte es gar nicht erst glauben dürfen. Aber ... Dario und ich, wir kennen uns schon so unglaublich lange. Er war immer wie ein älterer Bruder für mich. Ich hätte nie gedacht, dass er mich so anlügen würde ... Es lag außerhalb meiner Vorstellungskraft. Bitte, Angela, kannst du mir verzeihen?«

Verzeihen? Angelas Stolz bäumte sich mit aller Macht auf. Nein, schrie es in ihr. Niemals! Doch ihr Herz sprach eine andere Sprache. Und ihr Körper sowieso, mit jeder Faser fühlte er sich zu diesem Mann hingezogen.

Vittorio sah bleich aus, unter seinen Augen lagen tiefe Schatten. Wenn schon, dachte sie trotzig, soll er ruhig leiden. Hatte sie nicht auch gelitten, viele Wochen lang?

Angelas Stolz focht einen harten Kampf mit ihren Gefühlen. Dann kam ihr auf einmal in den Sinn, was Tess einmal gesagt hatte. *Mach nicht denselben Fehler wie deine Mutter. Stolz ist zwar heiß, aber er wärmt dich nicht.* Und war es nicht Liebe, was sie für diesen Mann empfand?

Und auf einmal löste sich das trotzige Gefühl in nichts auf. Ihre Hand machte sich selbstständig und legte sich einfach an Vittorios Wange. Er schloss die Augen, atmete tief ein und aus und schmiegte sein Gesicht in ihre Handinnenfläche.

»Du fehlst mir so«, raunte er. »Die ganze Zeit. Es fühlt sich an wie ein Fieber, Angela.«

»Ich war auch sehr krank«, hörte sie sich sagen. »Aber weißt du, irgendwie musste es wohl so kommen. Ich hab mich nach Peters Tod viel zu schnell wieder ins Leben gestürzt. Hab mir keine Zeit genommen für die Trauer, fürs Abschiednehmen. Vielleicht sind wir beide uns zu früh begegnet«, fügte sie hinzu. »Vielleicht haben wir sie einfach gebraucht, diese dunkle Zeit.«

Er zog sie an sich, sie ließ es geschehen. Eng umschlungen standen sie da, und wieder einmal fielen sie aus der Zeit. Tränen liefen, verebbten wieder, ihre Wangen, ihre Körper, so eng aneinandergeschmiegt, als wären sie eins.

Irgendwann lösten sie sich voneinander und Angela öffnete den Prosecco.

»Dann gibst du mir also noch einmal eine Chance?«, fragte Vittorio leise, als sie ihm sein Glas reichte.

»Nicht dir«, antwortete Angela mit einem Lächeln. »Sondern uns.«

ENDE

# Danksagung

Die Idee, einen Roman über eine Seidenweberei im Veneto zu schreiben, hatte ich bereits vor achtzehn Jahren. Auf einer Urlaubsreise entdeckte ich in dem Städtchen Asolo einen Laden, in dem märchenhafte, von Hand gewobene Seidenstoffe angeboten wurden. Ganz ähnlich wie Angela war ich restlos begeistert. Ich habe die Weberei dann zwar nicht übernommen, aber dafür mit der damaligen Besitzerin viele Gespräche geführt. Sie war so liebenswürdig, mir die Werkstätten zu zeigen und mir alles über den langwierigen und komplexen Vorgang vom ungefärbten Garn bis zum fertigen Stoff zu erklären. Ich lernte ihre Weberinnen kennen, die mich zu den Figuren in diesem Roman inspirierten, und fuhr mit dem festen Plan nach Hause, daraus »etwas zu machen«.

Wie das Leben so spielt, dauerte es viele Jahre, bis die Zeit dafür reif war. Leider gibt es inzwischen die Seidenweberei in Asolo nicht mehr, aber sie soll in dieser Trilogie weiterleben.

Da ich vieles verändert habe, auch die örtlichen Begebenheiten des Städtchens, habe ich mich dazu entschlossen, die Handlung an einem fiktiven Ort anzusiedeln. Asenza gibt es nur in diesen drei Romanen, und doch ist so manches der Stadt Asolo nachempfunden. Die einzige Parallele, die ich übernommen habe, ist, dass Eleonore Duse in meiner fiktiven Stadt gelebt hat und dort auch begraben wurde. Mit dem Hotel Duse möchte ich meine ganz persönliche Verehrung dieser großen Künstlerin zum Ausdruck bringen.

Ich danke von ganzem Herzen Marta P., die mir damals so

großzügig die Türen zur »Tessoria Asolana« geöffnet hat, sowie all ihren damaligen Mitarbeiterinnen.

Erwähnen möchte ich außerdem meine Agentin Petra Hermanns, meine Lektorin Melanie Blank-Schröder und meine Redakteurin Margit von Cossart – danke für die gute Zusammenarbeit!

Und wie immer danke ich meinem Mann – für unnennbar Vieles und vor allem nachträglich dafür, dass er vor achtzehn Jahren, ohne zu zögern, unseren Aufenthalt in Asolo um viele Recherchetage verlängerte.

*Die Geschichte um die
Seidenvilla geht weiter ...*

## 1

# Der Jahrestag

Die Abendsonne warf ihre goldenen Strahlen in den rechteckigen, von den vier Flügeln der Seidenvilla umschlossenen Innenhof, verfing sich im Laub des Maulbeerbaums und zauberte ein duftiges Blättermuster aus Licht und Schatten auf das weiße Leintuch der Festtafel darunter. Sie schimmerte im silbergrauen Fell der Katze auf, die gerade mit einem Satz auf den Tisch sprang und mit erhobenem Schwanz auf ihm entlangspazierte.

Angela stand am Fenster der Weberei im ersten Stock und beobachtete amüsiert, wie Emilia aus der Sommerküche im Erdgeschoss des links angrenzenden Flügels stürmte und die Katze wortreich verjagte. Wie ein Pfeil schoss das Tier durch die weit geöffnete Tür des Abstellraums auf der gegenüberliegenden Hofseite und flitzte zwischen Giannis Beinen hindurch, der mit einem alten Verkaufstresen beladen gerade über die Schwelle trat.

»*Porca miseria*«, fluchte er. Beinahe wäre er gestolpert. Gianni stellte den Stuhl ab, sah fragend zu Angela hoch. »Wo soll ich die Bar aufbauen? Hier unter dem Maulbeerbaum?«

»Ja, das ist eine gute Idee«, rief sie ihm zu. »Ich bin gleich bei Ihnen«, fügte sie hinzu und begann eilig, die empfindliche Mechanik der vier archaisch anmutenden vollmechanischen Webstühle mit Leintüchern abzudecken. Bis vor einer Stunde war hier fieberhaft gearbeitet worden, und erst gerade eben hatte Angela vierundzwanzig prachtvolle Stoffproben einem Expressboten übergeben. Am folgenden Tag würden sie bei einem Empfang in der Villa Castro präsentiert werden, eine einmalige Gelegenheit, um die Seidenmanufaktur noch bekannter zu machen.

Für den fünften Webstuhl im angrenzenden Raum benötigte sie drei Leintücher, so riesig war der *omaccio*, wie sie ihn nannten. Wie die anderen stammte er aus der Mitte des 19. Jahrhunderts, und doch funktionierten sie alle noch immer einwandfrei. So rustikal die riesigen Holzgestelle auch wirkten, so zart und kostbar waren die Seidenstoffe, die per Handarbeit auf ihnen gefertigt wurden. Die Arbeit war hart, um die Webstühle zu bedienen, brauchte es ganzen Körpereinsatz. Und um schöne Seidenstoffe zu weben, war außerdem eine Menge Erfahrung notwendig und eine ganz besondere Begabung. Angela konnte sich glücklich schätzen, vier fähige Weberinnen und einen Weber zu beschäftigen. Und heute Abend würden sie gemeinsam feiern ...

Angela hörte Stimmen im Hof und sah erneut aus dem Fenster. Eine schlanke grauhaarige Dame Mitte siebzig unterhielt sich mit Gianni, der die improvisierte Bar, auf die er ein weißes Tischtuch gebreitet hatte, gerade mit Gläsern bestückte.

»Guten Abend, Tess!« Angela winkte ihr zu, und ihre Freundin grüßte vergnügt zurück. Beschwingt lief sie die Treppe in den Innenhof hinab und umarmte ihre Freundin.

»Darf ich den Damen einen *Veneto Sprizz* einschenken?« Gianni strahlte über das ganze Gesicht.

»Was hast du denn da alles reingemischt?«, fragte Tess vorsichtig. »Nicht dass ich morgen Kopfschmerzen habe!«

»Aber nein, Signora, das werden Sie ganz sicher nicht.« Gianni erklärte, dass er für sein Geheimrezept drei Teile perlenden Weißweins der Gegend mit zwei Teilen Aperol und einem Teil Sodawasser vermische, sodann die obligatorische grüne Olive beigab, die seine Mutter Emilia speziell für dieses Getränk einlegte, sowie Saft und etwas abgeriebene Schale einer bestimmten Blutorangensorte aus dem Garten eines Freundes. Wieder einmal fragte sich Angela, warum dieser nette junge Mann noch keine Frau hatte. Immerhin war er bereits achtundzwanzig.

»Köstlich!«, seufzte Tess, nachdem sie einen langen Zug durch den Strohhalm genommen hatte. »Aber du solltest weniger Wein hineintun, Gianni! Sonst sind wir alle noch vor dem Essen betrunken.«

Gianni lachte und sah hinüber zu dem alten Holztor, durch das Fioretta in den Hof kam, gefolgt von Nola. Die Ähnlichkeit zwischen den beiden Frauen ließ keinen Zweifel daran, dass sie Mutter und Tochter waren. Fioretta war mit ihren fünfundzwanzig Jahren die jüngste Mitarbeiterin und Angelas Assistentin. Nola trug zur Feier des Tages ihren dunklen Sonntagsrock und dazu eine festliche weiße Bluse unter der Strickjacke, immerhin war es erst Mai und die Abende mitunter noch kühl. Die Weberin arbeitete seit über dreißig Jahren in der Seidenvilla. Die beiden hatten auch Anna, ihre dreizehnjährige Tochter im Schlepptau, und Giulias Miene ließ deutlich erkennen, dass sie viel lieber woanders wäre als ausgerechnet hier, im Kreis der Kolleginnen und Kollegen ihrer Mutter.

Während Gianni weitere Gläser füllte, gesellten sich auch Orsolina und Stefano zu ihnen, dessen Wangen glänzten, offenbar hatte er sich extra frisch rasiert und eingecremt. Geschickt nahm er das Stielglas zwischen Ring- und kleinen Finger seiner rechten Hand, die übrigen hatte er vor zwei Jahren bei einem Unfall an seiner früheren Arbeitsstelle verloren und damit beinahe seinen gesamten Lebensmut eingebüßt, bis Angela auf die Idee gekommen war, ihn als Weber anzulernen.

»Ja, wen haben wir denn da?«, begrüßte Orsolina die schmollende Giulia voller Herzlichkeit. »Dich habe ich ja schon eine ganze Weile nicht mehr gesehen. Du bist aber …«

»Sag bloß nicht, dass ich groß geworden bin, Tante Lina«, fiel ihr das Mädchen ins Wort und verzog ihr Gesicht zu einem schiefen Grinsen.

»Das würde ich niemals tun!« Orsolina hob schmunzelnd die Hände, denen man trotz ihrer Sorgfalt ansah, dass sie die wertvollen Seidengarne der Weberei färbte. »Ich wollte sagen: Du bist aber hübsch geworden!« Und als sie sah, wie rot die Dreizehnjährige wurde, brach sie in schallendes Gelächter aus. »Giulia, mein Engel, komm her, lass dich umarmen«, rief sie aus und schloss das Mädchen fest in ihre Arme. »Wo treibst du dich denn die ganze Zeit herum? Früher bist du doch viel öfter in die Seidenvilla gekommen.«

Giulia grinste verlegen, es war nicht zu übersehen, wie gern sie die Kollegin ihrer Mutter hatte.

»Stellt euch vor, sie wollte doch tatsächlich mit diesen Stuzzi-

Brüdern nach Treviso«, beschwerte sich Anna halblaut bei Angela und Nola. »Auf einem der Motorräder hinten drauf.«

»Die sind doch viel älter als sie«, sagte Nola und warf Giulia einen besorgten Blick zu. »Der jüngere ist mindestens schon siebzehn. Was will sie denn mit denen?«

Anna hob vielsagend die Augenbrauen, schob sich eine ihrer blondierten Haarsträhnen aus der Stirn und zuckte ratlos mit den Schultern. Mit ihren fünfunddreißig Jahren war sie die Jüngste unter den Weberinnen. »Da habe ich ein Machtwort gesprochen«, erzählte sie. »Und damit ich sicher sein kann, dass *Signorina* auch wirklich gehorcht, habe ich sie einfach mitgeschleppt. Ich hoffe, das stört Sie nicht?« Sie warf Angela einen verlegenen Blick zu. Anna hatte es nicht leicht als alleinerziehende Mutter. Giulias Vater hatte sich noch vor der Geburt der Kleinen aus dem Staub gemacht, hatte sie ihr einmal anvertraut.

»Aber nein«, antwortete Angela. »Ganz und gar nicht.«

Giulia hatte Mimi auf der Bank unter dem Maulbeerbaum entdeckt, setzte sich zu ihr und begann das Kätzchen hingebungsvoll zu streicheln. Sie war hübsch mit ihren dichten blonden Haaren und den blitzenden blauen Augen. Einen aufsprießenden Pickel am Kinn hatte sie zwar zu überschminken versucht, mit einer trotzigen Geste übers Gesicht jedoch wieder freigelegt. Trotz ihrer dreizehn Jahre besaß sie noch einen kindlichen Körper, ihre Bewegungen wirkten ungelenk, und Angela erinnerte sich daran, wie schwierig dieses Alter auch für sie gewesen war, nicht mehr Kind und doch noch nicht Frau zu sein, irgendwie dazwischen und sich überall fehl am Platze fühlend. »Ich freue mich, dass sie heute dabei ist, Anna.«

»Wollte Nathalie nicht auch kommen?«, erkundigte sich Tess. Angela nickte. »Eigentlich schon. Aber du weißt ja, wie das ist bei den jungen Leuten.« Ihre Tochter studierte in Padua, eine Autostunde von Asenza entfernt. »Sie hatte schon angedeutet, dass es eventuell ein bisschen später werden könnte. Jedenfalls warten wir nicht mit dem Essen auf sie.« Sie warf einen Blick in die Runde. Von den Weberinnen fehlten noch Lidia und Maddalena. Von Lorenzo Rivalecca ganz zu schweigen. Die anderen würden sich wahrscheinlich fragen, warum Angela den kauzigen alten Mann ebenfalls eingeladen hatte, doch sie hatte ihre Gründe. Dass der alte Mann ihr Vater war, davon wussten bislang nur Tess und Angelas Tochter ...

Emilia erschien in der Küchentür, es war schon fast halb acht. Angela wusste, dass es die resolute Frau nicht leiden konnte, wenn man nicht pünktlich zu Tisch ging. Sie war die Köchin und Haushälterin von Tess und verwöhnte, gemeinsam mit ihrem Sohn Gianni, in der Seidenvilla nur ausnahmsweise zur Feier des Tages die Gäste.

Gerade als Angela einen Löffel vom Tisch nahm, um gegen ihr Glas zu schlagen, öffnete sich die Hoftür erneut und Lidia stürmte herein, gefolgt von einem alten, dürren Mann, der laut vor sich hin schimpfte und drohend seinen Gehstock in Richtung der Weberin hob, die ihm offenbar die Tür vor der Nase zugeschlagen hatte.

»Kein Benehmen, diese Weiber«, hörte Angela Lorenzo Rivalecca fauchen. Lidia presste empört die Lippen aufeinander und konnte doch nicht verhindern, dass sie errötete. »Ist es denn zu fassen? Und denen habe ich Brot und Lohn ...«

»*Niente* Brot und Lohn«, fuhr ihn Lidia an. Die hagere Mittvierzigerin mit dem rötlichen Haar war eine begnadete Weberin, wenn auch von sprödem und oftmals harschem Wesen. »Nachdem Signora Lela gestorben war, haben Sie sich einen Dreck um uns gekümmert. Nur gut, dass Sie die Weberei an die *tedesca* verkauft haben ...«

»Na, na, na«, mischte sich nun Tess verärgert ein. »Wie redest du von deiner Chefin? Sie hat einen Namen, Lidia, so wie wir alle. Und selbst wenn du nicht einer Meinung mit dem alten Dickschädel hier bist, so solltest du doch sein Alter respektieren.«

»Dickschädel?« Rivalecca wandte sich empört an Tess. »Habe ich gerade Dickschädel gehört?« Wütend stieß er seinen Gehstock auf den gepflasterten Grund, sodass Mimi fauchte und mit einem Satz von Giulias Schoß auf den untersten Ast des Maulbeerbaums sprang.

»Lass es gut sein, Lorenzo«, gab die alte Dame in mildem Ton zurück. »Jeder hier weiß, dass du das bist, und vor allem du selbst.

Hier, nimm dein Glas und beruhige dich. Vergiss nicht, wessen Gast du heute bist.«

Aller Augen wandten sich Angela zu. Die räusperte sich. Das fing ja gut an.

»Nun«, sagte sie und holte tief Luft, »nachdem das geklärt ist, möchte ich euch heute Abend hier alle herzlich willkommen heißen. Für mich ist es ein besonderer Tag, denn genau vor einem Jahr habe ich den Kaufvertrag für die Seidenvilla unterzeichnet. Das war ein ziemlich aufregendes Jahr ...« Angela nahm aus den Augenwinkeln eine Bewegung wahr. Es war Maddalena, die letzte, die im Kreis der Weberinnen noch gefehlt hatte. Leise und mit hochrotem Kopf huschte sie in den Hof. Angela begrüßte sie mit einem Lächeln. »Und mehr als einmal sah es so aus, als ob wir es nicht schaffen würden. Dass es trotzdem geglückt ist und wir heute so gut dastehen, das wäre ohne euren Einsatz nie möglich gewesen. Und dafür möchte ich euch danken. Denn ohne euch gäbe es keine Seidenvilla. Ohne euch wäre die Weberei nicht die, die sie ist. Ohne euch wäre ich vermutlich überhaupt nicht mehr hier.« Es war ganz still im Hof geworden, sogar Giulia sah sie an, als hätte sie Angela noch nie zuvor gesehen. »Ihr habt zu mir gehalten, als es mir nicht gutging und habt den Betrieb weitergeführt. Ihr geht mutig mit mir neue Wege und glaubt daran, dass wir gemeinsam erfolgreich sein werden. Und deshalb wollen wir unser Glas auf die Zukunft der Seidenvilla erheben. Auf eine Zukunft, die wir gemeinsam gestalten werden.« Ihre Hand zitterte unmerklich, als sie das Glas in die Höhe hob, so sehr bewegte sie diese kurze Rückschau.

»Auf die Seidenvilla«, rief Tess, und alle anderen taten es ihr gleich. »Auf die Zukunft der Seidenvilla«, klang es aus vielen Kehlen, und Angela musste auf einmal schlucken, so stark war das Gefühl der Verbundenheit mit diesen Menschen, das sie durchflutete. Ja, in diesem Jahr waren sie zu einer Art Schicksalsgemeinschaft zusammengewachsen, so unterschiedlich sie auch alle waren.

Angela bat zu Tisch, doch die Weberinnen zögerten, keine wollte sich vordrängen. Nur Lidia ließ sich sofort am unteren Ende der Tafel nieder und hängte entschlossen ihre Handtasche über die

Stuhllehne. Tess sah die Verlegenheit der anderen und ergriff die Initiative, verteilte souverän die Frauen, die sie schon so lange kannte, um den Tisch. Die alte Dame war einst die Vertraute von Angelas Mutter gewesen, und als vor über einem Jahr Angelas Mann gestorben war, hatte sie sie eingeladen, einige Zeit bei ihr im Veneto zu verbringen, um sich zu erholen. Dass Angela hier nicht nur ein neues Zuhause, sondern mit der Seidenmanufaktur auch eine neue Aufgabe gefunden hatte, war für alle eine große Überraschung gewesen und für Tess Anlass zur Freude. Seither wachte die resolute alte Dame sorgfältig darüber, dass es Angela in Asenza auch gut ging.

Gianni und Emilia trugen das Essen auf, *vitello tonnato* und *sarde fritte in saor* zur Vorspeise, sauer eingelegte Sardinen mit Zwiebeln, dazu knuspriges Maisbrot frisch aus dem Ofen, und für Lorenzo Rivalecca, der nichts anderes zu sich nahm als Gemüsesuppe, einen großen Teller Minestrone. Mit dem Essen löste sich die Befangenheit der Gäste, sogar Giulia vergaß, dass sie eigentlich schlechte Laune hatte, und ließ immer wieder ein klingendes Lachen hören, vor allem, als Orsolina von den neuesten Streichen der silbergrauen Katze erzählte.

Beim Hauptgericht aus in Gemüse geschmortem Kaninchen wurden alle andächtig schweigsam, so vorzüglich schmeckte es ihnen, und erst beim selbst gemachten Erdbeereis, zu dem Emilia ihre persönliche Variante der *torta fregolotta* reichte, einer Art Streuselkuchen ohne Boden, wie Nathalie diesen köstlichen Nachtisch einmal beschrieben hatte, schwatzten alle wieder fröhlich durcheinander.

Fast alle, denn Maddalena sagte kaum etwas, wie Angela bemerkte. Vielleicht sogar noch weniger als sonst, und sie fragte sich, ob die Weberin wohl etwas auf dem Herzen hatte. Die durch die starken Brillengläser vergrößerten rehbraunen Augen sahen abwesend und sorgenvoll vor sich hin. Mit ihren struppigen Haaren und der leisen Stimme wirkte Maddalena auf Außenstehende mitunter unbedarft wie ein Kind, trotz ihrer achtundvierzig Jahre. Doch der Eindruck täuschte. Angela nahm sich vor, bald mit der scheuen Weberin unter vier Augen das Gespräch zu suchen.

Schließlich zauberte Lorenzo Rivalecca zum Erstaunen aller eine Flasche ohne Etikett mit dunkelbraunem, dickflüssigem Inhalt aus seiner Tasche und bat Emilia um passende Gläser.

»Das ist der beste Walnuss-Likör diesseits und jenseits der Alpen«, verkündete er, als jeder von ihnen eines vor sich stehen hatte. »Trinken wir auf die *tedesca*, wie ihr sie nennt, wenn sie euch gerade den Rücken zudreht. Doch, doch, ihr braucht gar nicht so unschuldig zu schauen. Aber seht doch nur, was sie aus dem alten Kasten hier gemacht hat.« Er beschrieb mit seinem Arm einen Halbkreis in Richtung des gesamten, den Hof umschließenden Gebäudekomplexes und hätte dabei beinahe Tess den Ellbogen ins Gesicht gerammt. »Nur eine Deutsche kriegt sowas hin«, behauptete er. »Und stellt euch vor, sie hat unter dem Putz sogar ein wertvolles Fresco aus dem 17. Jahrhundert gefunden, was natürlich bedeutet, dass ich ihr das alles viel zu billig verkauft habe. Doch sei's drum«, wehrte er den Protest von Tess zu seiner Rechten ab. »Ich gönne es ihr. Aber wisst ihr eigentlich, was das größte Wunder ist? Nein? Dass sie es mit euch Weibern so gut aushält. Das hätte ich niemals vermutet.«

»Und mit Ihnen auch, Signor Rivalecca«, warf Nola mutig ein. »Das ist tatsächlich das allergrößte Wunder.«

Orsolina und Anna kicherten und schnupperten vorsichtig an dem Inhalt ihres langstieligen Likörgläschens.

Rivalecca zog eine Grimasse, die einem Lächeln recht nahekam.

»Auf die Wunder der *tedesca*«, sagte er ungewohnt milde. »Und dass ihr es wisst: Wenn eine von euch Signora Angela Ärger macht, dann kriegt sie es mit mir zu tun.«

»Was haben Sie bloß mit dem gemacht?«, wollte Nola von Angela wissen, nachdem Rivalecca sich verabschiedet hatte und die Hoftür hinter ihm ins Schloss gefallen war. »Ihm irgendeinen Zauber in seine Minestrone getan?«

»Sie müssen ihm den Kopf verdreht haben«, mutmaßte Orsolina und sog die letzten dickflüssigen Tropfen aus ihrem Glas. »Sehen Sie sich vor! Am Ende macht Ihnen der alte *cascamorto* noch einen Heiratsantrag.«

Schallendes Gelächter erfüllte den Hof, sogar Tess musste schmunzeln.

»Das steht wohl kaum zu befürchten«, antwortete Angela mit einem Grinsen.

»Der wäre doch viel zu alt für Signora Angela«, warf Maddalena mit einem tadelnden Blick durch ihre runden Brillengläser ein. »Er könnte glatt ihr Vater sein«, fügte sie ernsthaft hinzu, und einen Moment lang hatte Angela das Gefühl, die scheue, meist in sich gekehrte Weberin wüsste um ihr Geheimnis.

»Sag mal, jetzt wo du das sagst ... bist nicht *du* mit ihm verwandt?« Lidia hatte die dünnen rötlichblonden Augenbrauen hochgezogen und ihre blasse Stirn in Falten gelegt.

»Ich?«, fragte Maddalena und riss die Augen auf. »Wie kommst du denn auf sowas?«

»Ich meinte, über fünf Ecken«, beharrte Lidia. »Frag mal deine Mutter.«

»Das möchte ich nicht«, erwiderte Maddalena geradezu entsetzt. »Die wird ganz schrecklich wütend, wenn die Rede auf Rivalecca kommt.«

»Tja, da ist sie nicht die Einzige«, seufzte Nola und hielt Gianni ihr Glas entgegen, der mit Lorenzos Flasche noch einmal die Runde machte. »Der Alte hat es sich mit vielen verscherzt. Erst seit Sie hier sind, Signora Angela, ist er ein wenig aufgetaut. Früher ist er kaum aus seiner Festung dort oben herausgekrochen. Undenkbar, dass er so wie heute mit uns zusammengekommen wäre.«

»Das stimmt«, pflichtete Orsolina ihr bei.

»Ich möchte auch etwas sagen«, meldete sich Stefano und räusperte sich. »Und zwar ... ich möchte mich bedanken. Im Namen aller, nicht wahr?« Er sah sich kurz in der Runde um. Alle nickten, nur Lidia setzte ein undurchdringliches Lächeln auf und lehnte sich auf ihrem Stuhl zurück. »Aber vor allem für mich persönlich. Sie haben mir ein neues Leben geschenkt, Signora Angela. Weil Sie an mich geglaubt haben, trotz des Unfalls.« Er hob seine rechte Hand, an der Daumen, Zeige- und Mittelfinger fehlten. »Obwohl ich ein Krüppel bin. Das werde ich Ihnen nie vergessen.«

»Ja, das stimmt«, pflichtete ihm Orsolina bei. »Wir alle haben Ihnen viel zu verdanken. Wenn Sie nicht gekommen wären, dann wären wir jetzt alle arbeitslos. Und ... naja, anfangs hatten Sie es tatsächlich nicht immer leicht mit uns ...«

»Wir mussten uns eben alle aneinander gewöhnen«, half ihr Angela freundlich aus der Verlegenheit. »Das erste Jahr, sagt man, ist immer das schwierigste. Auch wirtschaftlich. Und doch haben wir uns gut geschlagen. Sogar so gut, dass ich Ihnen heute einen kleinen Bonus auszahlen kann.« Jetzt hatte sie die ganze Aufmerksamkeit, sogar Giulia blickte von ihrem Smartphone wieder auf, mit dem sie seit dem Nachtisch beschäftigt gewesen war. »Jeder von Ihnen erhält eine einmalige Zahlung von eintausend Euro«, erklärte sie. »Die müssten eigentlich bereits auf Ihren Gehaltskonten gutgeschrieben sein.«

Kurz war es still unter dem Maulbeerbaum. Nur eine Zikade begann in der Abenddämmerung zu zirpen.

»Eintausend Euro?«, fragte Maddalena dann. »Einfach so?«

»Sie haben es sich verdient«, antwortete Angela.

Und dann begannen sie, auf einmal alle gleichzeitig zu reden. Giulia meinte, dann könne sie ja endlich das Mofa bekommen, das sie sich schon so lange wünschte, während Anna von einer Urlaubsreise sprach. Nola, so erfuhr Angela, sparte auf eine neue Küche, während Stefano einfach nur den Arm um Orsolina legte und sie an sich drückte. Fioretta sprang auf und küsste Angela auf beide Wangen, selbst vor der jungen Frau hatte sie die Überraschung geheim gehalten. Auch Maddalena war aufgestanden und drückte ihr unbeholfen die Hand, wollte sie gar nicht mehr loslassen.

Angela hatte auf einmal das Gefühl, beobachtet zu werden, und als sie sich umsah, entdeckte sie ihn. Vittorio stand lächelnd unter dem Maulbeerbaum und zögerte offenbar, sich bemerkbar zu machen. Zärtlichkeit durchflutete Angela. Mit ihm hatte sie an diesem Abend überhaupt nicht gerechnet, schließlich lebte er in Venedig und sie hier in Asenza. Sie erwiderte Maddalenas Händedruck und machte sich sanft von ihr los.

Als sie zu ihm trat, schloss er sie zärtlich in seine Arme.

»Störe ich?«, fragte er leise an ihrem Ohr.

»Du störst nie«, antwortete sie überglücklich. Dass sie eine Wochenendbeziehung führen mussten, darunter litten sie beide. Zwischen Venedig und Asenza lag zwar nur eine Autostunde. Dennoch waren sie meist zu beschäftigt, um sich unter der Woche zu sehen.

»Ich habe es einfach nicht mehr ausgehalten«, gestand er und sah hinüber zu der Tafel. »Meinst du, ich darf an eurer Jahresfeier teilnehmen?«

Angela zog ihn lachend zu den anderen.

»Je später der Abend, desto schöner die Gäste«, rief Tess, und Emilia wollte wissen, ob der Herr schon zu Abend gegessen hatte. Als Vittorio verneinte, ließ sie es sich nicht nehmen, rasch von dem Kaninchen-Ragout etwas aufzuwärmen und ihn in der Zwischenzeit mit den eingelegten Sardinen zu versorgen.

»Sind die Seidenproben gut in der Villa Castro angekommen?«, erkundigte sich Angela. »Hat Fedo sie in Empfang genommen?«

Der Chefdesigner von Vittorios Firma für Innenarchitektur hatte versprochen, sich persönlich um die Präsentation der kostbaren Stoffe zu kümmern.

»Ja, alles bestens«, versicherte er ihr und machte Emilia ein Kompliment für die *sarde in saor*. »Fedo ist in seinem Element. Er hat mich fortgeschickt, ich würde nur im Weg herumstehen. Da dachte ich mir, ich schaue mal hier vorbei.« Er warf Angela einen zärtlichen Blick zu.

»Das war eine ausgezeichnete Idee«, sagte sie und ihre Augen leuchteten.

»Ich ... ich wollte Sie gern etwas fragen, wenn ich darf«, erhob Maddalena schüchtern ihre Stimme.

Vittorio sah sie überrascht an. »Mich?«

Maddalena nickte und lief schon wieder rot an. »Wegen Ihres Namens«, fuhr sie tapfer fort. »Fontarini. Ich habe diesen Namen in einem Buch gefunden und mich gefragt ...«

»In einem Buch?«, unterbrach Lidia sie spöttisch. »Seit wann liest du Bücher?«

»Lass sie in Ruhe«, fuhr Nola sie an. »Du hältst uns wohl alle für blöde, was?«

»Wie?«, konterte Lidia kämpferisch. »Sag bloß, du liest auch Bücher?«

»Nun lasst Maddalena doch mal ausreden«, mischte sich Stefano ein.

»In welchem Buch haben Sie meinen Namen denn gefunden?«, fragte Vittorio freundlich und tat, als habe er von dem Wortgefecht nichts mitbekommen.

»In einem Buch über die Geschichte Venedigs«, antwortete Maddalena und warf Lidia einen raschen Blick zu. »Und da kommt der Name Fontarini ein paarmal vor. Mehrere Dogen hießen so. Sind Sie ... ich meine ... ist das vielleicht Ihre Familie? Oder heißen Sie nur zufällig so?«

Jetzt war es ganz still geworden am Tisch. Selbst Angela war verblüfft. Natürlich wusste sie um die adelige Abstammung ihres Lebensgefährten. Sie hätte jedoch nicht erwartet, dass Maddalena sich solche Gedanken machte, und als sie sich darüber bewusst wurde, schämte sie sich. Warum eigentlich nicht?

Vittorio ließ seine Gabel sinken und sah die schüchterne Frau aufmerksam an. »Sie interessieren sich für Geschichte?«, fragte er.

Maddalena nickte eifrig. »Vor allem für die von Venedig«, antwortete sie. »Ich habe schon allerhand Bücher darüber gelesen. Auch über die venezianischen Künstler, Tintoretto und Tizian und all die anderen. Aber am meisten interessiert mich die Politik ... ich meine, die von ... von früher.«

Kurz war eine völlig neue Maddalena hinter den dicken Brillengläsern aufgeblitzt. Unter den verblüfften Blicken der anderen schien sie sich jedoch rasch wieder in sich selbst zurückzuziehen wie eine Schnecke, deren Fühler man berührt hatte.

»Ich finde Venedigs Geschichte auch spannend«, bestätigte Vittorio. »Und weil Sie fragen: Ja, das sind alles meine Ahnen.«

Maddalenas Augen wurden riesengroß. »Wirklich?«, hauchte sie fast. »Auch Domenico, der im 11. Jahrhundert Doge war?«

»Ja, der auch«, antwortete Vittorio bescheiden.

»Das heißt«, fuhr Maddalena andächtig fort und zog ihre Stirn kraus, wohl um sich besser zu konzentrieren, »dass Sie ... ich meine, wenn das wirklich Ihre Familie ist. Dann sind Sie ein echter *Principe*? Ein Prinz?«

Es wurde mucksmäuschenstill. Giulia starrte erst Maddalena und dann Vittorio mit offenem Mund an, und sie war nicht die Einzige.

Vittorio räusperte sich kurz, dann nickte er, als sei das nichts Besonderes. »Nun, wenn Sie es historisch nehmen, ja. Aber seit 1948 haben in Italien diese Adelsbezeichnungen keine Bedeutung mehr, Maddalena. Diese Zeiten sind vorbei.«

»Wie schade.« Maddalena schien ehrlich betrübt. »Schließlich gibt es Ihre Familie seit ... seit fast tausend Jahren.«

»Das ist ziemlich lange, ja«, räumte Vittorio ein. »Aber wissen Sie was? Auch Ihre Familie gibt es schon seit mehr als tausend Jahren. Und die von jedem einzelnen hier am Tisch. Nur dass man das bei den wenigsten Familien nachverfolgen kann. Weil nichts aufgeschrieben wurde. Aber wenn Sie in Ihrem Familienregister zurückgehen könnten, dann würden Sie staunen, wo sie da landen würden.«

»Bei Adam und Eva«, sagte Orsolina und alle lachten.

»Ganz genau«, meinte Vittorio, der erleichtert in das Lachen mit eingestimmt hatte. Angela wusste, was wenige ahnten, nämlich dass Vittorio diese noble Herkunft manchmal als lästig empfand. »Bei Adam und Eva. Und am Ende sind wir alle miteinander verwandt.«

»Ihre Familie hat eben Bedeutendes geleistet«, meldete sich Maddalena wieder ernsthaft zu Wort. »Deshalb hat man das alles aufgeschrieben.«

Vittorio schien einen Augenblick nachdenklich. Doch dann beschloss er offensichtlich, das Thema nicht weiter zu verfolgen.

»Kommen Sie öfter nach Venedig?«, fragte er stattdessen.

Maddalena schüttelte den Kopf. »Ich war erst einmal dort«, bekannte sie verlegen. »Damals, als wir den Kommunionsausflug machten.«

Giulia kicherte. »Das muss ja schon eine ganze Weile her sein«, mutmaßte sie und erntete einen Rippenstoß von ihrer Mutter.

»Und Sie?«, fragte Vittorio in die Runde. »Wann waren Sie das letzte Mal dort?«

Zögernd kamen die Antworten. Orsolina und Stefano mussten sich untereinander beraten, wann das gewesen war, so lange war es schon her. Keine der Weberinnen hatte in den vergangenen zehn Jahren die Lagunenstadt besucht.

»Was meinst du?«, sagte Vittorio zu Angela gewandt. »Vielleicht solltet ihr mal einen Betriebsausflug dorthin unternehmen?«

»Das ist eine ausgezeichnete Idee«, antwortete sie. »Falls ihr alle Lust dazu habt, machen wir das.«

Sie saßen noch lange zusammen unter dem Maulbeerbaum. Nola und Orsolina erzählten lustige Geschichten aus der Zeit, als sie noch jung gewesen waren und Lela Sartori, Lorenzo Rivaleccas verstorbene Frau, noch Herrin der Seidenvilla gewesen war.

»Ja, sie war eine echte *padrona*«, meinte die Färberin mit einem leisen Lachen. »Wir hatten alle ziemlichen Respekt vor ihr, stimmt's?« Sie blickte von Nola zu Lidia. Dann erschrak sie. Offenbar wurde ihr bewusst, dass Angela das falsch verstehen könnte. »Nicht dass wir vor Ihnen keinen Respekt hätten«, beeilte sie sich zu sagen. »Aber so freundschaftlich mit ihr zusammenzusitzen wie mit Ihnen heute Abend – das wäre einfach undenkbar gewesen.«

»Beim kleinsten Webfehler konnte sie toben wie ein Berserker«, bestätigte Nola.

»Ich werde nie vergessen, wie ich einmal ein Rosenrot färben sollte«, erzählte Orsolina. »Rosenrot. Ich meine, es gibt schließlich Rosen in allen möglichen Rottönen, *vero*? Sie verlangte aber ein ganz bestimmtes Rot, und meine Mutter hätte natürlich sofort gewusst, welches. Doch die lag gerade mit einer Lungenentzündung im Krankenhaus. Da konnte ich sie schlecht fragen.« Orsolina nahm einen Schluck von dem Verbena-Tee, den Emilia inzwischen gekocht hatte. »*Un disastro*«, fuhr sie fort. »Dabei war es ein schönes Rot. Nur nicht das, was die *padrona* im Kopf hatte. Und wenn sie sich etwas in den Kopf gesetzt hatte, dann …«

»Aber das ist bei der *tedes…* ich meine bei Signora Angela auch nicht anders«, wandte Nola ein. »Erinnerst du dich an das Himmelblau für die Sessel in der Villa Castro?«

»Oh ja«, knurrte Orsolina und konnte es sich nicht verkneifen, Vittorio einen vorwurfsvollen Blick zuzuwerfen. Ganz kurz nur, aber er hatte es dennoch bemerkt.

»Aber schließlich haben Sie es hinbekommen«, sagte Angela mit Nachdruck. Dass die Seide am Ende nicht die Polstermöbel in der Villa Castro schmückte, sondern in die Arabischen Emirate verkauft worden war, darüber wollte sie lieber nicht sprechen. An diesem Abend wollte sie feiern und auf keinen Fall die dunkelste Phase des vergangenen Jahres heraufbeschwören. »Ich mag auch nicht so gern Kompromisse eingehen. Da bin ich Signora Sartori wahrscheinlich ähnlich.«

Protest erhob sich. Nein, Angela könne man keinesfalls mit der strengen und hochmütigen Lela Sartori vergleichen. Die habe sich immer für etwas Besseres gehalten und ein wahres Schreckensregiment ausgeübt.

»Dennoch sind damals hier wunderschöne Stoffe entstanden«, wandte Angela ein. »Lorenzo hat mir ein paar Stücke von Lela überlassen, die außergewöhnlich sind. Gab es denn damals noch mehr Webstühle als heute? Welche, mit denen man Jacquard-Muster weben konnte?«

Da wurde es still um den großen Tisch.

»Nicht dass ich wüsste«, sagte Anna. »Seit ich dabei bin jedenfalls nicht.«

»Mir ist so, als hätte es ganz früher, als ich noch ein kleines Mädchen war, tatsächlich noch einen weiteren Webstuhl gegeben.« Nola zog ihre Stirn in Falten, so angestrengt dachte sie nach. »In dem Saal, wo der *omaccio* steht. Aber ich bin mir nicht sicher. Das ist schon so lange her ...«

»Carmela müsste das wissen«, warf Lidia ein. »Die war ja von Anfang an dabei. Ich meine, seit Lela die Weberei übernommen hatte ...«

»Ja genau«, rief Nola. »Frag sie doch mal, Maddalena!«

Maddalena bekam ganz große, ängstliche Augen. »Lieber

nicht«, sagte sie rasch. »Ihr wisst doch, wie sehr sie das alles aufregt. Und auf Lela Sartori ist Mamma ganz besonders schlecht zu sprechen.«

»Nein, das lohnt sich nicht«, erklärte Angela schnell. »Sie soll sich auf keinen Fall aufregen. Möchte noch jemand Tee?«

Das wollte keiner mehr, stattdessen brachen sie alle langsam auf. Die Erwähnung ihrer Mutter Carmela, mit der Maddalena in einem Haushalt wohnte, hatte sie daran erinnert, dass sie eigentlich längst wieder zu Hause sein sollte. Die anderen schlossen sich ihr an.

»Das war ein sehr schöner Abend«, sagte Stefano ein wenig unbeholfen, als er sich verabschiedete. »Vielen Dank. Für alles.«

Bester Laune und einander neckend verließen die Gäste den Hof der Seidenvilla.

»Sie mögen dich«, sagte Vittorio, als sie mit Tess allein zurückblieben.

»Ja, du hast sie alle im Sturm erobert«, fügte die alte Dame zufrieden hinzu und erhob sich. »Und jetzt lass auch ich euch Turteltäubchen allein.«

»Soll ich dich nach Hause begleiten?«, fragte Angela besorgt. Tess hatte vor einem Jahr ein künstliches Kniegelenk bekommen, und die Vorstellung, wie sie in der Dunkelheit allein über das uralte Pflaster von Asenzas Altstadt zur Villa Serena hinüberging, bereitete ihr Unbehagen.

»Gianni wird mich begleiten«, entschied Tess. »Nicht wahr, mein Junge?«

»*Naturalmente*«, ertönte es von der Küchentür.

Auch Emilia hatte beschlossen, die Küche und alles andere am nächsten Morgen aufzuräumen. Sie und ihr Sohn nahmen Tess in die Mitte und so untergehakt verließen sie die Seidenvilla. Angela schloss das Tor ab und zog Vittorio ins Haus, die Treppen hinauf zu ihren Wohnräumen im ersten Stock.

»Ich habe dich so vermisst«, sagte Vittorio, als er sie im Schlafzimmer in seine Arme schloss. »Wir haben uns viel zu lange nicht gesehen!«

»Drei Tage«, flüsterte Angela, als er ihr den Reißverschluss am Rücken öffnete und ihr aus dem Kleid half.

»Drei verdammt lange Tage«, wiederholte er. »Die können eine Ewigkeit sein, wenn du nicht bei mir bist.« Und dann ließen sie ihre Hände sprechen, ihre Lippen und ihre Körper sich begegnen. Wohlig. Zärtlich. Leidenschaftlich.

»Ich liebe dich«, flüsterte Vittorio schließlich, als sie ermattet und glücklich eng an seine Seite geschmiegt dalag und ihren Kopf in seine Armbeuge bettete.

»Und ich liebe dich«, antwortete sie leise und rückte noch ein wenig näher, was kaum noch möglich war. Sie atmete tief den Duft seines Körpers ein, Sandelholz und feuchtes Moos oder Moschus, war kurz davor, einzuschlummern, als plötzlich der Signalton ihres Handys den Eingang einer neuen Nachricht verkündete. Vittorio brummte verschlafen, doch Angela war auf einmal wieder hellwach.

»Du gehst doch jetzt da nicht mehr ran!«, murmelte er, als sie ihren Arm in Richtung Nachttisch ausstreckte.

»Ich muss«, flüsterte sie betreten. »Das ist Nathalies Klingelton.«

Vittorio war sofort hellwach. »Es wird doch nichts passiert sein?«, fragte er besorgt.

Angela griff nach dem Smartphone.

*Mama, ich glaube, ich kann morgen nicht zur Villa Castro kommen*, las sie. *Mir geht's gar nicht gut.*


*Der Roman ist ab August 2020 im Buchhandel erhältlich.*

# Die Community für alle, die Bücher lieben

★ In der Lesejury kannst du Bücher lesen und rezensieren, die noch nicht erschienen sind

★ Gemeinsam mit anderen buchbegeisterten Menschen in Leserunden diskutieren

★ Autoren persönlich kennenlernen

★ An exklusiven Gewinnspielen und Aktionen teilnehmen

★ Bonuspunkte sammeln und diese gegen tolle Prämien eintauschen

**Jetzt kostenlos registrieren: www.lesejury.de**

**Folge uns auf Instagram & Facebook:**
www.instagram.com/lesejury
www.facebook.com/lesejury